KB099616

독도에
비밀이
있다

독도에 비밀이 있다

발행일	2016년 02월 20일

지은이	토니 문		
펴낸이	손 형 국		
펴낸곳	(주)북랩		
편집인	선일영	편집	김향인, 서대종, 권유선, 김성신
디자인	이현수, 신혜림, 윤미리내, 임혜수	제작	박기성, 황동현, 구성우
마케팅	김회란, 박진관, 김아름		
출판등록	2004. 12. 1(제2012-000051호)		
주소	서울시 금천구 가산디지털 1로 168, 우림라이온스밸리 B동 B113, 114호		
홈페이지	www.book.co.kr		
전화번호	(02)2026-5777	팩스	(02)2026-5747
ISBN	979-11-5585-912-4 03810 (종이책)		979-11-5585-913-1 05810 (전자책)

잘못된 책은 구입한 곳에서 교환해드립니다.
이 책은 저작권법에 따라 보호받는 저작물이므로 무단 전재와 복제를 금합니다.

이 도서의 국립중앙도서관 출판예정도서목록(CIP)은 서지정보유통지원시스템 홈페이지(http://seoji.nl.go.kr)와
국가자료공동목록시스템(http://www.nl.go.kr/kolisnet)에서 이용하실 수 있습니다.
(CIP제어번호: CIP2016003861)

성공한 사람들은 예외없이 기개가 남다르다고 합니다.
어려움에도 꺾이지 않았던 당신의 의기를 책에 담아보지 않으시렵니까?
책으로 펴내고 싶은 원고를 메일(book@book.co.kr)로 보내주세요.
성공출판의 파트너 북랩이 함께하겠습니다.

토니 문 장편소설

역사는 아무리 날조해도 진실은 변하지 않는다.

독도에
비밀이
있다

북랩 book Lab

독도 문제는 단순한 영토 분쟁이 아니었다.

두꺼비는 번식하기 위해 뱀에게 잡아먹혀 그 몸을 빌려 알을 낳는다고 알려져 있다. 뱀은 두꺼비의 독성 때문에 자기가 죽는다는 것을 알기 때문에 본래 먹지 않는다. 그러나 두꺼비가 지속적으로 뱀 앞에서 약을 올리면 결국 화를 참지 못하고 잡아먹어버리고 자기도 죽어버린다. 거듭되는 일본의 '독도 망언'은 마치 두꺼비 작전을 연상케 한다. 그들의 작전에 지혜롭게 대응하기란 우리 국민의 공분이 너무 격해져 있다. 그렇다고 뱀처럼 두꺼비의 작전에 말려드는 어리석은 행동을 해서는 안 된다. 일본이 억지 주장을 멈추지 않고 있는 또 다른 이유가 있을 것이라는 추측이 필자의 의혹을 부풀렸다. 독도 근해에 일찍부터 일본이 공개하지 않고 있는 비밀. 또한 오래전부터 일본열도의 침몰설은 그 근거가 불분명한대로 심심찮게 회자되고 있는 것도 뭔가가 있을 것이라는 막연한 상상은 쉽게 지워지지 않았다. 대부분의 내용이 픽션이지만, 그것이 상당한 근거가 있을 때, 우리는 단순한 독서 취향을 넘어 관심이 커질 수밖에 없다. 바로 그것이 독도 문제는 단순한 영토 분쟁이 아니라는 것이다.

인류의 과학은 전쟁의 역사라 할 만큼 생존을 위하여 끊임없이 신무기를 만드는 과정에서 오늘의 문명이 발전해 왔다는 것을 부인할 수 없다. 현시대 최고의 병기인 핵은 다음 시대의 또 다른 신무기에 그 자리를 내놓아야 할 때가 올 것이다. 그것이 인공지진이라는 가설이었는데 이미 개발되어 있다는 놀라운 사실을 알게 된 계기가 필자의 상상력에 자극되었다.

인공기상조절장치 HAARP(High Frequency Active Auroral Research Program)는 '고성능 주파수 오로라 실험기구'의 줄임말로 처음에는 기후로 인한 재난을 막아보자는 과학자의 순수한 의도였다. 또한 1980년 초부터 미국에서 처음 등장한 별들의 전쟁을 대비한 일부분이었다. 이것이 인공지진이라는 신병기로 이용할 수 있다는 펜타곤의 의견으로 이미 실험이 시행되었다고 영국의 BBC 방송이 처음 의혹을 제기했다. 세계 지질학자들의 최대 관심사인 환태평양 불의 고리(Ring of fire) 지역 중 캘리포니아의 샌 안드레아 단층이 붕괴될 것이라는 예견을 일찍부터 하고 있었다. 바로 그 침몰을 막기 위해 반대편 지각에 압력을 빼, 그 파멸을 막았다는 것이다. 아이티의 지진과 인도네시아의 쓰나미가 그것이라는 무서운 폭로였다. 특히 아이티 지진은 베네수엘라 대통령 차베스가 HAARP 때문이라고 공식적으로 발표했다. 미국은 부인하고 있으나 의혹은 쉽게 가라앉지 않고 있다.

그 미확인 정보의 계기가 참을 수 없는 창작 의욕이 되었다. 픽션으로 시작한 주제가, 뜻밖에도 독도에는 한국의 운명을 좌우할 수 있는 엄청난 국부가 있다는 사실을 알게 되면서 의욕은 배가 되었다. 또한 일본 침몰설도 근거가 있다는 사실이 흥미를 더 부풀렸다. 픽션으로 시작한 일본의 지진을 추적 형식으로 전개하는 과정에서, 그들로 인한 우리 민족의 비극을 사실대로 기술했다. 특히 러시아가 소비에트 연방 붕괴 전에 있었던 한인계 동포 5십만 명가량이 당한 엄청난 인권유린은 상상만 해도 소름이 돋는다. 단행본의 한계 때문에 다 기술하지 못한 부분은 아쉬움이 남는다. 남북 분단 비극의 원인과 위안부 문제, 강제 노역, 하와이 사탕수수밭에 우리 민족을 노예로 팔아먹은 것 하며, 생체 실험을 한 731부대의 마루타까지 그들의 만행을 생각하면 피가 끓는 분노를 느낀다. 그러한 모든 과거사 문제를 사죄하기는커녕 오히려 독도가 자기네 땅이라는 억지 주장까지 하는 그들에게 우리는 국력의 절박함을 느끼게 된다. 이 모든 일본의 오만함을 단죄하여 굴복을 받는 과정은 우리의 분노에 대한 표출이다.

미래과학에 대한 것은 상상이지만, 아직도 현대과학이 다 밝히지 못하고 있는 힉스, 양자역학, 카오스 이론, 동기감응설, 기氣 등에 대한 것들을 수십 세기 앞선 외계의 영적 인물을 등장시켜 마지막을 엮어 보았다.

토니 문

차례

인공지진

국장의 눈은 냉소를 감추고 입은 호의를 과장하고 있었다. 입가에 조소로 밀리는 주름살이 얼핏 스치는 것을 보았기 때문이었다.

"프리랜서? 그거 좋지, 잘 생각했네! 자네의 그 유별난 정의감과 자유분망함, 딱 적격이야. 그러나 민 기자, 아무리 그래도 가끔 좌우는 한 번씩 살펴보면서 하게."

사표를 내는 민영후에게 국장의 반응은 이랬다. 그의 방을 나오는 민영후의 뒷머리에 국장의 그 '유별난 정의감' 어쩌고 하던 말이 자꾸 뒤따라왔다. 관례나 인사치레 심지어 의리라는 명목으로 불의를 눈감아야 하는 비리에 신물이 났다. 기자가 사회의 목탁이라는 자부심이 차츰 빛이 바랠 때쯤 의욕은 염증으로 변해 갔다. 그것이 열정을 식게 했는지도 모른다. 생계 문제로 시달려보지 못한 등 따신 사람이라며 남의 입질을 들을 만도 했다.

독자로 태어나서 그런대로 여유 있는 양친의 재산을 고스란히 유산받았다. 또한 건강하고 잘생긴 용모와 영특한 머리로 낳아준 덕택에 소위 명문대에도 들어갔다. 졸업과 동시에 이름깨나 있는 신문사에 첫 직장도 잡았다. 학창시절 잠깐 심취했던 문학열의 개연성 때문이었는지 편집실이었다. 그런대로 병아리 신세도 면하고 약간의 관록도 붙기 시작한 7년 차, 어느새 변화의 조짐이 점점 빠르게 진행되고 있는 자신을 발견하고 수시로 갈등에 시달렸다. 다 그런 것이라며 관록을 내세우며 어깨를 치는 선배들의 위세가 점점 싫어지기 시작했다. 좀 더 맑은 공기가 그리웠다. 아직 결혼도 하지 않았고 유산도 웬만한 중류층 흉내는 낼 만큼은 되었다.

그러니 등 따신 사람이라는 말이 다 틀린 말은 아니었다. 실제로 국장은 그런 의중이 느껴지는 표정으로 사표를 수리했다. 웬만하면 말치레라도 한 번쯤 만류해봄 직한데 오히려 기다렸다는 듯이 반기는 것이 그랬다. 빳빳한 외곬으로 굽히지 않으려는 태도가 재력에 연유한 것으로 보고 있던 국장으로서는 미운털이 빠지는 기분이었을 것이다. 기껏 진정을 담은 체 한다는 말이 "그런데 아직 우리나라에서는 프리랜서 기자라는 제도가 없으니, 신분에 대한 보호가 어려운데 어쩌나? 뭐, 까짓것 그게 별 대수야. 염려하지 마! 뭔 일 있으면 나한테 연락해, 내가 봐줄게." 실상 이 말도 속내가 보였다. 사표를 내는 이유를 묻는 말에 즉흥적으로 답한 것뿐이었으나 겨우 체면치레로 한 말이 느껴졌기 때문이었다. 혹시라도 특종은 아니라도 그럴듯한 거리를 마련해 올지도 모르지 하는 얄팍한 계산이 엿보이는 구석도 그 어조에서 우러났다.

막상 책상을 정리하자니 까닭없는 아쉬움이 마음 한쪽에 어린다. 작은 박스 안에 7년의 세월이 들어갔다. 잠시 무심한 눈으로 창밖을 내려다보니 맞은편 건물 일본 대사관 앞에서 수백 명이 모여 '독도 망언 규탄대회'를 하는 모습이 보였다.

"그래, 다 정리했어?"

장 기자였다. 때때로 소주잔을 기울이며 심사를 달래던 대학 동기이자 나란히 한 신문사에 들어온 입사 동기이기도 했다. 자칭 삼국지의 장

비라고 자처할 만큼 호방한 그의 성격이 좋아 속을 터놓는 유일한 친구였다.

"뭐 대충…"

"그럼 나가지. '다남'에서 송별회 한대."

한때 선거철에 국회의원들이 우리가 '남이가.'라는 말이 유행했을 때, 이 집은 역설적으로 '다 남이다.'라는 뜻으로 상호를 내건 주인의 반골 성향이 재미있어서 한번 들린 곳인데, 어느덧 단골이 되어 있었다. 암울했던 시절에 대한 우리들의 적의가 이런 실효 없는 저항의 한 우울한 모습이었을까? 퇴근길에 하루의 긴장을 푸는 술자리는 언제나 즐겁다.

"축하를 해야 하나, 위로를 해야 하나? 아무튼 그동안 이 못난 선배 때문에 상했던 마음 다 풀고 가게."

"가긴요, 앞으로 자주 보게 되잖아요? 좋은 기사 많이 보내주세요."

속내를 모르는 병아리 김 기자가 잔을 건네며 말했다.

"민 기자, 잘해 보게! 자네는 남다른 데가 있잖아. 잘할 거로 믿네, 아무튼 건투를 비네."

"민 기자님, 건투를 빕니다."

권하는 잔을 다 받아 마셔도 정신은 초롱초롱하기만 했다.

그때 식당 벽에 걸린 TV에서 저녁 뉴스가 시작되고 있었다. 먼저 어제 발생한 일본 시마네현의 지진 소식이 톱뉴스로 나오고 있었다. 앵커의 격앙된 목소리에 모두의 시선이 TV로 집중되었다. 강도 7.8 규모에 당한 시가지의 처참한 모습이 여과 없이 화면을 채우고 있었다.

"저거 정유 공장 아니야? 완전히 거덜 나버렸네."

"어이구, 철강공장 봐! 화재가 저 정도면 전소 아니야?"

"시가지는 완전히 박살이 났네."

"폭탄 맞은 것 같네."

"폭탄이 뭡니까! 강도 7.8이면 2차 대전 때 히로시마에 떨어진 원자폭탄 수백 배는 됩니다."

병아리 2년 차 강 기자였다.

"자식들, 벌 받아서 그렇지. 이번에도 봐, 총리라는 놈이 쏟아내는 독도 망언 말이야."

"너무 입찬소리하지 마! 한국도 지진 안전지대는 아니래."

편집실 제일 선임인 박 기자였다.

"맞습니다, 한국도 지진 안전지대는 아닙니다. 그런데 이번 경우는 이상한 소문이 나돌고 있습니다."

"그래? 참, 자네는 우리 신문사 유일한 지질학과 출신이잖아. 이상한 소문이 뭔가?"

강 기자가 앞자리의 조 기자에게 빈 잔을 건네며 말했다.

"믿을 수 없는 괴소문이 나돌아 심각하다는데요."

"괴소문이라니?"

"얼마 전부터 인터넷에서 나도는 소문이 있답니다."

"뭔 소문?"

"일본 쪽에서 흘러나왔는데, 일본에 여러 차례 지진을 보내겠다는 누구의 댓글이 인터넷에 올라왔답니다. 마지막 날은 열도 침몰이랍니다."

"에이, 그 무슨 말도 안 되는 소리. 이 대명천지에…."

"그래서 이번 지진이 예고한 대로 시마네현에서 일어났다고 쑥덕거리는 거랍니다."

"시마네현? 독도를 지네들 현이라고 우기는 그 지역 놈들이잖아. 흐흐, 왜놈들 죽을 맛이겠네."

"그렇다면 초과학적인 테러잖아!"

"테러하고는 좀 다른 게 시민들은 피신하라고 미리 3일 전에 예고했다는 점입니다."

"그러면 피신을 했나?"

"피신하기는커녕 누가 그 말을 믿기나 했나요. 전부 흥! 그리고 언놈이 장난한다고 생각하고 말았지요."

"그러면 인명 피해가 많았겠는데…."

"그뿐 아닙니다."

"…."

"이 재앙을 막으려면 다음의 경고를 들어라, 이런 내용이 있답니다."

"그게 뭔데?"

"나는 천상에서 너희를 벌하러 온 사자다. 2차 대전 중에 수천만 인류에게 끼친 죄를 반성하고 그 보상을 해라. 구체적으로는 독도 영유권 억지 주장, 위안부 문제, 강제 노역, 역사 왜곡 등 뭐 그런 내용이랍니다."

"한국인 누군가가 장난하는 것이구면."

"그러면 둘째 날이 언제야? 뭐 그날이 되면 알겠지."

"정확한 날짜는 모르고, 지역은 3일 전에 예고하겠답니다."

"에이, 말 같지도 않은 소리 그만하고… 자, 잔이나 비우세!"

"알 수 없지! 세상에는 별난 일도 많으니까."

"하긴 요상한 일이 많은 세상이기도 하지. 유럽 어디에서는 아홉 살 먹은 아이가 내일을 정확하게 예언한다고, 주식 투자자들이 몰려들어서 토픽에 나왔어."

"미신 같은 얘기지."

"모르지, 한때 왜 그런 일도 있었잖아? 수족관에 문어가 유럽에 프로축구 우승팀을 맞힌다고 법석을 떨었잖아! 과학이니 뭐니 떠들어 봐야 아직 감기 원인도 모르는 정도가 과학 아니야. 우주를 생각해 보면 인간이 과학, 과학 하는 게 별거나 돼? 고작 인공위성 몇 번 띄워 본 것 정도로, 저들의 이치에 안 맞는 것은 다 미신이라는 식이지. 정작 지나가는 개미를 내가 손가락으로 꾹 눌러 죽이면 그 개미는 지가 왜 죽는지도 모르는 것처럼 우리 인간도 그런 거 아니겠어? 인류의 조상이 도대체 누구야? 고대 문명의 불가사의도 그렇고. 무엇하나 제대로 아는 게 있느냐 말이야?"

"아니, 팩트만 다뤄야 하는 기자가 그런 소리를 늘어놓으면 어떡해?"

"이 사람아, 이것이 팩트야!"

"그러면 이거 일본 침몰설의 전초 현상 아니야?"

"일본 침몰은 그렇게 오는 것이 아닙니다."

자료실 근무 4년 차인 마 기자가 마시던 잔을 비우고 입을 열었다.

"그럼 뭐야?"

"먼저 애드가 케이시의 예언과 일본 불교계의 기다노 대승정 그리고 탄허 스님의 역학적 예지라는 것이 있는데, 모두 동시대의 사람이 아닙니다. 그런데도 그 예언이 정확하게 일치한다는 것이지요. 지금 지구의 지축이 23도 7분으로 기울어져 있는데, 북극 빙하가 녹고 나서 한순간에 지축이 바로 서면서 침몰한다는 겁니다. 아직 지구는 완성된 별이 아나라는 겁니다. 그때야 윤년도 없어지고, 일 년이 360일로 정확하게 된다는 거랍니다. 특히 애드가 케이시의 예언에는 "일본의 대부분은 반드시 바닷속으로 침몰한다.(The greater portion of Japan must go into the sea.)" 라면서 '반드시(must)'라는 표현을 강하게 썼다는 겁니다. 또한 기다노 대승정은 이때 일본인은 2십만 명이 살아남고 한국은 425만 명이 살아난다고 예언을 했답니다. 마치 성서에 소돔과 고모라 얘기 같지 않습니까? 2차 대전에 지은 죗값을 하는 거죠. 그때는 한국이 세계의 지도국이 된답니다."

"과학적 근거는 있어?"

"있지요. 태평양판의 경계선과 유라시아판이 맞물리면서 지금도 일본이 조금씩 가라앉고 있는데, 일반인은 느끼지 못하고 있을 뿐이라는 거죠."

"그래, 들어본 소리야. 그보다 일본이 계속 독도를 물고 늘어지는 이유가 야비한 놈들이잖아."

선임 박 기자가 마 기자에게 잔을 건네며 덧붙인다.

"왜놈들이 지네들도 알면서 왜 줄기차게 독도를 지네 땅이라고 우기는지 아는가? 유엔 해양법 협약에 해안으로부터 200마일, 약 320㎞까지를 연안 해역으로 본다는 배타적 경계수역이 우리와 일본이 겹치는 지점에 독도가 있기 때문이야. 그래서 자꾸 찝쩍거려서 분쟁지역화 하겠다는 것이야. 그래서 국제사법재판소에 끌고 가서 최소한 지분 참여의 노림수를 깔고 있는 것이야."

마 기자가 또 덧붙인다.

"그래서 2006년도에 우리가 '해양법협약 강제분쟁해결 절차의 선택적

배제'라는 선언서를 유엔 사무총장에게 제출해 놓았지요."

"그 효력이 뭔가요?"

병아리 김 기자가 물었다.

"그게 중요해. 헤이그에 국제사법재판소는 영유권 분쟁을 한쪽에서 제기하면 원하지 않아도 따라야 하는데, 이 선언서를 유엔에 기탁하면 응하지 않아도 될 권리가 생기는 것이야."

"자자, 그만해. 오늘 안주가 잘못 나왔어. 오늘 안주는 저 재벌 민 기자 아니야?"

"아이고, 선배님, 저를 왜 또 안주로 합니까? 잘 좀 봐주세요."

선임 박 기자에게 정중히 잔을 건네며 영후는 고개를 조아린다.

"언제 또 이런 자리 있겠어! 갈 때 마지막으로 좀 씹어야지. 조심해! 부처도 기자 셋만 모이면 사기꾼도 만들고, 강도도 만든다잖아! 그러니 잊지 말고 종종 들러서 밥 사고, 술 사고, 알았지? 자네는 재벌 아니야!"

"예예, 명심하겠습니다."

벌써 밖은 차가운 초겨울 바람과 함께 어둠이 짙게 깔려 있었다. 한 사람씩 악수를 하고 헤어지는데 술기운 때문인지 까닭없는 허허로움이 발길을 느리게 한다.

"어이, 재벌!"

장 기자였다.

"자네까지 왜 그래. 누가 들으면 정말 재벌인 줄 알겠네."

"그냥 가면 어떡해? 이차 가야지. 오늘 자네 퇴직금 다 털고 가야 해!"

"알았어! 그렇잖아도 나오다가 보니 자네가 보이지 않아서 웬일인가 했지."

"으… 폐수처리하느라고…"

장 기자가 화장실에서 급히 나오는 듯 앞 매무새를 만지며 불콰한 얼굴로 불렀다.

"이 사람, 대문이나 좀 제대로 채워!"

늘 둘만 가는 단골 카페는 오늘따라 한산하다.

"참, 백 교수 소식 들었나?"

"들었어. 뭐 당을 하나 창당한다고 순국당이라나?"

"그 양반 언제고 일 한번 낼 줄 알았어. 가만있지, 그 진흙탕에는 왜 가려는 거야!"

"대단하잖아, 자기 철학을 실천해 보겠다는 거. 철학 교수답잖아?"

"야, 철학 교수가 정치하겠다는 게 철학 교수다운 거야?"

"아니, 내 말은 그 양반 평소에 자기 정치 철학을 실천해 보겠다는 의지가 그렇다는 거야."

"그래, 창당식은 언젠가?"

"너한테는 연락 없었어? 뭐 아직 준비 중인 모양이야."

"나한테도 문자로 연락 왔어. 넌 더 아는 게 있나 해서. 나이 든 사람이 문자 메시지는 왜 그리 좋아해? 어쨌든 그 시절 백 교수 철학 강의는 정말 대단했지. 처음에 나는 철학이라는 말만 들어도 머리가 지끈했는데, 너 때문에 끌려갈 때는 에라, 모르겠다. 교양과목 한 시간 잠이나 자다 오지 했는데 갑자기 잠이 번쩍 깨는 거야. 그런데 아무래도 철학 교수가 정치하겠다는 건 뭔가 아귀가 맞지 않는다는 생각이 들어."

"난 그렇게 생각 안 해. 지식인에게는 자기가 속한 사회에 대한 사명감이 있어야 해. 철학 교수라고 비평이나 비판가 행세만이 아니라 참여하는 행동력을 보여야 한다고 봐. 남이 해 놓은 것을 비판이나 하는 건 아무나 할 수 있는 일이야."

"맞는 말인데, 그 양반 평소 생각이 너무 이상세계를 바라보는 거 같아서 말이야."

"이상이 뭔가? 오늘의 현실이 어제의 이상 아니겠어? 현재의 시스템에 어쩔 수 없이 끌려가면서 비판이나 하는 것은 그냥 비명일 뿐이야."

"그렇다면 내친김에 백 교수 따라 정계로 한번 나가 보지그래? 대강 알고는 있지만, 파격적인 개혁 소신이던데."

"그렇잖아도 여러 번 권유를 받았어, 평당원으로 협조는 하겠지만, 직접 일선에 나서는 것은 거절했어. 아버지 돌아가신지 일 년 만에 목장이 거덜나게 생겼어. 우선은 목장에 처박혀 있어야지, 여유 있으면 짬짬이 책이나 한 권 쓰면서…."

"차차 생각해 봐! 시간은 많잖아. 그런데 나는 뭐하는 사람이지? 언제까지 식구들 치다꺼리나 하며 살아야 하나?"

"뭐하는 사람은? 호걸 장비, 장 기자님이지."

겨우 몇 잔이 더 오가고 나자 회식 자리에서 과했는지, 말술인 그도 혀가 꼬부라지기 시작했다. 그대로 두면 한없이 이어지는 신세타령과 간혹 주사가 있는 그를 간신히 달래서 택시를 태워 보냈다.

"재벌, 잘 가!"

손을 흔들며 멀어져 가는 장 기자의 불콰한 얼굴에서 오늘따라 왠지 모를 연민이 느껴진다. 병든 홀아버지와 올해 대학생이 된 여동생, 부업하는 아내, 그리고 어린아이들이 그의 양어깨에 매달린 모습이 어른거린다. 농담이긴 하지만 재벌 소리를 듣게 되는 것이 영후는 민망했다. 이름만 허울 좋은 목장이지, 중노동으로 평생을 사신 부모님이시다. 그것도 노년에는 어머니까지 먼저 보내시고 쓸쓸히 혼자 사신 아버지. 그런 유산을 받은 것이 남들보다 조금 나은 정도의 여유는 되었지만, 때때로 미안한 마음은 어쩔 수가 없었다. 가난을 이성적으로는 이해한다고는 한들 정작 저들의 절박한 현실은 체험해 보지 않았다. 간혹 여유만큼 여기저기 도와도 봤지만, 잠깐 마음의 체중 같은 것을 해소하는 정도였지, 자칫 값싼 동정으로 비치지 않았을까 하는 미망이 남았다. 단 두 음절밖에 안 되는 '가난'이라는 단어가 인간에게 끼치는 해악을 떠올려 보았다. 하고 싶은 것을 못한다고 다 가난이 아니며 불행도 아니다. 우리나라 GNP의 5분의 1도 안 되는 동남아 여러 국가들이 우리보다 행복지수가 높다는 사실은 뭘 의미할까? 분에 넘치는 욕심 없이 현실에 만족하고 있기 때문일 것이다. 그래서 발전도 없이 그렇게 가난하게 산다고 우리는 웃지만, 그들도 웃는다. 그들이 웃는 의미가 다르다는 것을 생각해 볼 새도 없이 우리는 뛰고 또 뛰는 것은 아닌가? 영후는 스스로 던진 질문에 답이 떠오르지 않는다.

벌써 많은 청중의 두덜거리는 소리와 그 속에 여러 방송사와 신문사 기자들까지 분주하게 움직이는 모습이 보였다.

무대 상단에는 '순국당 창당 설명회'라는 현수막이 걸려 있고, 그 아래로 '순국당 창당 의의'라는 오늘의 주제에 대한 큼직한 글이 걸려 있다.

잠시 후 여성 사회자가 마이크 앞으로 다가왔다.

이때 영후와 나란히 앉아 있던 장 기자의 휴대전화에서 메시지 소리가 들린다. 휴대전화를 꺼내 메시지를 읽던 장 기자의 표정이 순간 긴장한다.

"왜 그래? 무슨 일이야?"

영후가 작은 소리로 말한다.

"병원이야, 아버지께서 또 위급한 일이 있는 모양이야."

"그래? 그럼 어서 가 봐!"

"그래, 백 교수 강연은 메모해서 나중에 좀 전해 줘. 어차피 기사는 써야 하니까."

"알았어, 염려 말고 가 봐!"

백 교수의 강연회를 마치고 난 후 영후는 갑자기 피로감이 몰려왔다. 잠깐 신문사에 들러 강 기자에게 백 교수 강연 메모를 전해 주고 서둘러 집으로 향했다. 아파트 문을 열고 스위치를 누르자 어둠이 기겁하고 달아난다. 혼자 산 지가 한두 해가 아닌데 오늘따라 휑하니 빈 집 안이 새삼 까닭 없이 허전하다. 피식 자조 섞인 미소가 나왔다. 그것도 잠시 그대로 침대에 쓰러졌다. 스르르 눈을 감았다. 지금부터 이 해방감을 그 무엇으로도 방해받지 않는다고 생각하니 한편으로는 기분 좋은 피로가 몰려온다. 아슴아슴 졸음이 왔다. 몸과 마음이 구름처럼 아늑하다. 세상사를 다 잊고 마음 놓고 한 번 실컷 쉬고 싶었다. 며칠 만일까? 아침에 문을 여니 배달해 놓은 우유가 세 개나 놓여 있다. 삼일씩이나 두문불출하고 먹고 자기만 했다. 전화도 꺼버리고 TV도 꺼놓고 있었다.

오랜만에 휴대전화 충전을 하고 있는데 신호음이 시끄럽게 울렸다. 장 기자였다.

"대체 뭐하는 사람이야? 전화도 꺼 놓고…"

"백 교수 건 메모한 거 그날 신문사에 들러서 강 기자에게 전해 줬잖아? 못 받았어?"

"이 사람 한가한 소리 하네, 그 때문이 아니야! 지금 뭐하냐고!"

"몰라서 물어? 실업자가 잠이나 자지…"

"아이고, 늘어진 팔자 부럽다. 뉴스는 봤어?"

"무슨 뉴스?"

"허, 이 사람 이제 절간 가게 생겼구먼!"

"뉴스 틀어 봐! 일본에 대형 지진이 또 났어. 그날 조 기자가 말했던 그대로야. 매스컴들이 발칵 뒤집혔어. 제발 전화 좀 켜 놔! 간단 말도 없이 벌써 목장으로 가버린 줄 알았지. 나 지금 바쁘니까 나중에 연락해!"

TV에서는 대부분의 방송국이 오늘 20시에 발생한 일본의 지진 소식을 경쟁하듯 내보내고 있었다. 규모 8.2의 강진으로 나가노 지역이 처참한 모습으로 회색 연기를 뿜어내고 있었다. 그날 조 기자가 말한 인터넷 예고 그대로다. 폐허로 변한 시가지는 처참하기 이를 때 없다. 인간이 만들어 놓은 구조물 대부분은 형체를 알아볼 수 없을 만큼 부서지고, 무너지고, 불타고 있다. 현장을 배경으로 마이크를 잡고 있는 앵커의 목소리가 냉정함을 잃고 공포에 질려 있다. 특히 이미 인터넷에서 예고되었던 바를 상기시키며 당국자들의 안일한 대처를 반복해서 쏟아 내고 있다. 해외로 도피를 서두르는 사람들 때문에 국제선 티켓이 벌써 바닥이 났다고 한다.

영후는 형체를 알 수 없는 먹구름이 몰려오는 서늘한 느낌에 한동안 망연해 졌다. 이건 뭘까? 어느 인간의 못된 장난이라고 생각하기는 너무 엄청나다. 모종의 음모? 그렇다면 목적은? 일본을 단죄하기 위하여? 머릿속에 떠오르는 갖가지 의혹이 혼란스럽다. 논리가 맞는 게 없다. 도대체 금세기에 인공적으로 지진을 보내는 것이 가능하단 말인가? 장 기자에게 전화를 걸었다. 사내 전화는 계속 통화 중이고, 휴대전화 역시 마찬가지다. 계속해서 시도한 끝에 가까스로 휴대전화에 연결되었다.

"뭐? 들어온 게 없어?"

"말도 마! 전화만 불이 날 지경이야. 동경지사에서도 마찬가지야 오히려 지사 철수 운운하는 통에 국장한테 벼락을 맞고 말았어! 좀 더 상황을 지켜보다가 자체적으로 판단하라는 식이야. 나는 책임지지 않겠다는 거지."

"퇴근 시간은 어때?"

"비상근무령이 내렸어. 젠장, 우리가 뭘 할 수 있다고 비상근무라니… 한 가지 이상한 건 진원지가 독도 근해라는 거야."

"일본 아이들이 인터넷에 올린 자의 ID를 잡아내지 못하나? 걔네들도 상당한 기술이 있을 텐데?"

"그래서 더 난리잖아. 현재 기술로는 전혀 잡히지 않는다는 거야."

"허, 보통 일이 아니네. 그래, 그럼 뭐 더 나오는 게 있으면 연락해 줘."

"알았어."

한국의 방송국들은 갑자기 국내로 유입되어 온 일본 난민들의 소식을 계속해서 내보내고 있었다. 슈퍼나 재래시장 심지어 동네 구멍가게까지 식품이 동나고, 셋집은 이미 시골까지도 방이 없다는 소식을 전하고 있었다. 왜놈들! 우리의 6.25 전쟁 때문에 특수를 누렸다고 하던 어느 국회의원 놈의 말이 상기되었다. 남의 불행에 특수 운운하던 자들은 지금 어떤 심정일까?

영후는 아까 데워 놓은 물에 커피를 한 잔 탔다. 휴대전화 매미가 오늘따라 요란하게 울렸다. 장 기자겠거니 하고 들다가 만 커피 잔을 놓고 얼른 휴대전화를 들었다. 엉뚱하게도 백 교수 이름이 뜬다.

"예, 교수님! 안녕하십니까?"

"아직 목장에 내려간 건 아니지?"

"예, 아직 정리할 게 있어서…."

"그럼 됐어. 급히 내게 좀 와 줘! 아주 급한 일이야!"

"예, 그런데…."

평소답지 않게 억양에 여유가 없다. 절박한 무엇이 느껴진다. 무슨 일인가? 묻기도 전에 먼저 전화를 끊어버렸다. 궁금한 대로 채비를 하고 나섰다.

백 교수의 서재에는 사십대 초반으로 보이는 젊은 사람이 말쑥한 양복 차림을 하고 소파에 앉았다가 영후가 들어서니 백 교수와 함께 일어난다.

"먼저 인사들 하게. 일본에서 온 내 큰 형님의 장조카일세."

"민영훕니다."

"야마다입니다."

"이 사람은 일본에서 태어나서 한국말을 제대로 못 하네. 인사말 몇 마디 정도야."

"아, 그러시군요."

잠시 백 교수 표정에 어떤 비장감이 떠오른다. 영후는 까닭 모를 멍한 표정으로 바라보았다.

"자네, 내가 특별히 부탁함세. 지금 당장 러시아를 좀 다녀오게"

"갑자기 러시아라니요?"

요즈음 일본인 난민들이 집을 못 구해서 부탁하는 건가 하는 추측을 잠시 해보던 영후는 러시아라는 말에 의아한 표정이 되고 만다.

"얘기가 좀 복잡해. 잘 들어 봐. 야마다는 일본의 신조 그룹 회장 개인 비서를 오래했어. 그런데 최근에 조센징이라는 사실이 밝혀져 지금 도피 생활을 하는 중이야."

"그런 사례는 간혹 있었던 일 아닙니까? 그 정도로 도피를 하다니…."

"그 정도가 아니니 문제야. 얼마 전부터 그룹 회장 아라이에게 괴전화가 몇 차례 걸려 왔는데 그 내용을 야마다가 알아버린 것이 화근이 된 것이야."

"…."

"자네도 이번 일본 지진 소식을 들어서 알 테지만, 괴전화의 내용이 그것과 연관이 있어."

"연관이라면…."

"야마다가 아는 것도 일부분이야. 괴전화는 아라이 회장과 동경 유학 시절에 깊은 악연이 있었던 사람이고, 2차 대전 때 학도병으로 소련으로 끌려갔다가 소식이 끊어졌던 사람인데 갑자기 몇 달 전에 나타나서 전화로 협박을 한 모양이야. 협박 내용이 인터넷에 나도는 지진 내용 그대로야. 불가사의한 일이지. 그래서 일본에서는 미국에 여러 각도로 타진하고 있는데 오리무중이래."

"미국은 또 뭔 연관입니까?"

"그렇지! 기자였던 자네도 잘 모르는 인공지진이 미국에서 비밀리에 연구되고 있다는 것을, 일본에서는 오래전부터 알고 있었다는 것이야."

"인공지진?"

"그래, 인공지진! 'HAARP'라는 말 들어 보았나? 'High Frequency Active Auroral Research Program'의 줄임말로 '고성능 주파수 오로라 실험기구'야. 어느 과학자가 기후 조절 장치 목적으로 연구된 것인데, 미국방부에서 기후 무기화의 가능성을 알게 되어 몇 차례 실험을 한 것이라네. 무엇보다 환태평양 조산대 불의 고리 지역에 있는 캘리포니아 샌안드레아 단층이 언제 붕괴되느냐는 것이 세계 지질학자들의 초미의 관심사였는데, 예측이나 경고 시한이 한참을 지났는데 지금도 멀쩡하다는 것이야. 오래전부터 애드가 케이시 등 많은 학자가 캘리포니아가 가라앉을 것이라는 예언을 했다는 것이지. 그런데 이것을 HAARP로 막았다는 거야. 문제는 불의 고리 지역에 마주 보고 있는 반대편 지각에 압력을 빼, 캘리포니아의 파멸을 모면했다는 추측을 한다네. 더 큰 문제는 그 반대편이 아이티인데, 그때 강진이 열 시간 이상 지속되면서 아이티가 초토화됐다는 것이야. 그래서 베네수엘라 대통령 차베츠가 HAARP로 당한 것이라는 발표를 했고, 영국의 BBC도 의혹을 제기했으나 원체 극비 중의 극비 사항이라 확인된 것은 아무것도 없어. 그것으로 끝이 아닌 것이 더 문제야. 불행히도 다음에는 도미니카 공화국, 자메이카, 푸에르토리코 등 캘리포니아의 반대편 가난한 국가들이 줄초상을 당할 위험에 처해있지. 이 문제는 지구 자연계에 끼치는 해악에 대한 더 많은 자료가 있지만, 거기까지는 다음 기회에 얘기하기로 하고 우선은 인공지진이 있다는 정도로 이해하면 되네.”

“그렇다면 미국에 알아보아야 할 일 아닙니까? 그런데 왜 러시아입니까?”

“문제는 미국의 그 HAARP 장치는 70~80만 평에 마치 변전소처럼 안테나들이 180개나 설치되어 있는데, 아무리 극비라고 해도 그만한 규모라면 내용은 몰라도 그 시설만은 확인할 수 있어.”

“그러면 저더러 러시아에 그 시설이 있나 확인해 보라는 말씀입니까?”

“아니야, 러시아에는 그만한 시설도, 능력도 없어. HAARP에 대한 것은 상식적으로 이해하라는 뜻이고, 이게 음모론이다, 아니다 의견이 분분해. 나는 그것에는 관심이 없어. 단지 이번 일본 지진의 진원지가 우리 바다 독도 근해라는 것이 의혹의 주안점이네. HAARP하고는 그 기술적인 정도가 판이해. 아직 지구상에 상상도 할 수 없는 기술이지. 무엇보다도 일본의 지진은 미리 예고한 지점에 정확하게 타격을 주고 있다는 것이야. 지금 아무 단서가 없는데 유일하게 아라이 회장에게 지진을 보내겠다고 협박한 2차 대전 시 학도병을 찾으려 일본이 혈안이 되어 있다는 것이야. 그 사람을 우리가 먼저 찾아야 해.”

“그렇다면 정부나 국정원에 의뢰할 사항 아니겠습니까?”

“왜 아니겠어, 그래서 국정원 쪽으로도 연락했지. 그러나 그쪽에서는 절차적 문제도 있고, 무엇보다 아직 의혹만으로 조사하기에는 문제가 있다는 것이야. 일개인이 그런 일을 하기는 가당치도 않은 일이라는 거야. 그들의 생각도 무리는 아니지. 그러니 자네가 먼저 그 사람을 신속히 찾아봤으면 해서야.”

"…."

"생각할 거 없어. 내가 언제 엉뚱한 소리를 했던 적이 있나? 내 예감에 뭔가가 있어."

"그럼 그 사람에 대한 정보는 고작 2차 대전 학도병이라는 것뿐입니까?"

"음, 몇 가지 있지. 이름은 긴노시라고 일본식으로만 알고, 동경 J대학 지질학과 출신이며, 나이는 고령일 테고… 이게 다야. 한 가지 더 중요한 것은 이 사람이 젊을 때 핵무기는 지질과학으로 제거할 수 있는 시대가 열릴 것이라는 야릇한 말을 자주했다는 거야. 지금으로서는 도저히 이해할 수 없는 일이지만, 나는 뿌리칠 수 없는 어떤 예감이 강하게 들어. 이것이 사실이라면 지금 북한의 핵 때문에 세계가 떠들썩한대, 우리가 먼저 확보해야 할 중차대한 문제가 아니겠는가?"

백 교수는 확인이라도 하는 듯이 야마다를 쳐다보며 연신 영후의 표정을 살폈다. 너무 갑작스러운 제안이라 무엇을 어떻게 해야 할지 얼떨떨한 표정을 하는 영후에게 백 교수는 다짐하듯 한다.

"물론 내가 자네의 사정을 몰라서 하는 말은 아니야. 부친이 얼마 전에 돌아가시고 목장 일이 염려되어 기자 생활도 사표를 낸 입장인데, 이 일이 너무 중대한 일이라서 개인적인 사정을 고려할 여지가 없네. 마침 자네는 목장에서 조용히 책이라도 한 권 써보겠다고 하지 않았나? 혹시 모르지, 나중에 이것이 좋은 소재가 될지."

"꼭 제가 가야 할 특별한 이유라도 있습니까?"

"있지. 자네는 첫째, 기자 생활에서 쌓은 경륜이 적합하고, 러시아어에도 능통한 데다, 영어 등 어학적으로 불편하지 않기 때문이다. 둘째는 이것이 철저한 보안이 요하는 사항이니 자네 외는 내가 누구를 믿겠나? 또 조사를 하다 보면 러시아 교포들의 삶에 대한 애환도 취재할 기회가 되지 않겠나?"

백 교수의 설명에는 간곡함이 절절하다. 난감한 표정을 하는 영후에게 평소의 성품과는 다른 억양으로 다잡듯 덧붙인다.

"러시아에 자네를 일부분 도와줄 사람도 연결해 놓았어. 그에게는 교포들에 대한 책을 쓰기 위해 한 사람이 간다고만 해 놓았어. 생각하고 말고, 시간을 끌어서는 안 되는 일이야. 벌써 일본인들이 혈안이 되어 찾고 있는 모양이니 절대로 그들에게 빼앗겨서는 안 될 일이야. 또 한 가지 독도 근해의 차세대 에너지 자원 하이드레이트[1]에 대해서는 자네도 알 것이야."

"네, 들어본 적 있습니다."

"그런데 야마다의 예감으로는 그보다 더 엄청난 비밀이 있다는 것을 감지했다는 것이야. 정확히는 몰라도 그것이 독도 근해의 또 다른 자원 문제일 가능성이 높다고 하네, 총리와 동자부장관 그리고 원전 관계 최고 책임자 단 세 사람만이 며칠 밤을 새워 회의를 했다고 하네. 지진 문제로는 이미 많은 관계자들이 수없이 총리실을 들락거리며 보고하고 논의를 했는데, 틀림없이 다른 뭔가 중대 사안이 있다는 것이야."

한참을 골똘히 생각하던 영후가 결심하듯 대답한다.

"예, 잘 알겠습니다. 서둘러 준비해 보겠습니다."

"그래, 고맙네. 자네면 그럴 줄 알았어. 그리고 이건 내가 조사한 이번 지진에 대한 개온데, 참고로 읽어 보게. 참 그리고 이 사람 야마다를 자네 목장에 좀 숨겨 줄 수 있겠나? 왜인들에게 쫓기고 있는 신세야. 아까 말한 그런 내용을 많이 알고 있다는 것 때문이야."

"그야 어렵지 않은 일입니다."

"그럼 됐네, 고마워."

몇 장의 서류를 건네주는 백 교수는 겨우 안심하는 표정으로 숨을 한 번 몰아쉬고 고개를 끄덕였다.

〈지진 발생 시 독도 앞바다의 이상 징후〉

일본 지진이 발생하기 직전에 독도 앞바다에서 용오름(워터 스파우트) 현상이 있었다. 이날의 용오름 현상은 가끔 나타나는 보통의 것과는 다른 흥미로운 현상이 나타났다.

그날 독도 북동쪽 1.2㎞ 해상에서 생긴 용오름은 남동쪽으로 약 500m 이동한 뒤 10분 만에 소멸되었다. 용오름의 높이는 600~700m, 기둥의 지름은 50~70m에 달했다.

보통 연해주 지방의 차가운 공기가 동해에 진출하여 따뜻한 동해의 해면과 접촉하면서 거대한 적란운(상승하는 저기압성 뭉게구름)이 생기고, 대기 불안정에 따른 강한 상승 기류와 지형적인 영향이 더해지면서 강력한 소용돌이가 발생하는 것이다.

여기까지는 일반적인 용오름 현상과 다를 게 없었으나 용오름이 발생하기 직전과 소멸한 뒤 해상의 변화가 특이했다. 발생하기 직전 높이 5~6m 가량의 작은 해일이 일어, 약 10분가량 바다 한가운데에서 마치 물이 끓는 것 같은 모양이 있었다. 그리고 보통의 용오름은 소멸한 뒤에는 평상으로 돌아와 흔적이 남지 않는데, 이날은 해상에 4~5㎞ 정도의 엷은 기름띠가 남아있었다는 점이다.

이 기름띠를 분석한 전문가는 독도 근해에 넓게 형성되어 있는 하이드레이트의 해리解離가 일어나 생긴 현상이라고 설명했다. 그러나 용오름 현상은 하이드레이트의 해리와는 관계가 없는 것으로 미루어 용오름 현상 직전에 있었던 이상한 해일과 연관이 있는 것으로 추측했다.

하이드레이트는 그 자체가 훌륭한 에너지 자원이면서 석유 자원이 묻혀 있는지 알려 주는 지시 자원이기도 하다. 바다 밑 석유 자원이 묻혀 있는 곳의 지질은 맨 위쪽에 서벗처럼 얼어붙은 하이드레이트층이 있고, 그 아래에 천연가스와 원유층이 있다.

하이드레이트의 개발 및 연구는 러시아가 세계 최고 수준이고, 그 뒤를 미국, 일본, 캐나다가 이어가고 있다.

일본이 독도를 자기네 땅이라고 우기는 가장 중요한 이유는 독도 근해에 광범위하게 퍼져 있는 하이드레이트 때문이다.

하이드레이트는 지구의 온난화 현상으로 해리가 야기되는데 이는 지반 침하로 해저를 붕괴시킬 수 있다. 독도 근해의 하이드레이트의 해리는 일본열도의 지반 침하와 관련된 국가 생존 문제가 걸려 있기 때문이다.

버뮤다 미스터리가 하이드레이트 해리에 의한 해저 침하 작용 때문이라는 설도 주목할 만한 일이다.

〈신조 그룹의 성장 배경〉

신조 그룹은 2차 대전 당시 고야 탄광을 기반으로 지금의 재벌그룹으로 성장한 기업이다. 고야 탄광은 그 당시 가장 악명 높은 탄광으로, 주로 아시아 각국의 강제 징용자들을 동원하여 혹독한 노역으로 전쟁 물자를 납품하여 부를 이룬 대표적인 기업이다. 지금까지 고야 탄광의 강제 노역은 인권 탄압의 의혹이 회자되고 있다.

오늘날 45개의 계열 회사를 가진 일본 내 10대 재벌그룹으로 성장한 배경에는 이러한 강제 징용자들의 고혈이 절대적인 기반이 되었던 것은 말할 것도 없다.

〈신조 그룹 현 회장 아라이 신따로의 성장 배경〉

아라이 신따로(86세)는 그룹 창설자 고노의 장남으로 1976년 작고한 선친의 뒤를 이어 그룹 회장으로 취임했다.

일본 와세다 대학 경영학과를 졸업한 그는 태평양 전쟁 당시 정보 장교로 참전한 경력이 있다. 전쟁이 막바지로 내몰리고 있던 때 가미카제 특공대 모집에서 보인 열성으로 정계 우익 세력들과의 인맥이 두텁다. 종전 후 곧바로 선친이 경영하던 신조 금융에 참여, 발군의 재능을 발휘하여 오늘의 대그룹으로 성장하는데 큰 공로를 세웠다.

<4가지 의혹>

1, 긴노시라는 재소 한인 교포와 아라이 신따로 사이에 과거에 어떤 교류가 있었는가?

2, 긴노시가 재소 한인 교포라는 근거와 그에 대한 개인 정보는?

3, 사망한 것으로 알려진 긴노시라는 인물이 아라이에게 세 차례에 걸쳐 걸려온 전화 추적은 불가능했는가? 그렇다면 그 원인은?

4, 일본은 지진 다발 지역으로 지진계 시스템이 철저한데 사전 징후가 전혀 없었던 이유는 왜일까?

새벽 4시, 모스크바 공항은 한 치 앞이 보이지 않는 짙은 안개로 덮여 있었다. 이런 안갯속에 어떻게 비행기가 착륙할 수 있었는지 신기할 정도였다. 검색대를 통과한 영후는 낯선 얼굴들 사이에서 누군가를 열심히 찾고 있었다.

"오시느라 수고했습니다."

아까부터 두리번거리는 영후의 시선을 따라오고 있던 동양계의 한 사나이가 손을 내밀었다. 생전 웃어 본 적 없어 보이는 굳은 얼굴의 그가 내민 손을 잡자, 서늘하게 냉기가 전해 왔다. 그의 굳은 얼굴과 냉기 가득한 손에서 까닭 모를 이방감이 느껴졌다. '박관우' 대사관 주재원 생활 3년을 했다는 그는 남의 일에는 도저히 흥미를 느끼지 못할 것 같은 과묵한 표정을 하고 있었다. 백 교수가 말한 조력자였다. 그가 안내하는 승용차에 올라 공항을 빠져나왔다. 한참을 따라오던 안개가 퍼지기 시작하는 햇살에 밀려나고, 옛 제국의 영화가 건축 양식에서 잘 드러나고 있었다. 곳곳에 고집스레 버티고 있는 고전 양식의 건물들 사이를 지나 한참 만에 도착한 곳은 의외로 잘 지은 현대식 호텔 앞이었다. 막 떠오른 아침 햇살의 섬광을 받으며 우뚝 선 호텔은 주변의 고전 건물들 속에서 유난히 도드라져 보였다.

여장을 풀고 커피 한 잔으로 이방감을 잠깐 달래고 나니 박관우가 서류 봉투 하나를 건네주었다.

"우리가 확보한 일제 강점기 긴노시라는 이름을 썼던 사람의 명단입니다만, 이게 다라고 볼 수는 없을 겁니다. 대부분 소련식으로 개명해서 본명을 잘 쓰지도 않고, 더구나 원체 넓은 땅에다 교포들이 여기저기 흩어져 살고 있으니 명단 입수도 쉽지 않습니다."

재러시아 교포일지도 모르는 긴노시라는 사람의 일생을 추적하는 글을 쓰려고 하는 것으로 알고 있는 그는 한 번쯤 연유를 물어봄 직도 한데, 끝내 말이 없었다. 그의 과묵한 성격 덕택인지 몰라도 다행히 선의의 거짓말이라도 해야 하는 수고를 덜어 주었다. 박관우가 무표정한 얼굴로 작별 인사를 하고 가버린 뒤에 영후는 탁자 위에 그가 놓고 간 자료를 펼쳐 놓았다.

7명의 긴노시 명단이 적혀 있었다. 그중에서 전혀 해당이 안 되는 이름부터 구분해 보았다.

긴노시라는 이름으로 태평양 전쟁 당시 일본에 유학했고, 학도병으로 일본군에 입대했다는 것 외는 다른 정보가 없지만, 이것만으로도 구분할 것은 있었다.

나이가 80은 넘어야 하고, 유학을 할 만한 환경이나 배경이 맞아야 하는 것과 인텔리, 즉 지식층이라는 점이다.

또한 그중에서도 일본군에 입대한 경력지로 한정되었다.

우선 80세 이하의 사람을 구분해 놓으니 7명에서 4명으로 줄어들었다. 두 명이 키르키츠, 한 명이 카자흐스탄, 또 한 명은 하바로프스크로 주소가 되어 있었는데 하바로프스크에 사는 사람은 사망자로 표시되어 있었다. 우선 두 명이 있는 키르키츠로 가 보기로 했다. 명단에 나타나지 않는 일본 유학이나 일본군 입대 경력이 있는 한 사람씩 찾아가다 보면 알 수 있을 것이다. 2시간 넘게 비행기를 타고 가야 하는 키르키츠는 러시아 공군기지가 있는 북쪽 끝이었다. 몇 번을 물어물어 어렵사리 만난 첫 번째 사람은 강제 노역 중에 탈출하다가 잡혀, 강제로 일본군에 끌려 온 노인이었다.

"그놈들이 나를 보고 평시에 긴상긴상하니까 그냥 긴노시라고 했지. 창시 개명하라고 하니 나오는 대로 그렇게 했지. 실상 나는 초등학교도 다니지 못했거든."

"해방되고 나서 귀국하지 않고 왜 눌러앉았습니까?"

"부상을 당해 병원에 입원하고 있는데, 원적을 묻기에 조선이라고 했더니, 조선 사람은 나중에 간다기에 그런 줄만 알고 기다리고 있었는데, 영 소식이 없어 후에 들어 보니 일본인만 귀국할 수 있다는 게야. 왜놈들의 항복 조건에 자국민만 귀국 할 수 있게 되어 있다는 게지, 원통하기 짝이 없어 백방으로 항의해 보았으나 소용이 없었어."

영후는 잠시 실망은 했으나 다시 용기를 내어 마음을 다졌다. 다음 사람을 찾아가기 위해 주소지가 있는 위치를 물어보니 3시간 남짓 거리를 버스를 타고 가야 하는데, 지금 시간은 버스가 없다고 한다. 오전, 오후 하루에 두 번밖에 없다는 것이다. 난감한 기분으로 잠시 망설이다가 호텔을 물어보았다. 자기 집에 자고 가라고 권유했지만, 왠지 내키지 않아 공손히 인사를 하고 그와 헤어져 나왔다. 하룻밤을 온전히 호텔에서 하릴없이 묶어야 했다. 과연 이렇게 해서 찾을 수 있을까 하는 막막한 생각으로 자는 둥, 마는 둥 밤을 보내고, 다음 날 아침 첫차를 탔다. 포장이 안된 길을 덜컹거리며 3시간 남짓 달려서 또 한 사람의 긴노시를 만난 것은 오후 2시가 가까운 시간이었다. 혹시나 하는 기대는 단박에 실망으로 바뀌고 말았다. 무슨 병인지 중병을 앓고 있는 사람이었고, 고향 황해도에서 강제로 끌려와 총상의 후유증으로 오랫동안 병석에 누워 죽을 날만 기다리는 사람으로 일본은 가본 적도 없는 농부 출신이었다. 전혀 관계가 없는 두 사람을 만나고 보니, 잠시 맥이 빠지는 기분을 어쩔수 없었다. 서울에서 김 서방 찾기보다 어려운 일에 괜한 객기를 부렸다는 후회가 스멀스멀 고개를 쳐들었다. 그러나 할 수 없는 일이었다. 기왕에 시작한 일이고 정말 국운이 달린 문제일 수도 있다는 백 교수의 말이 연상되기도 했다.

다음 날은 중앙아시아 카자흐스탄이었다. 전날 키르키츠에서 발품만 팔고 말았기에 기대보다 막막함이 앞섰다. 모스크바로 돌아와 영후가 카자흐스탄으로 가는 오전 10시 35분 비행기에 올랐을 때는 잔뜩 흐린 날씨였다. 4시간 정도의 비행 끝에 도착한 카자흐스탄 공항에는 세찬 모래바람이 불고 있었다.

1937년부터 주로 연해주의 한인들이 강제이주되어 온 이곳의 농지는 처음에는 갈대밖에 없는 불모지였다. 그런 불모지를 한인들이 억척같은 의지로 개간해 놓은 덕분에 오늘날 농지로서 면모를 갖추고 있었다. 처음 소련 정부는 두 가지 목적으로 한인들의 강제이주정책을 시행했다.

먼저 국경지대인 연해주에 사는 한인들은 러시아어, 일본어, 중국어와 모국어를 아울러 의사소통이 잘되어 첩자 행위를 할 여지가 있다는 것이 이유였다. 실제로 일본인의 첩자로 체포된 사람이 있기도 했다. 그것을 차단하는 것과 한인들을 이주시켜 새로운 농업지역을 개척한다는 두 가지 목적이었다. 부지런하고 유능한 농업기술을 가진 한인들이 불모지인 이 땅에 그들의 계획대로 새로운 농업지역을 일구어 냈다. 그러나 한인들에게 돌아오는 것은 겨우 목숨을 부지할 만큼의 정도였고, 대부분의 수확은 각종 명목을 붙인 세금과 군대 식량으로 공출되어 억울한 수탈을 당해야만 했다.

영후는 잠깐 울울한 기분에 휩싸여 끝없이 넓은 들녘으로 바람에 쓸려 휘청거리는 갈대를 바라보았다. 막막하고 억울했던 심정을 억누르고 이 불모지에 목숨을 의존할 수밖에 없었던 한인들의 절박한 삶을 상상하니 가슴이 저려 왔다.

카자흐스탄 공항에서 H시로 가는 길은 비포장도로였다. 다행히 공항에는 렌터카 부스가 있었다. 렌트한 지프로 덜컹거리며 두 시간가량 달려서 도착한 곳은 시 외곽에 있는 작은 농촌 마을이었다. 벌써 수확이 끝난 들판과 마을 곳곳에 우리 식의 흔적이 엿보이는 집들이 뜻밖에도 정겹게 느껴졌다. 몇 번을 물어물어 어렵사리 한 집을 찾아 든 때는 석양이 붉게 물들기 시작한 무렵이었다. 대문을 흔들어 딸랑거리는 종소리를 내고 한참을 기다려도 인기척이 없어, 다시 대문을 흔들려고 손을 들다가 내려놓았다. 마침 나지막한 대문 너머로 보이는 방 쪽에서 미닫이문이 열리고 있었기 때문이었다. 방문 곁에 세워 놓은 지팡이로 중심을 잡고 느릿느릿 대문 앞으로 다가온 노인이 까닭 없이 경계하는 눈초리로 대문을 열어 주었다. 직감적으로 주인을 바로 만났다는 예감은 틀리지 않았다. 영후가 겸손하게 예를 갖추어 인사를 하고 용건을 말하자, 예상

밖으로 잠시 향수에 젖은 듯한 표정 끝에 천천히 입을 열었다. 뒤에 안 일이지만 소련식으로 개명하고 난 뒤부터 쓰지 않던 이름을 오랜만에 듣게 되니 그런 기분이 들었던 모양이었다.

"일제 강점기에 긴노시라는 이름을 쓰신 어른을 찾고 있습니다."

"내가 긴노시라는 이름을 썼지요. 그런데 왜 찾으시오?"

낯선 사람들에 대한 경계의 표정이나 아니면 습관적인 동작인지 고개를 갸우뚱거리며 물었다. 억양이 낯설긴 해도 유창한 우리말이었다.

처음 볼 때부터 어딘지 모르게 아니라는 생각을 하고 있었는데 예상대로였다. 긴노시에 대한 설명을 듣고 나서 오히려 노인 쪽에서 더 미안해하며 안타까워했다.

"허허, 잘못 찾아 왔네 그려, 학도병은커녕 나는 일본 유학도 못 해봤어…"

결국 또 발품만 판 꼴이 되었다. 역시 일이 수월하게 잘 풀릴 것이라고 기대하지는 않았지만, 온전하게 또 하루를 허비하며 찾아온 길이라 잠시 허탈해졌다. 그런 영후의 표정을 읽은 노인은 잠시 마루에 올라 물이라도 마시고 가라며 자리를 권했다. 돌아가는 일 외는 딱히 일정도 없는 늦은 시간이었고, 실상 목이 마르기도 해서 노인의 권유를 흔쾌히 받아들였다. 그때 또 한줄기 세찬 바람이 몰아쳐 지나가자 노인은 기어코 안으로 들게 했다. 다른 식구가 보이지 않는 연유를 묻거나, 마지막 가을걷이를 하려고 모두 들로 나갔다고 대답하는 상례적인 대화가 잠시 오갔다.

"우리말을 잘하시네요?"

"우리 대代까지는 그래도 잊지 않으려고 가르치고 배우고 했지만, 요즘 젊은이들이야 러시아 사람 다 됐지."

종일 일 나간 식구들만 기다리고 있던 노인은 대화 상대를 만나 갑자기 생기가 도는 듯 묻지도 않은 지난 이야기를 띄엄띄엄 풀어 놓았다. 이런저런 노인의 이야기를 듣던 중 영후는 긴노시와 비슷한 이름의 명단을 내보였다. 그리고 혹시 이 명단에 빠진 사람은 없는지 아울러 물었다. 잠깐 명단을 훑어본 노인은 이미 사망한 것으로 되어 있는 1918년생 김노산의 주소를 보고는 '프스끼' 하며 아는 체를 했다. 그도 학도병 출신이 아니라, 스탈린 시절 강제 노역으로 북조선에서 보낸 사람인데 교묘하게 탈출하여 살다가 죽은 사람이라며 상세하게 알고 있었다. 프스끼라는 이름에 생각이 미쳐, 아직 물어보지 못한 노인의 소련식 이름을 묻자 빅또르라고 알려주고 나서 뜬금없이 블라지미르를 한 번 찾아가 보는 것이 어떻겠냐고 권유했다. 처음 듣는 그 이름에 영문을 몰라 하는 영후에게 노인은 잠시 생각에 잠긴 듯한 표정을 풀고 다시 입을 열었다.

"그도 학도병 출신은 아니지만, 일본군에서 탈출해 온 사람이니까 학도병이라면 그가 잘 알 것이야."

영후의 귀가 번쩍 띄었다. 진작 예정하고 있던 일이기도 했지만, 예상 밖으로 쉽게 일본군 출신을 만날 기회가 온 것이 반가웠다. 블라지미르의 주소를 받아 적고 일어나려는데 늦었으니까 저녁도 먹고, 자고 가라는 간곡한 권유를 정중히 거절하고 일어났다. 멀지 않다는 말을 들은 터라 더 어둡기 전에 만나 보고 싶은 마음에 서둘렀다.

빅또르 노인과 작별인사를 하는데, 아까부터 습관인 줄 알았던 고개를 갸우뚱거리는 표정이 이번에는 더욱 확연히 느껴졌다.

"뭐… 미심쩍은 일이라도 있습니까?"

하고 물어 보았다.

"아니… 그냥, 좀…."

하고 얼버무리는 것에 더욱 궁금증이 일어, 다시 한 번 빅또르의 표정을 찬찬히 살피며 물었다.

"무슨…?"

해 놓고 노골적으로 의혹을 드러내 보였다.

"글쎄… 지난주에도…."

"지난주에…?"

"지난주에 일본인 두 사람이 소련 통역을 앞세워 내게 찾아왔는데 비슷한 걸 물었단 말이야."

순간 영후의 가슴에 어떤 열기가 번져 왔다. 어느 정도 예측은 하고 있었으나 막상 그들의 흔적이 느껴지자 심중에 희미하게 떠오르는 것이 있었다. 백 교수의 염려가 상기되었기 때문이었다.

"무엇을 물었습니까?"

"뭐, 비슷해, 자네가 물은 거와. 그놈들도 학도병 출신 긴노시를 찾았으니까."

"그리고 또 어떤…."

"아니라고 하니까 서둘러 가버렸지, 왜놈에게 호의적이지 않은 내 감정을 그놈들이 모르겠어?"

"블라지미르 어른을 알려 주었습니까?"

"아니, 그때는 생각할 겨를도 없었고…."

"혹시 그들이 찾아온 날짜를 기억하십니까?"

"보자, 그러니까 막내 손자 돌잔치 다음 날이었으니까 이달 초닷새 날이구먼."

어렵지 않게 날짜를 기억해 낸 빅또르 노인은 아까부터 궁금했다는 듯 되물었다.

"대체 무슨 일인가?"

"내년 8·15 특집 기사를 준비하고 있는데, 일본인들이 왜곡해 놓은 부분 때문에 서로 취재 경쟁을 하고 있습니다."

미리 준비해 둔 말이라 쉽게 둘러댈 수 있었다.

"아, 작가 선생이군."

그런대로 궁금증이 풀렸다는 듯 고개를 끄덕이는 노인에게 영후는 다시 물었다.

"그 사람들 인상착의가 어땠습니까?"

"한 사람은 건장한 체격에 안경을 썼고, 또 한 사람은 그보다 조금 작은 키에 운동깨나 한 얼굴로 어깨가 유난히 넓었지."

빅또르 노인과 헤어져 나오면서 날짜를 꼽아 보았다. 그들이 정확하게 5일 전에 이곳에 나타난 흔적을 남기고 있었다. 아까 가슴에 번지던 열기가 뛰기 시작했다.

한 시간 남짓 지프로 달려, 박 블라지미르 노인의 집을 찾아 들었을 때는 이미 뉘엿뉘엿 해가 지고 있었다.

작은 개울 하나만 빼면 빅또르 노인의 마을과 별반 다를 것도 없어 보이는 작은 농촌 마을에는 벌써 방에서 비치는 불빛이 드문드문 보이고 있었다.

족히 80살은 넘어 보이는 나이에도 블라지미르 노인은 건장한 체격에 혈색 좋은 얼굴이었다. 빅또르 노인의 이름을 대자, 찾아온 연유도 묻지 않고 집안으로 안내했다. 러시아계로 보이는 부인이 차와 함께 해바라기

씨앗을 내왔다. 추수한 것으로 보이는 해바라기 씨앗은 심심파적으로 이 고장 사람들이 자주 먹는 간식으로 잘 알려져 있다.

자녀 넷이 모두 분가해서 따로 살기 때문에 매일 둘이서만 지내고 있다는 블라지미르의 집은 내외만 살기에는 허전하고 커 보였다.

찾아온 연유를 듣고 난 블라지미르는 긴노시라면 더 생각할 것도 없다는 듯이 이반 니꼴라이비치라고 서슴없이 단정했다.

"학도병 출신은 여러 명 있었지만 긴노시라는 이름을 쓴 사람은 한 사람뿐이야, 하지만 그 이름을 아는 사람은 없어. 다들 김형우로 알고 있었지. 그런 데다 소련식 이름대로 이반, 이반 했으니까 알 턱이 있나?"

"그럼 한국식 본명이 따로 있었습니까?"

"있었고 말고! 김노신이 본명이었지."

"김형우라는 이름을 쓰게 된 연유라도 있었습니까?"

"연유라면 긴 연유가 있지…."

이제 한 가닥 실마리가 잡힐 것 같은 기대감으로 마음이 부풀기 시작한 영후는 블라지미르의 눈빛에 모든 신경을 곤두세웠다.

댓진이 누렇게 찌든 파이프에 꽁초를 끼워 불을 붙인 블라지미르는 연기를 한 번 길게 뿜어내고 나서 잠시 먼 곳으로 시선을 보냈다. 긴 사연을 이야기하기 전의 허허로운 표정이 그렇게 묻어났다. 그러다가 문득 생각이 났는지 먼 데로 두고 있던 시선을 거두고, 미리 물어볼 것을 잊고 있었다는 듯이, 그를 왜 찾느냐고 물었다. 이미 빅또르에게 했던 대로 같은 대답을 해 주자 다는 모르겠지만, 그런대로 의혹이 풀렸다는 듯 머리를 끄덕였다.

"그를 소재로 해서 특집을 만든단 말이지? 하긴 그만한 소재도 드물지

...."

하고는 별 의심 없이 이야기를 시작했다.

"그를 처음 만난 것은 패전의 기미가 점점 짙어 가던 1944년 초가을경이었어. 나는 한 무리의 패잔병들과 내일을 기약할 수 없는 불안 속에서 전전긍긍하고 있을 때였지."

한 사람의 낙오병이 정찰을 나갔던 사병들에 이끌려 패잔병들의 움막으로 들어왔을 때는 막 해가 지기 시작한 황혼 무렵이었다. 이마에는 아물지 않은 상처가 흉하게 드러나 있었고 심한 굶주림과 추위로 탈진한 상태였다. 그러나 그 어떤 힘이 남아 있었는지 그의 눈빛만은 형형하여 처음부터 예사롭지 않은 인물이라는 예감은 있었다. 모두 일곱 명의 패잔병들이 하루의 행군을 마치고 잠깐 숨어 있던 움막에 그가 들어오면서 여덟 명이 되었다. 어깨를 부상당한 장교 한 명과 오장 한 명 그리고 사병 여섯 명이 된 것이었다. 다행히 그때까지는 다소 여유가 있던 식량으로 굶주림은 면하고 있던 터라 그를 회복시키기엔 큰 어려움이 없었다. 패잔병 가운데 유일한 조선인 출신이었던 박우갑(블라지미르의 본명)과 같이 일병一兵 계급이었고, 조선인 학도병 출신인 그와 가깝게 된 것은 자연스러운 일이었다.

곳곳에 있는 소련군의 진영을 피해 낮에는 아무 곳이나 숨어들고 밤에는 행군하는 생활이 계속되는 중에도 두 사람은 마음속으로 주고받는 말이 있었다. 이들 무리에서 이탈할 계획을 세우고 있었던 것이었다. 경상자인 노신이나 전혀 부상이 없었던 모리(박우갑의 일본 이름)는 본대로 귀환해도 전선에 재배치 될 것을 잘 알고 있었기 때문이었다. 처음 노신이 이탈 제의를 했을 때, 그렇지 않아도 혼자서 엄두를 못 내고 있던 우갑으로서는 구세주를 만난 기분이었다.

그런 두 사람의 계획이 실현될 기회는 자연스럽게 다가왔다. 아무도 몰랐던 노신의 특별한 능력이 드러나면서부터였다. 밤중의 행군은 무엇보다도 방향을 정확하게 잡기가 어려웠다. 몇 시간을 힘들여 왔던 방향이 잘못되어 되돌아가야만 하는 일이 종종 발생하게 되자, 일행의 마음속에 불안감이 점점 커지고 있을 때였다.

노신에게는 남다른 능력이 있었다. 어둠 속에서도 하늘의 별이나 지형의 모양과 나뭇잎이나 심지어 풀뿌리를 뽑아보고도 방향을 가늠하는 능력이었다. 뿐만 아니라 그는 이상한 빛을 내는 목걸이를 걸고 있었는데 그것이 방향을 잡는 데는 더없이 정확했다. 그 목걸이는 붉은 침이 하나 있었는데 항상 북쪽을 가리켰지. 그의 이러한 특별한 능력은 일행속에서 신뢰를 넘어 감동으로 나타나기 시작했다.

그는 위험지대를 피해 안전지대로 인솔하는 것 외에도 수시로 감탄을 자아내게 하는 일이 있었다. 물이 있을 만한 곳과 미처 수확하지 못하고 버려진 경작지를 찾아 식량을 보충하는가 하면 안전하게 쉴 곳을 예측하기도 했다. 그렇게 하여 그가 자연스럽게 선임 인솔자 역할을 하게 된 것은 두 사람의 계획을 실현하기 위한 좋은 계기가 되었다. 소련군의 진영은 비켜나고 일본군의 진영으로 예측되는 곳은 의도적으로 점점 멀어지면서 일행을 이끌고 있을 때였다.

부상을 당한 장교가 그날따라 심해진 통증으로 행군 속도를 따라오지 못하여 초저녁에 행군을 포기하고 폐허가 된 어느 작은 마을을 찾아든 날이었다. 주민들이 피난 간 흔적만 남긴 채 텅 빈 그 마을에 어느 빈 집을 골라 지친 몸을 풀어 놓았다. 한 사람씩 교대로 서는 불침번을 빼고는 곧바로 모두 깊은 잠으로 빠지고 말았다. 여러 날의 야행으로 이미 지칠 대로 지친 일행의 눈을 피하여 이탈을 결행하기에는 더없이 좋은 기회였다.

두 사람은 누가 먼저라고 할 것도 없이 오늘이라는 결행의 뜻을 담은 눈빛을 주고받았다. 그날의 노신은 한 시간씩 서는 불침번 교대 네 번째 순서였다. 불침번이라고 해야 잠자는 일행들 방에서 문틈으로 밖을 경계하는 정도였다.

노신이 다섯 번째 불침번과 교대하는 기미를 가면假眠 중에 듣고 있던 우갑은 다섯 번째하고 세고 있었다. 오늘따라 화장실을 들락거리는 자가 유난히도 많은 것이 마음에 걸려서였다. 방금 노신과 교대를 하고 곧바로 화장실로 향한 자가 그 다섯 번째로 이제 총상을 입은 장교를 빼고는 모두 화장실을 다녀온 셈이었다.

불침번 교대를 한 노신은 결행의 순간을 포착하기 위하여 상황을 찬찬히 점검하고 있었다. 교대하고 용변을 하러 밖으로 나간 사병을 제외하고는 모두 깊은 잠에 빠져 있었다. 그가 용변을 마치고 돌아오면 곧바로 잠에 빠질 것이다. 그리고 한참 기다렸다가 우갑을 깨워서 조용히 사라지면 된다.

이런 생각을 하면서 노신은 밖으로 나간 사병을 기다리고 있었는데, 초조한 마음 때문이었는지 그가 너무 늦어지는 것 같은 생각이 들기 시작했다. 처음에는 닥치는 대로 먹어온 음식과 추위와 피로가 겹쳐 속탈이라도 난 것인가 하던 생각이 차츰 까닭 없이 불안해지기 시작했다. 마지막 교대 자를 깨우지 않는다 해도, 날이 밝아 버리면 결행하기가 어려웠기 때문이었다. 기다리다 못한 우갑이 찾아보라는 뜻으로 손짓 신호를 보냈다.

밖은 아침 햇살이 퍼지기 직전의 시간이었지만, 잔뜩 흐린 하늘 때문에 어둠은 남아 있었다. 황량한 들판에는 흙바람이 거칠게 일어났다가 쓰러지고 마른 갈대는 아무렇게나 헝클어진 채 바람 따라 휘청거리고 있었다.

노신이 임시 화장실로 정해 놓은 헛간 쪽으로 발길을 향했을 때였다. 어디선가 스멀거리는 소리가 들렸다. 작은 소리였으나 분명하게 느껴질 만큼 사방은 고요했다. 노신은 소리의 진원지를 찾아서 귀를 곤두세웠다.

잠시 후, 화장실 옆쪽 대문 없는 집 방향에서 방문 여닫는 소리와 서둘러 걷는 발소리가 들려온 것은 노신이 담벼락으로 재빨리 몸을 숨긴 뒤였다. 앞섶을 급하게 여미며 담 모퉁이로 지나가는 사람은 기다리고 있던 그 사병이었다. 순간 번개처럼 떠오르는 어떤 예감에 몸서리치듯 노신은 그 사병이 나온 집으로 향했다.

사람이 들고난 흔적이 여실한 쪽문을 와락 열어젖히고 불쑥 총부리를 들이대었다. 잠깐 사이에 방 안의 어둠에 눈이 익자 먼저 눈에 들어온 것은 아무렇게나 풀어 헤쳐진 동양계 여인의 알몸과 생후 몇 개월도 안 돼 보이는 신생아였다. 신생아는 얼핏 보기에도 칭얼거릴 기운마저 없는 아사 상태였고, 산모는 초점 없는 눈빛을 천장으로 향하고만 있을 뿐 노신의 그런 행동에 미동도 없었다.

아까부터 교대하다시피 화장실을 들락거리던 일본인들의 행동이 바로 이것이있구나 하는 생각이 들자 노신의 온몸에서 화덕 같은 불길이 일어났다.

다음 순간 온몸에 있던 불길이 그의 눈으로 옮겨 온 것은 여인의 초점 없는 눈길에서 형연할 수 없는 그 어떤 것을 보았던 것일까?

어금니를 악물었다. 소총에 실탄을 장전하는 노신의 손에서 푸른 힘줄이 솟았다. 마침 뭔가 불안해졌는지 밖으로 나와 있던 우갑을 한 손으로 밀어제친 노신은 일행이 자는 방 쪽으로 다가갔다.

갑작스러운 노신의 이상한 행동에 영문을 몰라 우갑이 멍해 있던 사이에 끔찍한 일이 벌어졌다. 일본인들이 자는 방문을 거칠게 열어젖힌 노신이 무차별로 총을 난사해 버린 것이었다.

"이 버러지 같은 놈들…."

아연해 있는 우갑에게 연유를 대신하는 말로 이렇게 내뱉었지만, 이유를 물어 보기에는 그의 감정이 지나치게 격해 있었다. 단순한 분노의 정도를 넘어 무서운 적의로 이글거리는 그의 눈에는 물기마저 비쳐 있었다.

"그 바람에 몰래 이탈하려는 처음의 계획과는 달리 엉뚱한 사태가 벌어졌지만, 목적은 이룬 셈이었지, 어쨌든 이탈은 했으니까. 그러나 아직도 뭔가 풀리지 않는 의혹이 남아…."

블라지미르는 또 좀 쉬고 싶은 듯, 예의 그 댓진이 찌든 파이프에 타다 만 꽁초를 다시 끼워 물었다.

"의혹이시라면…?"

파이프에 불을 댕기는 블라지미르의 동작을 바라보면서 영후가 물었다. 한 모금 빤 담배 연기를 뿜어내느라고 잠깐 사이를 두었다가 다시 입을 열었다.

"아무리 미운 일본군이라 해도 무저항 상태로 잠자는 사람을 한꺼번에 여섯 명씩이나 쏘아 죽인다는 것은 쉬운 일이 아니거든. 그 일이 있고 난 한동안은 그가 다중인격자가 아닌가 하는 의심이 든 적도 있었어. 그러나 오랫동안 같이 지내면서 그런 의심이 들 만한 일이 다시는 일어나지 않았어."

"그 산모는 어떻게 되었습니까?"

"잠자는 일본군들을 다 사살하고 나서 그 산모가 누워 있는 집으로 간 그가 얼마간의 식량과 권총 한 자루를 놓고 나오는데, 처절하게 슬픈 눈이었어. 처음에는 그럴 수도 있겠다 싶었지만, 점점 의혹이 이는 거야. 일본인들이 아무리 갓난아이가 있는 산모를 윤간했다 해도, 사람이 순식간에 그렇게 잔인해질 수 있다는 것은 쉽지 않은 일이거든…"

"그렇다면 어르신께서는 그분에게 다른 이유가 있었다고 보시는 것입니까?"

"그렇지 않고서야 어떻게 그 착한 사람이…"

"한 번쯤 연유를 여쭈어 보시지는 않았습니까?"

"몇 번 그런 생각도 했지만, 지난 일로 공연히 아픈 상처라도 건드리게 될까 봐서 관두었지. 그 역시 다시 생각하고 싶지 않은지 그 비슷한 얘기만 나와도 침묵해 버리기도 했고…"

언제부터인지 비가 추적추적 떨어지고 있었다. 사방이 어둠에 묻혀가기 시작하면서 빗줄기는 굵어지기 시작했다. 발에 밟히는 흙은 질척거렸고 등을 타고 흘러내리는 빗물은 뼛속까지 냉기를 느꼈다. 진창을 밟는 구두 소리와 떨어지는 빗소리만 들릴 뿐 몇 시간 째 두 사람은 말없이 걷기만 했다. 아침 일은 벌써 잊었는지 누구도 그 일에 대해서는 입을 열지 않았고 각자의 생각에만 깊이 빠져 있었다.

몸은 떨리고 마음은 얼어붙었다.

우갑은 따뜻한 모닥불이 그리웠다. 따뜻한 온돌방이 그리웠다. 김이 모락모락 나는 하얀 쌀밥에 매콤한 김치 생각이 났다. 목수였던 우갑은 일을 마치고 돌아온 남편에게 정성스레 지은 저녁상을 내 오던 아내의 포근한 얼굴이 떠올랐다. 웃을 때 밀리던 아내의 포동포동한 양 뺨이 생각났다. 아내의 실팍한 엉덩이와 따뜻한 이부자리가 생각났다.

극심한 추위와 굶주림에 불안과 지독한 외로움이 더한 행로가 족히 열흘은 되었을 때였다. 숲을 헤치든가 갈대밭에 숨어 가며 죽을 고생을 하며 남하를 하고 있었는데, 어느 틈엔가 불쑥 나타난 소련군들에게 체포되고 말았다. 너무 지쳐 있던 때문에 경계가 소홀해진 것이 원인이었다. 두 사람은 포로를 수송하는 트럭에 짐짝처럼 실리고 보니 이미 열네 명의 일본인 포로가 있었다.

어디로 가는지 꼬박 하루를 달렸을 때였는데 갑자기 트럭이 멈추었다. 밖은 이미 어둠이 깊어진 밤이었다. 쉬어 가는가 하는 생각이 들던 순간 요란한 총소리가 어둠을 찢어내고 있었다. 사태를 살펴보니 한 무리의 일본군 패잔병들과 맞닥뜨린 소련군 사이에 총격전이 벌어지고 있었다. 절호의 기회였다. 트럭을 지키는 세 명의 소련군을 여러 명의 포로들이 순식간에 제압해 버렸다. 아무 방향도 없이 죽을힘을 다하여 뛰었다. 앞에서, 뒤에서, 옆에서, 총에 맞아 쓰러지는 포로들을 볼 틈도 없이 두 사람은 한 방향으로 달렸다. 그때 몇 명이나 살아 나왔는지는 모르지만, 안전한 곳까지 왔다고 느낀 순간 비로소 서로의 안전을 확인하고 안도의 숨을 쉬었다. 그렇게 또다시 남하가 시작되었다. 별도 없는 밤중에 노신은 목걸이 나침반을 꺼내어 방향을 잡았다. 트럭이 하루를 달려 북상한 반대 방향으로 며칠을 걸려 다시 내려오는 것이다. 우선 약간의 안도가 되자 극심한 굶주림으로 전신에 남아 있던 체력이 소진되어 몸이 늘어지기 시작했다. 그 어둠 속에서도 노신은 열심히 뭔가를 찾고 있었다. 그러던 어느 순간 노신이 몸을 숙이라는 동작을 보이며 한 곳을 가리켰다. 두 개의 선명한 빛이 보였다. 짐승의 눈에서 반사하는 것이 분명했다. 아직 사람을 의식하지 못한 듯 두 사람이 숨어 있는 방향으로 다가오고 있었다. 숨을 죽이고 나무 뒤에 숨어 있던 노신이 어느새 준비해 둔 몽둥이로 힘껏 내려치자 외마디 비명 한 번으로 절명해 버렸다. 잡고 보니 새끼 승냥이였다. 그것으로 보름 동안의 식량이 되었다. 그리고 또 이 주일을 풀뿌리도 없는 황량한 벌판을 지나왔다. 이제는 닭 모가지 하나도 비틀 힘이 없어질 무렵이었다. 아직 죽을 때가 아니었는지 두 사람은 어느 작은 농촌 마을을 발견했다. 칠흑 같은 어둠에 싸여 있었지만, 마을이라는 것을 알기는 어렵지 않았다. 어둠 속에 형체만 드러내고 있는 집들이 모두 불이 꺼져 있는 것으로 보아 깊은 밤이었다. 지친 두 사람이 희미한 불빛이 남아 있는 어느 한 집으로 잠입해 들어갔을 때는 이미 앞뒤를 가릴 여유도 없었다.

한밤중에 불쑥 들어 닥친 두 사람에 놀라 일어난 사람은 희미한 어둠에서도 식별을 하고 보니, 족히 환갑은 넘어 보이는 노부부였다. 앞뒤 없이 무례한 짓을 저질러 놓고 노부부 앞에 엎드려 용서를 구할 때까지는 긴 시간이 걸리지 않았다.

도피 생활로 굳어진 방어 본능과 상황 판단이 어려운 어둠 때문에 불쑥 들어 닥치긴 했지만 불을 밝히고 보니 자신들의 무례가 죄스럽게만 느껴졌다. 더구나 뜻밖에도 악의라고는 찾아볼 수도 없는 순박한 동포

노부부인 것을 대번에 알아보고 무작정 매달려 살려 달라고 빌었다. 창졸간에 두 사람이 나타나 엎드려서 살려 달라고 비니 노부부로서는 당황할 수밖에 없었다.

"웬 사람들이오?"

일본군 복장에 머리와 수염은 산짐승처럼 헝클어져 있었고, 눈빛은 극도의 불안과 초조로 긴장하고 있는 두 사람의 형색에서 단박에 사태가 짐작되었지만, 심하게 떨려 나오는 목소리로 노인은 그렇게 대꾸를 했다.

"저희는 일본군에서 탈출한 조선인들입니다. 약간의 먹을 것만 선처해 주시면… 조용히 물러나겠습니다."

노신의 목소리는 떨고 있었으나 정중했다. 그런대로 놀란 가슴을 진정하고 두 사람을 바라보는 노부부의 눈빛이 측은한 것으로 바뀌자 노신은 울컥 설움이 복받쳤다.

그 순간 오랫동안 기억 속에서 멀어져 있던 부모님 생각이 떠올라서가 아니라 그 눈빛에서 느껴진 안도감과 수치심 때문이었다.

잠시 후, 겨우 마음을 가다듬은 노부인이 노인의 눈짓을 받고 조용히 몸을 일으켜 부엌으로 향했다. 우선 있는 대로 내놓은 식은 밥과 몇 가지 찬으로 허겁지겁 허기를 면하고 나니 그나마 굶주림에 눌려 있던 수치심이 되살아나 더욱 얼굴이 달아올랐다.

"정말 죄송합니다."

"감사합니다."

안절부절못하는 두 사람에게 노인은 오히려 사려 깊은 위로의 말도 덧붙였다.

"괜찮아, 잠깐 놀라긴 했지만… 아, 삼일 굶어 남의 집 담 넘지 않는 군자가 없다고 하지 않았는가.”

게다가 편안한 잠자리까지 배려해 주는 노부부의 세심한 친절로 오랜
만에 느껴보는 사람 냄새의 향수가 되살아났다.

두 사람이 잠자리에 들었을 때는 이미 동이 틀 무렵이기도 했지만, 모
처럼 깊은 잠에 곯아떨어진 탓으로 아침 시간이 훨씬 지난 후에야 깨어
났다. 노신은 잠시 과음을 하고 난 아침 같은 멍한 기분에 싸였다가 지
난밤의 일을 생각해 내고는 화들짝 놀라 의식을 다잡았다.

서둘러 우갑을 깨우고, 경계의 마음을 너무 풀어 놓은 것이 아닌가 하
는 자책을 한 것이 죄스럽게 느껴진 것은 잠시 후였다. 따뜻한 온돌방의
의미를 뒤늦게 깨달았기 때문이다. 지난밤에는 냉기가 느껴지던 방이었
으나, 지금 이 온기가 노부부의 따뜻한 마음이라는 것을 짐작하고 나서
였다. 짐작한 대로 두 사람의 아침 인사를 받는 노인의 손에는 그들이
잔 방 아궁이 앞에서 방금 잿불을 헤친 것으로 보이는 부지깽이를 들고
있었다.

“비워 둔 지 오래된 방이라 불이 잘 들지 않는데… 잘들 주무시었소?”

노인의 사람 좋은 얼굴 주름살이 햇살에 반사되어 더없이 온화하게 느
껴졌다.

그곳이 아직도 온돌방을 더 선호하고 있는 조선인들의 집단 거주지인
소련 영토 내의 신한촌인 것을 안 것은 늦은 아침상을 받으면서 노인의
설명을 듣고 나서였다.

아침상을 물리고, 두 사람의 그간에 겪은 사정을 듣고 난 노부부는 한
동안 시름이 섞인 한숨과 무거운 침묵에 싸여 있었다. 단순한 동정의 의
미로 보기엔 다른 무엇이 느껴지는 망연한 표정에서도 그랬다. 가슴에

묻어 놓고 있는 어떤 회한이라도 있는지 꽤 시간이 흐르도록 내심을 알수 없는 어두운 그늘이 노부부의 얼굴에 서려 있었다. 그러다가 갑자기노부인이 울먹거리는 소리를 내자 노인은 다독거리거나 핀잔을 주는 기색도 없이 조용히 입을 열었다. 미동도 없이 굳은 표정으로….

"우리도 외아들을 그 전쟁에서 잃어버렸어…"

이렇게 노부인이 울먹거리는 연유에 대해서 짤막하게 설명해 놓고 나서 또 묵묵히 입을 다물고 말았다. 타향에서 외아들을 잃어버린 슬픔이 그 침묵에서 진하게 느껴졌다. 잠시 후, 울먹이던 노부인도 울음을 그친터라 침묵은 더 길게만 느껴졌다.

노신은 그 침묵의 중압감 때문에 조심스럽게 입을 열었다.

"어떻게…?"

"통역관으로 소련군에 입대했는데, 전사 통보를 받았어. 일 년 전이야…."

"그렇다면…"

"그래, 남만주 전선에서 일본군과 대치했던 모양이야…"

남만주 전선이라면, 노신이나 우갑이 있었던 지역도 아니었고 일 년이라는 햇수를 따져도 무관한 관계였다. 그러나 자의든 타의든 일본군이었던 그들이 죄를 지은 것 같은 기분에 싸여 견딜 수 없었다. 그런 기분을 짐작한 노인은 어느새 회복했는지 아니면 짐짓 그렇게 보이도록 하는 것인지, 다 지난 일이라는 표정으로 그때까지 남아 있던 울울한 목소리를 털어내고 물었다.

"그래, 앞으로 어떻게 할 계획들인가?"

"어르신, 정말 면목이 없습니다."

몸 둘 바를 모르고 있던 우갑이 이렇게 머리를 조아리자 노인은 짐짓 나무라듯이 말했다.

"당치도 않는 소리! 그게 어째 자네들의 잘못인가. 억울하게 일본군이 된 것만으로도 서러운데…."

"그래도 저희로서는 왠지 죄스럽기만 합니다."

이렇게 덧붙이는 노신의 말에 더 목소리를 높인 노인은 손사래를 치며 두 사람의 마음을 달랬다.

"자네들이 이 전쟁에 무슨 책임이 있다고, 다 잘난 체하는 그 위정자들 때문이지."

"감사합니다. 그렇게 이해해 주시니."

"죄송합니다."

"허허, 이 사람들이 그래도…."

"괜찮아요, 젊은이들 고생한 이야기를 듣다가 내가 잠시 마음이 울적해져서 그런 것뿐이니, 너무 그러지 마요."

듣고 있던 노부인도 마지못해 이렇게 노인의 말을 거들고 나섰다.

"지금은 자네들의 신상이나 걱정할 때야."

그렇게 말하는 노인의 말을 받아 노부인이 속삭이듯 작은 소리로 덧붙였다.

"우선 옷부터 갈아입고 수염도 깎고 해야지 이대로는 외부의 눈을…."

물을 데워 목욕부터 했다. 긴 머리도 대강 자르고 면도도 하고 옷도 갈아입었다. 마지막으로 노인이 광을 뒤져 찾아온 낡은 신발 두 켤레로 갈아 신고 나니 대변신이 이뤄졌다. 진작부터 생각하고 있었는지 앞에 나란히 앉은 두 사람에게 노인은 뜻밖의 제안을 했다.

"보아하니 당장은 갈 곳도 마땅찮아 보이는데, 우선 우리와 함께 있는 게 어떤가?"

단순한 말치레로 듣기에는 노인의 표정이 퍽 진지했고, 벌써 의논이 되었다는 듯이 옆에서 고개를 끄덕이는 노부인의 얼굴에도 진정이 묻어 났다.

그렇지 않아도 과분한 대접을 받은 두 사람은 이 뜻밖의 제안에 할 말을 잃고 어리둥절할 수밖에 없었다. 먼저 입을 연 것은 노신이었다.

"그렇지 않아도 폐를 너무 많이 끼쳐 드렸는데 저희가 어떻게 염치없이 …. 더구나 저희의 신분 때문에 어르신께 큰 화가 미칠 수도 있는데…."

"그 점은 염려치 않아도 돼, 생각해 둔 게 있으니까. 모르지 않나, 사람의 앞일은? 자네들이 나를 도울 수 있는 일이 있을지도…."

얼른 이해하기 힘든 노인의 말은 뒤에 세세한 사정을 한참 듣고 나서야 비로소 짐작되었다. 그러나 당장은 무엇을 어떻게 지금 두 사람의 처지로 도와드릴 수 있는가?

자신의 이름을 세바스찬이라고 소개한 노인은 긴 이야기를 시작하려는 듯 앉은 자리를 고쳐 자세를 편하게 했다.

스탈린은 1935년부터 강제이주정책을 시작하여 1937년까지 많은 이민족을 중앙아시아 등지로 대거 이주시켰다. 특히 한인이 주 대상이 된 것은 세 가지 이유에서였다. 첫째는 불모지를 옥토로 개척해 놓는 한인의 능력과 근면이 필요해서다. 둘째는 그 덤으로 이미 한인이 옥토로 만들어 놓은 신한촌 같은 경작지를 군속 등의 국가 유공자에게 제공하여 일자리를 주게 되는 것이다. 세 번째는 조선어와 러시아어 일본어 심지어 중국어까지 두루 섭렵한 한인이 국경지대에서 살고 있으면서 간첩 활동을 하게 되는 것을 방지한다는 명목이 있었다.

노부부와 같은 성분이 좋고 한인사회에 지도력이 있는 사람은, 새로이 땅을 경작하게 되는 러시아인을 위한 영농지도자라는 명목을 부여하고 한시적으로 남아 있도록 배려했다. 그러나 그 이면에는 한인 지도자급 사람을 배려함으로써 강제이주에 대한 반발이나 선동을 차단하려는 의도가 깔려 있었다.

노부부처럼 조부 때부터 오래 이곳에서 살아온 사람들, 즉 사상적으로 안심이 되는 사람들을 위주로 선별하여 뽑았다. 그 후 강제이주정책이 느슨해져 지금까지 미적거려 왔는데, 이번에는 잔여 인력을 모두 이주시키라는 강력한 시책이 내려와 있었다.

이 시기에 소련은 독일과의 전쟁이 승리로 끝나자 자신감이 생겼다. 그 여세를 몰아 지금까지 국경 지역에서 국지적으로 교전해 오던 일본에 선전포고를 하여 전면전을 할 것이라는 소문이 나돌고 있었다. 이 전쟁의 사전 준비 중 하나가 국경 지역에 있는 한인 완전 철수였다.

2주 후로 예정된 이주 열차를 타고 노부부와 같이 가자는 제안이었다. 그것은 고령에 불모지를 개척해야 하는 노부부로서는 도와줄 수 있느냐는 뜻이기도 했다. 결국 조금 전의 말뜻을 비로소 이해할 수 있었다.

"뜻은 감사합니다만, 저희는 가족들이 있는 남쪽으로 가봐야 합니다."

노신이 난처한 표정으로 대답했다. 옆에서 우갑도 머리를 조아리며 미안한 마음을 표했다.

"왜 아니겠나. 내가 그 사정을 몰라서 하는 말이 아닌세. 지금 소련이 정식으로 선전포고를 하여 국경이 살벌해. 자네들은 일소 양쪽이 다 적인 처진데 너무 위험해. 잠시 기다렸다가 가는 게 좋을 듯해서 하는 말이야. 자네들이 더 느끼고 있겠지만, 일본은 머지않아 패망하고 말 것이야. 그동안 신분이라도 확실하게 만들어 놓고 있다가 해방이 되면 편하게 가는 게 좋지 않겠나?"

"저희가 어떻게 신분을…?"

"내게 생각이 있어서 하는 말이야. 내 뜻에 따르겠다면 그 문제는 내게 맡겨 줘."

이 제안이 또 한 번 두 사람의 기구한 운명이 되어, 가족과 영영 이별하게 될 줄이야, 어떻게 예측이라도 했겠나! 뜻밖의 제안으로 어리둥절하고 있는 두 사람에게 노인은 신분에 대한 문제를 세세하게 설명했다.

연해주 지역에 최초로 한인이 살게 된 시기는 역사상 1811년~1812년 사이 이른바 홍경래의 난이 일어난 해였다. 물론 그전에도 평안, 함경지방 사람들이 탐관오리의 횡포를 피해 이곳으로 넘어와서 사냥도 하고 농사도 짓고 하던 무 국경지대였다. 그 시기에 조선이 관리 능력이 미쳤다면 차지할 수 있었던 땅이었다.

홍경래 난이 실패로 끝나자 갈 곳 없는 그 추종자들이 대거 몰려오면서 연해주는 비로소 거주 지역으로 모습을 갖추게 되었다. 그러다가 이 연해주 지역이 소련의 본격적인 관심을 끌게 된 것은 1858년 청국과의 국경조약에 의해서였다. 이때부터 연해주 땅은 소련 땅이 되었고, 그곳에 살고 있던 한인도 소련의 소수민족이 되고 말았다. 그 뒤로 한인이니 조선인이니 고려인이니 하는 동족을 세 가지로 분류하는 슬픈 명칭이 생겼다.

한인이란 1810년~1860년 사이 조선왕조 말엽에 국경을 탈출한 사람의 후예를 말하는 주로 대한민국에서 부르는 이름이고, 조선인이란 두만강을 건너간 사람에 대한 북한식 명칭이며, 고려인이란 연해주나 극동 시베리아지역 또는 중앙아시아에 사는 한인과 조선인의 후손이 스스로 붙인 명칭이었다.

이런 사정을 안고 있던 우리 민족은 소련의 지도자가 바뀔 때마다 그 정책의 변화에 따라 새로운 고초를 감내하고 살 수밖에 없었다.

가장 극심한 고통을 받은 때는 스탈린의 공포 정책 중 강제이주정책이었다. 그러나 스탈린 헌법이 나오면서 생긴 공민증 제도는 다행히 상전 위에 상전 있고 하인 밑에 상놈 있던 차별은 없어졌다. 소련 국적을 가진 원호지인原戶知人이라고 개인 소유의 땅을 가진 사람에게는 '삐쌔기'라는 요즈음 공민증 같은 것이 있었다. 그것이 없는 사람은 '빠뜨라'라고 하여 머슴이나 소작밖에 할 수 없던 그런 제도가 없어졌다.

최소한으로 알아두어야 할 한인 사회의 사정을 이렇게 설명한 노인은 미리 생각해 두었던 두 사람의 신분 문제에 대하여 그 방법을 말하기 시작했다.

강제이주 시에 교묘한 방법으로 탈출한 사람과 사망한 사람들이 있었는데, 공민증을 발급할 때 그런 사람들이 제대로 파악되지 않아 주인 없는 공민증이 있었다. 그것을 살 수가 있다는 것이었다.

그러나 문제는 노신이었다. 가타부타 대답도 없이 한동안 굳게 입을 다물고 있다가 밖으로 나갔다. 조심스럽게 우갑이 따라 나가서 곁에 섰다.

"왜 그래?"

그의 속내를 알 수 없어 그렇게 물어보았는데, 어느새 잠든 일군들을 쏘아 죽일 때의 표정이 연상되는 얼굴을 하고 있었다.

한동안 그 침묵이 길어진다고 느껴졌을 때쯤 먼 남쪽을 향하고 있던 시선을 거두고 입을 열었다.

"아무래도 안 되겠어. 나는 반드시 일본으로 가야 해."

"일본? 고향도 아니고 일본?"

"…"

또 침묵이 길어지고 있었다. 참다못해 우갑이 입을 열었다.

"자네의 사연은 모르겠지만, 일본에 가기 전에 변이라도 당하면 이루고자 한 일도 허사가 되는 거 아닌가? 잘 생각해 보게 노인의 말이 틀린 게 아니잖나."

그렇게 설득과 이해를 구하여 간곡히 말해서 그의 결심을 돌리는 데는 진땀이 났다.

다음 날부터 분주하게 어디론가 나들이를 하던 노인은 며칠 후 흡족한 미소를 보이며 꼬깃꼬깃 접은 종이를 내보였다. 이반 니꼴라이 비치라는 이름을 노신에게 주면서 김형우라는 본명을 가진 사람이라고 알려 주었다. 그리고 우갑에게는 블라지미르라는 소련식 이름밖에 없는 사람의 이름을 알려 주었다.

카자흐스탄의 재소교포

　열여섯 량을 이은 중앙아시아 카자흐스탄으로 가는 기차는 45일 동안을 달렸다. 그중 두 량이 100명가량을 태운 이주자들의 칸이었다. 직각으로 된 나무의자는 3인용을 마주 보게 배치하여 6명의 가족이 앉을 수 있었다.

　객차에는 난방이 전혀 없었다. 바깥 기온이 영하 30~40도를 오르내리는 매서운 추위를 이겨내기 위하여 이주자들은 짜낼 수 있는 모든 지혜를 동원했다. 차창 사이로 스며드는 칼바람은 이불 귀퉁이를 터서 빼낸 솜으로 틈새를 막았다. 그 위에 엷게 물을 부어 놓으니 삽시간에 얼어 버려서 바람구멍이 다 막혔다. 딱딱하고 차가운 의자 바닥은 이불을 깔고 등받이에는 남은 자락을 걸쳐 놓으니 냉기가 한결 줄어들었다. 통로를 통하여 발아래로부터 올라오는 냉기 역시 의자 밑으로 이불을 이용하여 막았다. 그리고 무릎 위에 담요를 걸쳐 놓으니 한결 나았다. 노부부가 예측해 두었던지 충분히 준비해 온 이불이 있었기에 이만한 다행이 없었다.

　햇살 온기라도 있는 낮이 지나고 밤이 되면, 객차 내 유일한 온기는 사람의 체온이었다. 체온을 찬 공기에 빼앗기지 않도록 두세 사람씩 이불을 뒤집어쓰고 또 이불을 감았다. 그리고 소련인 관리들이 지키고 있는 앞뒤의 출입문에는 담요를 덧붙여 출입구를 최소화하였다. 문을 여닫을 때 쏟아지는 냉기를 최대한으로 차단하기 위해서였다.

살인적인 추위 못지않은 고통은 또 있었다. 딱딱한 나무의자에서 장시간 추위에 웅크리고 있다 보니 뼈와 근육에서 오는 통증은 건장한 사람도 병이 날 지경이었다. 관절이 굳어 화장실 나들이라도 할 때면 한참 동안 낑낑거려야 했고, 근육은 움직일 때마다 전신에 통증이 따랐다.

기차는 수백 개나 되는 역마다 서서 사람과 짐을 내리고 실었다. 그때마다 대합실에서 사올 수 있는 더운물과 삶은 감자의 온기는 얼어붙은 마음을 잠시 녹이는 유일한 위안이었다. 미리 준비해 온 먹거리로 빵이나 건곡물류가 있기는 했으나 잠시나마 속을 데울 수 있는 뜨거운 감자만 할 수가 없었다.

이렇게 살인적인 추위와 싸우는 마지막 이주자들의 얼굴에는 그 추위보다도 더 무서운 것이 있었다. 카자흐스탄, 그곳에 무엇이 기다리고 있을지 모르는 앞날에 대한 불안감이었다.

지금 잔여 이주자들은 초기 이주자들보다 여러 면으로 대단한 특혜를 받은 것이라고 하니 그들의 고생을 짐작만 해도 전신에 소름이 돋았다.

한인들의 저항이나 도피를 막기 위해 어느 날 아무 예고도 없이 사람들을 불러 모아 객차가 아닌 화물차를 급조한 임시 객실에 짐짝처럼 실려 갔다. 그 속에서 수많은 사람이 추위와 굶주림과 병으로 죽어 갔다는 것이다. 더운물과 삶은 감자는 고사하고 탈주를 막기 위해 자물쇠로 문을 채워 버려서 정차하는 역에서조차 꼼짝도 못하게 했다. 그들은 아무런 사전 준비가 없는 상태였기 때문에 그 고초는 이루 상상할 수도 없었다. 죽은 사람은 눈밭에 버리고 가야 했고, 아픈 사람은 죽을 날만 속수무책으로 기다릴 수밖에 없었다. 공식적인 통계만으로 17만 명이 강제 이주를 당하여 이송 중에 350명이 사망했다고 알려졌으나 비공식적으로는 60~70% 이상이 죽었다고 했다.

게다가 이송 후 움막을 치고 살던 사람 중에 학질, 이질, 대장염, 맹장 등 병에 걸려서 죽은 사람이 200명가량이었고, 그 외에 파악되지 않은 수백 명 등 엄청난 인권유린이 자행되었다는 것이다.

더욱 기가 막히는 것은 침술을 시술하는 사람과 한약을 지을 줄 아는 사람이 있어도 엄격하게 금지했다. 침술은 사람의 몸에다 쇠바늘을 꽂는 것이라고 하여 상해죄에 해당하고, 한약으로 병을 낫게 하는 것은 사기죄라는 이유였다. 유물론만 인정하는 공산국가의 무지에서 비롯된 것이었다.

노신과 우갑은 그들이 겪었을 고통을 상상만 해도 온몸에 소름이 돋고 가슴에는 싸늘한 냉기가 몰려왔다. 그 냉기는 일본군에서 패잔병, 탈주병에서 잔여 이주자로 짧은 기간 사이에 변신을 거듭해 온 두 사람에겐 더욱 남다른 불안감으로 다가왔다. 선택의 여지가 없는 상황에 내몰렸던 두 사람으로서는 그때 노부부의 제안을 거절할 수도 없었지만, 이만한 각오까지는 상상도 못 했던 일이었다.

그러나 이제 두 사람은 세바스찬 노인의 충고와 주의를 따르며 무엇이 기다리고 있을지 모를 또 다른 앞날을 위한 각오를 새로이 다질 수밖에 없었다. 무심코 일본어를 쓰지 않도록 주의하고 45일간의 기차 속에서라도 남몰래 러시아어를 익히도록 당부했다.

책이라기보단 노트에 불과했지만 세바스찬이 건네준 교본은 그런대로 필요한 내용이 담겨 있었다. 추위와도 싸우고, 말도 익혀야 하는 이중의 고통이 있긴 해도, 외래어를 깨우쳐 가는 작은 성취감으로 그 고통을 잠깐씩 잊을 수 있는 뜻밖의 위안도 있었다.

영후는 시간 가는 줄도 모르고 블라지미르의 이야기에 몰두하다 보니 노부인이 저녁상을 차려놓고 기다리는 것도 모르고 있었다. 이야기 때문에 늦은 저녁상이 되었다. 노부인의 독촉도 있고 이야기에 빠져 모르고 있던 시장기도 돌아 염치를 무릅쓰고 식탁 앞으로 다가갔다. 뜻하지 않은 폐를 끼치게 된 것에 대한 미안한 말을 건네자 손사래를 쳐가며 가당치도 않다고 말하는 블라지미르 부부의 인정이 따뜻하게 느껴졌다.

저녁상을 물리고 나서도 블라지미르의 이야기는 계속되었다. 잠자리도 준비되어 있으니 걱정하지 말고 내친걸음이니 이야기를 계속하자며 자청했다. 건강이 좋아 보이기는 했어도 고령인 블라지미르가 무리하는 것이 아닐까 하는 염려는 기우였다. 오히려 오랜만에 말동무를 만나서 신이 난 모양, 자신의 이야기에 스스로 흥이 난 모습이 다행스러웠다.

목적지가 2주 정도 앞으로 다가와 있을 때 세 사람이 하루 이틀 간격으로 죽어 나갔다. 사람들의 얼굴에는 불안한 그림자가 드리워져 있었다. 가족 중 누구에게 닥칠지도 모른다는 불안감 때문이었다.

먼저 노인 한 사람이 본래 있었던 신병에 추위와 노독을 견디지 못하고 죽어 눈밭에 묻고 나자, 연이어 어린아이 하나가 죽어 나갔다. 세 번째로 죽은 사람은 노신 일행의 바로 옆 자석에 있는 가족에서 발생했다. 세 자매를 둔 홀아비가 추위를 견디느라 마신 보드카를 과음하여 잠이 든 사이, 그나마 냉기를 막고 있던 이불이 잠결에 벗겨져 버리면서 심장 마비를 일으켜 버린 것이었다.

다음 역에서 노신 일행 등 가까운 좌석의 몇 사람이 도와 눈밭에 시신을 묻었다. 기차가 출발하기 전에 신속하게 처리해야 해서 묻는다고는 해도 깊이 팔 수도 없었고, 쌓여 있는 눈 더미를 겨우 파헤치고 덮는 정도에 불과했다. 게다가 눈바람에 실려 오는 살인적인 냉기는 꾸물거릴 여유를 주지 않았다.

이렇게 시신을 처리하고 오열하는 어린 자매들을 달래어 가며 다시 기차에 탈 때까지는 불과 6~7분의 시간이 걸렸을 뿐이었다. 사람의 장례를 치른다기보단 짐승의 사체를 내다 버렸다고 해야 할 정도였다. 명색이 장례라고 장녀가 어느 틈에 준비하고 있었던지 더운물 한 병씩을 가까운 자석에 돌렸는데, 그 더운물을 받아 든 사람들은 비감에 빠져들었다.

사람의 감정은 참으로 묘한 것이었다. 그러한 상황에서도 사랑의 감정은 얼지 않았는지 노신과 장녀 올리비아의 인연이 맺어져 후일 결혼까지 하게 되었다.

장례를 도와준 은의와 호의를 넘어 은은한 눈빛을 담아 보내는 올리비아의 시선을 처음에는 거북해 하던 노신도 마음을 열게 된 계기가 있었다. 갑자기 의지할 곳을 잃은 세 자매가 노신의 침착하고 사려 깊은 생각이나 언행 속에 담긴 지성이 그들의 마음을 데워준 것은 어쩌면 당연한 일이었는지 모른다.

그러다 보니 사소한 일이 생겨도 노신에게 의지했고, 그러한 일이 거듭되다 보니 자연스럽게 세 자매와 가까워지게 되었다.

깊은 밤이었다. 다급하게 들려오는 신음에 놀라 우갑이 깨어났다. 기차를 탄 이후로 잠다운 잠 한 번 제대로 자본 일이 없었기 때문에 사람들은 작은 소리에도 민감하게 반응하고 있었다. 벌써 노신은 무슨 일을 직감하고 있었던지 소리의 진원지인 자매들의 자리로 가고 있었다.

올리비아가 막내를 안고 안절부절못하고 있었다. 노신이 올리비아를

물리고 막내 이마를 짚어 보니 열이 펄펄 끓고 있었다. 팔을 걷어서 진
맥을 짚어 보고 있는 사이 올리비아는 새파랗게 질린 표정으로 눈물을
글썽거렸다. 연이어 닥친 불행에 당황하여 불길한 예감이 드리운 표정이
었다. 진맥을 마친 노신이 침착하게 말했다.

"진정하세요, 큰 탈은 아닙니다."

노신이 일행의 자리로 되돌아와 뭔가를 준비해 오는 동안에도 올리비
아는 사색이 되어 있었다.

"큰 탈이 아니라면…"

진맥하고 침통을 꺼내 드는 노신의 자연스러운 동작이나 침착한 표정
이 막연히 위로가 되면서도 불안한 마음은 지울 수가 없었다.

"염려하지 마세요. 이 사람이 괜찮다면 괜찮은 겁니다. 전쟁터에서도…"

어느새 왔는지 우갑이 하도 불안해하는 올리비아를 위로 한답시고 한
말이 하마터면 실수를 할 뻔했다. 전쟁터에서도 몸에 지니고 다니던 침
봉이라고 할 뻔했던 것을 화급히 돌아보는 노신의 눈길을 받고 나서야
움찔하고 깨달은 것이었다.

노신이 막내를 눕히고 침을 놓은 지 긴 시간도 되지 않아 막내의 몸은
열이 내리고 눈빛이 맑아졌다.

"오오, 싼드라야! 살았구나, 살았어! 감사합니다, 감사합니다."

막내는 이제 겨우 열두살 소녀였다. 글썽이던 눈시울을 지우고, 언니
품에서 맑은 동공이 순진한 모습을 보였다.

"이제 괜찮으니 따뜻하게 해서 재우세요. 급체였어요. 아마 저녁에 먹
은 빵이나 다른 음식 때문에 체했나 봅니다."

하고 자리로 돌아가려는데 갑자기 올리비아가 중심을 잃고 휘청거렸

다. 재빠른 노신의 부축이 없었다면 그대로 바닥에 나동그라질 뻔했다.

잠시 졸도를 하고 깨어나긴 했지만, 부친이 죽은 설움과 그 불안이 가시기도 전에 연이은 사고로 마음이 심약해진 탓이었다.

그 애처로운 모습을 보다 못한 세바스찬 노인이 노신에게 한 말이 두 사람의 결정적인 인연의 끈이 되었다.

"오늘 밤은 이들과 같이 지내는 게 어떻겠나?"

결국 목적지인 카자흐스탄에 도착할 때까지 노신은 자매 일행과 좌석을 같이 하게 된 것이었다.

두 동생에게는 마주앉은 좌석에 이불을 덮어 주고, 노신과 올리비아는 어쩔 수 없이 한 이불을 뒤집어쓰게 되었다. 좌석이긴 했어도 한이불을 덮었으니 짐작할 수 있는 상황이었다. 어차피 서로의 체온으로 온기를 얻으려는 것이었으니, 그 속에서 흐르는 이성 간의 호흡은 예사롭지 않은 감성을 자극했으리라는 것은 충분히 짐작되었다.

줄지에 아버지를 잃은 슬픔을 상당 부분 덮을 만큼 그들에게는 노신의 존재가 위안과 의지의 대상이었고, 특히 올리비아는 이미 은의의 감정을 넘어 사랑을 담고 있었던 터였으니 더욱 그러했다.

그날 이후로 노신은 처음에 느꼈던 부담스러움이 조금씩 지워지는 모습이었다. 그때부터 노신은 오랫동안 잊고 있던 이성 간의 감정이 차츰 열리고 있었다. 그러나 때때로 스치는 속내를 알 수 없는 노신의 굳은 표정에서 마음 한 자락에 남은 그 어떤 고뇌의 그늘이 느껴졌다.

우갑은 그러한 노신의 표정에서 평시와는 극명하게 달라 보이는 또 한 모습을 본 듯한 기분이었다.

일본군을 난사하던 전날의 놀랄 만큼 섬뜩한 모습과는 달리 문득문득 고뇌에 빠진 듯한 모습이 그랬다. 그 뒤로도 우갑은 그러한 노신의 속내는 결코 알 수 없는 채 기억도 희미해져 버렸다.

기차 안의 위급한 상황은 목적지가 가까워질수록 자주 일어났다. 카자흐스탄 역이 며칠 앞으로 다가와 있을 때 또 한 번의 위급한 상황이 닥쳤다.

어느 임부가 해산하게 된 것이다. 사람이 죽었을 때보다 더 화급한 상황이었다. 우선 통로 중앙에 이불 홑청을 뜯어낸 천으로 사방을 막았다. 다음은 그 안으로 여기저기서 부조된 이불과 더운물이 들어갔다.

통로에 두껍게 깐 이불만으로는 산모나 신생아의 체온을 유지하기에는 턱없이 부족했지만, 그런대로 최소한의 온기는 확보한 셈이었다. 미리 준비한 따뜻한 물병을 이불 속에 싸서 보온은 하고 있었으나, 출산이 늦어지면서 물이 식어 가는 안타까운 상황이 모든 이들의 마음을 졸이게 했다.

만약에 다음 역에 도착하기 전에 물이 다 식어 버린다면 출산을 해도 신생아의 생명에 치명적인 사태가 벌어질 수 있었다. 신생아의 목욕은 고사하고 체온을 유지할 수 있는 강보의 온기를 잃을 수 있었다. 따뜻한 물병을 싸서 포대기를 따뜻하게 하는 것이 유일한 방법이었기 때문이었다.

출산과 다음 역을 기다리는 심정이 시시각각 교차하면서 초조한 시간은 흐르고 있었다. 물도 거의 식어 버릴 만큼 시간도 많이 지나서 역이 가까워지고 있을 때였다.

임부의 진통 소리가 한층 높아지는 것과 역의 거리를 가늠하는 모든 사람의 신경이 날카롭게 곤두서 있을 때, 우렁찬 아기의 울음소리가 객차 안의 정적을 깨웠다.

그 소리가 마치 신호인 것 같이 기차는 멈추었고 동시에 모든 사람의 함성이 터져 나왔다. 앞다투어 사온 데운 물병을 산부의 남편에게 건네주는 사람들의 눈에 더러는 감격의 이슬이 맺히기도 하고 더러는 아기 아빠의 손을 불끈 쥐여 주기도 했다.

그것은, 봐라! 너희가 아무리 억압하고 강제한다 해도 우리는 또 이렇게 새 생명을 낳아서 우리의 우리를 끝없이 이어 나갈 것이라는 소리 없는 저항이었다.

카자흐스탄의 아침은 지평선에서부터 깨어났다.

기차에서 내렸을 때는 햇살이 퍼지기 시작하는 아침 시간이었다. 역 앞에 미리 대기하고 있던 트럭에 짐짝처럼 실려 한참을 달리다가 버려지다시피 내려놓은 곳은 무서리가 하얗게 덮인 황무지였다. 차가운 바람이 벌판을 쓸고 지나가면, 우거진 갈대만 우르르 하얀 손을 흔들며 반기고 있을 뿐이었다. 어른 키보다 더 큰 그 갈대와 싸우며 죽지 못해 살아온 세월의 시작이었다. 언 땅을 네모나게 파고 그 위에 갈대를 꺾어 지붕을 만들어 잠자리부터 마련했다. 살인적인 추위와 싸우기 위하여 갈대를 태워 불을 지피는 일은 아녀자들의 몫이었다.

블라지미르는 그 고생은 억장이 무너져서 말이 안 나온다는 표정으로 이야기를 멈추고, 목이 마르는지 그때까지 한쪽에서 묵묵히 곡물류를 봉지, 봉지 싸고 있는 아내를 돌아보았다. 수신호 같은 동작으로 물을 청해 놓고 예의 그 파이프에 묻은 댓진을 닦아내기 시작하는 모습에서, 지난날의 그 울분을 진정하려는 듯한 동작이 묻어났다.

영후는 그렇지 않아도 사건과 직접적인 연관이 없는, 그렇다고 사정을 밝혀서 필요한 이야기만 해달라고 할 수 없는 입장 때문에, 이야기를 너무 오래하게 한 미안한 마음도 있었던 터라 화제를 잠깐 바꾸어 보았다.

"무슨 곡식을 그렇게 봉지, 봉지 싸고 계십니까?"

할머니를 바라보며 우리말로 그냥 해본 소린데 벌써 눈치로 알아듣고는 봉지를 들어 보이며 어디로 보낸다는 시늉을 해 보였다.

"아이들이 농촌에 살기 싫다고 다 도회지에 나가 살고 있으니 해마다 저렇게 보내지 않는가? 늙은 사람이 애써 농사지어 놓으면 젊은 사람은 편하게 받아먹기만 하는 세상이 되었지 않은가? 그래도 지금이 나아. 도회지고 어디고 옮겨 살 수 있으니까."

말은 그렇게 하고 있어도 특별히 자식들에게 원망이 섞인 말투는 아니었다. 다만 목소리가 좀 공허하게 들렸을 뿐이었다.

"두 분은 어떻게 만났습니까?"

영후가 이렇게 묻자 블라지미르는 입가에 엷은 미소를 띠우며 부인을 한 번 돌아보았다. 사연이 어린 눈길로…

그때 밖에서 우르르 바람이 갈대를 쓸고 가는 소리가 들리자 블라지미르가 눈을 지그시 감았다.

"자네는 저 갈대 소리를 들으면 어떤 느낌이 드는가?"

하고 눈을 감은 채 물었다.

"글쎄요. 쓸쓸한 기분이 들기도 하고, 뭐랄까, 낭만적인 분위기도 있는 것 같아서 듣기가 좋습니다."

"그런가? 내게는 저 갈대 소리가 비명처럼 들려."

"…"

"이 땅에서 고생하다 죽은 사람들의 비명이 저 속에서 들려…."

"…."

"말하지 않으려고 했는데, 아내와 만난 이야기도 묻고 하니…."

어느 날 블라지미르는 히느족 한 지주의 생일 파티에 초대를 받았다. 집수리를 도와준 대가를 구실로 삼고 있었지만, 뒤에 알고 보니 의도된 초대였다. 그런 줄도 모르고 블라지미르는 서툰 러시아어와 서먹한 분위기가 불편하기만 하여 자리를 뜰 궁리만 하고 있었다.

그런 중에 한 처녀의 거침없는 관심을 깨달은 것은 그들의 춤사위에 휩쓸려 들었을 때였다. 원체 춤을 모르던 그가 어쩔 수 없이 멋쩍은 동작으로 어물쩍 꽁무니를 빼다 보니 어느덧 호젓한 갈대숲 사이에 처녀와 단둘이었다. 이미 그런 쪽으로 갈급은 있었었는지 억눌려 있던 감정은 둑이 터져 나왔다. 처녀에 대한 관심은 그들의 실생활로 눈길이 돌려졌고, 찬찬히 살펴본 그들의 삶은 여러 면에서 이질감이 느껴졌다. 히느족은 본래 그 땅의 원주민이었으나 오래전에 소수민족으로 전락해 있었다.

가장 먼저 눈에 띄는 것은 연장자에 대한 예의나 족인族人 간에 윤리의식이 흐릿한 것이었다. 식생활의 습관도 안정된 경작보다 사냥으로 충당하는 야성적 습성이 남아 있었다. 주거생활을 들여다보면 정도는 그 이상이었다. 방 안에는 통나무 벽에 잘하면 짐승의 가죽이 바닥에 깔린 것이 전부였고, 부엌이나, 화장실 등으로 살펴 가면 사정은 더 나빴다. 도대체 문화적인 환경에는 관심이 없는 민족 같이 느껴졌다.

블라지미르가 그들 눈에 돋보이는 존재로 비친 것은 어쩌면 자연스러운 일이었는지도 몰랐다. 지혜롭고, 부지런하고 무엇보다 농사를 아는 이민족의 건장하고 잘생긴 청년을 처녀가 눈독을 들이기에 모자람이 없었던 것이었다. 블라지미르도 처녀의 유혹을 물리치지 않았다. 팔짱을 끼어 오면 풍기는 향내는 오랫동안 잊고 있던 정염이 세찬 불길이 되어 앞뒤 없이 치솟았다.

카자흐스탄의 밤도 달이 있었다. 갈대 우거진 강가에서, 바람 부는 들판에서, 통나무 벽의 움막에서 그렇게 사랑은 익어갔다. 그러나 그들에게도 시련이 닥쳤다.

미인을 빼앗긴 히느족의 사내가 짝사랑의 고통을 참지 못하여 결투를 신청해 왔던 것이다. 오래된 그들의 문화였다. 외관부터 압도당할 만큼 대단한 덩치를 가진 상대는 이성을 잃은 상태였다.

처녀는 분노했다.

낡아 이미 폐기된 관습일 뿐 대응할 필요도 없다며 흥분을 했다. 더구나 한 처녀가 두 남자와 정을 통했을 때나 있었던 전통인데, 그와 정을 통하지도 않았으니 더욱 부당하다는 것이었다. 이성을 잃은 덩치에게는 그 말이 들리지 않았다. 자신보다 작은 체구의 블라지미르가 얕잡아 보였기 때문인지 좀처럼 기세가 수그러들지 않았다. 그렇다고 블라지미르가 그냥 물러서기에는 전쟁터와 갈대밭에서 벼려진 그 기개나 결기가 그냥 놓아 주지 않았다. 그것은 단순한 치기稚氣나 울컥 치솟는 용맹이 아니었다. 젊어서 한때 씨름판을 기웃거리며 적잖은 성과를 거두기도 했고, 이름난 사부 밑에서 사사師事 받은 경력도 있는 그였다. 속내를 모르는 우군 편에서 만류의 소리가 봇물 터지듯 터져 나왔다.

"무모한 싸움이다."

"소나기는 피한다."

"말려드는 것이 지는 것이다."

만류의 말이 들리지 않는 것은 아니었지만, 블라지미르의 내심은 또 다른 문제를 생각하고 있었다. 근자에 수시로 일어나고 있는 도난 사건이었다. 애써 수확해 놓은 농산물을 도둑맞은 교민들이 울분을 터트리고 있었지만, 심증은 있으나 물증이 없었다. 힘든 농사 보다는 게으른 그들에게는 도둑질이 손쉬운 먹이 사냥이었다. 야성의 용맹뿐 이성이 부족한 저들에게 이쪽의 기개를 한 번쯤 보여야 할 필요가 있었다.

결전의 날을 앞두고 블라지미르는 격투기는 지智 7 역力 3이라던 사부의 가르침을 되새겼다.

근육보다는 살점으로 외양만 부푼 느린 동작과 우둔하고 단순 무식한 야성이 용맹의 전부인 상대의 약점은 게으른 인간의 전형인 유약한 하체였다.

잔뜩 흐린 날씨였다. 하늘은 돕고 있었다.

금방이라도 비를 쏟아낼 듯, 하늘에서는 검은 구름을 모으고 있었다. 사냥하는 날에 비가 오면 불안해지고 서둘게 되는 저들 야성의 습성을 간파했다.

우거진 갈대숲 속에 네모반듯하게 잘 닦아진 공터에는 긴장감이 감돌았다. 양 진영의 고조된 분위기는 응원군들마저 숨죽이게 했다.

예측한 대로 느리고 우둔한 동작으로 주먹을 휘둘러 대며 다가오는 덩치는 빠른 동작으로 빠져나가는 블라지미르를 번번이 놓치고, 헐떡거리기를 반복했다. 빗방울이 하나씩 이마를 때리기 시작할 때부터 더욱 다급해진 덩치는 씩씩대는 소리기 더 거칠게 들려왔다. 공격다운 공격 한번 못하고 체력만 소비하고 있던 아둔한 덩치가 블라지미르의 힘 빼기 작전에 말려들고 있다는 것을 알 턱이 없었다. 수차례 시도한 공격의 실패로 균형이 깨진 하체가 흔들리기 시작할 때 '퍽' 하는 둔탁한 소리가 덩치의 종아리 어름에서 들려왔다. 휘청하고 기우뚱거린 것은 연이은 발길질이 정확하게 첫 번째 가격한 자리에 다시 작열했을 때였다. 우군 진영에서 와! 하는 함성이 터져 나오자 고통과 망신을 벌충이라도 할 듯이 덩치가 앞뒤 없이 덤빈 것이 블라지미르에게 기회를 주었다. 작전은 치밀했고 예측은 빗나가지 않았다.

두 차례의 보기 좋은 공격을 당한 덩치가 이성을 잃고 마구잡이로 주먹을 휘두르며 다가왔다. 겁먹은 척 몸을 사리며 뒤로 물러나는 블라지미르의 모습에 약간의 기세를 회복한 덩치는 그것이 최후가 될 줄은 생각도 못 하고 있었다.

진작부터 눈여겨 보아 놓았던 곳이 있었다. 블라지미르는 돌부리 하나가 큼직하게 박혀 있는 있는 지형으로 이성을 잃고 덤비는 덩치를 유인했다.

한순간 말려든 척 덩치의 손아귀에 블라지미르가 붙잡혔다고 느꼈을 때 우군 진영에서 '으으, 아!' 하는 우려의 소리가 갑자기 하늘을 찌르는 함성으로 바뀐 것은 잠깐 사이었다. 블라지미르의 씨름 주특기 들배지기에 보기 좋게 걸려들었다. 한순간 덩치의 몸이 허공에 허우적거린다고 느껴진 것도 잠시 육중한 몸이 돌부리 위로 사정없이 내동댕이쳐진 것이다. 등 쪽으로 강력한 타격을 받고 말았다. 쉽게 회복할 수 없는 충격을 받은 덩치는 길게 널브러져 버리고 말았다. 야성은 강자 앞에 꼬리를 내리는 철칙에는 빨라 순순히 무릎을 꿇었다. 누가 언제 준비해 두었던지 꽹과리를 치며 승리의 기쁨에 취해 아리랑을 부르며 마을로 돌아오는 일행은 카자흐스탄에서 처음 느끼는 감격이었다.

그 후, 그 일이 새로운 유대가 되는 계기가 되어 씻은 듯이 도난 사건도 없어지고, 두 종족 간에 수시로 협력하는 사이로까지 발전하게 되었다.

신부를 취한 무용담으로 끝을 맺은 블라지미르는 젊은 시절의 그 기개가 못내 아쉬운 듯 다소 상기된 표정이었다. 그리고 다시 파이프에 타다만 꽁초를 끼워서 퍼런 연기를 뿜어내었다. 젊은 날의 한恨이 그 퍼런 연기에 섞여 토해졌다.

지금까지 이야기에도 불구하고 아직도 듣고 싶은 것은 많다는 표정을 하고 있는 영후의 내심을 짐작한 듯 블라지미르는 "이반은…" 해 놓고 잠긴 목을 털어내듯 '으음, 흐음' 하고 목소리를 가다듬었다.

처음 카자흐스탄에서의 삶은 딱 들짐승의 생활 그대로였다. 땅을 파고 그 위에 갈대로 지붕을 만들어 잠을 잤다. 집집마다 준비해 온 먹을 것은 동이 난 지 오래였다. 봄이 올 때까지 먹을 것을 찾는 것이 시급한 문제였다. 하루가 멀다고 병들고 굶주려 죽어 나가는 사람들이 갈수록 늘어났다. 들쥐들의 굴을 찾아서 저장해 놓은 곡식을 앗아도 오고, 운 좋게 짐승 한 마리라도 잡으면 상당한 식량이 되었고, 말라 있는 초목과 뿌리를 가려 먹기도 했다. 이때부터 노신의 지혜는 많은 사람에게 적잖은 도움이 되었다. 무엇보다 그의 의술은 그나마 병든 사람에게 큰 의지가 되었고, 초목이나 건초의 식용 여부를 가려내 주기도 했다.

그즈음에 일본이 무조건 항복을 했다는 소식이 이곳에도 들려왔다. 무엇보다 노신과 블라지미르는 귀국할 수 있다는 벅찬 기대에 부풀어 며칠 밤 잠을 이룰 수 없었다. 그러나 전혀 예상치 못한 난관에 부닥쳤

다. 미소 양국의 개입으로 조국이 남북으로 나뉘어 버렸다는 소식이었
다. 오히려 일본군 포로들은 대부분 귀향을 할 수 있으나 정작 해방된
우리 땅에 우리가 갈 수 없는 참담한 현실이 되고 말았다. 포로가 아닌
소련 국적을 가진 강제 이주자라는 신분이 문제였다.

어느새 블라지미르는 눈가에 물기를 담고 있었다. 영후는 그의 기분을
어떻게도 달랠 수 없다는 것이 가슴 아팠다. 잠시 그가 진정하도록 기다
렸다가 분위기를 바꿀 겸 조용히 입을 열었다.
"그분에게 여기 가족이 있었습니까?"
재촉하는 것으로 들리지 않도록 조심하면서도, 순서 없이 앞질렀다고
느껴졌지만, 다행히 블라지미르는 순순히 대답을 했다.
"여복도 없었던지 아이를 낳다가 산통으로 여자가 죽었어. 정작 자신
의 의술도 아내에게는 한계가 있었던지 허망하게 가버렸지. 모질게도 추
운 어느 겨울에 부인의 두 동생이 죽는 끔찍한 사건이 발생했어. 추위
때문에 피운 숯불 가스가 문제였지. 그런 일을 겪은 뒤라 극도로 심약해
진 산모가 끝내 기력을 회복하지 못하고 말았어. 다행히 아이는 살아서
잘 자랐지. 그 뒤로는 다시 결혼할 생각도 않고 아이하고만 같이 살다가,
아이가 다섯 살 되던 해에 모스크바로 이사를 하게 되었어. 사내아이였
는데 어떻게나 영특했는지 국가에서 영재 교육을 시켜야 한다고 모스크
바로 데려갔어. 영재는 엄격하게 교육시켜 국가에 봉사하도록 하는 제도
가 있었지. 이반은 그때 아이 덕택으로 이주 특혜를 받아서 같이 모스
크바로 가버렸어. 그 뒤로는 어쩐 일인지 소식이 없었는데, 들리는 소리
로는 영재 교육도 엄격한 보안이 되어 있어서 쉽게 연락할 수가 없다는

것이야."

"그 자제분의 성함이 어떻게 됩니까?"

"도마노프, 김 도마노프였지."

다행히 블라지미르는 기억을 더듬어 애를 쓴다든지 할 것도 없이 이름을 생생히 기억하고 있었다. 그것이 신통하여 영후는 덧붙여 물었다.

"오래된 아이의 이름을 어떻게 잊지 않고 지금도 기억하고 계십니까?"

"나뿐만 아니라 이 지방에서 그 신동 이름을 기억하지 못하는 사람은 아무도 없을 걸세. 원체 이반이 모든 사람들에게 잘 알려졌었던 사람인데다 아들까지 신동을 얻었으니 모를 수가 있나."

"그분의 어떤 점이 그렇게 대단했습니까?"

"대단했지, 보통 사람과는 달리… 기인이라고 할까?"

잠시 혼자 말처럼 중얼거리고 나더니 다시 한 번 '흠' 하고 목을 가다듬는 소리를 내며 긴 이야기를 준비하는 몸짓을 했다.

이반 니꼴라이비치의 비범한 능력은 여러 가지가 있었다. 그중에서 가장 특별한 두 가지는 경작과 의술에 대한 능력이었다. 그러다 보니 그에 대한 호칭도 많아서 경작 지도를 할 때는 농업 교수였고, 의술을 베풀 때는 의원이라 불리게 되었다.

경작은 모든 생명체의 근원인 땅에 사람이 정성을 들이는 것으로서 경건과 열정 말고도 땅의 소리를 들을 줄 알아야 한다고 했다.

비가 올 때와 눈이 내릴 때, 그리고 바람이 불 때에 따라서 그는 제각각 다르게 들리는 땅의 소리를 들었다. 땅의 소리를 듣는 사람과 듣지 못하는 사람의 소출은 달랐다.

그의 땅에서는 때마다 어김없이 다른 경작지보다 2~3할이 더 수확되었다. 당시 소련에서는 영웅 제도가 있었는데 이른바 전투영웅, 모성영웅, 노력영웅이 그것이었다.

전투영웅은 전쟁터의 공적으로 주어졌고, 모성영웅은 여자가 아이를 열 명 이상 낳아 기른 사람에게 붙여 주었고, 노력영웅이란 한 마디로 일벌레에 해당되었다.

정해진 면적에서 비교한 수확량을 기준으로 정하는 노력영웅에 해마다 이반이 뽑힌 것은 당연한 일이었다.

등뼈가 휘도록 흙 속에 묻혀 일하여 받은 영웅 칭호의 그 알량한 혜택이라도 바라는 사람에게는 여간 부러운 일이 아니었다. 그러다 보니 이반의 가르침을 받으려는 사람이 그의 집을 수시로 들락거리게 되자, 때때로 경작 교실을 열기도 했다. 씨 뿌리는 시기와 정확한 시간, 흙을 덮는 요령, 수분량을 조절하는 방법과 그 필요성, 태양의 효율적 활용법, 퇴비 요령과 병충해 퇴치법 등 많은 지식이 전수되었다. 그의 가르침은 단순히 수확량을 늘리는 것에 그치지 않았고 자연의 섭리에 대한 깊은 이해와 통찰이 있었다. 한 예를 들면 유기농법이란 자연과 인간의 유기적인 관계를 말하는 것으로서 자연의 소리를 듣고 행하는 것이 중요하다고 했다. 씨앗 세 개를 땅에 뿌리면 하나는 사람이 먹고 하나는 나는 새가 먹고 하나는 땅속에 벌레가 먹어서 그 배설물이 거름이 되는, 이것이 자연과 사람이 유기적 관계를 이루어 가는 것이라고 했다.

그의 의술은 한방이었다. 약이 필요한 환자는 대개 스스로 약초를 찾아 쓰는 방법을 알려 주었고, 침이 필요한 환자는 직접 시술을 했다.

특히 침은 상해죄며 한약은 사기죄라는 몰이해가 스탈린 사후에 느슨해졌기 때문에 그나마 많은 사람이 혜택을 보게 되었다. 더구나 일체의 비용을 받지 않는 무료 봉사를 했기 때문에 그의 명성은 더더욱 자자했다.

그중에서 특이한 일은 그는 환자의 상태에 따라 가끔 침에 미세한 전류를 흘려 넣기도 했는데, 경락을 강하게 자극하여 몸속의 자정 능력을 깨운다는 것이었다.

원체 의술이란 일반인이 이해하기 어려운 분야라 다는 모른다 해도 효력만은 신기에 가까워 못 고치는 병이 없을 정도였다.

그런 그도 정작 자기 마음의 병을 고치지 못하여 괴로워했던 것을 보면 그도 보통 사람임은 틀림없었다.

그 마음의 병이라 여겨지는 모습 중에, 이반이 결혼식을 하루 앞둔 날 밤이었다. 평소에 술을 하기는 했으나 좀처럼 과음을 하는 일은 없었는데, 그날은 형편없이 취한 모습을 보였다. 갈대밭에 홀로 앉아, 어두운 하늘에 대고 이해할 수 없는 소리를 지르며 우는 목소리에 피를 토하는 분노가 섞여 있었다.

"진정하게… 나까지 심란해져."

묵묵히 먼발치에서 지켜보던 블라지미르가 조용히 다가갔을 때, 달빛에 비친 그의 얼굴에는 설움보다는 까닭 모를 분노가 어려 있었다.

평시에도 가끔 가족 생각으로 짐작되는 우울한 모습을 보이지 않은 것은 아니나 그날은 유별났다.

"자네나 나나 여기서 가족 생각을 해서 무엇 하나. 괜히 몸만 상하지."

재차 블라지미르가 말하자, 고개를 끄덕였는지 마는지 묵묵히 먼 어둠을 바라보다가, 문득 독백처럼 한마디를 했다.

"죽었을지, 산 사람이 아닌 산 사람일지…."

누굴 보고 하는 이야긴지도 모르는 한마디 흘린 이 말이 가족에 대해서 한 말이라 여겨지는 유일한 것이었다. 블라지미르가 좀 더 물어보려다 만 것은, 어둠 속에서도 확연히 느껴지는 무서운 분노를 담은 눈빛이 어느새 잠자던 일본인들을 난사할 때와 닮은 광채를 발하고 있어 입을 다물고 말았다.

그 뒤로도 간혹 폭음하는 일이 종종 있었는데 내막을 모르는 사람들은 결혼 생활이 원만치 못한 것인가 하는 오해를 하기도 했다. 그러나 곁에서 보는 블라지미르는 다는 몰라도 그것이 일본인과 연관된 과거의 어떤 일에 기인한 것쯤으로 짐작하고 있었다. 주체할 수 없는 분노에 찬 얼굴이었다가 지독한 단장의 슬픔에 빠지고, 그러다가 어느 때는 까닭 모를 고뇌와 깊은 사색에 빠져 전전긍긍하는 모습을 보이기도 했다. 폭음한 다음날은 자책인지 아니면 마음을 달래려는 것인지 조용히 책 속에만 빠져 며칠씩 보내고는 했다. 그가 책에 파묻혀 있을 때는 마치 일체의 인간사를 내팽개쳐 버린 사람처럼 보였다. 무엇이 그를 그토록 함몰하게 하는지 궁금하기도 하고, 심심파적으로 읽을거리를 찾아서 그의 방을 기웃거려 보았으나, 겨우 소학교 정도를 마친 블라지미르로서는 도저히 감당할 만한 책이 아니었다. 어디에서 그렇게 많은 전문서적을 구했는지 자연과학, 생명과학, 천문학, 지질학, 한방의학, 침구학, 심지어 철학, 수학 등으로, 그나마 일본어, 러시아어, 한문 등으로 된 것뿐 우리글로 된 책은 거의 없었다. 간혹 우리글로 된 책이 한두 권 보이기는 했으나 읽어 보았자 감감한 소리뿐이니 이해할 수 없기는 마찬가지였다. 그렇게 어려운 책들을 읽고 있는 그가 새삼스레 우러러보이기도 하고 신기하기도 하여 블라지미르는 물어보았다.

"자네는 이런 책을 읽으면 힘들지 않은가?"

"나라고 왜 힘들지 않겠나. 다만… 가업家業 같은 일이 있어놔서…."

"가업이라니? 이 어려운 책들을 읽는 일이 가업이란 말인가?"

"이야기하자면 좀 길어. 집안의 먼 선조 한 분이 귀양살이하면서부터 우연히 시작된 것인데, 평생 연구한 천문, 지리, 의술 등에 대한 것을 적어 대대로 물려주고 유지遺志를 내렸지."

"유지를 내리다니…."

"못다 한 부분을 대를 물려가며 연구하라는 뜻이었어. 다행히 선친까지는 그런대로 그 유지가 지켜졌는데, 5대째인 나부터 이 모양이니, 큰 불효는 면해 보자고 하는 것이야."

"그렇다면 그렇게 적어 모은 책이 수백 권은 되겠구나?"

"수백 권은 안되도, 수십 권은 되지."

"그렇다면 그 책은 지금…."

"고향에 있을지, 난리 통에 어떻게 됐을지…."

블라지미르는 대를 물려 연구했다는 말에 감탄을 넘어 경악이 느껴졌다. 그로서는 도저히 이해할 수 없는 세계에 대한, 그러한 연구의 소용이나 쓰임새마저도 모르는 자신의 무지가 일면 부끄럽기도 하여, 내친김에 몇 마디 더 물어본다는 것이 어려운 논의에 빠져들고 말았다.

"바보 같은 말을 한다고 나무랄지는 몰라도, 도대체 그런 일이 대를 물려가며 할 만큼 뭐에 그리 큰 소용이 있는가? 나로서는 당최…."

"자네는 한 번도 이 세상이 어떻게 만들어졌는가, 하고 궁금해 본 일이 없는가? '

"그야 조물주가 사람도 만들고 동물도 식물도 만들었다고 하니 그런가

하고 말았지."

"그렇다면 그 조물주는 누구라고 생각하는가?"

"그야 하느님이나 부처님 같은 신이겠지."

"그래, 그 신이란 문제는 일단 접어두기로 하세. 사람으로서는 다 이해할 수 없는 분야니까. 다만 생명의 근원에 대한 연구는 신의 세계를 막론하고 많은 이들이 끊임없이 연구해 왔어."

"그렇다면 그 생명의 근원에 대한 연구를 대를 물려 해왔다는 말인가?"

"꼭 그렇다고만은 할 수 없어. 좀 어렵게 들릴지 몰라도 자네가 궁금해하니 그 요지만 대강 간추려서 설명하자면, 태초에 우주에는 기氣라는 생명의 근원만이 오로지 존재하고 있었어. 기氣는 시간이 지나면서 응결되어 금, 목, 수, 화, 토, 즉 쇠, 나무, 물, 불, 흙이라는 오행이 되었으며, 오행은 다시 음과 양으로 합해졌다. 음양은 다시 태극이 되었으며, 태극은 다시 무극이 되었고, 무극은 그야말로 무無였다. 그리고 그 과정은 끊임없이 반복되었다. 이렇듯 우주는 영원히 팽창과 수축을 거듭해 왔다. 어때, 이해할 만한가?"

"도대체 상상이 안 되네."

"물론 한 번 들어서 이해하기란 쉽지 않지. 그러나 이해하려고 노력한다면 어려울 것도 없어."

"기氣란 흔히 기분, 용기, 기운이라고 할 때 그 기 아닌가?"

"그렇지, 기氣란…."

하고 설명하는 이반의 이야기가 다 이해되지 않기는 해도, 블라지미르가 용케도 많은 것을 숙지할 수 있었던 것은, 그의 정신적인 면모에 대한 남다른 관심 때문이었다.

사전에서 기氣의 의미를 찾아보면 천지간에 가득 차 있으며, 모든 생명의 근원이 되는 기운이라고 밝히고 있다. 기는 볼 수도 들을 수도 없고, 단지 심안心眼을 뜨고 무아無我의 경지에서만 홀로 느낄 수 있다. 양陽의 천기天氣와 음陰의 지기地氣가 사람인 인人을 매개체로 흐를 때 비로소 인간은 기를 느낄 수 있다.

우주 속의 한 존재인 미립자의 세계, 이런 기의 세계를 밝혀 보자는 인간의 노력은 오랜 세월 끊임없이 계속됐다. 그런 기氣를 형이하학적形而下學的 고찰, 즉 눈에 보이는 것, 형체가 있는 것만의 과학적 추구는 언제나 반쪽만의 규명일 뿐 완전한 것은 아니다. 이러한 기에 대한 연구가 김노신 가家의 대를 물려 이어졌다는 것이다. 천문, 지리, 의술로서 천天, 지地, 인人을 이해하고 기의 존재를 밝히려는 것이었다.

기의 특성을 보자면, 기는 온 누리에 무한정으로 존재하는 것으로서, 지름이 1억 분의 1㎝라는 원자보다 작은 형이상학적形而上學的 존재로서 모든 생명체의 에너지원이다. 기는 필요에 따라 풍風 열熱 서暑 습濕 조燥 한寒의 6가지 성질로 변화하면서 자연과 조화한다. 극단적인 자연의 필요를 충족시켜주는 기는 그것이 무엇이든지 간에 안되는 것이 없고 못하는 것이 없다. 혼신을 다하여 기도를 해서, 기적적으로 불치병이 치유되는 것을 보아 왔다. 이는 사람의 간곡함이 기와 일체 하면서 극도의 필요가 자연에서 발생한 결과이다. 즉, 기는 인간만이 원해서는 얻을 수 없는 것이며, 반드시 자연이 그 필요를 인식할 때에만 가능한 것이다. 다시 말해서 인간의 염원에 지연의 필요가 실리면 이루지 못할 것이 없다.

몽골인들의 시력이 3.5까지 되고 아프리카의 모겐족은 무려 9.0까지

되는 사람이 실재한다는 사실. 한 마리의 수컷과 여러 마리의 암컷이 살다가 수컷이 죽으면 암컷 중에 한 마리가 수컷으로 변하여 종족 보존을 하는 남태평양의 어느 물고기. 한 석회암 동굴 안 어두운 호수에 사는 눈은 없고 더듬이만 있는 물고기. 위험이 닥칠 때마다 보호색으로 위장하는 곤충류 등은 좋은 예가 될 것이다.

넓게 트인 벌판에서 사냥하기 위해 멀리 보는 시력이 오랜 세월을 두고 필요했던 몽골족이나 모겐족 사람들, 암컷이 없어 종족 보존이 절박해진 물고기, 어두운 동굴에서 소용없는 눈은 퇴화되고 절실한 더듬이가 발달한 물고기, 보호색으로 위장하는 곤충, 이 모든 것은 자연의 극단적인 필요를 기가 이루어 낸 본보기 중의 일부이다.

이러한 현상은 자연과 너무 멀어져 버린 사람보다는, 자연의 한 부분으로 사는 동물의 세계에서는 어렵지 않게 볼 수 있는 일이다. 즉, 기는 자연의 필요에 의해서만 가능하다는 것을 증명하는 것이다. 이는 사람이 기적을 바랄 때는 먼저 자연과 일체 하여야 한다는 교훈이 될 것이다.

그러나 기는 인간이 말하는 선악善惡과는 무관하다. 다만 평시에 우리 몸에 있는 기는 흥분, 노함, 두려움, 미움, 욕심, 시기 등의 열기로 흐름이 원활하지 못하여 병이 될 수 있다. 또한 죄를 지은 사람이 악운이 닥쳐 벌을 받는 것은, 상대의 원한이 너무 깊어 그 복수심이 기를 모으게 되어 자연과 일체 한 결과이다.

낮에 사람은 많은 생각을 한다. 오늘 해야 할 일, 만나야 할 사람, 돈을 벌기 위해, 진급하기 위해, 시험에 합격하기 위해 이런 헤아릴 수 없이 많은 일이 몸속에 열을 담게 되고, 기의 흐름을 차단하여 피로하게 하는 것이다. 피로하면 잠을 잔다. 잠을 자는 시간에는 낮에 몸속의 욕구로

막혔던 기의 흐름이 원활하여 에너지가 충전되어 잘 자고 나면 피로가 풀린다.

다는 몰라도 블라지미르는 이반의 설명에서 뭔가 와 닿는 것이 느껴졌다. 처음보다는 블라지미르가 다소 관심을 보이는 것에, 다행스러운 표정을 지어 보이며 이반은 마지막으로 덧붙였다.

"이 자연의 극단적인 필요에서만 가능한 기의 실체를 연구해 보자는 것이 목적일세. 일찍이 사람은 물과 바람으로 불과 동력을 얻었어, 이제는 형이상학적 세계의 기氣로서도 뭔가를 얻어야 할 단계야."

"그렇게만 된다면 사람의 병은 정말 못 고칠 것이 없고 장생이 가능하겠군."

"어찌 그뿐이겠는가, 산업이나 농업 등 응용하기에 따라 다양한 방면으로 활용할 수가 있지."

"악용될 소지는 없는가? 무엇이든지 안 될 게 없다면 말이야."

"그렇지. 세상의 모든 것은 아무리 좋은 것이라도 선악을 동시에 가진 양면의 칼 같은 것이니까. 그래서 아인슈타인이 자기가 연구한 원자력이 최고의 실수였다고 술회한 일이 있어, 평화적 목적으로 연구한 것이 전쟁의 도구로 악용되었으니까."

"그렇다면 자네도 관두게. 악용될 소지가 있다면 말이야."

"그렇기도 하지."

이반의 궤적을 실제로 목격한 것 중에서 가장 특이한 일은 산천에 얼음이 다 녹아 곧 봄갈이 준비를 할 무렵에 있었던 일이었다.

두 사람 모두 결혼하고 나서 몇 년이 지난 후였다. 이반은 산통으로 아내를 잃은 후 혼자서 아들 하나를 키우며 외롭게 살고 있었다.

그 어느 날 이른 아침 이반이 블라지미르의 집을 방문했다. 봄갈이가 시작되기 전에 잠깐만 짬을 좀 내어 달라는 부탁을 해왔다. 원체 과묵하고 속 깊은 그인지라 까닭을 물을 것도 없이 하자는 대로 순순히 따라나섰다. 제법 무게가 있어 보이는 그의 짐을 나누어지고 집을 나섰을 때는 막 아침 햇살이 퍼지기 시작할 무렵이었다. 마을에서 반 마장쯤 떨어져 있는 타미르산 쪽으로 방향을 잡았다. 제법 깊은 산중으로 들어 왔다고 느껴졌을 때, 무엇을 찾는지 열심히 두리번거리고 있는 이반에게 참고 있던 말을 기어코 물어보았다.

"무얼 찾는 게야?"

"으응, 지금은 좀 그러니까 나중에 설명할게."

해가 질 때까지 나침반을 들고 이 산 저 산을 오르락내리락하며 발품만 팔고 있던 이반은 잠시 쉬는 자리에서, 뭔가를 못내 아쉬워하는 표정으로 불쑥 한마디 한다는 것이 이해할 수 없는 말이었다.

"바람과 물이 상응해야 하는데…."

"바람과 물이 어떡해?"

영문을 몰라 묻는 그에게 잠시 망설이는 기색을 보이던 이반이 대답이라고 한다는 것이 오히려 더 의문을 가중시켰을 뿐이었다.

"웅, 풍과 수…."

"풍과 수? 도대체 무얼 찾는다는 게야?"

이미 해도 뉘엿뉘엿 하늘을 물들이고 있었고 더 무슨 일을 벌일 것 같지도 않아 내친김에 궁금한 대로 그렇게 물어보았다. 그러나 이반은 대답 대신 마치 딴전을 피우는 사람처럼 엉뚱한 대꾸를 했다.

"그러고 보니 자네 점심도 굶겼네, 오늘은 늦었으니 내일 이야기하지."

점심까지 걸렀다는 걸 비로소 생각했는지, 노신은 주섬주섬 하산할 준비를 했다.

"허, 이 사람…."

"내일은 찾을 수 있을 게야."

블라지미르에게인지 스스로인지 모를 위로라도 하는 듯 그렇게 말했을 뿐, 산을 다 내려오는 동안에도 무슨 생각에 깊이 빠져 있었다.

다음 날 아침에는 아예 블라지미르가 이반의 집으로 찾아갔다. 평시에 무상으로 드나들던 집인지라 방문을 열어 보니 밤을 새워 본 것으로 짐작되는 전문 서적들이 어지럽게 펼쳐져 있었다. 때때로 보아 왔던 광경이어서 특별히 놀랄 일도 없었지만, 피로한 기색이 역력한 얼굴을 보니 걱정이 되었다.

"이 사람 밤을 새운 모양이네. 오늘은 못 가겠군."

"못 가긴, 잠은 좀 설치긴 했으나 괜찮아."

그렇게 말하며 자리를 털고 일어났다.

뭔지는 몰라도 우선 그의 눈빛이 피로한 기색과는 달리 어떤 기대가 담겨 있는 것이 막연히 느껴졌다.

전날 무엇을 찾아 헤매던 것과는 달리 그날은 나침반으로 몇 차례 가늠해 보더니 쉽게 세 곳의 위치를 지적하며 들고 다니던 자루를 풀어 놓았다.

그 속에서 족히 1m는 되어 보이는 쇠말뚝 9개가 쏟아져 나왔다. 끝을 뾰죽하게 해 놓은 것 말고는 특별할 것도 없어 보이는 평범한 건축용으로 쓰임 직한 그 쇠말뚝을 지적한 땅에 박자는 것이었다. 한 곳에 세 개의 쇠말뚝을 정삼각형의 위치에 박아 넣는데, 땅속에서 휘어져도 안 되고 수직으로 꼿꼿하게 박혀야 한다는 것이었다. 9개의 쇠말뚝을 다 박고 났을 때는 정오의 햇살이 엷어지기 시작한 오후였다.

하산하면서 골짜기에 흐르는 물을 찾아 손을 씻고, 좀 늦은 대로 준비해 온 점심을 먹으면서였다. 아까부터 그가 뭔가를 망설이는 듯한 것을 잠깐씩 느끼긴 했으나, 한참 뒤에는 무슨 결심을 하는 표정도 없이 담담하게 입을 열었다.

"아직은 실험단계라서 말을 아꼈는데, 자네가 원체 궁금해하는 것 같아서 말인데…. 여기 이 개울 어름에서 더운물을 얻어 볼까 하고 시작한 일이야."

"더운물이라니…?"

"땅속에서 나오는 더운물."

특별히 대단하다거나 놀라울 것도 없다는 듯이 담담한 표정을 하는 이반의 대답이 더욱 궁금증을 돋웠다.

"그렇다면 온천을 찾는단 말인가?"

다소 흥분한 목소리를 내는 블라지미르를 만류하는 뜻으로 손사래를 쳐 놓고 하는 말이 더욱 놀라게 했다.

"아직 그렇게 흥분하기는 일러. 여기는 본래 온천수가 흐르는 곳이 아니거든."

"그렇다면 어떻게 해서 더운물을 얻는다는 것이야?"

"그것이 과제야. 아까 그 쇠말뚝이 온천수를 여기 개울이 흐르는 쪽으로 끌어들여 줘야 해."

"그 쇠말뚝이 어떻게 온천수를 끌어들여?"

"자네는 예사롭게 보아서 모르겠지만, 그 쇠말뚝의 끝에는 자기력磁氣

力이 있어. 설명하자면 너무 길어. 시험 삼아 해보는 것이니까 너무 기대는 하지 말게."

이반은 그렇게 말했지만, 왠지 기대가 되는 것은 평시에 그의 유별난 재능을 많이 보아 온 탓이기도 했다. 덧붙여 하는 설명도 이해할 수 없기는 마찬가지였지만, 까닭 없이 달뜨게 했다.

이반은 옆에 있는 나뭇잎 하나를 따서 보여주고, 또 자신의 귀밑머리를 들어 귀를 보여주고 나서 무엇과 닮았는지 알아보라고 했다. 한참 동안 대답을 못 하고 있자 이반은 스스로 입을 열었다.

"이 귀는 어머니 배 속에 있는 태아의 모습을 닮지 않았나?"

"으응, 그리고 보니 영판이네."

"그리고 이 나뭇잎 속에 있는 잎줄기의 모양을 봐. 자기 나무의 형태와 같지 않아?"

"오, 그러네."

"세상 만물은 다 그렇게 제 모양을 축소해 놓은 것이 있어. 심지어 우주도 그래. 그래서 사람을 소우주라고 하지 않나? 사람의 손발도 마찬가지야. 그 속에 인체의 모든 것이 함축되어 있어. 몸이 안 좋을 때 손발에 지압을 하고 그러지? 심지어 수상, 족상 하며 점도 치고, 이렇게 만물은 본체와 서로 상응하는 축소된 모양을 어딘가에 가지고 있어. 이것을 대칭점對稱點이라고도 해."

"그러면 아까 그 땅이 타미르산의 대칭점이란 말이군?"

"그래, 저 타미르산 아래로 흐르는 온천수를 지형이 닮은 이곳으로 끌어들여 보는 것이야."

하면서 멀리 보이는 화산인 타미르산을 바라보는데, 그의 혜안이 갑자기 무슨 신령스러운 귀기가 느껴지기까지 했다.

"집안에서 대를 이어 풍수 일을 했다더니, 그런 것과 연관이 있는가?"

"그렇기도 하지 풍수에는 동기감응설同氣感應設이라는 것이 있는데, 고사故事에 이런 일이 있었어. 중국의 한나라 시대 미양궁에서 어느 날 아무 이유 없이 종이 스스로 울렸지. 왕 한무제가 지혜가 많은 신하를 불러 물었는데, 필시 서촉西蜀의 구리광산이 무너졌을 것이라는 대답을 하여 확인해 보니 과연 서촉의 동산이 무너졌다는 전령이 왔어. 왕이 신기하여 연유를 물으니 그곳에서 나는 구리로 만든 영종이 기 감응을 하여 운 것이라는 신하의 대답이었어. 같은 기가 감응을 해서 울렸다는 것이지. 그래서 동기감응설이라는 것이야. 현대에도 이러한 예는 적잖아. 공명共鳴 현상이라는 것이 있는데, 1831년에 영국의 캘버리 부대가 한 육교를 지나갈 때 다리가 붕괴하는 사고가 발생했는데, 행진 박자가 다리의 고유 진동수와 일치하여 공명이 일어난 사건이야. 더 최근의 일로는 얼마 전 1940년 세계에서 제일 아름답다는 워싱턴주의 타코마 다리가 산들바람과 공명을 일으켜 무너졌어. 이러한 현상을 보고 현대과학이 풍수를 이해하기 시작한 것이야. 라디오 주파수를 맞추는 것도 공명 현상의 원리지. 이러한 공명 현상을 이용하여 방송국의 고유 주파수와 일치하게 하여 수신하게 되는 것이야."

"그러면 그런 현상이 명당이라는 묏자리와 연관이 있는 것인가?"

"그렇다네! 그 이야기는 하자면 너무 길어서 다음에 하기로 하세. 마을도 가까운데."

그리고 열흘쯤 지나서였다. 그동안 블리지미르는 언제쯤 이반이 그 산개울로 가자고 하는가 하고 매일 기다리고 있었는데, 그날이 온 모양이었다. 이반이 산행 차림을 하고 찾아왔다.

그때는 이미 봄갈이가 시작된 뒤라 바쁘기는 했으나, 열 일 제쳐 놓고 그를 따라나섰다. 개울이 가까워지자 블라지미르는 설레는 마음을 감추지 못하고 있는데, 정작 이반은 초조한 낯빛을 하고 있었다.

멀리 개울 쪽에서 봄 아지랑이와는 확연히 다른 증기가 피어오르는 것이 보이자 두 사람은 비로소 의미 있는 미소를 주고받았다. 서둘러 먼저 내달은 블라지미르가 "온천이다, 온천이야!" 하는 소리가 산을 울리며 들려왔다. 다가가서 개울의 진원지에 손을 담가 본 이반의 얼굴에서 잠시 전에 보였던 미소가 사라지고 있는 것을 블라지미르는 미처 보지 못하고 있었다.

"절반의 성공이야."

"무슨 소리야, 절반의 성공이라니?"

블라지미르는 갑자기 찬물을 뒤집어쓴 듯이 이반을 바라보았다.

"며칠 못 가겠어."

다소 낙담은 하고 있었으나 뭔가 새로운 각오를 다지고 있는 것 같은 표정이 담겨 있었다.

"왜?"

"…"

얼른 대답은 안 하고 있었으나 뭔가를 생각하는 표정에서도 새로운 각오가 느껴졌다.

"며칠 후에 개울에 다시 가보니 물은 정말 온도가 현저하게 떨어져 있었어. 그리고 차츰 본래대로 다 식어 버렸지, 그것으로 끝이었어. 아들이 모스크바로 영재 교육을 받으러 가기 때문에 이반이 이사를 하게 됐어. 그 뒤로 소식도 없었고, 웬만하면 소식 한번 줄 만한데 사정이 있는지…. 소련이란 나라가 워낙 그러니까."

"영재 교육기관이 어디에 있습니까?"

"들리는 말로는 모스크바 대학 안에 있다고는 하더만…."

블라지미르는 들려줄 만한 이야기는 다했다는 듯이 앞에 놓인 물 한 모금을 마시고는 그 파이프에 담배를 끼워 물었다.

블라지미르가 긴 이야기를 마쳤을 때는 자정이 지나고 있었다. 영후는 장시간 이야기해 준 것에 대한 감사의 말을 거듭하고, 노부인이 마련해 주는 잠자리에 하룻밤 신세를 졌다.

라라의 제안

그 다음 날, 영후는 모스크바로 돌아오는 비행기에 몸을 실었다. 비행기가 이륙하자 그는 스르르 눈을 감고 머릿속을 정리해 보았다. 사안의 부피감이나 블라지미르 노인의 긴 이야기 때문이었을까 여러 날이 지난 것 같은 느낌이 들었다. 김노신의 궤적을 당장 일본의 재앙과 연관 지어 볼 수는 없다 해도 뭔가 묵직하게 가슴에 남는 것은 있었다. 혐의를 두기는 성급할지 몰라도 막연하나마 어떤 개연성의 예감을 떨쳐 버릴 수가 없었다.

잠자는 일본인들을 무참하게 죽이면서 분노한 예사롭지 않은 행동이나 천문지질과 의술에 대한 지식이 밝았고, 쇠말뚝으로 온천을 끌어들이고, 기氣를 연구 해왔다는 것, 게다가 그의 자연에 대한 남다른 통찰력 등 그럴싸해서 그런지 어느 것 하나 예사롭게 느껴지지 않았다. 고향에 있을지도 모른다는 선대부터 연구한 책이라는 것은 지금 어떻게 되어 있을까? 갑자기 마음이 까닭 없이 조급해졌다.

영재 교육기관이 있다는 모스크바 대학 영재 교육부를 찾아간 것은 다음 날 아침이었다. 막막하기는 해도 지금으로서는 김노신의 아들 김도마노프의 흔적을 찾아볼 수 있는 길은 그곳밖에 없었다.

그러나 예측하지 못한 난관에 부딪혔다. 영재 교육기관의 인력관리부에서 일반인의 열람은 엄격히 제한되어 있다는 것을 알지 못한 것이었다. 영재 교육기관의 인사기록부는 국가의 특별관리하에 두고 있어, 관련 기관의 공식 요청이 있어야 한다는 것이었다.

일단 호텔로 돌아와서 생각 끝에 박관우에게 전화를 걸어 보았다. 내용을 듣고 난 박관우는 별반 골똘히 생각하는 법도 없이 전화번호 하나를 불러 주면서 그 사람과 의논해 보라는 짤막한 말을 남겼다.

다행히 상대는 진지하게 의논해 주었다. 호텔 커피숍에서 만난 사나이는 인텔리 풍의 인상을 한 60대 초반의 북계 러시아인이었다. 아까 전화상으로는 러시아어로 응대하던 그가 새삼스럽게 유창하지도 않은 영어를 구사하며 대화를 하는 이유를 나중에야 어렴풋이 짐작하게 되었다. 소위 거래를 원하고 있었다. 지난날 이런류의 거래를 질타하고 고발했던 자신이 아니었던가? 그러나 다급한 상황 앞에 숙이고야 마는 자신을 자책할 여유도 없었다. 불의와 타협을 망설이며 우물쭈물할 겨를이 없는 상황이 그랬다. '이것이 로마에 가면 로마법을 따르라.' 하는 말인가! 하고 생각하면서 그가 원하는 대로 봉투를 건네고 다음 날 영재 교육기관을 다시 찾아갔다.

효력은 신통하게 나타났다. 어제까지 담당자가 보이던 태도는 입장 변화에 대한 변명을 위한 것인지 필요 이상의 너스레까지 떨며 안내를 했다. 스탈린 시대부터 영재 관리가 시작되어 지금까지 배출된 영재가 수백 명에 이른다거나, 그들이 국가에 봉사하여 이룬 업적이 헤아릴 수 없을 만큼 많다는 등 어느새 과장이 묻어날 만큼 충실한 안내자가 되어 있었다. 그러나 애쓴 보람도 없이 김 도마노프의 기록은 컴퓨터에 뜨지 않았다. 결국 발품만 판 꼴이 되었다.

낙심한 빛이 가득한 영후의 얼굴을 본 담당이 안쓰러웠던지 검색 창을 닫으면서 예사롭게 한 말에 퍼뜩 머리를 들었다.

"영재기관은 여기 말고도 또 있습니다."

"또 있다면, 어디에…?"

"제2 도시 상트페테르부르크 대학 부설 영재 학교가 있어요. 그 외에도 몇 곳 더 있는데 필요하면 명단을 드릴 수도 있어요."

영재기관의 명단을 얻어서 호텔로 돌아와 내일 날짜로 상트페테르부르크행 비행기를 예약했다.

비행기에 탑승하면서부터 뇌리에는 까닭 모를 불안이 자리 잡고 있었다. 일본인들 보다 한참 뒤처져 있는 상황에 뭔가 잘못 짚어 가고 있는 것은 아닐까 하는 생각이 그랬는지도 몰랐다. 상트페테르부르크의 풀코브 공항을 빠져나오면서부터 까닭 모를 불안감은 한순간 시가지의 아름다운 전경에 내밀려 버리고 말았다.

도시 전체가 박물관이라고 해도 좋을 상트페테르부르크시가 주는 감흥 때문이었다. 제정 러시아의 수도였던 상트페테르부르크는 그 시절의 고색창연한 고전양식이 영후의 시선을 사로잡을 만했다.

북국의 베네치아로 불리기에 손색이 없는 100여 개의 아름다운 섬을 연결하는 365개의 다리는 그 자체가 예술이라 할 만한 갖가지 모양을 하고 있었다.

여름밤에 나타나는 백야 현상과 겨울밤 하늘에 별빛과 아울러 환상적인 빛을 띠는 오로라로 유명한 시 중심에는 네바강이 흐르고 있었다.

상트페테르부르크 대학이 있는 바실리예프스키 섬은 대 네바 강과 소 네바 강을 앞과 옆으로 끼고 있었다. 강을 따라 있는 대학 강변 거리 옆에는 미술 아카데미, 과학 아카데미, 인류학 박물관, 중앙 해군 박물관,

푸시킨 광장, 러시아 박물관 등 온통 전통 분위기로 둘러싸여 있는 거리에 영후는 압도당한 느낌이었다. 상트페테르부르크 대학 건물 역시 그 고색창연함이 마음을 까닭 없이 숙연하게 만들었다. 정문을 들어서면서부터 외관에서 느낀 것에 더하여 잘 보존된 고전 양식의 묵직한 감흥이 가슴에 차올랐다.

지나가는 학생을 붙잡고 본관 건물을 물어보았다.

짐작한 대로 중앙에 우뚝하게 솟은 건물을 손가락으로 가리켜 준 학생은 영후의 이방에 들떠 있는 얼굴을 힐끔 쳐다보고는 지나갔다.

섬돌 하나마저도 보존의 정성이 엿보이는 계단을 밟아 본관 건물 안으로 들어섰을 때, 와락 닥쳐오는 전율 같은 감흥이 또 한 번 일었다. 바라볼 때와는 달리 가까이에서 본 건물은 규모의 웅장함에도 불구하고 벽면이나 돔 형식의 높은 천장에 새겨진 조각의 그 섬세함은 허술한 부분이 한 군데도 보이지 않았다. 무엇보다도 곳곳에 스며 있는 두꺼운 세월의 흔적은 영후의 감성이 압도당하기에 충분했다. 북계 러시아인이 미리 손을 써 놓았는지 담당을 만나자 걸쭉한 미소로 맞았다.

그녀는 사십 대 정도의 비대한 몸집을 가진 여자였다. 도시 전체가 고집스레 지켜온 전통의 방식에 대한 자부심이었는지 문서 보관실에는 컴퓨터로 서류를 보관하지 않고 있었다. 잦은 고장이나 사고를 일으키는 기계들의 예측할 수 없는 혼란은 최소한 없다는 설명을 담당은 자랑처럼 했다.

육중한 문을 열고 문서 보관실로 들어서자 만만찮은 세월의 냄새로 느껴지는 메케한 곰팡냄새가 음험하게 퍼져 나왔다. 세월의 손때로 윤이 나는 책장과 그 속에 엄청난 분량의 서적과 문서들은 정숙과 경건을 강요하는 숙연함마저 느껴졌다.

열람실에서 영후를 기다리게 한 그녀는 어기적거리는 걸음으로 미리 써준 김 도마노프 이름의 메모를 들고 책장 사이사이를 찾아다녔다. 한참 후 두꺼운 기록부 하나를 들고나와서, 먼지를 뒤집어쓰거나 무거운 책을 옮기는 수고에 대한 과장을 섞은 몸짓으로 수다를 떨면서 한 곳을 펼쳐 보였다.

김 도마노프의 이름이 선명한 미소로 영후를 반겼다. 입학할 때부터 졸업까지 각종 학위를 받은 기록이며, 본 대학에서 교수로 근무한 경력까지 상세하게 기록되어 있었다. 가족사항에 아버지 본명 난에 신한촌에서 바꾼 김형우가 그대로 있고, 개명 난에 김 이반 니꼴라이비치로 기록된 글씨가 정겹게 느껴질 만큼 반가웠다.

주소 난에는 상트페테르부르크의 R시 한 곳으로만 되어 있고, 그 밑에 있는 줄이 공란인 것으로 봐서 적어도 본 대학에 있을 동안은 계속 이 주소에 거주한 것으로 짐작되었다. 세심한 눈길로 훑어보던 중, 한곳에서 흥미로운 기록을 발견했다.

18세의 약관에 해양지질학박사학위를 받고 19세에 모교인 상트페테르부르크 대학에서 조교수 생활을 시작하여 3년을 지낸 후 정교수 2년을 지낸 것까지는 무난했다. 그러나 흥미로운 것은 다음 기록이었다. 2년 정도의 공백이 있었던 후 26세부터 다시 교수로 재임용된 부분이 그랬다.

그다음 30세에 노보시비르스크 '아카뎀고로도크(Akadem Gorodok: 과학 단지)' 내에 있는 러시아 과학원 소속 무기화학연구소(Institute of Inorganic Chemistry)로 근무처를 옮긴 것으로 되어 있었다.

2년의 공백은 다음 장 상벌란에서 의혹이 풀렸지만, 기록을 다 읽어

본 뒤에도 궁금증은 남았다.

1년 6개월의 수형을 받은 기록이 그것이었다. 학위를 받은 연도와 논문의 제목 등 국가로부터 수상한 각종 상이 기록된 화려한 그의 경력에 유일한 옥의 티였다. 더구나 죄목 또한 화려한 경력에 어울리지 않는 공금횡령이라는 것이 그랬다.

마지막으로 다수의 논문 제목이 적혀 있는 장에서 유독 민영후의 직감을 자극하는 것이 있었다. '해저 에너지의 산업화에 대한 고찰'이라는 논문 제목이었다. 물론 해양지질학을 연구한 학자로서 지질에 관한 논문이 많은 것은 당연하다고 할 수 있겠으나, 어떤 개연성의 예감이 가슬가슬 느낌으로 다가왔다.

필요한 것을 수첩에 메모한 다음 그 비대한 직원을 다시 쳐다보았다.

"혹시 그 시절에 계시던 분이나 김 도마노프를 알만한 사람은 없습니까?"

"그때 분들은 모두 퇴직했지요. 지금까지 계실 분이 없어요. 여기 기록에 있는 동문을 수소문해 보는 것이 나을 것 같은데요."

선심 쓰는 듯한 태도로 그녀가 펼쳐 보이는 기록 중에 어렵사리 적합한 인물로 추측되는 사람의 인적 사항을 메모했다.

류시코프라는 이름에 눈길이 가게 된 것은 그의 주소가 도마노프와 비슷한 지역이라는 담당의 지적 때문이었다. 등하굣길에 자주 마주쳐서 자연스러운 친분이 있을 수도 있다는 막연한 추측을 한 것이었다. 화학공학을 전공한 류시코프는 모스크바 외곽의 S화학산업으로 발령이 난 기록이 경력란 끝에 적혀 있었다.

대학을 나와서 공항에서부터 렌트한 차에 올라 곧바로 김 도마노프의 주소지인 R시로 향했다. 퇴근 시간이 되어선지 정체되던 차량은 번화가를 빠져나가면서부터 다소 속도가 붙기 시작했다. 족히 40~50분은 달렸다고 생각되는 곳에서 차를 멈춘 운전수는 영후가 쥐고 있는 메모지를 다시 받아 보더니 제대로 찾아왔다는 표정으로 미소를 보였다.

이곳에도 개발이 있었는지, 속살을 들어낸지 얼마 안 돼 보이는 흙이 군데군데 드러나 있는 반듯한 택지 위에 새 가옥들이 들어서 있었다. 그 사이를 지나 뒤쪽으로 한갓진 곳에 아직도 궁색한 빛이 그대로 남아 있는 옛집들이 올망졸망 모여 있었다. 칠이 낡아 벗겨진 채로 굳게 닫혀 있는 대문 앞에 선 영후는 다소 긴장된 마음으로 초인종을 눌렀다. 잠시 후 행주치마를 걸친 중년 여인이 까닭 없는 경계의 눈길로 문을 열고 나왔다. 찾아온 연유를 다 듣고 나서도 여인은 아직도 경계가 다 걷히지 않은 눈길인 채 집안으로 안내했다. 세월의 때가 묻어 보이는 낡은 소파에 자리를 권하고 누군가를 데려오려는 듯 내실쯤으로 짐작되는 쪽으로 들어갔다. 잠시 후 거동이 불편해 보이는 노부인이 그녀의 부축을 받으며 나왔다. 김 이반 니꼴라이비치와 도마노프 이름을 대자 금방 연민의 표정으로 변하더니 추억을 더듬듯 띄엄띄엄 입을 열었다. 두 부자가 이 집으로 와서 20년 가까이 함께 살았노라고 입을 열기 시작한 노부인은 추억과 연민, 기쁨과 슬픔이 수시로 교차하면서도 어렵잖게 묻는 말에 대답해 주었다. 나중에는 묻지도 않는 말도 두서없이 쏟아내는 노부인의 말을 정리도 할 겸 아까부터 궁금한 몇 가지 중에 공금횡령에 대한 질문부터 해 보았다.

도마노프에 대한 좋은 기억을 하도 많이 간직한지라 공금횡령의 기록을 묻기가 거북했지만, 노부인의 반응은 처음으로 숨을 가쁘게 몰아쉬면서 분노를 드러내 보였다. 그러다가 문득 생각난 듯이 말했다.

"그런데 누구시오?"

하며 새삼스레 생경한 시선을 보였다.

"아! 예, 한국에서 온 작가인데, 동포들의 이야기를 쓰고 있습니다."

늘 준비해 두었던 말이었기에 수월하게 둘러댄 셈이다. 별다른 의혹을 품을 만한 것도 없다는 듯이 노부인은 곧 하던 이야기로 돌아갔다.

"제 놈들 똥이 구리니까, 그 애 똥도 구리다고 생각했겠지. 그렇게 착한 애한테 왜 하필 공금횡령이야, 차라리 강도라고 하지…. 그 앤 사랑병을 앓은 죄밖에 없어, 죄라면 좀 별스런 사랑을 했다는 것밖에…."

"어떤 일이 있었습니까?"

노부인의 감정을 염두에 두고 최대한 공손히 물었다.

"젊은이들이 어디 사랑 이야기를 나한테 고주알미주알 일러 주겠는가? 어느 대단한 놈의 집안 여자였던 모양이야. 몹쓸 놈들 공금횡령이라니…. 뒤집어씌워도 유분수지…."

두서없기는 해도 노부인의 이야기를 미루어 짐작할 수 있는 것은 많았다. 이반 부자父子가 카자흐스탄에서 바로 이 집으로 이사를 와, 20년 가까운 세월을 노부인과 함께 살았으니 정이들만도 했다. 도마노프가 어린 나이에 박사학위를 받았을 때나 다음 해, 교수직으로 발령났을 때나, 자신의 자식처럼 기뻐했고, 누명을 쓰고 감옥으로 갔을 때는 그 누구보다 분노하고 억울해하였다. 1년 6개월의 수형생활에서 풀려나 교수직으로 복직되었을 때는 이반은 모스크바로 근무지를 옮긴 지 오래전이었다. 아들의 감옥 생활이 시작되던 시기에 모스크바에 있는 톨스토이 박물관으로 전보 명령이 난 것이었다. 정년이 가까운 고령을 배려하여 잡역부가 아닌 말단이긴 해도 일반관리직으로 생색내기를 했다는 것이었다. 누명을 씌운 권력자의 알량한 배려였다고 짐작하고 있었다. 죄 없는 자식을 감옥에 보내고 설사 호사를 준다고 한들 위안이 될 부모가 어디 있겠는가?

그 배려라는 것도 진의를 들여다보면 권력자 자신의 나쁜 소문을 불식시키기 위한 얄팍한 위장술에 지나지 않았다. 거기에 그치지 않고 문제의 소지가 될 만한 것은 찾아서 제거했다. 그것이 인류학 박물관장 숙청이었다. 전부터 원만하지 못한 관계였던 당으로서는 이반과의 특별한 친분이 있는 나르꼬프를 당치도 않은 이유를 만들어 축출한 것이었다. 인류학 박물관장 나르꼬프는 이반과는 형제 같은 사이었다. 온화한 성품이었던 나르꼬프는 비록 잡역부일지라도 이반의 해박한 지식과 고고한 인격을 흠모했고, 이반 역시도 그러한 나르꼬프를 깊이 신뢰했다. 종종 두 사람이 밤을 새워가며 술을 마실 때는 무슨 이야기가 그렇게도 많은지 끝없는 토론이 이어지기도 했다. 노부인으로서는 한마디도 알아들을 수는 없었으나 점잖은 그들의 곁에서 시중드는 것만으로도 즐거웠다.

그러던 두 사람에게 도마노프의 문제가 불거지면서 불행한 일이 닥쳤던 것이다. 도마노프가 감옥으로 간 지 열흘도 안 되었을 때였다. 막 퇴근한 나르꼬프에게 당에서 나온 사람들이 느닷없이 들이닥쳤다.

"나르꼬프 관장님께 당에서 소명을 내렸습니다."

오래전부터 이런 날이 오리라는 예측이 전혀 없었던 것도 아니었던, 나르꼬프는 순순히 그들을 따라나섰다. 이반이 뒤따르며 어찌할 줄을 모르며 애태우자 나르꼬프는 소리쳤다.

"저리 비켜라! 잡역부 따위가 주제넘게…."

이렇게 의도적인 화를 내어 보인 것도 이반을 안심시키기 위한 행동이었다. 그것이 더 가슴을 아프게 했는지 이반은 여러 날 잠을 이루지 못했다. 그리고 얼마 후 이반은 모스크바로 전보 발령이 났다.

도대체 무슨 일이 있었던 것일까? 궁금증을 참을 수 없어 불쑥 한 마디 생각나는 대로 넘겨짚어 보았다.

"권력자의 딸이었던 모양이지요?"

그러자 노부인의 얼굴에서 희미하게 어색한 미소가 떠올랐다. 긍정도 부정도 아닌 뭔가 말하기를 주저하는 표정이다. 다행히 크게 불쾌한 얼굴은 아닌 것에 용기를 얻어 또 한 번 넘겨짚어 보았다.

"가난한 소수 민족에게 딸을 주기 싫었던 모양이지요?"

그래도 표정다운 표정도 없이 굳게 입을 다물고 있던 노부인이 한참 만에 마음을 다져 먹은 듯이 겨우 나오는 작은 소리로 말을 이었다.

"딸은 딸인데 양딸이었고…. 그놈의 노리개였던 게야."

아하! 하는 말이 나올 뻔한 것을 참은 것은 잘한 일이었다. 그러나 능숙하게 감추지 못한 영후의 놀라는 표정 때문에 노부인이 실수했다고 생각했는지 서둘러 수습한다고 허둥대기까지 하는 모습이 오히려 민망할 정도였다.

"그 착한 사람이 나르꼬프가 불쌍하다고 어찌나 우는지…."

치정 사건의 혐의가 묻어나는 권력자의 부도덕이 어렵지 않게 추측되었다. 그러나 무엇보다 도마노프에 대한 노부인의 따뜻한 마음이 감동을 주었다. 20년 가까운 세월을 함께한 정이 있다 해도 친손자나 다름없이, 부끄러운 것을 애써 덮어 주려는 것이나, 그 표정에서 우러나는 애정 어린 마음이 그랬다. 그것만으로도 도마노프에 대한 노부인의 감정을 짐작하기에 부족함이 없었다.

노부인의 심사가 그 이야기를 길게 늘어놓는 것을 달가워하지도 않는 듯하여, 도마노프의 친구 쪽으로 화제를 바꾸어서 물어보았다.

"안드레예프라고 도마노프가 친형처럼 따르던 사람이 있었지. 도마노프와 같은 대학에서 일하다가 모스크바 대학 교수로 간 게, 그러니까 그 사건 나기 직전이었어."

특별히 기억을 더듬는다고 애를 쓰는 법도 없이 비교적 상세히 기억하고 있었다. 더 물어볼 것도 있을 성 싶지 않았고, 부축을 받아야 할 만큼 몸이 불편해 보이는 노부인이 쉬도록 자리에서 일어났다. 약값이라도 보태어 쓰라고 봉투를 내미니 한사코 거절하는 것을 며느리로 보이는 젊은 여인에게 억지를 쓰다시피 내맡기고 나왔다. 그리고 문으로 나오면서 또 다른 사람이 찾아온 일이 없었는지 물어보았다. 젊은 여인은 전혀 없었다는 뜻의 러시아인 특유의 동작으로 어깨를 들썩여 보였다.

모스크바로 돌아가는 밤 비행기에 올라 영후는 상트페테르부르크에서의 일을 머릿속으로 정리해 보다가, 마음 한 곳에 까닭 모를 불안감이 짓누르고 있는 느낌이 들었다. 원인을 찾아 곰곰이 마음을 뒤져보니 흔적이 드러나지 않고 있는 일본인들의 행적 때문이었다. 빅또르 집에서 처음 흔적이 드러난 이후로는 씻은 듯이 그들의 행적이 나타나지 않는 것은 자신이 헛짚고 있다는 증거가 될 수도 있었다.

일본인들로서는 국가의 생존이 걸린 문제인데, 대거 전문 인력이 동원됐을 것이 예상되는 일이었다. 그런 그들의 움직임이 드러나지 않고 있는 것이 아무래도 마음이 편치 않았다. 지금까지 자신이 추적한 내용 대부분이 일본인들에게는 아무 가치가 없는 것이거나 벌써 알고 있는 것이라면 자신은 시간만 소비하고 있는 셈이었다. 이도 저도 아니라면 애초에 정보가 허무맹랑한 것이거나…. 그런 생각을 하다 보니 불안감이 더욱 부풀어 올랐다. 갑자기 머리가 무거워 왔다.

호텔로 돌아왔을 때는 새벽 한 시가 지나고 있었다. 솜처럼 피로가 몰려왔으나 윗도리만 벗은 채 NHK 영어 방송을 켰다. 비행기에서부터 줄곧 궁금하던 일본 소식을 듣고 싶어서였다.

지진 피해 지역이 아직도 복구 엄두를 못 내는 모습과 사망 1,940명, 부상 32,700명이라는 중간 통계가 자막으로 비춰 보이고 있었다.

그 아나운서의 멘트를 듣다가 영후는 또 한 번 우르르 몰려오는 불안감을 떨쳐버릴 수 없었다. 일본 쪽에서는 이미 재앙의 원인 규명이 종료되었거나 최소한 실마리가 풀려 가고 있는지도 모른다는 생각이 들었다. 원인 규명이나 인터넷 협박에 대한 일체의 멘트가 없는 점이 그랬다. 그러나 그다음 아나운서 멘트가 아직 예단할 수 없는 여운을 남겼다. 2차 대전 피해 당사국들과 3차 외상회의가 도쿄 프레스센터에서 현재 진행되고 있다는 소식을 전하고 있는 것이 그랬다. 역시 일본이 불가항력의 힘에 굴복하지 않고서야, 반세기가 넘게 부인과 변명으로 일관해 오던 입장을 갑자기 바꾸어 이렇게 고분고분해질 수 없다는 것 때문이었다.

무엇도 확신이 없는 시점에서 섣부른 속단은 일을 그르칠 수 있다는 자각이 마음속에 자리를 잡으면서 불안감이 조금씩 밀려났다.

다음 날, 간단하게 아침 식사를 마치고 톨스토이 박물관으로 향했다. 김노신이 이미 고령이라 당연히 정년퇴직은 했을 터이니 주소라도 알아보고 그의 행적을 따라가 보려는 것이었다. 그러다가 혹시 지실자知悉者라도 한 사람쯤 만난다면 다행이라는 막연한 기대도 하고 있었다.

모스크바 시내에서 한 시간가량 떨어진 톨스토이 박물관은 그 명성과는 걸맞지 않게 시 외곽의 한적한 곳에 있었다.

1828~1910년 동안 살았던 대 문호 레프 니콜라예비치 톨스토이의 생가를 그대로 박물관으로 만들어 놓은 곳이었다. 톨스토이가 이 외지고 한적한 집에서『부활』,『전쟁과 평화』,『안나 카레니나』등 여러 편의 작품을 썼다고 안내판에 몇 개국의 언어로 소개하고 있었다. 전시품이라야 고작 톨스토이가 글을 쓸 때 사용했던 책상이나 펜, 책꽂이 등속과 몇 점의 집기, 비품 등이었으나 그의 흔적을 기리는 사람들이 반드시 찾아오는 곳이었다.

톨스토이의 흔적이 아니라, 이반 니꼴라이비치 김노신의 흔적을 찾아온 영후로선 전시품이 주는 감동보다는 이반에 대한 정보에 신경을 곤두세우고 있었다.

"정년퇴직을 한 지가 오래되어서 아는 사람이 없네요. 주소는 적어 드리겠습니다만 오래된 주소라…"

한 관리인을 붙들고 물어서 얻은 대답이 고작 이것이었다.

어쩔 수 없었다. 톨스토이 박물관을 나와서 관리인이 적어 준 주소대로 한 30분가량 차로 달리고 나니 한눈에도 궁벽이 느껴지는 작은 마을이 나타났다. 여러 사람에게 몇 번씩 물어가며 어렵사리 찾은 집은 그런대로 지을 당시에는 제법이었을 만한 규모였다. 엷은 긴장감이 영후의 가슴에 차올랐다. 불쑥 김노신의 얼굴이 저 문을 열고 나타날 것 같은 상상이 그랬다. 그러나 초인종을 몇 번씩 울리고 난 후에야 문을 열고 얼굴을 내민 사람은 뜻밖에도 한 눈에도 불량기가 느껴지는 20대 중반쯤의 사내였다. 지금껏 자고 있었던지 부스스한 잠자리 머리가 그대로인 채였다. 잔뜩 찌푸린 얼굴로 목만 내밀고 영후의 위아래를 훑어보는 사내의 얼굴은 노골적으로 짜증스런 표정을 보였다.

"좀 물어볼 게 있어서 왔습니다."

"뭘요?"

귀찮으니 빨리 말하고 가라는 표정으로 대꾸했다.

"이반 니꼴라이비치라는 분을 찾으러 왔습니다."

"이반? 그 영감 죽은 지 오래됐소."

내뱉듯이 그렇게 말한 사내는 영후가 무슨 말인지 몰라 멍하니 바라보는 사이 문을 닫으려고 했다. 영후는 사내가 닫으려는 문을 잡으며 한 발자국 다가섰다. 절박한 의중을 내비치기에 적절했던지 다소 어이없어하는 표정은 보였어도 또, 뭐! 하는 태도로 문을 조금 더 열고 상체를 드러냈다. 차림새에서도 예측한 불량기가 그대로 드러났다. 팔뚝에 험상궂게 새겨진 문신과 아무렇게나 걸친 티셔츠며 아까부터 거슬리던 커다란 귀걸이가 그랬다.

"언제 죽었습니까?"

이번에는 얼른 담배를 권하며 다소 과장된 미소까지 보이자, 어쩔 수 없다는 듯이 불을 붙여 준 담배 연기를 '훅' 하고 뿜어내고 나서 마지못해 대꾸했다.

"몇 년 됐소."

"왜 죽었지요?"

김노신이 이미 죽었다니, 영후는 한동안 망연자실하였다. 이미 죽고 없는 사람을 여태 찾아다녔다는 허탈감과 처음부터 헛짚고 있었다는 낭패감으로 맥이 풀려 버렸다.

"그걸 내가 어떻게 알아. 알고 싶으면 그 영감 손녀 계집애한테나 물어 보쇼."

손녀라니…. 이 또한 뜻밖에 말을 듣게 되자, 기왕에 내친걸음이고 좀 더 확인을 해봐야겠다는 생각이 들었다. 우선 도무지 친절이라고는 찾아볼 수 없는 이 사내의 태도부터 바꿔 놓아야 할 필요가 있었다. 문득 돈을 쥐어 주고 정보를 얻는 외국영화의 한 장면을 떠올렸다.

영후가 지갑에서 백 불짜리 한 장을 꺼내어 내밀자, 갑자기 휘둥그레진 눈과 벌어진 입을 감추지 못하고 무엇이든지 물어보라는 태도로 금방 바뀌었다. 이제는 두서없이 너스레를 떠는 떠버리가 되어 집 안으로 들게 하고 자리까지 권한다. 두서없기는 해도 묻는 말에 고분고분 대답을 잘하게 된 그에게서 또 다른 놀라운 사실을 알게 되었다. 도마노프마저 이미 사망했다는 사실이었다. 이반이 2년 전쯤에 사망한 것도 한국에 갔던 도마노프의 사망 소식을 듣고 갑자기 쇼크사를 일으킨 것이었다. 그리고 이반은 오래전부터 어린 손녀 하나만 데리고 살았는데 지금 나이가 스물대여섯 살 전후쯤 되는 것으로 추측되었다. 이름은 라라 이바노프이고, 도마노프가 가끔 들렸어도 부녀간의 각별한 애정 표현을 본 일은 없었다. 다만 할아버지와 손녀 사이는 각별하여 이반이 죽었을 때 라라는 오랫동안 슬픔의 후유증으로 병원 신세를 지기까지 했다. 그 뒤로 라라는 이사를 해 버려서 소식을 모르지만, 필요하다면 찾아줄 수도 있다고 친절을 과장한 또 다른 계산을 하고 있었다. 비용이 좀 들 것이라며 은근한 요구를 해온 것이었다. 망설일 것 없이 원하는 대로 비용을 주고 찾아 주면 더 주겠다는 말과 연락처를 알려 주었다. 그와 헤어지면서도 일본인들의 흔적에 대한 질문을 해보았으나 드러나는 것은 없었다.

그렇지 않아도 헛짚고 있다는 불안이 커지고 있던 차에 김노신 부자의 사망 사실을 알고부터는 아직 확신은 아니라 해도 앞서 추측이 굳어지는 느낌이 들었다. 이미 김노신 부자의 사망을 확인한 일본인들이 이 때문에 흔적이 나타나지 않는 것이라는 짐작도 어렵지 않았다. 해프닝으로 끝나고 말 일이라면 더욱 서둘러 확인을 해봐야 한다는 심정으로 떠버리에게 비용을 주며 라라를 찾아 달라고 부탁을 해 놓았다.

호텔로 돌아와서 먼저 도마노프와 절친했다는 안드레예프에게 연락을 해보았으나 강의 중이라 자리에 없었다. 다음은 상트페테르부르크 대학 학적부에서 적어온 류시코프의 직장으로 전화를 해보았다. 다행히 어렵지 않게 연결은 되었으나, 도마노프라는 이름조차 기억을 못 하고 있었다.

갑자기 맥이 풀렸다. 다음 계획이 잡히지 않은 탓인지 까닭 모를 허탈감이 밀려와 침대에 누워 한동안 초점 없는 시선으로 천장만 바라보고 있었다. 그런 중에도 김노신 부자의 죽음이 이 사건과 어떤 연관이 있을지 예측할 수는 없으나 근거 없는 예감으로 인한 궁금증은 남았다. 이제까지 모든 추적이 허사였다는 생각이 들자 갑자기 치기와도 같은 이상한 오기가 가슴속에서 꿈틀거리기 시작했다.

안드레예프에게서 전화가 온 것은 이때였다. 아까 전화로 남긴 메모를 본 모양이었다. 정중하게 예의를 갖추어 만나기를 요청했으나, 주말까지는 도저히 짬을 낼 수가 없다는 대답이 돌아왔다. 그의 사정을 무시하고 매달려서 될 일도 아니었고, 다음 주 토요일로 약속을 잡아 준 것만으로 만족할 수밖에 없었다. 다음 주 토요일이라면 일주일이 넘게 기다려야 했다. 갑자기 무위한 시간 때문에 긴장을 풀어선지 아직 오후 시간인데 피로감과 함께 잠이 쏟아졌다. 얼마쯤 되었을까? 전화벨 소리의 시끄러운 기계음이 길게 울리지 않았으면 쉽사리 깰 수도 없는 깊은 잠이었다.

"굉장히 고단하셨던 모양이지요?"

떠버리였다. 여러 번 전화를 했는지 목소리에 성화가 우러났다. 시계를 보니 밤 10시가 가까웠다.

"아! 조금⋯."

"라라를 찾았는데, 지금 호텔로 가도 되겠습니까?"

"알았소. 기다리죠."

전화를 끊고 나니 시장기가 들었다. 그리고 보니 저녁 식사를 걸렀다는 생각이 떠올랐다. 호텔 식당에서 가볍게 속을 채우고 방으로 돌아온 지 얼마 되지 않아서 그가 들어섰다. 무슨 대단한 전과라도 올린 사람처럼 라라를 찾는다고 애쓴 영웅담을 길게 늘어 놓았다. 그대로 두면 얼마나 길어질지도 모르겠고 해서 질문부터 했다.

"그래, 지금 어디에 있소?"

"그런데⋯ 그게⋯."

뭔가 선뜻 말을 못하고 머뭇거리는 그에게 다그치는 듯한 어조로 물었다.

"왜? 무슨 문제가 있소?"

"찾긴 찾았는데, 지금 공안들에게 잡혀 있었는지 며칠 되었답니다."

"공안? 왜죠?"

"마약에다 매춘이랍니다."

고약한 일이 발생했다는 직감으로 영후가 난감해 있는 사이, 떠버리가 은근한 말투로 입을 열었다.

"라라가 어떤 놈들에게 말려든 모양입니다. 그놈들이 강제로 매춘을

시키려고 마약을 준 것인데, 다행히 사실은 제대로 밝혀졌지만, 후견인이 있어야 풀려날 수 있답니다."

"후견인이라면…"

"명색은 후견인이지만 쩐이지요, 쩐! 돈 말입니다."

영후는 망설이지 않았다. 이제 소위 거래라는 것에 이골이 붙은 셈이다. 지금으로써는 떠버리가 하자는 대로 할 수밖에 별다른 도리가 없었다.

떠버리를 보내고 나서 NHK 뉴스를 틀어 보니 정규 프로가 제자리를 찾은 모양인지 재앙 소식도 뉴스 시간 대에만 방영되고 있었다. 지진 현장 복구 모습과 주민들이 계속 국외로 대피하고 있다는 소식을 전하고 있었다. 증시는 재앙의 여파로 전 종목이 수직 하향곡선을 그리고 있었다.

과연 재앙의 진실은 무엇일까?

영후는 갈수록 더해가는 궁금증과 달아난 잠으로 뒤척이다 밤을 지새웠다.

아침에 차들의 시끄러운 경적 소리에 놀라 일어나보니 새벽에 눈이 내렸는지 온 세상이 하얀 눈으로 덮여 있었다. 간단하게 아침 식사를 하고 지난밤에 약속대로 떠버리를 기다리는데, 전화가 왔다. 라라와 약속해 놓았다며 콤나 광장 컴퓨터 게임 경기장으로 가 보라는 것이었다. 떠버리에 대한 선입관 때문에 지난밤에도 반신반의했으나 당장은 기대해 볼 만한 곳도 없어 그가 말한 대로 했지만 뭔가 석연치 않았다. 어제까지 구속 상태에 있었다는 사람이 뜬금없이 컴퓨터 게임 경기는 또 뭔가? 석연치 않은 대로 당장은 딱히 일정도 없고 하여 속는 셈 치고 콤나 광장으로 향했다.

역시 겨울 정취가 러시아다움을 더해 주었다. 콤나 광장으로 가는 길은 고전양식의 건물들이 즐비해 있었다. 눈으로 덮인 거리와 묘한 조화를 이루고 있는 고색창연한 건물들이 연출해 내고 있는 격조 높은 분위기는 그대로 한 폭의 그림이었다. 한 치의 소홀함도 없이 지은 옛사람들의 정성이 햇빛 받아 빤짝이는 돔 위에서도, 성에 낀 유리창에서도 살아 움직이고 있었다. 그 아래로 두꺼운 코트와 부츠를 신고 하얀 길을 걸어가는 행인들의 모습은 싱그럽게 느껴졌다.

콤나 광장의 한쪽에 '월드 사이버 게임스(WCG) 경기장'이라고 큼직하게 써 붙인 건물이 눈에 띄었다. 안으로 들어가 보니, 수많은 참관인들로 북적대는 경기장 분위기는 뜨거운 열기로 가득 차 있었다. 모두 9개국에서 각각 세 명의 선수가 출전했다. 일주일간 진행된 예선경기를 통과하여 마지막까지 남은 두 명의 선수를 사회자가 소개하고 있었다. 사회자의 소개를 받은 두 게이머가 간단한 인사를 곁들인 각오의 말이 이어졌다. 결선은 러시아 여자 선수와 독일 남자 선수였다. 다행히 떠버리가 생판 거짓말을 한 것은 아니었다. 몇 사람에게 물어서 어렵잖게 라라를 찾을 수 있었기 때문이었다. 그 러시아 선수를 매니징하고 있는 여자가 라라였다. 먼발치에서 보이는 라라는 단아한 인상이었다.

경기가 시작되자 '모래섬의 전설'이라고 큼직하게 써 붙인 무대 정면의 게임 제목은 오늘 경기의 프로그램이라고 라라를 알려 준 사내가 설명을 덧붙였다.

30분가량 공수를 바꿔가며 진행된 경기는 러시아 선수의 일방적인 승리였다. 대형 화면으로 관전을 하던 참관인들은 백중세를 예상하던 것과는 달리 한쪽의 일방적인 우세로 싱겁게 끝나 버리자, 아쉬워하는 표정으로 자리를 뜨기 시작했다.

애초부터 경기에 관심을 두고 온 것이 아닌 영후로서는 무대 위의 라라에게만 시선을 집중하고 있을 때였다. 시상식이 거행되기 직전에 사회자가 소개하는 한 청년이 유난히 영후의 관심을 끌었다.

"에… 시상식이 있기 전에, 오늘 본 대회를 개최하기 위해 물심양면으로 주도적 역할을 다해 주신 한국의 천재 프로그래머 김단 씨의 간단한 인사 말씀이 있겠습니다."

사회자의 소개로 단상에 선 김단이라는 청년은 서른살 전후로 보이는 한국인이었다. 약관의 나이와 심한 근시 안경, 그리고 단신의 체구에도 불구하고 마이크 앞에 선 김단은 범상치 않은 관록과 만만치 않은 풍모가 배어 있었다.

"이번 대회를 개최하기 위하여 애써 주신 모든 관계자 여러분들과 성황을 이루어 주신 참관인 여러분들께 깊은 감사를 드립니다. 우리가 사는 이 세계에는 무한한 것이 많이 있습니다. 그중에서 빼놓을 수 없는 것이 인간의 상상력이라고 생각합니다. 과학문명은 우리 인간의 그 무한한 상상력으로 눈부신 발전을 이루어 낸 것이라 할 수 있겠습니다. 그중에서 컴퓨터는 금세기 과학의 꽃이라 불리고 있음에도 불구하고 이제 겨우 초기 단계에 지나지 않는, 무궁한 발전의 여지가 남아 있습니다. 컴퓨터 게임은 재미와 흥미를 유발하여 이러한 발전의 여지를 자극해 주는 상상력의 촉매제로써 앞으로 나아갈 방향을 제시해 주는 중요한 영역이 되었습니다. 앞으로도 그 무한한 상상력으로 우리가 사는 세계를 윤택하게 만들어 나갈 것이라 확신합니다. 그런 의미에서 이번 행사는 매우 뜻깊은 자리였다고 생각합니다. 끝으로 본 행사에 각별한 관심을 기울여 주신 모든 분께 다시 한 번 깊은 감사를 드립니다."

아까부터 영후는 그의 유창한 영어나 그에 걸맞은 조리 있는 연설 때문만은 아닌 까닭 모를 감동과 함께 어떤 경외감이 느껴졌다. 청중을 압도하는 의연한 연설 태도나 몸에 밴 듯한 단상 장악 능력 등이 그렇게 느껴졌는지도 몰랐다.

영후가 축하 인사로 분주한 무리 곁으로 다가갔을 때 마침 라라는 김단과 대화를 나누고 있었다. 간신히 그녀의 곁으로 접근하여 말 붙일 기회를 잡았을 때, 라라를 따라 바라보는 김단의 시선이 잠시 영후와 마주쳤다. 안경 너머로 쏘아보는 듯한 김단의 작은 눈에서 번쩍이는 지성이 섬뜩할 만큼 차갑게 느껴졌다. 영후는 그 눈빛이 찔러 오는 까닭 모를 섬뜩한 기분이 한동안 마음 한구석에 예리한 날처럼 남아 있었다. 때맞춰 상냥한 미소와 함께 라라가 다가온 영후에게 손을 내밀어 인사를 나누는 사이에 그는 보이지 않았다.

"저를 찾으신다고요?"

떠버리가 영 엉터리는 아닌 모양이었다. 첫 대면의 어색함을 지울 겸 어젯밤에 떠버리에게 들은 말을 조심스럽게 물어보자 당황하는 기색은 별로 엷은 미소를 보였다. 그 미소는 본래 그런 아이라는 뜻이 담긴 표정이었다. 선명한 굴곡에 육감적인 몸매임에도 지성이 느껴지는 것은 차분한 표정 때문만이 아닌, 어딘지 모르게 스며 있는 동양적 분위기 때문이었을까? 검은 머리와 눈동자, 아담한 체격에서 느껴지는 낯설지 않은 분위기가 그랬다. 유난히 하얀 피부를 더욱 도드라지게 하는 검은색의 정장만 아니라면 느낌은 영락없는 동양적이었다.

라라는 유창한 영어로 말을 했다.

"당했군요. 본성은 나쁜 사람이 아니었는데…."

"꼭 당했다고만은 할 수 없습니다. 조금 비싼 대가를 치렀을 뿐입니다."

"저 때문에… 죄송합니다."

"천만에요. 마음 쓰지 마세요."

"그런데 어떻게 하지요? 오늘은 시간이 좀…"

"알고 있습니다. 오늘은 행사 관계자분들과 뒤풀이를 함께하셔야 하겠지요?"

"대신 내일은 시간을 내보겠습니다."

가까이에서 찬찬히 보니 라라는 러시안의 평균치에 좀 못 미치는 작은 키와 검은 머리인데도 출중한 미모였다. 어젯밤에 떠버리로 인한 터무니없는 상상이 죄스러울 만큼 바른 예의나 지성이 느껴졌다. 그러나 들은 소리가 있어서 그런지 어딘지 모르게 한 자락 그늘이 느껴지기도 했다. 그것이 오히려 미모를 더 돋보이게 하여 상대에게 연민을 느끼게 하는 것인지는 몰라도….

라라와 내일 약속을 하고 밖으로 나오니, 지난밤에 못다 했는지 또 눈이 펑펑 쏟아져 내리고 있었다. 도시 전체는 자연의 호흡에 숙연해지고, 겨울은 성큼성큼 다가오고 있는 모습이었다.

다음 날 아침, 눈은 그쳤지만 얼어 버린 길 때문에 차들은 조심조심 서행하고 있었다. 다행히 눈길과 약속 장소인 라라의 집을 찾는 것을 감안하고 충분히 여유를 가지고 출발했기 때문에 제시간에 도착할 수 있었다.

예상 밖이었다. 라라의 집은 혼자 사는 젊은 여자의 집으로 상상하기에는 과분할 정도로 고급스러움이나 그 규모가 대단해 보였다. 영후는 잠시 이해할 수 없는 의혹에 싸였다. 김노신의 궁벽한 삶을 목격한 터라 그쪽으로는 예상할 수도 없었고, 도마노프의 유산과 결부한 추측도 이해할 수 없기는 마찬가지였다. 그가 이만한 유산을 남길 수 있었다면 부친인 김노신의 생활을 그렇게 궁색하도록 내버려두지 않았을 것이라는 생각 때문이었다.

그러한 의혹은 집 안으로 들어서면서 더욱 부풀어졌다. 호화롭다고까지는 할 수 없어도 실내의 고급스러운 집기들이나 장식품이 의혹을 더욱 증폭시켰기 때문이었다. 어제 본 라라의 상냥함과 예의 바른 모습이 이런 여유로운 환경에 기인하여, 오래전부터 이렇게 살아왔던 사람처럼 잘 어울리고 있었다. 육감적인 몸매와 흰 피부를 더욱 도드라지게 하는 까만 원피스 차림이 신기하게도 라라의 지성미와 묘한 조화를 이루고 있었다. 도우미로 보이는 여인이 차를 내왔을 때까지도 영후는 한동안 할 말을 잃고 있다가 차를 권하는 라라의 말을 듣고 나서야 정신이 들었다.

"차 드세요."

"예, 감사합니다. 집이 아주 좋습니다."

"감사합니다."

라라는 조금이라도 의혹이 풀릴 만한, 어떤 연유로 해서라든가 하는 덧붙임도 없이 그냥 잔잔한 미소만 흘리고 있었다. 그렇다고 언제부터 여기서 살았느냐 하는 우회적인 질문 등으로 가늠해 볼 수도 없었다. 예의에 어긋날 수도 있는 그런 불필요한 물음으로 어렵사리 얻은 기회를 망칠 수도 없고 해서 묵묵히 짐작만 했다.

잠깐 어색한 침묵은 있었다. 다행히 방문 목적에 대해서 떠버리 나름대로 전해 준 것이 약긴의 도움이 되었다. 이제는 익숙해진 대로 둘러댄 방문 목적을 다 듣고 난 라라가 무엇인가 생각에 빠져 있을 때 영후는 미리 준비한 질문 내용을 마음속으로 정리하고 있었다.

"그렇다면 이야기가 길어지겠는데…."

되새기고 싶지 않은 지난 이야기이거나 아니면 이유 없이 마뜩잖은 기분이 들어서인지 설명을 다 듣고 난 라라는 그렇게 한마디를 해 놓고 또 잠시 생각에 잠기는 듯했다.

그러나 영후의 추측과는 달리, 생각하고 있던 질문보다 뜻밖의 수확이라고 할 수 있는 제안을 했다.

"할아버지의 유품 중에는 손수 쓰신 기록들이 많이 있습니다. 그중에 일기나 평생을 연구한 자료 등속이 있는 것으로 알고 있습니다. 제가 할아버지에 대해 이야기를 한다고 해도 그 일부에 지나지 않겠지만, 그 기록들을 보시면 더 많은 것을 알 수 있을 것입니다. 다만 약속을 하나 해 주신다면 그 기록을 보여드리겠습니다."

"어떤 약속입니까?"

"할아버지의 기록은 모두 한국어와 한문으로 되어 있어서 제가 읽어 볼 수가 없었습니다. 이 기회에 저도 내용을 알고 싶습니다. 필요한 것이 있으면 새롭게 정리도 해 보고 싶고요"

"그렇다면 번역을 원하시는 것입니까?"

"한국 쪽에 선을 대서 번역하는 방법도 생각해 보았지만, 원체 방대한 분량이라 엄두를 내기조차 어려웠고 해서 망설이고만 있었습니다."

"그러면 어떤 방법이 좋겠습니까?"

"전체 불량을 세세한 부분까지 번역하시려면 상당한 시간이 걸릴 것입니다. 또한 민 선생님을 무시해서가 아니라 내용 중에 철학이나 물리학, 양자역학이나 카오스 이론, 또 기氣라든가 공명共鳴 동기감응설同氣感應

設 같은 미래과학에 대한 것과 천문학, 지질학, 의술 등 전문가도 이해하기 어려운 내용이 수두룩한데, 가능하실지?"

듣고 보니 난감했다. 전문 용어는 고사하고 그러한 영역의 이해도 부족한 자신으로서는 어떻게 해야 할지 싶게 대답을 할 수 없다. 그것 보라는 듯 찬찬히 바라보는 라라의 눈빛에 옅은 미소가 고였다. 또 어색한 침묵이 흐른다. '아하! 이 여자가 우회적인 거절을 이렇게 하는 것이구나.' 하는 생각이 미칠 때쯤 환한 미소를 보이며 입을 열었다.

"사실 그 모든 것을 다 보여드릴 수도 없습니다. 과학적인 문제는 아직 공개할 수도 없는 자료이고, 특히 그 자료는 저의… 어느 분이 연구하고 있던 것들이라서…"

뭔가 말끝을 흐리는 라라의 표정에서 새로운 의혹만 부풀려졌다. 거절인가, 수락인가? 생각다 못한 영후가 다시 입을 열었다.

"그렇다면 가능한 부분만이라도 보여 주실 수는 있는지요?"

"예, 그래서 약속을 해 주시면 하는 것입니다. 할아버지의 일기 부분만 책으로 엮어 주시면 하는 약속입니다."

"알겠습니다. 그렇게 하도록 하지요."

"일기 부분도 불량이 방대하기는 대하소설감인데 글을 쓰시는 분이시라니까 서술 형식으로 정리해 주셨으면 합니다. 또한 내용에 대해서 수시로 상의해 주시면 감사하겠습니다. 그리고 반드시 영문으로 해야 합니다. 제가 한국어 능력이 너무 부족해서입니다."

"알겠습니다. 최선을 다해 보겠습니다."

"그럼 한 번 보실래요?"

유품을 따로 모아 놓은 방으로 들어서자, 정갈하게 정리해 놓은 물건들과 정성이 배인 진열 상태가 작은 박물관을 연상할 만했다. 제일 먼저 눈에 들어오는 것은 고급스러운 책장에 진열된 수많은 전문 서적들이었다. 일전에 블라지미르에게서 들은 적이 있는 바로 그 책들이었다. 듣던 대로 한문, 일어, 영어, 노어, 한국어 등으로 된 천문, 지리, 의학, 농업 등 다방면의 서적은 노신의 정신적인 행적을 엿볼만했다. 책장 맞은편 벽쪽으로 진열해 놓은 소품들, 지구본, 안경, 만년필, 면도기, 화병, 책상과 걸상, 라디오, 주전자, 몇 벌의 식기, 수저 등은 노신의 곤한 삶의 질곡이 녹아 있었다.

방 한가운데에 유리 뚜껑을 통하여 내려다보도록 된 진열장에 예의 그 기록들로 보이는 가지각색의 노트가 있었다. 빛바랜 색에다 이면지를 잘라서 만든 것까지 어느 것 하나 일정한 모양이 없는 것들로, 담아본다면 라면 박스로 열 개 분량은 넘을 만했다. 뿐만 아니라 일기형식과 논문형식, 소설형식, 서한문, 수필 등 종횡무진으로 쓰인 기록들을 어디에서부터 시작하면 좋을지 종잡을 수 없어 잠시 난감한 기분이 들었다. 듣던 대로 그 기록의 방대한 분량 또한 넋을 잃을 만했다. 연도를 표기해 놓은 작은 표식을 세워서 가지런히 순서를 맞춰 진열돼 있는 한쪽에 유달리 영후의 시선을 끄는 것이 있었다. 누군가 읽을 만한 능력을 가진 사람의 눈길이 스친 것으로 보이는 기록에 대한 색인표의 제목이었다. 모든 노트에 붙여진 번호순으로 만들어 놓은 색인표는, 비록 다 읽어 보지는 않았다 해도 최소한 내용에 대한 어느 정도의 이해는 가능한 사람의 눈길이 스친 흔적이었다. 그런 영후의 심중을 감지했는지 라라가 설명을 덧붙였다.

"전에 한국어에 관심 있는 교수 한 분이 도와주신 것인데, 그분도 전체를 해석할 만한 능력은 없어서 이렇게 색인표 정도를 도와주신 것이 다입니다."

"아하, 그렇군요."

"카피를 해 둔 것이 있는데 그것을 드릴게요."

영후는 일기로 보이는 것 중에 가장 오래된 연도부터 한 묶음을 받아 들고 나왔다. 매번 적당한 양만 가져가서 읽기를 마치면 돌려 주고 내용을 이야기해서 책으로 옮겨도 좋을지를 상의하기로 했다.

그날은 끝내 라라의 윤택한 생활에 대한 의혹이 풀리지 않은 채 헤어 졌다. 앞으로 대화할 기회가 많아졌기 때문에 그일쯤은 뒷날로 미루어 두었다. 라라의 친절한 배웅을 받으며 밖으로 나오니 또 눈이 내리고 있었다.

미끄러운 길을 서행으로 겨우 호텔에 도착하여, 방문을 열려고 카드키를 꽂자 소리 없이 문이 열린다. 나갈 때 잘못된 것인가 하고 무심코 들어서다가 화들짝 놀라고 말았다. 네 명의 동양계 사람이 정중을 과장한 미소를 흘리며 소파에서 일어난다. 단박에 일본인들이라는 직감은 틀리지 않았다.

"수고가 많으십니다, 민영후 씨."

제법 인텔리 풍의 사나이 둘 중 한 사람이 말을 했다. 유창하지는 않아도 의사소통은 될 만한 영어였다. 일전에 빅또르 노인에게서 들은 바 있는 인상의 두 사람이 재빨리 영후의 양옆으로 다가왔다. 달아날 것을 대비한 동작이었다.

영후는 천천히 소파에 앉아 있는 두 사람 맞은편에 앉았다.

"주인 없는 방에 허락 없이 무례를 해서 미안합니다."

"무슨 일입니까?"

영후가 드러내 놓고 불쾌한 표정으로 대꾸했다.

"민 기자와 대화를 좀 하고 싶어서요."

"무슨 말인지 해 보시오."

"여기서는 장소가 좀 불편한데, 같이 좀 가실까요?"

"오성 호텔 룸이 불편하다면 어디에 더 좋은 곳이 있습니까?"

영후는 잠시 긴장감이 들기는 해도 과장이 느껴지지 않도록 한껏 여유 있는 표정으로 코트를 벗는 동작을 취하며 소파에서 일어났다. 바로 그때 묵직한 통증이 왼쪽 뺨으로 날아왔다. 빅또르 노인이 말한 사람 중 하나였다. 동시에 입을 무엇으로 막는데 역겨운 화약 냄새가 난다고 느끼는 순간 의식을 잃고 말았다.

의식이 돌아왔을 때는 캄캄한 어둠이 시야를 가리고 있었다.

겨우 동공을 조절하여 사위를 살피니 제법 공포감이 감도는 창고 같은 건물이었다. 몸은 의자에 묶인 채였고, 인적도 없었다. 한참을 그렇게 기다리고 있는데, 사람들의 발소리와 일어로 지껄이는 두런거리는 소란이 들려왔다. 또 한 사람이 끌려왔는지 지껄이는 소리에 힘이 들어 있는 느낌이 들었다. 이번에는 십여 명이 버티고 서 있다는 것이 실루엣으로 느껴졌다. 끌려 온 사람이 라라라는 것을 알기까지는 잠시 후였다. 그들이 불을 밝히고 예의 그 인텔리 풍의 사내가 의자를 끌어와 마주 앉았다. 한참 후 라라가 의식을 찾은 듯 주변을 살피다가 옆에 묶여 있는 영후를 보고 놀란다. 인텔리 풍의 사내가 입을 열었다.

"당신들이 테러범이 아니라는 것은 알고 있다. 그러나 뭔가는 알고 있다는 것은 알아! 순순히 아는 만큼 말해 주면 풀어 줄 수 있어 잘 생각해서 실토해 봐!"

"나도 아는 것은 없다. 단지 프리랜서 기자로서 조사하려는 것뿐, 아직은 실마리도 찾지 못했다."

"조사? 아니지, 조사가 아니라 보호겠지! 그 초과학적인 기술로 국익을 위해 보호하려는 속셈이라는 것쯤은 뻔한 것이잖아?"

"그건 우리 정부의 결정이지, 내게는 아무런 권한도 권리도 없다. 그러나 어쩌나 아는 것이 아무것도 없으니."

"좋아! 그렇다면 이 종이에 여태까지 추적한 내용을 빠짐없이 써!"

그러면서 인텔리는 백지 여러 장을 내민다. 이때 요란한 경찰 사이렌 소리가 들리고 한 무리의 러시아 경찰이 들이닥쳤다.

"모두 꼼짝 마!"

수십 명의 경찰이 총을 겨누고 에워쌌다. 그러자 인텔리가 앞으로 나섰다.

"일본 대사관 무관입니다. 사전에 테러범 협약을 약속한 것으로 압니다만…"

"그랬지. 국제 테러범 협약대로, 그런데 이런 무고한 사람을 납치해도 좋다는 협약은 하지 않았소. 또한 그것이 테러인지 자연재해인지도 밝혀진 것도 없이 아무나 잡아서 인권유린을 하는 것은 용납할 수 없소."

붉은 카이저수염을 한 사람이 그렇게 말하면서 앞으로 나섰다.

"납치가 아니라 조사를…"

"납치가 아니라면 뜨뜻하게 우리 경찰에 이첩하든지 대사관 영내에서

해야지 이런 비밀스러운 장소에서 겁박하는 것이 정당하다고 보시오? 저 두 사람 빨리 풀어 주시오!"

카이저수염의 남자는 라라가 납치당할 때 반항한 흔적으로 추측되는 손에 난 상처를 어루만지는 모습을 보며 화난 목소리로 그렇게 소리를 질렀다.

"이건 우리 영토 다케시마에서 일어난…"

"젠장, 섬나라 놈들이라고 섬은 다 지네 땅이라고 생각하나, 쿠릴열도, 사할린, 독도, 센카쿠… 왜, 하와이도 너희 땅이라 하지!"

카이저수염의 보좌관쯤으로 보이는 자가 중얼거리는 소리였다.

묶인 줄에서 풀려난 영후가 아까 자기를 친 일본인 앞으로 천천히 다가가서 힘껏 주먹을 날렸다.

"나는 빚지고는 못 살아!"

"나도!"

라라가 또박또박 인텔리 앞으로 다가가 깜짝할 사이에 얼굴을 손톱으로 할퀴어 버렸다."

순간 영후는 라라의 매몰찬 행동이 뜻밖에 섬뜩한 느낌으로 다가왔다. 그렇게 조신한 성격의 라라가 저런 행동을 할 수 있다니 영후의 가슴속으로 기묘한 감정이 꿈틀거렸다.

밖으로 나오자 라라의 기사가 대기하고 있었다. 자기가 카이저수염에게 전화를 했다는 손동작을 한다.

동경 유학

호텔에 돌아오자마자 윗도리만 벗어 놓고 노신의 기록을 펼쳤다. 겨우 두 쪽을 읽었을 때 휴대전화가 울렸다. 백 교수였다. 화급한 일이니 최대한 서둘러서 일시 귀국을 해달라는 말이었다. 이유를 물어보았으나 단지 서둘러 달라는 당부만 거듭할 뿐 상세한 이야기는 만나서 하자는 대답뿐이었다. 여행사에 알아보니 마침 세 시간 후에 출발하는 밤 비행기가 있었다. 우선 라라에게 사정을 알려 주고 돌아오는 대로 연락하겠다고 일러 주었다.

비행기에 오르자 일시에 그동안의 노독이 몰려와 잠시 눈을 감고 생각에 잠겼다.

지금까지 자신이 추적한 것들이 처음부터 잘못 짚어서 급하게 호출을 하는 것은 아닐까 하는 의구심이 잠시 들었다. 설사 그렇다 해도 영후는 사건의 중압감이나 인간 김노신의 행적에 대한 단순한 호기심을 넘어 뭔가에 이끌려 가는 묘한 흡인력을 느끼고 있었다.

사건 전에 이미 긴노신과 도마노프도 죽고 없었는데 그 행위자로 긴노시로 지목한 것은 처음부터 잘못 짚었다는 심중이 굳어지고 있던 차다. 한국에서 죽었다는 도마노프의 죽음이 마음에 걸리긴 했지만, 이번 기회에 그 부분의 의혹도 밝혀 보리라는 생각을 했다. 만에 하나 라라를 지목해 보기에는 어떤 정황으로도 선뜻 집히는 것이 없었다. 영후는 라라를 생각하다가 퍼뜩 노신의 기록에 생각이 미쳤다. 머리 위에 독서 등을 켜고 아까 읽다 만 노신의 일기를 꺼냈다.

그날따라 눈이 부실 만큼 흰 피부가 숙영의 얼굴에 홍조를 더 도드라지게 하고 있었다. 그것은 평시에 보아 왔던 수줍음이나 당혹감으로 인한 단순한 빛이 아니었다. 보일듯 말듯 미간에 잡힌 주름 하며 짙은 음영을 드리운 눈빛으로도 그 홍조는 마음속의 어떤 열기였음이 분명했다. 형언할 수 없는 슬픔과 연민이 서린 마음속 깊은 곳에서 우려 나온 그 열기는 사뭇 까닭 없는 분노로까지 보였다. 노신이 내일이면 떠난다는 사실과 냉기를 느낄 만큼 평온한 얼굴로 대하고 있는 그가 숙영의 마음을 더욱 달구어 놓은 것이 분명했다.

때마침 밖에는 비가 오는지 한 무리의 비바람이 문살에 몰아붙여 그 처량한 음향으로 숙영의 마음을 더욱 처연하게 만들고 있었다. 이루기도 전에 이별해야 하는 참담함이었다. 숙영은 그가 비 핑계로 잠시 머뭇거리고 있는 이 순간이 마지막이라고 생각을 하니 지난날 신여성답게 좀 더 과단성 있는 결정을 하지 못했던 것이 후회스럽기까지 했다.

언젠가 그가 '오히려 제가 병을 키우고 있는 것은 아닌지…' 하고 말했을 때, 이미 오늘의 일을 예감하고 있어야 했다는 때늦은 후회가 가슴을 찔러 왔다.

한의용 왕진 가방을 묵묵히 챙기고 있는 노신을 바라보던 숙영은 이제 반가班家의 체통이나 아녀자로서의 체신은 안중에도 없었다. 아까 그 비가 소나기였는지 어느새 그쳐 버리고 고개를 숙여 하직인사를 하는 노신에게 숙영은 앞뒤 없이 말을 던졌다.

"가르쳐 주고 가세요."

"무슨 말씀이신지?"

"그 차가운 절제…."

억지스럽기 짝이 없는 자신의 말을 후회하기도 전에, 노신의 대꾸가 숙영의 열기를 다시 부채질했다.

"상가常家에서 어릴 때부터 익혀온 습관일 뿐입니다."

"그 습관이 감정의 싹을 잘라 나에게는 병이 되었군요."

어쩔 수 없다는 것을 모를 리 없는 숙영이었지만 생각과는 달리 감정은 자꾸 억지스러운 말이 되어 나온다.

"그 싹이 돋아날 때마다 잘라내는 고통을 반가에서는 이해할 수 없는 것이지요."

"반상의 의미가 없어진 지금에 사람의 감정까지도 반상이 다르다고 할 텐가요?"

"제발 고정하세요. 아직 현실은 엄연히 반상이…."

"그 반상이 대체 무엇이기에…."

노신의 말을 가로채기는 했으나 무엇에도 매달려 볼 수 없다는 사실이 숙영의 가슴을 무너지게 한다. 신여성 교육까지 받아 진보적 사고를 가진 숙영으로서도 이 어이없는 현실의 벽을 격정만으로는 어쩔 수 없다는 것을 잘 알고 있었기 때문이었다.

처음 노신의 인품에 끌려 앞뒤 없이 빠져 가는 스스로를 탓하기도 하고 깨우치고자 자각의 날을 세워 보았지만 그럴수록 눌린 감정은 더욱 부풀러 오르기만 했다. 견딜 수 없는 지경에 왔을 때는 아녀자라는 부끄

러움이나 반가의 체통을 버린 채 결국 먼저 연서를 보내 놓고 그 민망함
과 애태움이 처음으로 알게 된 연정의 아픔이었다. 연서라는 방법으로
마음을 전하기는 했으나 이미 서로의 눈에 흐르는 감정을 알고 있었던
터라 며칠이 지나도록 답신이 없었던 것은 그의 상심이 얼마나 컸던가를
느낄 수 있었다. 예측한 대로 뒤늦은 답신에는, 세상을 다 얻은 듯이 기
쁜데도 이룰 수 없음이 오히려 고통이 되었다며, 더 큰 아픔이 되기 전에
냉철한 이성을 찾자고 했다. 이렇게 애초부터 그는 반상의 벽에 대항하
여 자신의 감정에 불을 붙이는 대신 안타깝도록 현실에 순응하는 무능
한 태도를 보였다.

　이때 문밖에서 몸종 아이의 소리가 들렸다.

　"아씨, 대감마님께서 두 분을 찾으십니다."

　고뇌의 빛이 가득한 눈으로 신 대감은 열린 쪽문으로 뒷마당을 바라
보고 있었다. 방금 소나기가 지나가고 난 뒤의 정원에는 봄기운 완연한
햇살이 나뭇가지에 내리고 있었다. 긴 세월을 홀로 살아온 외로움과 끝
이 보이지 않는 시절의 아픔이 더욱 늙게 했는지 벌써 반백이 된 머리가
그의 정신적인 면모를 보여 주는 듯했다. 얼었던 가지마다 푸른빛이 감
도는데 암울한 이 시대의 봄은 언제쯤 오려는가! 그럴 때마다 신 대감은
안타까운 마음으로 김두진을 떠올리곤 했다.

　가까운 친지와 동문수학한 친구들 그리고 앞에선 목숨이라도 내놓을
듯이 굽실거리는 하인들 그 많은 사람이 그의 주위에 있었으나 김두진
만큼 든든한 사람이 없었다. 심지 굳기로 말하면 부처 같았고 절제된 몸
가짐은 어느 반가의 선비 못지않았다. 비록 상가의 자손으로 지관地官이

라는 천민이었지만 천문, 지리, 의술 등을 섭렵한 지혜의 깊이와 세계와 사유思惟에 대한 통찰력 또한 문장께나 한다는 누구 앞에 내놓아도 모자람이 없었다. 천민의 입성만 아니면 인품에서 우러나온 품행까지 겉만 번지르르한 벼슬아치에 비길 바가 아니었다. 그러한 그를 자신의 부주의로 잃어버렸을 때 수족이 잘린 것보다 더한 아픔으로 얼마나 많은 밤을 설쳐야 했던가!

달빛마저 어둠이 삼켜 버린 칠흑 같은 밤, 두 개의 물체가 능숙하게 어둠을 헤치며 길을 잡고 있었다. 거칠게 불던 가을바람 소리에 놀란 개 짖는 소리도 멀어져 있었다. 단지 길잡이 삼아 따라가던 졸졸거리는 냇물 소리도 그친 곳에서 그들 앞에 문득 또 하나의 검은 그림자가 나타났다. 잠시 세 개의 그림자가 뭔가 무게가 느껴지는 자루를 주고받고 있을 때였다. 갑자기 난데없는 불빛이 그들에게 쏟아졌다. 처음의 두 사람이 몸을 돌려 비호같이 달아났으나 이미 늦은 뒤였다. 일경日警의 집중 사격을 피하기에는 역부족이었다. 너무 쉽게 두 사람은 불귀의 객이 되고 말았다. 그때 그들을 따라가지 못한 자신의 불찰을 김두진은 두고두고 후회했다.

"말이 되나! 말이 돼! 이봐! 김두진 우리를 핫바지로 아나! 노름판에서 딴 돈! 그렇게 우기면 내가 예, 그렇습니까? 그래요, 할 줄 알았어?"
포악한 취조관의 협박이 아니라 해도 사람의 혼을 빼놓을 만한 지하 취조실의 음습한 분위기에 눌려 어지간한 사람도 기가 꺾일 만한데 김두진은 결코 무너지지 않았다. 오히려 온몸과 정신에 남은 마지막 기세를 다하여 저항하고 있었다. 이미 죽음을 각오하고 있는 김두진은 지금 자기가 할 수 있는 일이 무엇이라는 것을 잘 알고 있었다. 비굴하게 굴복하지 않고 초연하게 가는 것이었다. 온몸이 피투성이가 되고 살 타는 냄새가 진동을 해도 살아서 마지막으로 할 수 있는 일이 있다는 사실에 오히려 용기를 내고 있었다. 그것은 신 대감에 대한 신의 때문만이 아닌 그와 같이 시절을 아파했던 신념 때문이었다.

"지독한 놈! 어디 끝까지 해보자!"

취조관은 다시 달궈진 인두를 집어 들었다.

"잠깐! 나하고 얘기 좀 하세."

선심이라도 베풀듯이 나선 사나이는 아까부터 지켜보고 있던 변갑제였다. 중인 신분이었던 그가 어느 날 갑자기 왜놈의 앞잡이가 되어 마을에 나타난 것은 년 전의 일이었다. 평시에 사람됨이나 행동거지가 남의 입질에 오르내리는 것을 개의치 않는 막된 자라, 누구도 맞대 거리 하기를 꺼리는 자였다.

"이 사람아 이게 뭔가 누구를 위해서 이런 미련한 짓을 하는가? 천상천하 유아독존 아닌가, 자네 죽으면 그만 아닌가? 변명도 사리에 맞는 말을 해야지, 장바닥에서 딴 돈이라는 말이 되는 소리가 아니지 않나? 그러지 말고 이 종이 위에 자네 이름 석 자만 써. 자네는 반가의 신분은 아니라 해도 일찍이 깨우친 사람 아닌가? 알 만한 사람이 왜 이러나. 자! 자! 내 다시 묻겠네, 잘 생각해서 대답하게…. 독립군에게 군자금을 몇 번이나 보냈나?"

"이번이 처음이다."

발끈한 취조관이 다가서다가, 잠시 맡겨 달라는 변갑제의 눈짓을 보고 뒤로 물러났다.

"좋아! 좋아! 처음이라는 것 인정할게. 그리고 그 돈은 신 대감이 주었지? 우리도 알 만큼 알아보고 하는 말이야 무턱대고 근거도 없이 하는 말이 아니야."

"그 돈은…."

"그래, 그래 그 돈은 …?"

"백 번 물어도 투전판에서 딴 돈이다."

"정말 자네 왜 이러나, 투전판에서 딴 돈이면 같이 투전한 사람이 있어야 하지 않는가?"

"장터에서 만난 낯선 사람들뿐이라서 알 수가 없어…."

벌써 변갑제는 인내력의 한계를 드러냈다. 아까까지 다정한 것으로 과장하고 있던 표정을 순식간에 거두고 싸늘한 눈빛으로 물러서며 어금니를 잘금 깨물었다. 다시 시뻘겋게 달궈진 인두가 김두진의 앞으로 다가왔다. 이미 감각이 없어진 몸은 아무 반응이 일지 않았다. 다만 죽음의 그림자가 가깝게 다가오고 있다는 것만 아련한 의식 속에서 느껴졌다.

"아버님 부르셨습니까?"

딸 숙영의 목소리에 퍼뜩 정신을 차린 신 대감은 열어 놓았던 쪽문을 닫으며 돌아앉았다.

"그래 앉아라!"

"어인 일이 신지요?"

신 대감은 숙영의 물음에 대답을 대신하듯 저만치 뒤끝에 앉아 있는 노신을 바라보았다. 언제 보아도 반듯한 자세나 고요한 표정 하나에까지

도장을 찍은 듯이 두진을 닮은 노신의 의연한 모습을 그윽한 눈으로 바라보았다. 그리고 이번에는 그 눈길을 거두어 원인 모를 병을 앓고 있는 무남독녀인 숙영의 수척한 얼굴로 눈을 돌렸다.

"몸이 좀 어떠냐?"

"괜찮아지겠지요. 소녀 때문에 너무 심려치 마십시오."

풀 죽은 목소리로 대답하는 숙영을 가엾게 바라보던 신 대감은 그 눈길을 돌려 다시 노신에게 향했다. 오래전부터 숙영과 노신 사이에 연모의 정이 흐르고 있는 것을 알고 있었다. 노신은 비록 대를 이은 유자儒者의 집안은 아니라 해도, 어려서부터 남다른 통찰력과 영민한 두뇌로 수학修學을 게을리하지 않아 어느 선비 못지않은 반듯한 정신으로 처세했다. 그렇지만 숙영은 외동딸로 자란 아집에 신교육을 받은 영향을 더하여, 사람은 누구나 신분에 구애拘礙 없이 평등하다는, 관습에 초월적인 태도를 보이고 있었다. 이러한 두 사람의 판이한 입장이 아울릴 수 없는 원인이 되어 숙영은 몸이 상하도록 병을 하고 있었다. 신 대감은 은근히 노신이 앞뒤 없이 저질러 놓고 간곡히 구하는 태도로 다가오기를 기다리고 있었으나, 뜻밖에도 유학길을 떠나겠다는 뜻을 밝혀 온 것이었다. 선친의 유지를 핑계로 유학을 택하여 더욱 단호하게 지키려는 그의 비장한 절제가 오히려 원망스럽기까지 했다.

"이리 가까이 와서 앉아라!"

노신을 바라보며 말했다. 신 대감은 무릎걸음으로 다가온 노신에게 그윽한 눈길로 물었다.

"아비의 기제忌祭는 잘 지냈느냐?"

"예."

"잘했다. 부족한 건 없었느냐?"

"없었습니다. 대감마님의 과분한 보살핌 덕택으로 풍족했습니다."

"으음…."

잠시 침묵이 흘렀다. 신 대감은 뭔가 뒷말을 망설이고 있는 듯했다.

"이 아이의 병세가 어째서 이리 차도가 없느냐? 네 아직 약관이기는 해도 지리地理나 의료醫療가 유전遺傳된 위에 독본讀本을 게을리하지 않아 아비보다 더 출중하면 했지 못하지 않은 줄 내 익히 아는데…. 이 아이의 병이 그토록 깊더란 말이냐?"

"제 아직 부족한 것도 많은 탓이지만, 사람의 신병은 약제藥劑나 침으로도 다스릴 수 없는 것이 있습니다. 말씀드리기 송구하오나 아씨의 병은 스스로 마음을 다스려야 치유될 수 있는 것으로 시일이 좀 필요합니다."

"그렇다면 본인 스스로가 마음으로 얻은 병이 아닌가!"

신 대감은 아까부터 추궁의 빛을 띠지 않으려고 조심을 하면서도 갑자기 원성이 실린 자신의 목소리가 잠시 후회스러웠다.

"너무 상심 마시옵소서. 아씨의 이성으로 잘 다스릴 것으로 믿습니다."

"허 참…."

마음이 부대끼는 듯 신 대감은 한동안 묵묵히 뭔가를 골똘하고 있었다. 내심을 짐작할 수 없는 무거운 표정으로 두 사람을 바라보다가 잠깐 심기를 회복한 듯 입을 열었다.

"그래, 내일 일본으로 유학길을 떠난다고…."

"예, 아버님의 유지도 있고 해서…."

"그러면 내가 네 아비에게 진 빚은 어떻게 갚으라는 말이냐?"

"대감마님! 어인 말씀이신지요. 빚이라면 저희가 평생을 갚고도 모자랄 은혜를 대감마님으로부터 받았는데, 당치도 않는 말씀 거두어 주십시오."

"네 아비의 희생은 내 평생 갚아도 모자랄 것이야."

"당치도 않은 말씀이십니다. 대의大義가 분명한 일을 하시고 가신 소인놈의 아비도 그리 생각지 않으실 것입니다."

신 대감은 무엇을 생각하는지 지그시 감은 눈으로 보일 듯 말듯 고개를 끄덕였다. 그 표정에서 초로의 외로움이 묻어났다. 잠시 후 신 대감은 비감이 느껴지는 눈으로 두 사람을 바라보았다. 그리고 먼저 노신에게로 결의가 담긴 눈길을 보냈다.

"지금 세상에 반상이 무슨 소용이냐, 또 굳이 따진다면 좀 멀기는 해도 너의 선조께서는 아당亞堂에 오르신 적도 있는 그 근본이 사대부가 아니겠느냐? 불행하게도 억울한 누명을 쓰고 멸문지가가 되었지만 뼈대만은 속일 수 없는 터…."

신 대감은 여기까지 단숨에 말하고 나서 숨을 고르는지 잠시 쉬고 있었다. 듣고 있던 두 사람은 영문을 알 수 없는 신 대감의 이야기에 까닭없이 마음을 졸이며 다음 말을 기다렸다.

"너는 이 아이의 병을 책임져라, 네가 아니면 고칠 수 없는 병이라는 것을 누구보다 의원인 네가 잘 알 것 아니냐."

"하오시면…?"

영문을 알 수 없기는 마찬가지였다. 노신은 신 대감의 뜻을 헤아려 보려는 듯 얼굴을 들었다.

"이 밤으로 둘이 함께 길을 떠나거라. 가기 전에 내 앞에서 냉수 한 그

롯 올리고 다짐하면 그만이다. 격식은 좋은 때가 오거든 차려도 늦지 않을 것이야."

노신은 자신의 귀를 의심했다. 신 대감을 바라보던 놀란 눈이 금방 흐느낌으로 바뀐 숙영을 본 뒤에야 비로소 무슨 말을 들었는지 확연해지는 기분이었다.

"대감마님!"

노신은 격정에 떨려 나오는 목소리를 감출 수 없었다.

"너희가 가고 나면 곧 나도 이 집에 없을 사람이다. 오래전부터 놈들의 감시가 점점 조여 오고 있었다. 이제 때가 된 것 같다. 진작부터 중국 상해로 선을 달아 두었다."

뜻밖이었다. 당혹감이 진정되기도 전에 또 한 번 놀라운 말을 듣게 된 두 사람은 찬물을 끼얹은 기분이었다. 경악이 가득한 표정을 거두지 못하고 있는 두 사람에게 신대감은 타이르듯 낮은 목소리로 말을 이었다.

"걱정할 것 없다. 시간이 흐른 뒤에 너의 외가로 안부를 달아 놓아라. 세월이 좋아지면 연락하마. 그리고 이것은 너희 학비에 보태 쓰고, 미처 처분하지 못한 전답 문서는 너의 외가에 맡겨 둘 것이니 용도가 생기면 너희들이 알아서 처리하도록 해라."

신 대감은 돈으로 짐작되는 꾸러미를 두 사람 앞에 내밀었다. 오랫동안 혼자 시달려 왔던 속내를 털어 내고 나니 후련함보다는 회한이 몰려왔다. 일찍이 철없던 시절에 어미를 여의고 외롭게 자란 아이를 혼인식도 없이 보내게 되는 위급한 처지가 가슴을 찌르는 듯 아팠다. 다행히 반상을 따지지 않는다면 노신의 사람됨이 남달라 한편으로 든든한 마음도 들었다.

영후는 우선 여기서 읽기를 멈추었다. 긴 비행시간으로 인한 피로도 있었지만, 처음에는 무엇보다 노신의 심한 초서체 한문 때문에 속도가 나지 않는 어려움이 겹친 탓이기도 했다. 더구나 종횡무진으로 쓰인 노신의 기록을 라라와 약속한 서술 형식으로 전개하기가 쉽지 않아서이기도 했다.

뜻밖에 백 교수는 국정원으로 가자는 것이다.

회의실 안은 까닭 모를 무거운 분위기가 흐르고 있었다. 과장은 물론 국장까지 자리하고 있었다. 지금까지의 조사한 내용을 묵묵히 듣고만 있던 과장이 말했다.

"김단이라는 사람을 자세히 보았소?"

"단지 연설 중에 좀 먼 거리에서 보아서 자세히는 못 보았습니다."

과장이 사진 한 장을 내밀었다.

"이 사람이었소?"

"네, 맞습니다."

옆자리의 국장이 보일 듯 말 듯 고개를 끄덕였다.

그 외는 이렇다 할 질문도 없이 회의를 마치며 조사를 중단해 달라는 짧막한 말만 남기고 일어나 버렸다. 처음에는 영후의 보고를 묵묵히 끝까지 듣고 있어서 비중을 두고 있는 것이라고 짐작했다. 그러나 그들의 표정은 그렇게 진지해 보이지도 않았고 무엇보다 특별히 관심을 내비치는 질문도 없는 것이 의아했다. 고작 말없이 고개를 끄덕이는 표정을 가끔 보였을 뿐 냉담한 분위기로 회의가 끝나고, 여태 침묵하고 있던 백 교수가 국정원을 나서면서 입을 열었다.

"자네에게 미안하게 되었네. 그동안 고생한 것은 무어라 사과를 해야 할지 모르겠어. 자비로 충당한 비용은 국정원에서 보상하기로 했네."

"무슨 말씀인지 알겠습니다. 이유라도…."

"궁금하겠지. 그러나 한마디도 해줄 수 없는 내 입장을 이해해 주면 좋겠어. 그리고 말하지 않아도 알겠지만, 지금까지 있었던 일에 대한 보안은 계속 철저히 지켜 주어야 하네."

백 교수는 빠르게 영후의 말을 막듯 그렇게 대꾸하곤 굳게 입을 다물어 버렸다. 처음에는 맥 빠지는 기분이 들어 불쾌하기도 했으나, 한편으로는 큰 짐을 내려놓은 후련함도 있었다. 국정원 내에서 정확한 단서를 잡고 이미 상당한 성과를 내고 있거나, 아니면 처음 생각대로 터무니없는 정보였다는 둘 중 하나라는 생각을 해 보았다. 영후로서는 전자에 더 비중이 느껴졌다. 후자였다면 백 교수가 입장 운운하며 구태여 함구할 필요가 없었기 때문이었다. 또한 계속 비밀을 지켜달라는 것도 그런 쪽으로 짐작이 가는 구석이었다.

영후는 좋은 얼굴로 백 교수와 헤어져 나왔지만, 개운치 않은 뒷맛은 남았다. 그래서 궁금했던 순국당 소식도 묻지 못하고 헤어졌다. 제일 먼저 라라와의 약속이 마음에 걸렸다. 그 사건에 대한 부담은 덜었다 해도 라라와의 약속까지 저버릴 수는 없었다. 그것은 김노신의 행적에 대한 개인적인 호기심과 몰입으로 이미 마음의 고삐가 놓이지 않았기 때문이었다. 거기에 라라의 출중한 미모와 상냥한 미소가 더하여진 향긋한 상상은 영후의 마음속을 은근히 데워 놓고 있었기 때문인지도 모른다.

오랜만에 장 기자를 불러 저녁 겸 술을 한잔했다. 강원도 목장이 아닌 모스크바를 다녀왔다는 말에 놀란 눈으로 까닭을 묻는 그에게 아직은 속 시원히 사정을 털어놓을 수 없는 것이 안타까웠다. 오히려 한국에서 죽은 것으로 되어 있는 도마노프의 죽음에 대한 기록을 찾아달라는 부탁만 하게 되자 어이없다는 듯이 핀잔을 주었지만, 우정 어린 심통이었다.

"그래, 이젠 아주 부려 먹겠다는 거 아냐?"

"어허! 천하의 장 기자가 이렇게 속이 좁아서야 어디 쓰겠나."

"어쭈! 호령까지…."

"내일 다시 모스크바로 돌아가야 해. 이건 도마노프 박사에 대한 일건 서류. 잔소리 말고 빨리 조사해 줘."

"이야, 이 친구 넉살 보게. 이유는 말 못하고 한국계 러시아 해양 지질 학박사가 왜 한국에서 죽었느냐, 육하원칙에 맞춰서 보고를 해라! 그런 말씀이라…."

"자, 이건 경비야."

하며 민영후가 봉투를 그의 주머니에 넣어 주었다.

"으으! 이제는 매수까지…."

"맞아, 매수할 만큼 충분히 넣었어."

다음 날 아침부터 모스크바행 비행시간을 기다리는 동안과 기내에서 도 잠시도 쉬지 않고 영후는 노신의 기록을 읽어 나갔다.

동경에 보금자리를 마련하고 새로운 생활을 시작한 두 사람은 처음 한 동안 행복한 시간을 보냈다. 새로운 환경에 대한 기대와 오랫동안 감정 의 금단에서 해방된 달콤한 행복감이었다. 별 어려움 없이 유학할 대학도 순조롭게 정해졌다. 노신은 선친의 유지를 받들어 지질학과를 택했고 숙영은 영문학과를 택했다.

그럭저럭 노신 부부가 유학생활을 시작한 지 일 년이 지났을 때는 일본이 태평양전쟁을 일으킨 지 두 해가 지난 뒤였다. 처음 연일 승전보를 전해 오던 전쟁 소식은 시간이 지날수록 암울한 소문으로 바뀌어 가고 있었다. 학교나 직장, 거리나 다방 등 사람이 모이는 곳에서 쑥덕거리는 전쟁 이야기에는 패전의 예감이 짙게 드리우고 있었다. 그해 10월에는 학도병제가 공포되어 유학생들 사이에 흉흉한 소문이 퍼지고 있는 가운데, 노신 부부의 첫아들 국한이 태어났다. 축복받아야 할 새 생명, 국한이 태어난 그해 세모는 닥쳐올 암운을 드리운 채 그렇게 지나가고 있었다.

암운의 시작은 숙영이 막 아이에게 늦은 저녁 수유를 끝냈을 때였다. 다급하게 문 두드리는 소리에 놀란 노신 부부는 한동안 영문을 몰라 멍한 시선으로 서로 바라보기만 하다가 노신이 몸을 일으켰다. 대문께에는 낯선 일본인 청년이 극도로 다급한 표정으로 도움을 청해 왔다. 뭔가에 쫓기고 있는 듯 왔던 쪽으로 여겨지는 길 너머의 어둠을 연신 돌아보며 숨겨 주기를 애원하였다. 곧이어 그가 바라보았던 어두운 길 쪽에서 순사들의 날 선 호각소리가 정적을 깨고 들려왔다. 앞뒤를 재어 보거나 망설일 여유도 없이 문을 열고 청년을 숨겨 주고 나자 간발의 차이로 호각소리와 구두 발걸음 소리가 지나갔다. 한참 후 호각소리가 멀어졌다고 느껴질 때 크게 숨을 몰아쉰 청년은 정중하게 감사를 하고 왔던 쪽 어둠으로 사라져 버렸다.

그가 다시 찾아온 것은 그 다음 날 저녁 무렵이었다. 마침 일요일이라 한가한 마음으로 재롱을 부리기 시작한 아이에게 빠져 있을 때였다. 지난밤에는 경황이 없어서 제대로 인사를 못 했다는 사과의 말과 함께 푸짐한 과일 바구니를 내밀었다. 숙영이 차를 내오고 서로 신분을 밝혀 통성명을 했다. 와세다 대학 경영학과에 적을 둔 아라이 신따로라고 자신을 소개한 그는 스스로 반전주의자라고 밝혔다. 태평양전쟁을 일으킨 도조 히데키를 신랄하게 비판하면서 노신 부부에게 동조를 구하기도 했다. 전날 밤도 반전 데모를 모의하다 순사들에게 발각되어 쫓기게 된 것이라는 설명은 진지해 보였고, 위급했던 그 밤도 연상되어 단 한 번의 의심도 해보지 않았다. 유학생 신분인 노신 부부에게 격려와 우의를 표하고 격 없이 지내자는 제의도 해왔다.

그 뒤로 전날의 은의恩義를 내세워 수시로 접근해 오는 아라이를 경계하기보단 한때는 오히려 이쪽에서 더 호감을 보이기도 했다.

몸에 밴 일본식의 친절은 교양이 있었고, 바른 예의는 명문名門을 엿볼 만했다. 게다가 반듯한 이목구비에 언제 보아도 서글서글한 모습은 누가 보아도 호감이 가는 사람이었다. 흔히 한국인들을 조센징이라며 싸잡아 비하하는 모습과는 멀었다. 적어도 처음 얼마간은 노신 부부에게 비친 아라이의 모습은 이랬다.

그러나 시간이 지나면서 꼬집어 뭐라고 말할 수 없는 틈이 생기기 시작했다. 처음 그것이 이민족 간의 정서 차이 정도로 가볍게 생각해 버리던 때만 해도 호의적인 감정만은 변함이 없었다.

그가 수시로 구실을 붙여서 초대하는 자리는 유학생의 신분으로는 어울리지 않아 멈칫거려지기도 했지만, 기왕에 일본을 배우겠다는 유학이라면 그것도 한 과정이라고 생각하고 익숙해지려는 노력도 해보았다. 종횡무진인 아라이의 취미나 취향에 이끌려 간 일본의 전통 스모 경기장이나 가부키 연극, 고급 레스토랑의 기름진 음식과 승마장의 귀족풍은 상류층의 윤이 나는 그의 친구들과 어울렸지, 낯선 유학생 부부와는 멀었다. 또한 그가 소개한 친구들은 상류사회의 특권을 누리는 모습으로 보였을 뿐, 아라이가 수시로 보인 현실에 저항하고 미래에 대해 진지한 고뇌를 하는 모습과는 달랐다.

가까운 친구라고 해서 꼭 생각도 같아야 한다는 것은 아니라 해도 이념이나 사유를 같이하는 친한 사이라고 소개했기 때문에, 선입견이 그랬다면 몰라도 뭔가 박자가 맞지 않는 노래를 듣는 것 같은 거부감이 일었다.

아라이는 자주 노신 부부의 나들이에도 끼어들어 조선 유학생들과 교분을 쌓기도 하고, 수시로 식사와 술자리도 같이하며 관계를 다지는 일에도 열중했다. 거침없는 그의 성격은 몇몇 적극적인 동조자도 얻어, 전쟁을 일으킨 일본의 군국주의에 비판의 날을 세우기도 하여 조선 유학생들의 박수를 받기도 했다.

그즈음에도 전쟁 소식은 군부의 발표보다는 소문으로 나도는 쑥덕거림에 사람들은 더 귀 기울였고, 정부의 홍보용 승전보는 점점 신뢰를 잃어 가고 있었다.

그럴 즈음에 노신의 대학에서는 조선 지질탐사 팀이 준비되고 있었다. 저명한 지질학 교수 한 명과 세 명의 지질학과 학생으로 구성된 탐사 팀에 노신이 끼게 되었다. 언어와 지리의 길잡이로서 조선인이 필요했던 것이었다. 스즈끼 교수는 일본의 지질학계에서 일인자로 알려진 인물이었다. 명목은 지질탐사였으나 실상은 대륙에서 흐르는 조선의 정기精氣를 일본으로 끌어들인다는 목적을 알게 된 것은 조선에 도착하고 난 후였다. 일행은 군용 헬기를 타고 조선 땅 경성에 내렸다. 호텔에 여장을 풀자마자 스즈끼는 홀로 어디론가 외출을 했다.

　스즈끼가 주소를 들고 어렵사리 찾아든 곳은 궁벽한 판자촌이었다. 가까이에서 본 집은 규모만 클 뿐 그중에서도 궁기가 유별나게 느껴지는 누옥이었다. 방 안에서는 괴성이 들리고 있었다. 노크할 것도 없이 거적때기 같은 문을 들치고 들어가자 고산이 있었다. 방안으로 들어선 스즈끼에게 시선 한 번 주는 법도 없이 등 뒤로 "어서 오게." 하는 말뿐 하던 일만 계속했다. 발악을 하며 고통을 호소하는 노동자풍 사나이의 허벅지를 누르고 피고름을 짜는 중이었다.
　"봐, 이렇게 바쁜 사람을 왜 불러?"
　"국가적으로 너무 중차대한 일이라서…."
　"이 사람아, 국가가 뭔가! 결국은 사람 아닌가? 여기에는 병이 들어도 돈이 없어 죽어가는 사람들이 하루에도 수십 명이야. 조금만 참아! 다 됐어, 고름 뿌리를 뽑아야 해."
　환자를 달래가며 피고름을 짜내면서 스즈끼에게 대꾸하는 고산의 이마에는 땀방울이 흥건히 맺혀 있었다.
　"뜻은 알겠습니다만, 이번 한 번만 저를 좀 도와주십시오."
　"허허, 이 사람 고집은…."
　그때 의학도나 집사 정도로 보이는 한 젊은이가 안쪽으로 나 있는 문을 열고 고산 앞으로 다가왔다.
　"환자가 자꾸 늘어나 더 수용할 공간이 없습니다."
　"그러니 어쩌겠나? 아무래도 내가 당분간 어딜 좀 다녀와야 할 것 같으니 그동안 최 씨하고 의논해서 판잣집이라도 더 지어 봐!"

호텔에 남아 있던 학생들이 무료하게 몇 시간을 기다리며 여독을 풀고 있을 때 스즈끼는 한 사람의 노인을 모시고 돌아왔다. 비록 차림새는 누더기를 걸쳤고 봉두난발의 걸인처럼 보였으나 눈빛만은 형형하여 범상한 인물이 아니라는 것을 단박에 짐작할 수 있었다. 나중에 스즈끼가 들려준 그 노인에 대한 이야기는 학생들의 마음에 신비감을 불러일으킬 만했다.

　한때 스즈끼는 원인 모를 두통에 시달려 교수직은 물론 일상의 평범한 일도 할 수 없을 만큼 심각한 상태에 빠져 있었다. 백방으로 명의를 찾아다녔으나 차도를 보지 못하다가 노인을 만나게 된 것이었다. 노인을 소개해 준 노무또 박사로 말하면 그 권위가 정신의학계에서는 정평이 난 일인자인데, 마지막이라고 생각하고 찾아간 그마저 손을 들어 버렸을 때 스즈끼의 실망은 이만저만이 아니었다. 그러한 노무또 박사가 소개한 사람이었기에 허술히 듣지 않았다. '미래의 의학계는 이 분야에 귀를 기울여야 한다. 지금은 그 괴리가 너무 커서 신의학이 받아들일 수 있는 한계가 있지만, 자네의 병이 이분에게서 고쳐지지 않는다면 정신과 계통으로는 기웃거릴 필요가 없다.'라고 단언을 했을 정도였으니 찾아보지 않을 수 없었다.
　스즈끼가 홋카이도의 어느 설산 밑에 있는 노인의 호화 거처를 찾아든 것은 신년 정월이었다. 매서운 눈바람이 앞을 막아 길이 보이지 않는 험로를 마다하지 않고 찾아간 보람도 없이 스즈끼는 단박에 실망부터 하고 말았다. 고산高山이라는 괴상한 이름을 한 의사인지, 도사인지, 점쟁이인지도 모를 중노인을 만나보니 도저히 아니다 싶어졌다. 재벌이 연상

될 만한 호화 주택은 그렇다 해도, 기모노 차림의 미녀가 요염한 미소를 흘리며 그의 좌우에 앉아서 스즈끼의 눈을 어지럽히고 있는 것은 뭔가? 스즈끼는 당장에 자리를 박차고 일어나고 싶었다.

"일어나 버리고 싶어?"

금방 스즈끼의 속마음을 읽었는지 툭 뱉는 말에 잠시 찔끔하고 있자, 말이 이어졌다.

"왜? 속마음 들킨 게 억울해? 자네도 외양만 보이는 속물이기는 마찬 가지군."

처음 본 사람에게 하는 거침없는 하대는 오히려 참을 만했다. 보란 듯이 양팔을 벌려 두 미녀를 끌어안고 히죽거리는 무례가 참을 수 없었다. 그러나 다음 말이 스즈끼의 심정을 파고들었다.

"마음 모습도 못 보는 것들이 머리가 아프다니까 대가리만 까발려 놓 고 골을 싸매 본들 무슨 방도가 나오겠는가!"

병에 대해 상담하기도 전이었는데 이미 스즈끼의 두통을 꿰고 있는 것이었다. 그렇다고 소개해 준 노무또 박사가 전화도 없는 산골짜기까지 한가하게 사람을 보내 전언을 했을 리도 만무했다. 스즈끼는 갑자기 마음속에서 벌떡 일어나는 무엇을 느꼈다.

"마음 모습이라시면…."

"지금 자네의 그 얼굴이 마음 모습 아닌가? 사람의 얼굴이 왜 다 다른 가? 그건 마음 모습이 모두 다르기 때문이야."

"그렇다면 제 마음 모습이…."

"그래, 수만 가지 욕심으로 가득한데 그 대가리가 아프지 않고 배기겠 는가?"

거칠기만 한 말을 참기만 한다면, 처음의 선입감과는 달리 예사로이 내뱉는 말에 까닭 없는 무엇이 느껴져 '기왕에 발걸음'하는 심정으로 내맡겨 보았다.

허허로운 방이었다. 가구 하나, 그림 한 점 없는 텅 빈 6조 다다미방의 사방에는 큼지막한 부적符籍이 하나씩 붙은 것이 전부였다. 유난히 짙은 묵향墨香이 사방에서 풍기는 것으로 보아 그 부적은 먹으로 쓰인 것이 분명했다. 달리 표현할 수 없어 부적이라 했지만, 그 모양이나 색이 보통의 주사朱砂빛 부적이 주는 귀기와는 달랐다. 그렇다고 글로 보기에는 획이나 삐친 정도가 지나쳐 그 무엇으로도 단정해 보기는 어려웠다.

방안에는 스즈끼와 예의 두 미녀만 남겨졌다. 스즈끼는 정신이 혼미했다. 글도 기호도 부적도 아닌 그것이 주는 묘한 느낌에다 두 미녀가 아까보다 더욱 속이 훤히 보이는 야한 옷차림으로 스즈씨의 정면에서 요염한 미소를 흘리며 바라보고 있었기 때문이었다. 대번에 뜨거운 기운이 스즈끼의 하초下焦로 몰려왔다. 심장은 심하게 뜀박질을 하고 있었다. 그때였다. 어디선가 아득히 고산의 목소리가 들려왔다.

"하초에 몰린 그 뜨거운 피를 머리로 보내 보아라!"

'하초의 뜨거운 피를 머리로… 하초의 뜨거운 피를 머리로…' 단지 생각뿐 스즈끼는 무엇을 어떻게 한다는 느낌도 없이 망연히 앉아만 있었다.

"수승화강水昇火降하란 말이야!"

고산이 두 번째 질타하듯 하는 말이 들렸다. '수승화강' 속으로만 몇번씩 되뇌어 보았을 뿐 구체적으로 무엇을 한다는 자각도 없이. 그런데 신기한 일이 벌어졌다. 스즈끼의 머리에 갑자기 뜨거운 무엇이 몰려왔다. 그리고 그 뜨거운 기운은 서서히 온몸으로 퍼지면서 비 오듯 땀이 쏟아졌다. 한참 뒤, 그 무언가로 아득한 함몰이 이어지고 있었다. 마침내 스즈끼는 마음을 놓아 버렸다. 그리고 얼마나 지났을까 의식이 들기 시작할 때는 묵향이 온몸을 감싸고 있었다. 아아! 그 무겁고 탁하던 머리가 깃털처럼 가벼워지고 두통은 흔적도 없이 사라져 버린 것이었다. 어느새 두 미녀는 사라지고 언제 왔는지 고산이 스즈끼의 머리에 얹어 놓고 있던 손을 내리고 있었다.

치료를 마치고 그 글 뜻이나 치유법에 대한 것을 조심스럽게 물어보았다.

"하초에 피가 몰린 것도, 그 피가 머리로 올라온 것도 기氣의 운행 때문이다. 반라의 여인을 보기만 하고도 색色을 느껴 몸이 반응하는 것으로, 감성 안에 있는 기의 흐름을 이용한 것이다. 저 벽에 붙은 것은 행기도行氣圖이다. 기의 운행은 헤아릴 수 없이 많아 다 설명할 수도 이해할 수도 없다."

그리고 고산은 조용히 눈을 감았다. 그러자 놀라운 일이 일어났다. 그의 앞에 놓인 읽다 만 책갈피가 마치 유령의 손이라도 있는 듯 한 장씩 넘겨지고 있었다. 사방에 닫힌 문으로 바람 한 점 있을 턱도 없는 고요한 방이었다. 쓰즈끼가 뭣을 좀 더 묻고자 머뭇거리는 표정을 짓자 그는 말했다.

"더 설명한다 해도 이해할 수 없기는 마찬가지야."

그것이 덧붙인 설명이었다. 지독히 비싼 치료비를 치르고 나오면서 스즈끼는 그의 신비스러운 의술에 홀린 기분이 되어 한동안 미망을 떨쳐 버릴 수가 없었다.

땅의 점혈點穴 자리에 은밀한 표식을 하고, 5만분의 1로 된 군사용 조선 지도에 쇠말뚝 박을 자리를 표시해서 넘겨주면 군에서 실질 작업을 한다는 계획이었다.

일행이 사흘 동안 헬기를 타고 백두에서 한라까지 지형을 살핀 후 처음 오른 산은 태백이었다. 해는 서쪽으로 기울어 붉게 불타올랐고 산들은 그 역광으로 검푸른 그림자를 드리우고 있었다. 고산의 뜻에 따라 석양의 산을 보기 위해서였다.

정상이 가까워졌을 때였다. 문득 한줄기 세찬 바람이 일행의 앞길을 막아섰다. 고산이 서둘러 산신제 준비를 하였으나 바람은 비까지 몰아와 길을 막았다. 비바람 속에서도 간신히 산신제를 마치고 일행이 정상을 올랐을 때는 어느새 비는 그치고 먼 서쪽 하늘에서는 노을이 마지막 오열嗚咽을 검붉게 토하고 있었다.

노을에 잠겨 가는 서쪽 산들의 지형을 살피던 고산은 돌아서서 일본 열도 쪽의 동해를 보고 독백처럼 한마디를 중얼거렸다.

"가히 천신이 놀고자 연 땅이라! 일본이 이 땅을 가지면 대륙을 가질 만하도다."

조선말이었다. 들은 사람은 바람이 지나는 방향으로 서 있던 노신뿐이었다.

지리산 자락을 보고 한라산을 오르고 해도 고령의 고산은 지칠 줄 몰랐다. 오히려 스즈끼와 따르는 학생들이 숨을 몰아쉬며 헐떡일 때마다 고산은 특이한 방법으로 기氣를 불어넣어 그들의 행보를 도와주었다. 단전에 기를 모으는 그 방법은 오래전 노신은 아버지로부터 배운 것이었다.

마지막으로 조선 반도 최고의 명산 정기의 발원지 백두산에 오를 때였다. 정상이 가까워지면서 이미 금강산에서 겪은바 있던 난데없는 비바람이 천둥 번개를 치며 내려쳤다. 서둘러 산신제를 지내고 고산의 주문呪

攵이 이어지고 했으나 한 번 노하기 시작한 산은 그칠 줄을 몰랐다. 급기야 나무를 친 바람이 가지를 꺾어 스즈끼의 이마를 가격했다. 연이어 뒤따르던 두 학생에게도 똑같은 현상이 일어나고 말았다. 신기한 것은 고산과 노신에게만은 바람이 비켜가듯 말짱했다. 준비해 간 상비약으로 응급조치는 했으나 스즈끼와 두 학생의 상처가 예상외로 깊어 계속 산행을 할 수 없는 상태였다. 고산이 스즈끼에게 은근히 산행 중지를 종용해 보았으나 한사코 고집을 꺾지 않았다.

"여기서 중지하면 지난 삼 주일간의 작업이 모두 허사가 될 뿐 아니라 돌아가서 면목은 어떻게 되겠습니까?"

"그렇다면 어떻게 할 텐가?"

"수고스럽지만 스승님께서 긴노시를 데리고 마지막 마무리를 해 주셨으면 합니다."

결국 노신과 고산이 산행을 계속하게 되었다. 신기하게도 두 사람이 다시 산행을 시작한 지 반나절쯤 지났을 때부터 씻은 듯이 하늘은 맑아지고 있었다. 잠시 땀을 식히며 쉬는 자리에서였다. 고산이 뜬금없는 질문을 노신에게 했다.

"느낌이 어때?"

"무슨 말씀이신지…?"

고산은 대답 대신 멀리 보이기 시작하는 산 정상을 바라보며 뭔가에 잠기는 듯한 표정을 지으며 입을 열었다.

"내게 아깝게 죽은 고우故友 한 분이 있었지, 천문, 지라나 의술의 혜안을 말하면 이 시대에 누구도 따를 사람이 없었어, 나 같은 사람은 그와 견주는 것조차 누가 될 정도였다. 지금부터 한 2십 년 전쯤이었다. 나의 스승이 입적入寂하시는 날 소개해 준 그분은 비록 신분이 천민이었다 뿐이지 해박한 지식만큼 인품 또한 저절로 고개 숙여지는 훌륭한 분이었지. 나도 사실은 일본에서 태어났다 뿐이지 양친이 모두 조선 사람인 엄연한 조선인이라는 것을 고백했고, 그 뒤로 우리는 오랫동안 우의를 다지며 지냈다. 어느 날 그가 사상 문제로 취조를 받다가 죽었다는 비보를 받고 하늘이 무너지는 절망감에 한없이 울었다."

고산은 여기서 말을 멈추고 한동안 무슨 생각에 잠긴 것 같은 표정을 하고 있었다. 이윽고 다시 입을 열었을 때 노신은 너무나 놀라워 아연한 심정으로 한동안 입을 다물지 못했다.

"처음 그를 만났을 때 그에게는 영특한 눈을 가진 어린 아들이 있었어. 그 고우의 함자가 김자 두자 진자를 쓰셨지."

너무나도 뜻밖이었다. 고산이 선친의 지인이었다는 것이 돌아가신 아버지를 대하는 듯한 느낌이었다. 어느새 노신은 엎드려 절을 올렸다. 눈에는 가득히 눈물이 고여 형언할 수 없는 슬픔이 복받쳤다.

"진작 몰라뵌 무례를 용서해 주십시오."

"아니다, 일어나거라! 나는 처음 자네를 보고 내심 얼마나 놀랐는지 모른다. 자네의 선친을 한시도 잊어 본 적이 없는데, 뜻밖에도 꼭 빼닮은 자네를 보게 됐을 때 얼마나 심장이 뛰었는지 몰라. 내색하지 않은 것은 지금 이 일의 위험성 때문이었다."

"그러셨군요. 그래서 지리산 자락에서 있었던 스즈끼 교수와 논쟁이…"

"자네는 알고 있을 줄 알았지…. 그러면 자네가 본 대로 말해 보게."

"감히 제가 어떡해…"

"나는 자네에 대해 생소하지 않다. 자네 선친이 때때로 주신 서신에서 자네에 대한 소식만으로도 짐작하고 남음이 있어. 그러니 서슴지 말고 말해 보아라."

"예, 그러시면… 그때 스즈끼 교수와 논쟁은 체體와 용用의 오판에 관한 것이었는데, 본질은 몸이며 형상은 그림자로서 우리는 그림자를 통해 몸을 짐작하고, 형상을 통해 본질에 접근하여 용을 통해 체를 붙잡을 수 있다고 봅니다. 그때 그 혈穴은 생기生氣를 함축하고 용혈사수龍穴砂水가 법에 맞았고 여기餘氣를 갖춘 정혈正穴이 분명했습니다. 그러나 스즈끼 교수가 정확하게 본 것을 웬일인지 뒤집어 설명하시는 것 같았습니다. 지금에야 깊은 뜻을 알만합니다."

"역시 바로 보고 있었군. 그때 그곳은 매우 중요한 혈穴 자리였어, 조선의 국운이 좌우될만한 자리였지. 백두대간이 태백의 등줄기를 타고남으로 흘러 지리산을 만든 그 정기가 천왕봉을 거쳐 일본의 후지산으로 가는데, 그 지맥의 힘을 눌러 일본으로 빠져나가지 않도록 해줘야 조선이 부흥하고 일본을 제압할 수 있는 혈이었어. 그것을 스즈끼가 눈치챈 거야. 그러니 고의로 궤변을 늘어놓아 스즈끼의 의도를 차단한 것이지."

노신이 아하! 하던 표정을 거두고, 이번에는 진작부터 궁금하던 고산의 궤적에 대한 것을 물어보았다.

"듣기로는 일본에 계실 때와 모습이 다르다고 하던데, 어떤 것이 본 모습인지 여쭤 봐도 되겠습니까?"

"겉이 다르다고 속이 다르겠는가! 다만… 내가 할 수 있는 일은 일본의 돈으로 핍박받는 조선인들을 조금이라도 구제해 보자는 뜻이다."

고산은 마치 어떤 상념에 빠진 사람처럼 띄엄띄엄 독백을 하듯 하면서 몸을 일으켜 산을 오르기 시작했다. 뒤따르는 노신을 한 번 돌아보는 법도 없이 천천히 다음 말을 이었다.

"선친의 유지는 잘 받들고 있는가?"

"예, 뜻은 받들자고 하나, 미거未擧하여 아직도 이루지 못하고 있습니다."

"음… 그래, 아무튼 장하다. 이 대자연에는 이미 그 길은 있다. 다만 인간이 몰라서 미망迷妄에 빠져있을 뿐, 언젠가는 찾아갈 수 있을 것으로 믿는다. 자손의 도리를 다하여라."

"예, 감사합니다."

그리고 한참을 말없이 걷기만 하던 고산은 문득 먼 데를 바라보는 눈으로 입을 열었다.

"어디를 보기가 힘든가?"

노신은 이 뜬금없는 고산의 물음이 무엇을 의미하는 것인지 잠시 머뭇거려졌으나, 곧 그 뜻을 가늠하고 답을 했다.

"기氣를 보면 이理가 닫히고 이를 보면 기가 닫히고 때로는 아무것도 보이지 않다가 홀연히 나타났다가 사라지기도 합니다."

"기가 보일 때는 무엇이었고, 이가 보일 때는 무엇이더냐?"

"보이는 모양도 다양합니다. 때때로 기는 자발적 변화와 변이로 생명에서, 또한 형이상학적 사유로, 반면에 이는 그 앞과 뒤 위와 아래 겉과 속에서 수시로 나타났다가 사라지곤 합니다."

"제대로 보고 있는 듯하다. 요컨대 이와 기는 분리되지도 통합되지도 않는다. 서로 맞서 있지만 동시에 필요로 한다. 그래서 이밖에 기가 없고, 기밖에 이가 없다고 일찍이 주회朱熹는 말하지 않았느냐? 또한 기는 있는 것이며 이는 있어야 할 것이다."

"가르침 명심하겠습니다."

마치 선문답을 하듯 하면서 두 사람이 산을 오르고 있을 때 아까부터 걷히고 있던 구름 사이로 문득 찬란한 빛이 그들의 등 뒤로 쏟아져 내렸다.

노신이 조선에서 한 달 일정을 마치고 일본으로 돌아와보니 숙영이 심하게 초췌해진 모습으로 기다리고 있었다. 여독을 풀 사이도 없이 연유를 듣고 나자 가슴 속에 뜨거운 불길이 부글부글 치솟았다.

노신이 조선으로 떠난 이틀 후였다. 한밤중에 문을 부수다시피 하여 들어온 두 명의 순사들에게 끌려간 곳은 음습한 지하 취조실이었다.

이름, 나이, 현주소, 본적, 가족사항 등 상투적인 질문까지는 담담하게 대답했다. 그러나 사안의 본질을 알게 된 것은 오래지 않았다.

"신 수검이 누구냐?"

이 뜻밖의 질문을 받았을 때 숙영은 자신이 지금 쉽지 않은 상황에 빠졌다는 사실을 깨달았다. 어째서 이들의 입에서 아버지의 함자가 나온단 말인가! 그렇지 않아도 늘 아버지의 안위가 걱정되던 차에 뜻밖에도 이들이 묻는 것은 어떤 연유 때문일까? 숙영의 가슴에 무거운 납덩이가 눌려 왔다. 날을 세운 질문이 계속되었다.

"최근에 연락을 받은 일은 언제인가?"

"일본에 온 이후로 한 번도 연락받은 일이 없습니다."

"거짓말을 하면 쉽게 끝날 일도 어렵게 되고 결국에는 밝혀질 일을 고생만 더하게 돼!"

"거짓말 아닙니다."

"안되겠군! 뜨거운 맛을 봐야 실토를 하겠어?"

악의에 찬 취조관의 얼굴이 핏발을 세우고 있었다. 숙영은 마음을 다 잡아야 한다는 결의를 할수록 몸속에 있는 모든 감각 기능이 민감하게 반응했다.

"마지막으로 묻는다. 신 수검의 연락처가 어디냐?"

"모릅니다."

"아버지가 딸에게 연락을 하지 않는다 말이지?"

"할 말이 없습니다."

"좋아!"

날을 세운 취조관의 말이 위협적으로 들려왔다. 곧 가해질 육체의 위해를 준비하는, 두 주먹에 힘을 모으고 있을 때였다. 취조실의 문이 열리면서 한 사내가 들어와서 취조관에게 귓속말을 했다. 말을 듣고 난 취조관이 어떤 연유인지 방금 보였던 그 악의에 찬 표정을 풀고, 어쩔 수 없다는 표정 위에 의미를 알 수 없는 조소를 더하여 혼잣말을 이죽거리면서 문을 열고 나가 버렸다.

꼬박 열흘간이었다. 취조관을 바꾸어 가며 똑같은 질문을 지겹도록 반복하고 나서도 더 나올 것이 없다고 여겨졌는지 마지막 며칠은 가두어만 두었다. 다행히 아라이의 구명운동 덕택인지 그들의 계획에 의해선지 추측도 못 한 대로 풀려나긴 했지만, 숙영은 끝내 의혹만 잔뜩 부풀린 채 집으로 돌아왔다.

취조 과정에서 오히려 숙영은 아버지 소식의 단서가 될 만한 말이 취조관의 입에서 흘러나오지나 않을까 하는 기대와 염려로 마음 졸이고 있었으나 끝내 한마디도 들을 수 없었다. 그들의 입에서 아버지 소식이 나오지 않는 것은 무소식이 희소식이라는 근거일 수도 있어 다소 안심은 되나 마음 한쪽에 의혹은 남았다. 기껏 해볼 수 있는 추측은 고향에서 아버지를 주시하고 있던 순사들이 숙영 내외의 행적을 뒤늦게 알고 이첩되어 온 것일 가능성이었다. 그래서 그들이 아버지의 동향에 대해서 아는 것도 없이 무조건 자신을 윽박질러 놓고 보자는 심사였다고 생각하기엔 뭔가가 미심쩍은 구석이 있었다. 아버지의 성함이나 생년월일 정도뿐 작은 단서 하나조차 없어 보이는 것이나 반복되는 질문에서 느껴지는 강도가 절박해 보이지 않은 것도 그랬다.

지나고 나서 생각하니 그 악의를 담은 취조관의 표정도 다분히 작위적인 인상이었다. 뭔가가 있었다면 신체에 가할 법도 한 고문이나 가혹 행위가 없었던 점도 의혹을 가중시키는 부분이었다.

풀려 나온 날 아라이와 유학생회의 친구들이 마중을 나와 있었다.

"얼마나 고생했어?"

"가혹 행위는 없었어?"

"건강은 괜찮아?"

쏟아지는 염려와 위로의 말이 일상으로 돌아왔다는 안도감을 주기는 했으나 풀리지 않는 의혹 때문에 무거운 마음은 그냥이었다.

"우리 아기는 어떻게 됐어요?"

"염려 말아요, 우리 집에서 잘 지내고 있습니다."

아라이의 대답이었다. 무엇보다도 고마웠다.

"이번에 아라이 상의 수고가 아주 컸습니다. 이렇게 아무 일 없이 나오게 된 것도 아라이 상의 수고 덕택입니다."

유학생회의 한 친구가 아라이의 공을 치하하자 이 사람 저 사람 모두 한 마디씩 거들고 나섰다.

"하필이면 노신이 없는 사이에 이런 일이 일어나 우리는 아무 대책도 없이 걱정만 했는데, 이만큼이라도 다행인 것은 아라이 상이 백방으로 선을 놓아 애쓴 덕택입니다.

"감사합니다. 이 은혜를 어떻게 갚지요?"

"뭘요, 별로 한 것도 없는데. 괜히 친구들이 과찬하는 겁니다. 그것보다 어서 우리 집에 있는 아기를 보러 가야지요.

어느 정도 예감은 하고 있었으나 이 정도의 규모일 줄은 몰랐다. 아라이의 집을 보는 순간 숙영은 벌어진 입을 다물 수 없었다. 대문을 들어서면서부터 그 규모만으로도 위압감이 느껴지기에 충분했다. 족히 천 평은 됨직한 넓은 잔디밭 둘레를 에워싼 고목들로 저택의 위용은 한껏 돋보였다. 화강석 다리 아래를 가로지른 전통 일본식 연못은 작은 고궁을 연상할 만한 규모였다. 그 둘레에 수백 년은 되어 보이는 향나무나 가문비나무, 백송, 작약 외에도 갖가지 고급 수종의 정원수가 그 호화로움을 더하고 있었다. 숙영은 저택의 규모보다 그 귀족풍이 주는 위압감으로 감탄이 절로 나왔다. 평시에 아라이는 집안 사정에 대해서 별반 이야기 한 바가 없었다. 특히 부자간의 이야기는 더욱 그러했다. 이만한 환경에서 자란 아라이가 반전주의자가 된 것은 뭘까? 누리는 자의 지키고자 하는 당위가 있어서였을까? 아니면 채운 자의 배부른 사유思惟이거나 부당한 현실에 대한 반항일까? 그도 아니면 진정 순수한 인간애의 발로일까? 혼란스러웠다. 그러다가 문득 지금 남 생각할 만큼 한가로운 심사가 아닌 자신을 깨닫고, 숙영은 상념을 떨쳐 버렸다. 세상 모르고 잠을 자는 아이를 안고 달아나듯 아라이의 집을 나서자 어느새 택시가 대기해 있었다.

아라이의 베려는 세심했다.

숙영의 이야기를 듣고 난 노신은 딱히 뭐라고 짚을 수는 없으나 어떤 불길한 예감을 지워 버릴 수가 없었다. 숙영의 짐작대로 단지 고향에서 이첩되어 온 정도가 아닌 다른 그 무엇이 느껴져 갖가지 추측이 머리를 짓눌러 왔다.

그로부터 며칠이 지났다. 몸을 추스른 숙영은 아이 국한이 때문에 쉬었던 학교를 다시 나가기 시작했다. 아이를 돌보아 줄 도우미를 구했다. 만나고 보니 우연히도 외가 쪽의 먼 친척이 되는 사람이라 더욱 안심이 되었다. 홍성자라는 사십 초반으로 보이는 수더분한 성격에 어디를 봐도 악의라곤 없는 선한 얼굴이었다. 노신도 조선을 다녀온 노독이 풀린 뒤라 학교로 나갔고 친구들과 어울림도 예전대로였고, 아라이 또한 여전히 수시로 유학생회나 노신의 집을 들락거렸다. 그렇게 일상으로 돌아온 며칠이 지난 뒤였다. 그런 어느 날 언제부터인가 노신 부부는 까닭 모를 어떤 느낌에 시달리기 시작했다. 등하굣길에서나 집 주변에서 문득문득 어떤 시선이 느껴지기 시작했던 것이다.

처음에는 노신만 알았으나 숙영 역시 같은 느낌을 가지고 있는 것을 뒤늦게야 알게 되었다. 무엇일까? 까닭 없이 불안해 진 두 사람은 추측과 예감으로 잠을 설치기가 일쑤였다. 그런 날 밤은 어쩌다가 깜박 잠이 들었을 때도 무엇엔가 짓눌리듯 온몸이 흠뻑 땀에 젖어들곤 했다. 그런 어느 날 그 시선의 실체는 뜻밖의 사람으로부터 현실로 다가왔다.

정학영은 유학생회에서 만난 철학과 학생이었다. 흔히 철학도의 다변

적多辯的 모습과는 달리 그는 과묵했고 침착했다. 웬만한 일에도 먼저 의견을 내어 설득하기보다 남의 의견을 먼저 듣고 그것을 종합하여 소신을 밝히는 신중한 태도의 성격을 가지고 있었다. 노신과는 각별히 지낼만한 기회가 없었던 그가 문득 노신의 앞으로 다가왔다.

"오후에 별일 없으면 둘이서 커피나 한잔 하면 어떤가?"

느닷없기는 해도 평시에 호감이 없었던 것도 아니어서 흔쾌히 승낙했다. 둘이서 라고 한 말이 왠지 유별나게 들리긴 했으나 충청도 억양의 귀설움에서 오는 것쯤으로 느끼고 말았다.

"왜? 좋은 일이라도 있나?"

"인생도처유청산人生到處有靑山이지, 좋은 일은 만들기 나름 아닌가?"

철학도의 초월적 여유로움이 묻어나는 그의 대꾸에 크게 마음 쓰는 일도 없이 노신은 그가 지정한 곳으로 나갔다.

먼저 와서 커피를 마시고 있는 그에게 미소를 보내자 예상치도 않은 엉뚱한 표정이 나타났다. 그답지 않게 근심인지 슬픔인지 까닭 모를 표정이 마주하는 미소 속에 엷게 덮여 있었다. 노신을 대신해서 서둘러 커피를 시켜 놓고 나서 미소를 지운 그 얼굴에는 오롯이 그 까닭 모를 표정만 남아 있었다. 묵묵히 커피를 마시고는 있어도 그 맛에 열중하는 듯이 보이지도 않았고 가끔 주위를 살피는 눈초리를 보였을 뿐 뭔가 망설이고 있었다. 까닭을 묻고 싶었으나 시켜 놓은 커피를 종업원이 내올 때까지 기다리기로 했다. 그 시간을 지루해하는 노신을 느꼈는지 그는 마시던 커피 잔을 탁자에 내려놓고 처음으로 시선다운 시선을 보냈다.

"자네 장인어른 함자가 신자 수자 근자 쓰시는 어르신인가?"

갑자기 노신의 머릿속으로 서늘한 무엇이 소나기처럼 지나갔다. 전혀 뜻밖이었다. 장인의 함자가 그의 입에서 흘러나온 것은 무엇을 의미하는 것일까? 순식간에 머릿속의 그 서늘한 무엇은 가슴으로 내려와 이번에는 미 중류의 불안감이 질서없이 밀려왔다. 이때 종업원이 내온 커피를 놓고 돌아설 때까지 그 짧은 순간이 그렇게 길게 느껴질 수가 없었다. 그렇지 않아도 전날 숙영이 이유 없이 취조를 받을 때 장인의 함자를 묻던 불길한 예감이 연상되어 잔뜩 긴장이 되었다. 게다가 요사이 누군가의 시선에 의혹이 풀리지 않고 있는 최근의 이상한 느낌까지 더하여 초초하기까지 했다.

"대체… 자네가 그 어른의 함자를 어떻게 아는가?"

"잠시 긴장을 풀게, 그리고 지금부터 내가 하는 이야기를 침착하게 들어야 하네, 아직까지 주위가 어수선해."

평소의 그답지 않게 목소리를 낮추는 것에다 주위를 살피는 눈초리까지 보이며 조심스럽게 다시 입을 열었다.

"이곳에도 독립후원회라는 단체가 있어, 지난달에 그 단체의 은밀한 모임이 있었는데, 자네의 장인어른이 참가한 모양이야. 독립운동자금을 모금하기 위하여 이곳의 교포들에게 독립의지를 고취시키고 그간의 경과를 보고하는 자리였어. 그렇게 모금된 돈을 임시정부인 상해로 운반하는 임무를 띠고 오신 것이야. 처음 고령에 위험할 수도 있다고 하여 모두 만류를 했는데, 군이 스스로 나선 것은 자네 가정을 보고 싶은 열망 때문이었다고 해."

그리고 다음 말을 잇지 않고 있는 그에게 노신은 마른 침을 삼키며 시선을 떼지 못하고 있었다. 재촉하는 말보다 더 긴장이 전해지는 시선이었다.

"그래서 여러 번 자네 주위를 맴돌았는데 결국 포기하시고 말았어. 감시가 너무 많았기 때문이었지. 더구나 숙영 씨의 구속 사태도 아시게 되었고, 자신 때문에 오히려 자네들에게 크게 화가 미칠 것을 염려하신 것이지. 그랬던 것이⋯"

그는 또 입을 다물고 비통한 표정을 짓고 있었다. 이번에는 노신이 참지 못하여 재촉하고 말았다.

"그래서? 어떻게 됐다는 말인가?"

"동행하신 두 분과 함께⋯ 돌아가셨어⋯"

"돌아가시다니? 어디로? 상해로?"

"목소리를 낮추게! 일본 땅을 뜨기 직전이었어, 일경들에게 발각되어 총격전이 벌어진 모양이야. 결국⋯ 애석하게도⋯"

큰 바윗덩어리에 짓눌리는 꿈이 현실이었다. 노신은 사지가 풀리고 그 무거운 바위의 무게를 감당할 수 없어 한없이 아래로 내려앉는 몸을 느꼈다. 요사이 느껴지던 그 어떤 시선이 가물거리는 의식 사이로 밀려왔다. 뒤늦은 깨달음이 가슴을 쥐어뜯고 싶은 안타까움으로 다가왔다.

무엇을 어떻게 할지도 모르는 동작으로 걷기 시작했다. 학영이 따르며 자신이 후원회에 관여하고 있었다고 털어놓는 말도 별반 놀라울 것이 없었다. 더 큰 걱정은 숙영이었다. 이 말을 어떻게 전해야 할지, 앞이 캄캄하기만 했다.

노신이 아라이의 도움으로 장인 신수근의 시신을 어렵사리 인수하여 유학생들과 함께 장례를 치른 머칠 뒤였다.

이번에는 학영이 일경에 구속되었다. 소식을 듣고, 노신이 유학생회에 들렸을 때는 이미 여러 명의 학생이 모여서 의논을 하고 있었다. 의논이라고 해 보았자 이렇다 할 대책도 없이 걱정하는 소리뿐이었다. 더구나 듣고 보니 구속 사유가 가볍지 않았다. 독립후원회에 연관된 일이었다.

학영은 언제부터인가 경제적으로 어려운 유학생이 있으면 조건 없이 도와주었다. 본가가 그렇게 부유한 집안도 아닌 것을 잘 아는 친구들이 의아해서 물어보면, 내 돈은 아니지만, 어느 독지가가 이렇게 써도 좋다고 맡긴 돈이라고만 답할 뿐이었다. 알고 보니 그렇게 도움을 받은 학생이 적잖은 수였다. 철학도인 그는 언제나 세상을 초월한 것 같은 여유로움과 사람 좋은 미소로 친근감을 느끼게 했던지라 모두의 근심은 각별했다. 그러나 무엇보다 그가 무엇에 연루되어 구속되었는지 모르는 상황에서 해결책을 찾기가 난감하여 의견이 분분할 때였다. 아까부터 수심에 찬 얼굴로 고개를 푹 숙이고 있던 심은숙이 조용히 고개를 들었다.

"제가 사정을 조금 알고 있습니다."

조용한 성격의 심은숙이 자주 학영과 어울렸던 것이 상기되어 일제히 시선을 집중했다. 마른 침을 삼키며 잠시 긴장을 풀고 난 심은숙은 또박또박 그간의 일을 설명하기 시작했다.

학영은 독실한 불교 신자였다. 그는 시간이 있을 때마다 절을 찾아갔다. 염불 소리에 귀를 기울이고 있으면 모든 근심이 사라지는 무념의 경지를 즐겨 한다고 했다. 그런 어느 날, 평소와는 달리 심각한 고뇌에 빠져 있는 것을 지켜보고 있던 떠돌이 고승 한 분이 조용히 그를 불러 세웠다.

"어째 불자의 수심이 그리도 깊은고?"

"스님, 물질에 대한 번뇌는 어떻게 떨쳐버릴 수 있습니까?"

"삼라만상이 공空인 것을 물질이 어디 있느냐."

"현실에는…."

"색즉시공 공즉시색色卽是空 空卽是色이라 하지 않았더냐? 불자가 되어서 그 흔한 말의 뜻도 새겨 보지 않았단 말인가? 네 마음속이 공이면 물질도 공이니라."

학영이 그 진정한 의미를 새겨 보려는 듯 골똘한 모습을 하고 있는 것을 본 스님은 다시 입을 열었다.

"자연계에 존재하는 만물은 저마다 고유의 파장으로 끊임없이 요동하면서 파동을 주고받는다. 그 파동성이 보이지 않는 에너지(기)에 빛이나 소리, 냄새, 형태 등을 부여하여 보이는 물질로 변화시키기 때문이다. 물론 이것은 근본적인 문제는 아니다. 단지 인간의 오감이 그런 것처럼 보이게 인식할 뿐이다. 물질의 내부는 텅 비어 있다. 색은 물질이며, 공은 색이니라. 이것이 현대과학이 이제야 겨우 도달한 양자역학의 일부분이다. 색즉시공 공적시색!"

그리고 스님은 천천히 몸을 돌려 가버렸다.

그런 일이 있었던 뒤 어느 날 그 고승은 조용히 학영을 불렀다. 그리고는 종이 한 뭉치를 내놓았다.

"나도 조선 사람이다. 어려운 조선 유학생들이 있으면 도와주어라."

학영이 받은 종이는 수십 장의 지불각서였다. 그가 세속에서 점을 칠 때 여러 사람으로부터 받아 놓은 것이었다. 그가 점을 친 이야기를 들으면 참으로 우화 같은 이야기였다.

"당신이 지금 이 곤경을 님기면 크게 대성하어 3년 뒤에는 엄청난 부자가 되겠소이다."

"도저히 믿기지 않습니다. 당장 내일이 걱정인데 제가 무엇으로 그런 큰 부자가 되겠습니까?"

"그렇다면 점 값은 안 받을 터이니 3년 뒤에 내 말대로 큰 부자가 되면 그때 가서 얼마를 내놓을 수가 있겠소."

"정말 그렇게만 된다면 일억이라도 내지요."

"그렇다면 지불각서를 쓰시오."

그렇게 받아 모아 놓은 지불각서가 수십 장이었다. 이름과 생년월일 그리고 본적지 주소가 적힌 그 지불각서는 차후에 어떤 사람이 내밀어도 지불한다는 단서까지 붙어 있었다.

그는 절을 떠돌며 사는 자칭 조선인 땡중이라고 자신을 소개했다. 그 뒤부터 학영은 틈만 나면 각서를 들고 사람들을 찾아다녔다. 물론 선뜻 돈을 내놓는 사람은 많지 않았으나 개중에는 허허 웃으며 얼마간 내놓는 사람도 있었다. 그렇게 받은 돈도 적지 않은 액수였다. 받은 돈을 어려운 유학생을 도와주는 데 쓴 것까지는 문제가 없었으나, 그 돈의 일부를 독립후원회에 기부한 것이 문제였다. 총격전으로 사망한 세 사람의 독립운동가 몸에서 기부자들의 명단이 나왔는데, 이상한 것은 모든 기부자가 가명이나 호號, 자字 등을 썼는데 일경이 어떻게 알았냐는 것이었다. 학영이 자신의 호를 스스로 청암淸嵓이라고 지어서 쓴다는 것을 유학생 사이에서도 아는 사람이 드물었는데 일경이 알았다는 것에 의혹이 일었다. 심은숙이 이야기를 마치고 눈시울을 붉게 적시고 있을 때 마침 아라이가 들어왔다. 수시로 출입을 했고 숙영의 문제처럼 어려운 일이 있을 때 의논까지 했던 처지라, 매달려 볼 곳이 없던 유학생들은 반가운 시선으로 바라보았다.

"글쎄, 나도 소문을 듣고 왔는데 이번 일은 쉽지 않을 것 같아. 노력은 해보겠지만, 결과는 장담할 수 없어."

매달리는 유학생들의 눈빛을 대하는 아라이의 심각한 표정에 실내는 무거운 공기가 침묵 사이로 흘렀다.

학영의 문제가 지지부진 며칠을 지나고 있을 때 노신은 뜻밖의 방문객을 맞았다. 고산이 찾아온 것이었다. 놀라운 일은 또 있었다. 학영에게 지불각서를 건넨 사람이 바로 고산이었다. 학영의 소식을 듣고 불원천리 달려왔던 것이었다.

"며칠 내로 풀려날 거야. 내 손을 써놓고 왔어."

"아니, 선생님께서 어떡해…?"

"그래, 도움을 받을 만한 사람을 만나고 오는 길이야."

"정말 감사합니다. 모두들 한시름 놓게 되었습니다."

"그보다 자네 빙부께서 변을 당했으니 심려가 얼마나 크겠는가! 안사람께서는 어떠신가?"

"이제 조금씩 기력을 찾아가고 있습니다. 심려를 끼쳐 죄송합니다."

"무슨 말을…. 시신은 모셨다는 말은 들었네. 이역만리 객지에서 장례는 잘 치렀는가?"

"네, 친구들의 도움으로 잘 모셨습니다."

"참으로 뜻이 깊은 분이었는데, 애석하기 짝이 없네."

"생전에 대면이 있었습니까?"

"자네 춘부장을 만나려 조선에 갔을 때와 상해에서도 여러 번 자리를 같이 한 일이 있지."

"그랬었군요."

"자, 가 볼게. 학영이 나오는 것을 보고 가면 좋겠지만, 조선에 급한 일이 있어서…"

그렇게 서둘러 고산이 가고 난 며칠 뒤, 학영은 성한 곳이 하나도 없는 몸으로 풀려났다.

영후가 가져온 노신의 글은 여기까지였다. 다음 내용을 읽기 위해서도 라라를 만나야 하지만, 이제 모스크바에서 영후의 일은 그녀를 만나는 일 외는 더 할 일이 없어졌다. 국정원 쪽에서 사건의 조사를 중단해도 좋다는 의견이 나온 마당이니 그 일에 대한 짐은 덜었으나 개인적인 이끌림까지는 어쩔 수 없는 일이었다. 모스크바는 짙은 안개가 걷히기 직전의 아침 시간이었다. 영후는 호텔로 가는 택시에 몸을 싣자마자 바로 라라에게 전화를 걸었다. 신호음으로 들리는 낯익은 경음악 소리가 까닭 없이 마음을 긴장시켰다. 그 소리가 꽤 오래 울렸다고 느껴질 때쯤에 나온 목소리는 낯선 사람이었다. 도우미쯤으로 짐작되었다. 라라는 며칠 집을 비우고 없었다. 행선지도 모른다는 대답에 잠시 영후가 난감해 하는 것을 느꼈는지 서둘러 되물어 왔다.

"혹시 민영후 씨 되십니까?"

"예, 그렇습니다."

"오시면 드리라고 한 꾸러미가 있습니다."

직감적으로 다음 읽을 내용을 준비해 둔 것이라는 느낌이 들었다. 이런 준비까지 해 둔 것을 보면 금방 돌아오지 못할 예정을 한 듯 보였다. 외국을 나갔다든지 아니면 연락을 받을 수 없는 곳에 있을 것이라는 짐작이 들었다. 호텔로 가려던 택시를 돌려 라라의 집 쪽으로 방향을 돌렸다. 라라가 준비해 놓고 간 꾸러미를 받아 나오자 갑자기 차가운 바람이 무위無爲한 마음을 쓸고 지나갔다.

호텔에 여장을 풀고 달력을 보자 일전에 안드레예프와의 약속이 상기되었다. 약속한 토요일이 오늘이었다. 확인 전화를 하려다가 잠시 망설여졌다. 조사를 중단해 달라는 국정원 과장의 얼굴이 떠올랐기 때문이었다. 이쪽에서 필요해서 매달리다시피 해 놓은 약속을 일방적으로 취소하기 어려워서라기보다 또 다른 이유가 그 얼굴을 지워 버렸다. 기왕에 이끌려 온 사건에 대한 궁금증과 무엇보다 김노신의 궤적을 찾아가는 개인적인 관심이 쉽게 마음을 놓아 주지 않아서였다. 또한 사건을 추적하는 기자 생활의 습성이 아직도 배여 있는 까닭이었는지도 몰랐다.

안드레예프는 영후가 외국인으로서 길을 잘 모를 것이라며 묵고 있는 호텔 로비로 와주겠다는 배려를 해주었다.

예상한 대로 안드레예프는 온화한 표정을 가진 오십 대 초반의 관록 있는 교수의 인상을 풍겼다. 적당히 마른 체격과 푸른 눈이 먼저 눈에 띄었다. 그러한 표정에 잘 어울리는 미소도 호감이 가는 얼굴이었다. 영후는 해방 특집 운운하며 둘러대던 대로 용건을 말해 놓고 그것과 관련해서 도마노프의 죽음에 의혹이 느껴진다는 추측을 덧붙여 관심을 내보였다.

한동안 망설이고 있던 안드레예프는 어렵게 입을 열었다.

"그렇지 않아도 처음부터 도마의 죽음은 적잖은 의혹이 있었습니다. 가능하다면 지금이라도 밝혀야 하겠지요."

영후는 대화의 효율을 위하여 이미 알고 있는 부분, 교수직에 임용되기까지의 내용을 간략하게 털어 놓았다. 그러고 나서 가장 궁금하던 횡령사건에 대한 것부터 조심스럽게 물어보았다. 왠지 그 일이 이야기의 실마리가 될 것 같은 막연한 느낌이 들었기 때문이었다. 안드레예프는 잠시 생각을 정리하는 듯 한 번 먼 눈길을 보이다가 한참만에 문제의 애정 사건에 대한 이야기부터 꺼냈다.

"참 운명도 기박한 친구였지요. 그 얘기를 하자면 좀 길어지겠는데…."

앞에 놓인 커피를 한 모금 마시고 나서도 잠시 망설이는 듯 숙연한 표정에 회한이 어린 눈으로 변했다.

위험한 사랑

　도마노프가 멜린 코마네치를 만난 것은 교수직을 시작한 지 일 년 남짓한 때였다. 그즈음 대학에서 내준 승용차로 출퇴근하던 도마는 어느 날 뜻밖의 사고를 내고 말았다. 퇴근길에서였다. 갑자기 차로 뛰어든 개를 피하려다가 어느 집 나무 울타리를 받아 버리고 만 것이었다. 갑자기 소란스러운 소리에 놀라 그 집 안에서 나온 사람이 멜린 코마네치였다. 두 사람의 만남은 이 우발적인 사고가 계기였다. 도마는 꼬박 사흘 동안 퇴근 시간에 멜린의 집에 들러 손수 담장 수리를 해줘야 할 만큼 망가진 곳이 많았다. 마침 백야가 시작된 때였고 늦게까지 울타리에 매달려 땀을 흘리는 도마를 창 너머로 바라보던 멜린은 그의 성실한 모습에 잠깐 의혹이 일었다. 처음 운전기사 정도로 알고 예사롭게 보았던 때와는 달리 볼수록 현출한 용모나 교양 있는 말투가 어딘지 범상치 않은 느낌이 들었기 때문이었다. 땀을 흘리는 도마를 위해서 물을 건네주기도 하고, 창문에서 바라보던 것을 곁에서 지켜보게 되었고, 인사말 정도이던 대화도 몇 마디씩 늘어나게 되었다. 멜린의 첫인상은 권력층이나 부유층의 자제들에게서 흔히 보아온 오만과 대단한 미모까지 더하여 거리감이 느껴지는 모습이었다. 남부 계의 아담한 체격과 흔히 오악五嶽이라고 말하기도 하는 이마, 코, 양볼, 턱은 한 점 흠잡을 데 없는 미인형 윤곽이었다. 도마는 흔히 소수민족이라는 자의식 탓인지 누구에게나 다가서기를 꺼리는 내성적인 성격이었다. 그러나 그 오만과 미모 속에 숨겨진 실체를 알게 된 것은 두 사람의 기구한 사랑이 시작되면서였다.

도마가 상트페테르부르크 대학의 지질학과 교수라는 것이 특별한 계기가 되었다. 동 대학 미술학부 조소과를 재학 중이던 멜린이었다. 이 새파랗게 젊은 사람이 교수라는 것에 대한 놀라움을 항의처럼 말했다.

"왜 진작 말하지 않았어요? 우리 대학의 천재 지질학 교수라고."

"그쪽은 왜 말하지 않았나요? 우리 대학의 학생이라고."

"이렇게 젊은 교수가 우리 대학에 있다는 것을 누가 알기나 했겠어요?"

"이렇게 눈부신 미모의 상류층 자제 학생이 우리 대학에 있을 줄 누가 알기나 했겠어요?"

"상류층 자제는 아니에요. 남 보기와는 달라요."

"나도 천재는 아닙니다. 남 보기와는 다릅니다."

그것이 두 사람의 대화다운 대화의 시작이었다.

그 후로 누가 먼저라고 할 것도 없이 그들의 관계는 백야처럼 유별난 사랑이 되었다. 이미 오래전부터 두 사람은 똑같이 그런 쪽의 갈급히 잠재해 있었던 차였다. 그러나 판이한 서로의 처지 때문에 두 사람의 사랑은 예고된 비극이었다.

도마가 처음 알게 된 사랑의 희열은 세상 그 무엇보다도 깊고 진지했으며 구체적이었다. 끝없는 학문의 세계에서 깨우친 한 줌의 진리에 비길 수 없는 새로운 눈뜸이었고 거부할 수 없는 환희였다. 어느 날 갑자기 세상의 모든 가치가 사랑의 잣대로 가늠되었고 인식되었다. 그러나 언제부터인가 철없는 아이처럼 좋아하는 도마의 환희는 시간이 지날수록 멜린의 근심이 되고 있었다.

불행한 정치적인 사건으로 양친을 한꺼번에 잃고 열여섯 어린 나이에 어느 권력자의 양녀가 된 멜린이었다. 붉은 카이저수염을 가진 그 권력자는 아버지의 절친한 친구였으나 멜린이 성장하면서부터 애욕을 드러내고 말았다. 카이저는 가족들의 눈을 피하여 집을 마련해 주고 수시로 들러 애욕을 채우는 생활을 하고 있었다. 시간이 흐를수록 그 부적절한 관계는 멜린의 영혼을 갉아먹어 가고 있었다. 멜린은 벗어나리라는 생각을 골백번도 더 했으나 갖가지 장애가 길을 막았다. 이때 만난 도마와의 사랑은 피폐한 영혼에 생기를 불어넣어 주었고, 이제까지 어둡게만 보이던 세상이 환하게 밝아왔다. 처음에는 그동안 황폐하게 버려진 젊음에 대한 벌충을 하듯 앞뒤 없이 도마에게 매달렸으나, 애정이 깊어질수록 근심도 짙어 갔다. 도마가 멜린의 처지를 어렴풋이 알게 되었을 때는, 이미 두 사람의 의지로 이성을 제어할 수 있는 수위를 넘어 있었다. 그들의 위험한 관계는 애태운 만큼 치열했고 안타까운 만큼 격렬했다. 그러나 어느 때부터 도마의 생활에는 군데군데 균열이 생겼고 마음속에는 이 부적절한 관계에 대한 회의가 일고 있었다. 그것은 아버지 이반이 인내력을 가지고 조용조용 타이르고 친형 같은 안드레예프의 우정 어린 충고가 들리기 시작하면서부터였다.

그러나 그것은 깨우치고도 행하지 못하는 고통만 안겨 주었을 뿐 의지를 따르지 못하는 고뇌만 더하였다. 망설임에서 오는 갈등과 금단의 증상에서 오는 번민은 천재의 집중력을 흐려 놓기에 충분했다. 죄의식과 도덕적 강박을 최면催眠으로 걸어 보거나 멜린의 그 요염한 미소에 요괴를 연상하는 섬뜩한 상상도 해 보았으나 번번이 이성은 정염의 불길 한 줌도 끄지 못했다. 카이저수염의 검정 세단이 보이지 않는 날, 멜린의 집을 그냥 지나치기에는 초인적인 인내력이 필요했다. 요염한 자태로 도마의 목을 감아올 때, 멜린의 살 냄새에서 풍기는 미약媚藥의 향기가 온몸에 스멀거려 끝내 차를 돌려 지난 길을 되짚어가기가 일쑤였다. 돌아올 때 이제는 그만한다는 다짐은 단박 다음 날부터 찾아오는 금단 증상 앞에 번민과 고뇌를 거듭하다가 번번이 허물어져 버리고 말았다.

그러나 결국 파국의 날은 다가왔다. 퇴근 시간이 되면 이성을 제압하고 있는 정념에 이끌려 멜린의 침실을 찾아들기를 거듭하고 있을 때였다. 그날도 기왕에 하는 심사로 검은 세단이 없는 것을 확인한 도마는 기세 좋게 앞마당에 주차를 하고 멜린의 불 꺼진 방문을 열었다. 종종 늦은 강의에 지쳐 옷 입은 채로 깜빡 잠드는 버릇이 있었기에 별다른 의심도 없이 불을 켰다.

뜻밖에도 방안에는 카이저의 증오에 찬 무서운 얼굴과 그의 손에 입을 틀어 막힌 멜린의 절망적인 눈이 도마를 바라보고 있었다. 화들짝 놀란 도마는 온몸에 솜털이 일제히 일어났다. 벼락같은 질타를 하는 카이저의 소리와 발악같이 저항을 하는 멜린의 소리가 마치 이명耳鳴처럼 들렸다. 그것뿐 아무것도 더 들리는 것이 없었다. 그 무엇에 어디를 어떻게 타격을 받았는지 둔탁한 소리가 느껴졌으나 신기하게도 통증은 느껴지지 않았다. 좀 더 일찍 스스로의 의지로 결단내지 못한 아쉬움이 남는 대로 그렇게 끝이 났다.

그러나 카이저의 응징은 황당한 대가를 치르게 했다. 조작된 공금횡령 사건으로 실형을 피할 수 없게 된 것이었다. 카이저의 권력에 저항할 수 없는 대학이 치밀한 각본을 동조하고 만 것이었다. 카이저로서는 자신의 치정 사건이 드러나지 않고 응징할 수 있는 방법을 이렇게 찾은 것이었다. 일 년 유월의 형을 살고, 대학의 체면을 유지하는 선에서 복직은 되었다. 그 뒤 모스크바 대학으로 옮기고 7개월, 그리고도 안심할 수 없었는지 카이저는 상태페테르부르크에서 가장 먼 노보시비르스크주에 있는 아카뎀 고로도크로 전보 발령을 내 버렸다. 그로부터 도마는 자기 성찰의 시간을 보내고 있었다. 아카뎀 고로도크는 해양 무기화학無機化學 과학단지였다. 젊은 날의 애욕을 잊기 위해서도 밖으로 향했던 시선을 모두 스스로에게 돌려 빗나간 궤도를 바로 잡아 나가던 시기였다.

이렇게 도마노프가 자성의 시간에 빠져 오직 연구실에만 몰입하고 있을 때 멜린은 지옥 같은 시간을 보내야만 했다.

도마가 옥살이를 하는 동안 카이저로부터 극적으로 탈출한 멜린은 도마의 딸아이를 낳았다. 임신은커녕 출산 사실도 모르고 있는 도마에게 아이를 보여 주겠다는 위험한 노력이 또다시 깊은 운명의 수렁에 빠져들게 했다.

설렘과 초조로 감옥 면회실의 차례를 기다리는 시간은 세월이 멈추어 버린 듯 더디기만 하여 애태우고 있을 때였다. 드디어 멜린의 차례가 되었다. 이제 문 하나만 열면 오매불망 그리운 사랑 도마를 만날 수 있는 순간, 우람한 몸집의 사나이가 앞을 막고 나섰다. 단박에 그가 누구의 사람이라는 것을 짐작한 멜린은 애걸도 하고 처절한 발악도 해 보았지만 허사였다. 결국 또다시 카이저의 앞이었다.

"내가 여러 번 말하지 않았나? 너는 내 수중에서 벗어날 수 없는 운명을 타고났다고. 계속 이리면 그놈은 죽을 때까지 감옥에서 썩어야 할 것이야!"

"당신 말이 옳아요. 아마 나는 죽어야만 당신에게서 벗어 날 수 있다는 것을 이번에 똑똑히 알았어요. 그러니⋯."

"그러니, 뭐야? 계속해 봐!"

카이저는 설움에 목이 잠겨 말을 잇지 못하는 멜린을 다그쳤다. 멜린은 절망했다. 그의 손에서 절대로 벗어날 수 없다는 것을 누구보다도 잘 알고 있었기 때문이었다. 큰 소리에 놀라 아까부터 칭얼거리는 아이를 바라보며 어렵사리 입을 열었다.

"그래요, 지금부터 그 사람은 깨끗이 잊을게요. 다만 이 아이와 함께 살게 해 주세요."

"안 돼! 아이는 절대로 안 돼!"

애원하고, 발악하고, 독설을 담아 저주를 해 보아도 아무 소용이 없었다. 다만 카이저는 그 대신 도마를 일찍 풀려나게 해 주겠다는 타협안을 내놓았다. 멜린은 더 이상 카이저에게 매달려 얻어낼 수 있는 게 없다는 것을 알았다.

첫돌도 안 된 아이는 어디론가 앗아 가 버리고, 지옥 같은 시간이 다시 시작되었다. 한 발작은 허락의 입이, 두 발작은 감시의 눈이 금단과 통제로 또다시 영혼을 갉아먹어 갔다. 그때부터 버릇 된 술과 마약은 그렇지 않아도 중증이 되어 버린 무기력과 공항 상태의 방치를 더욱 심화시켰다.

그런 어느 날 카이저의 부인이 지병으로 사망했다. 그 사망 소식을 보란 듯이 전하는 카이저의 비열한 얼굴을 보는 순간 울컥 욕지기가 일었다. 꿈에도 바라지 않던 정실正室을 대단한 선심처럼 회유하는 것이나 그것으로 평화를 얻었다는 듯이 안면에 넘실거리는 주름이 그랬다.

어쨌든 그 대단한 은전으로, 어느 정도 빗장을 풀고 제한적이긴 해도 감시와 통제가 느슨해졌다. 자유로운 나들이와 달갑지는 않으나 그가 초대된 파티에 참석하는 일이 잦아졌다. 기왕에 굽은 팔자, 실컷 누려나 보자는 심사가 서서히 자리 잡아 가면서 한동안 정말로 지난 일을 말끔히 잊은 듯 보였다. 상류사회의 격조 높은 삶과 쉽게 얻어지는 재물이 주는 기름진 희열에 영혼을 맡기고 살았다. 마음껏 허영도 채우고 부림과 권세의 달콤함도 누렸다. 그러나 시간이 흐를수록 누리는 것은 외양뿐 틈만 나면 안으로부터의 갈증에 시달리고 있었다. 재물로 채운 것은 순간이었고, 영혼은 항상 비어 있었던 것이었다. 운명을 수용하려던 의식 속에서 언제부터인가 지속적인 마찰과 충동이 일고 있었다. 이름도 짓기 전에 빼앗긴 아이를 생각하면 금방 미칠 것 같은 그리움에 휩싸였다. 도마노프, 그 이름만 떠올려도 금방 가슴은 뜨거워지고 눈시울은 젖어 들었다. 억눌려 있던 그리움이 방울방울 수면 위로 떠올랐다.

멜린이 낳은 아이의 이름은 라라였다. 카이저에 의해 강제로 보내진 고아원을 수소문하여 찾은 이반은 매 주말에는 라라를 찾아갔다. 마음을 흔들어 놓을 것을 염려하여 도마에게는 알리지도 않았다. 눈이 오나 비가 오나 주말이면 라라를 찾아가는 이반의 정성이 계속된 세월, 그 6년이 지났을 때 고아원 원장은 특별한 제안을 했다.

"대강의 사연은 알고 있습니다. 이제는 데려가시는 것이 좋을 듯합니다. 아이를 이곳으로 보낸 쪽도 벌써 오래전에 관심을 접은 듯합니다."

이반은 흔쾌히 그 제안을 받아들였다. 러시아의 피가 섞이긴 했어도 핏줄의 이끌림 같은 것은 있었던지 라라는 진작부터 이반을 각별히 따랐다. 이반이 오는 날에는 비바람이 불고 눈보라가 쳐도 올 시간이 지나면 밖에까지 나와 기다리곤 하던 라라였다. 이반이 사준 노란 우의와 장화, 우산을 쓰고 꼼짝도 않고 기다리고 있는 라라를 원장은 예사롭지 않게 보아왔다.

함박눈이 유난히도 심하게 쏟아지던 어느 날이었다. 그날은 이반이 오는 날이었으나, 눈으로 교통이 두절되어 오지 못하고 있었다. 아침부터 기다리던 라라는 해가 지도록 이반이 나타나지 않자 시름시름 앓기 시작하더니 결국 병에 걸리고 말았다.

"라라야, 할아버지가 눈 때문에 못 오시는 거니까 참고 기다려. 다음 주에는 또 할아버지께서 오시지 않느냐?"

보기가 안타까워 달래는 원장이었으나 이반을 향한 라라의 막무가내식 집착 앞에서는 어쩌 볼 도리가 없었다. 앓고 있는지도 모른 채 그 일주일을 보낸 이반이 다음 주말에 왔을 때는 중병을 앓은 환자처럼 라라는 초췌한 얼굴을 하고 있었다. 그날의 일이 계기가 되어 원장은 라라를 데려가라는 제안을 하게 된 것이었다.

그즈음 도마는 노보시비르스크에서 살고 있었기 때문에 모스크바에 사는 이반을 만나는 것은 고작 몇 달에 한 번 정도였다. 모처럼 이반을 만나는 때에도 도마는 라라에 대해서는 의도적인 침묵으로 일관했다. 멜린을 닮은 모습이 아니라 해도 라라가 자신의 아이라는 것을 짐작하기는 어렵지 않았다. 그러나 왠지 선뜻 드러내 놓고 다가가지 못하는 자신의 비열함이 곤혹스러울 때도 많았다. 더구나 성장했을 때에도 라라가 한 번도 자신의 출신에 대해 묻지 않는 그 굳은 함구는 이미 짐작하고 있었다는 반증이 되어 마음의 짐이 되었다. 멜린을 연상하면 가슴을 찔러 오는 아픔을 도마는 애써 외면하고 싶었을 것이다.

　이십 년 가까운 세월이 흘렀다. 그간에 도마는 한 번 결혼을 했으나 실패하고, 지금은 오직 탐구에만 전념하여 외로운 시간을 보내고 있다. 주위에서나 특히 아버지 이반의 재혼 권유가 아니라 해도 생각을 안 해본 것은 아니었으나 딱히 마음을 정할 만한 상대를 만나지 못하고 있을 때였다.

　영하 25도의 강추위에다 진종일 내린 눈이 무릎까지 쌓여 있었던 날이었다. 무기無機화학연구소의 소장 니꼴라이가 도마의 연구실로 찾아왔다. 도마보다는 10년 연상에다 대학 선배이기도 해서 개인적으로 각별했으나 학문적으로는 간혹 갈등을 빚기도 하는 사이였다. 그것은 현대과학으로는 수용하기 어려운 도마의 형이상학적인 고찰考察이 소장의 이해를 구하지 못하는 상황에서 연유한 것이었다. 유물론 이외의 학설은 인정하지 않는 공산국가의 영향 때문이었다.

　몇 달 전이었다. 해저자원에 관심이 많은 선진 4개국 러시아, 영국, 캐나다, 일본 등이 모스크바에서 하이드레이트에 관한 세미나가 열렸을 때였다. 이때 도마는 자신의 하이드레이트 연구 논문에 대한 발표계획을 하고 있었으나 세미나가 열리기 전에 취소되고 말았다.

　니꼴라이의 반대 때문이었다. 처음 도마는 노골적으로 불편한 심기를 드러내고 항의를 했지만, 곧 니꼴라이의 입장을 이해할 수밖에 없었다.

　"자네의 기분을 이해하지 못하는 것은 아니야. 그러나 당장 현대과학의 한계가 드러나 동양적 정신문명의 세계로 눈길을 돌려야 한다 해도, 아직은 기초적인 이론이나 준비가 전무하다. 더구나 과학이 물질문명에

발목이 잡혀 있는 현시대에는 자네의 주장이나 이론은 인정받기가 어렵다."

"그러니 지금부터라도 한 걸음씩 내디뎌야 하지 않겠습니까?"

사실은 항의다운 항의도 할 수 없었다. 니꼴라이의 논지는 틀리지 않았고, 그런 그를 당장 무엇으로도 이해시킬 수 없다는 절망감 때문이었다. 물질문명의 근간을 이루고 있는 이론인 수학, 물리, 화학 등의 고정관념에 빠져 있는 현대과학의 한계가 가시적으로 드러나기까지는 어쩔 수 없는 일이었다.

"앞서가고 있는 자네의 그 천재성에 난 감탄할 뿐이네. 훗날 자네가 이 시절의 갈릴레이라는 것을 알아줄 때가 있을 것이야. 안타깝지만 어쩌겠나? 그때를 기다려야지."

실망은 했지만, 도마는 자기 학문에 뜻을 꺾지 않았다. 그것은 아버지 이반의 영향이 컸기 때문이었다. 먼 선조 때부터 연구해 온 그 자료는 천재의 직감에 깊은 관심의 대상이 되었다. 그러나 이런 도마의 초월적인 탐구 정신에 각별한 관심을 보이는 사람이 있었다. 그 세미나가 끝나고 만찬 시간이 되었을 때였다. 반백의 동양계 신사가 도마에게 손을 내밀어 인사를 청했다.

"일본에서 온 가와바다라고 합니다."

그가 내미는 명함은 '신조 그룹 석유화학 기술 고문: 박사 가와바다'라고 되어 있었다.

"어디 조용한 데서 말씀을 좀 나눌 수 있겠습니까?"

정중한 말씨나 온화한 인상이 거북하지 않았다.

"혹시 뭔가를 잘못 아신 것은 아니신지… 저는 이 회의에 단순한 옵서

버로 참석한 것뿐인데…"

"그렇지 않습니다. 김 도마노프 박사님 아니신가요?"

"그렇습니다만…"

"죄송합니다만, 박사님의 하이드레이트에 대한 미발표 논문을 보았습니다.

"어떻게 그것을…"

"알고 있습니다. 애초에 이번 세미나에서 그 논문을 발표하실 예정이 되어 있었다가 취소된 사실도…"

"누가 그 논문을…"

"아, 그건 차차 말씀드리겠습니다. 지금 중요한 건 박사님의 그 초과학적인 견해를 알아 주는 사람이 중요한 것 아닙니까?"

도마의 말을 막고 나섰지만, 딴은 맞는 말이었다.

다음 날, 약속한 일본식 레스토랑에서 만난 그는 정중한 태도에 뿌리칠 수 없는 친근한 미소를 더하여 도마의 연구에 깊은 관심을 내보였다.

"엄청난 돈을 드려서 탐구선 한 척 망망대해에 띄운다 해도, 석유를 찾는다는 장담은 할 수 없을 뿐만 아니라 어쩌다 약간의 성과가 있다고 해도 그것은 정확성을 보장할 수 없는 것이지요. 잘 아시겠지만, 하이드레이트의 시추는 한 치의 오차도 허용되지 않는 지극히 위험한 작업 아닙니까? 잘못하면 예상치도 못한, 지구에 큰 재앙을 부를 수도 있으니까요. 이러한 하이드레이트 시추 분야는 이미 현대의 물리학으로는 한계가 왔습니다. 자연이 감동하여 스스로 그 실체를 드러내게 하는 초과학적인 방법만이 가능합니다."

"그렇지요. 그래서 박사님의 학설에 관심이 큽니다."

그날 도마는 형편없이 취해 있었다. 평소에 그답지 않게 처음 만난 사람에게 너무 많은 말을 했다. 그것이 잠재해 있던 천재의 오만이었던지, 아니면 자만의 또 다른 모습이었는지는 몰라도 누구도 알아주지 않는, 시대를 초월한 자신의 이론에 대한 고독이 있었기 때문은 아니었을까? 어쨌든 술기운으로 고조된 자기도취와 가와바다의 교묘한 부추김이 더하여 저지른 큰 실수였다.

다음 날, 술이 깨었을 때는 전날의 실수가 무엇이었는지조차 명확하게 떠오르지 않는 대로 막연한 후회가 밀려왔다. 힉스(higgs)와 기氣를 말하고 양자역학과 카오스 이론을 지껄였다는 기억이 어렴풋이 숙취로 인한 두통과 함께 떠올랐을 정도였다. 그러나 아주 중대한 실수를 지껄인 기억은 머릿속에 까맣게 지워져 있었다. '조상 대대로 연구한 기의 운행을 현대과학에 접목하여 하이드레이트의 분포와 그 아래 가스와 석유가 있는 지점을 바늘구멍처럼 정확하게 파일로 정리해 놓았다.'라고 한 말이었다.

다행이라면 신조 그룹 석유 연구진에 참여해 달라는 가와바다의 제안에 답을 주지 않았다는 것뿐이었다. 이날의 실수를 뒤늦게 들은 이반이 무섭게 화를 내는 것을 도마는 영문을 알 수 없었다. 평생 아버지가 그렇게 무섭도록 화내는 것을 본 일이 없었기 때문이었다. 그것이 아버지의 운명과 신조 그룹과의 악연 때문이라는 것을 알게 된 것은 한참 뒤였다.

"용렬한 놈! 엄청난 실수를 저질렀구나! 그 때문에 어려운 일이 닥칠 수도 있겠구나. 앞으로도 어떠한 일이 있어도 절대로 신조 그룹과 인연을 맺어서는 안 된다! 명심하고 또 명심해라!"

단단히 못을 박듯 그렇게 말하는 이반의 목소리에는 지나치다 싶을 정도로 다 삭이지 못한 까닭 모를 분노가 느껴졌다.

그 뒤로도 가와바다의 끈질긴 유혹이 있었지만, 전날의 실수에 대한 뼈저린 자각과 이반의 경고로 무장된 도마를 그로서도 더 이상 설득할 수 없었다.

　"이렇게 추운 날씨에 수고가 많군."

　반백의 콧수염을 한 니꼴라이 소장이 도마의 연구실을 들어서면서 건네는 말이었다.

　"연구실 안에서야 추위는 잊고 지냅니다."

　"그만한 열정으로 여자를 찾았으면 벌써 클레오파트라도 만났을 것이야."

　"또 그 말씀을…."

　"이 사람아, 우리가 이 고생을 하는 이유가 뭔가? 결국 인간 삶의 질을 높이기 위한 일 아닌가? 그런데 정작 자네는 홀아비 신세를 면치 못하고 있으니 말이 되나."

　"그만하시지요. 근데 갑자기 웬일로 제 방까지 오셨습니까?"

　"자네를 위해서 좋은 일 하나 할까 하고 왔지."

　"무슨 말씀인지…?"

　"그래, 단도직입적으로 말하지. 자네 나타샤 기억나지? 작년 봄에 실습생으로 왔던, 원체 미인이라 기억 못할 리 없지. 그녀의 부친이 내게 중신을 부탁해 왔어."

　"무슨 뜻입니까?"

　"자네를 사위 삼게 해 달라는 게야."

　"어떻게 그녀의 부친이…?"

"응, 내 죽마고우야. 평생을 공직에 있다가 정년퇴직을 했지. 나타샤가 자네 이야기를 많이 한 모양이야."

"그렇게 젊은 여자가 왜 저 같은 늙은 홀아비를…"

"자네가 왜 늙었어? 마흔셋이면 한참이지. 그녀 나이도 서른두 살이라는데 차이가 좀 나지만 자넨 딸린 아이도 없고 딱 좋지."

그때 나타샤는 교수 실습생이었다. 유별나게 질문이 많았고 현출한 체구와 지성이 아울린 푸른 눈의 러시아 미녀였다. 한 달간의 일정을 마치고 돌아간 후에도 가끔 질문 형식을 빌려서 이메일로 안부를 물어 오던 그녀를 기억 못할 리 없었다. 도마는 특별히 그녀를 마음에 담고 있었던 것은 아니었으나 딱히 싫은 기분도 아니었다.

바로 그날 퇴근 시간이었다. 엄청나게 내리던 눈은 그쳤다. 모든 사물이 눈으로 덮여 시야에 들어오는 것은 하얀 세상밖에 없었다. 위압적으로 보이던 산봉우리에도, 황량하기만 한 들판과 옷을 벗은 나뭇가지에도, 빈약한 주택들의 지붕이나 외로운 전신주와 이정표에도 눈은 두껍고 하얀 옷을 입혀 놓고 있었다. 그렇게 쌓인 눈을 헤쳐서 간신히 닦아 놓은 길을 따라 도마는 조심스럽게 운전을 하고 있을 때였다. 멀리서 흰 눈과 묘한 대조를 이루는 빨간색 고급 승용차 한 대가 서 있는 것이 눈에 띄었다. 눈이 그친 정적과 설경의 신비감으로 인한 감상적 분위기 때문이었을까? 가까이 갈수록 그 빨간 색의 강렬함은 애수哀愁를 자아내고 있는 느낌이 들었다. 천천히 차를 몰아, 빨간 차 안에 탄 사람을 어렴풋이 식별할 만큼 가까워졌다고 느껴졌을 때, 빨간 차의 운전석 문이 스르르 열렸다. 원숙한 미모의 부인이 두꺼운 털 코트를 입고 내려서고 있었다. 아까부터 지켜보고 있었는지 정면으로 도마의 차를 바라보면서

다가왔다. 그 순간 도마의 입이 자신도 모르게 열렸다. 소리 없는 탄성이 터져 나왔다.

"멜린!"

도마가 차를 멈추고 내려서자 마침 지나가던 한 줄기 바람이 멜린을 감싸고 돌면서 뿌연 눈보라가 연막처럼 피어올랐다. 그 눈보라가 잦아들자 멜린은 마치 몽환이 서린 눈빛으로 다가온 도마를 바라보고 있었다. 그 눈빛 속에 하나도 변하지 않은 과거가 고스란히 담겨 있었다. 잠시 멜린의 입가에 엷은 미소가 보였다가 어느새 슬픈 표정에 섞여 지워졌다. 도마가 무어라고 표정을 짓기도 전에 갑자기 멜린은 넘어질 듯이 도마의 품으로 달려 들어왔다. 순간 아득한 옛날이 도마의 마음속에 어떤 부유물처럼 어지럽게 떠올랐다. 하얀 입김이 나오고 있는 두 사람의 입이 천천히 감정의 선율을 타듯 조심스럽게 포개졌다. 뜨거운 입김과 볼을 타내리는 눈물이 서서히 격정을 몰아왔다. 가슴을 도려내는 듯한 아픔이 환희에 뒤섞여 도마의 마음 구석구석에 전류처럼 스며들었다. 그 순간 어느새 빗장이 풀려버렸는지 망각의 세월을 일시에 되살려 놓았다. 무엇이라도 한 마디만 건네면 수습할 수 없이 격해질 것 같은 멜린을 간신히 진정시켰으나, 문제는 까맣게 잊었다고 생각했던 옛날이 고스란히 남아 있는 도마 자신의 가슴 속이었다.

두 사람이 앞뒤 없는 격정에 이끌려 하룻밤을 보낼 때까지만 해도 현실은 저만큼 밀려나 있었다. 그러나 한바탕의 격정이 폭우처럼 지나고 나자 잠시 밀려나 있던 현실이 명료해진 의식과 함께 거대한 괴물처럼 꾸역꾸역 다가왔다. 카이저의 얼굴이 두 사람의 가슴에 판각板刻처럼 또렷이 떠올랐다. 윤리와 도덕과 이들을 가로막고 있는 또 다른 그 무엇으로도 제어할 수 없는 치열한 사랑 때문에 두 사람은 서럽게 울었다. 그것은 운명에 대한 굴복의 의미가 아니었다. 오히려 새로운 시작에 대한 결의가 될 뿐이었다.

못 다 태운 것은 다시 지펴지는 것일까? 새로운 시작은 더욱 치열하여 지난 세월에 대한 벌충이라도 하려는 듯 거침없는 격정 속으로 빠져들었다.

세월의 덕택인지 이제는 카이저의 눈을 가리는 데도 능숙해졌다. 멜린은 일주일에 한 번씩 만나는 동우회를 만들었다. 이틀 이상 거리가 필요한 사생寫生 동우회였다. 카이저의 눈을 가리기 위한 시간을 벌기 위해서였다. 수족 같은 친구 사라의 조력도 필요했다. 집에 돌아와서 카이저에게 내보이는 그림은 대부분이 사라의 솜씨에 멜린이 약간의 덧칠을 한 것이었다. 수시로 사생 장소도 바꾸어 가는 치밀함도 보였다. 말할 것도 없이 기존의 화보에 있는 사진을 보고 그려 놓은 것이었다.

"처음부터 조소彫塑보다는 회화繪畫 쪽으로 가야 했던 게 아니었어? 대단한데!"

카이저는 이렇게 감탄을 해 보였다. 미술에 대한 이해가 얕지 않다는 것을 은근히 내비치어 예술적 몰이해를 가리려는 의도였다.

"다들 그렇게 말들 해요."

"그렇지? 내 눈에도 벌써 이쪽으로 재능이 예사롭지 않아 보이는데."

"뭘요, 그렇게까지…"

"아니야, 그리고 사생을 시작하고부터 멜린의 얼굴이 환하게 밝아진 것 같아. 이제야 멜린의 예술세계를 찾은 모양이야. 개인전이라도 한번 열어 보면 어때?"

"아직은 작품도 몇 점 되지도 않는데요."

실상 그 어떤 풍족함을 주어도 늘 어둡기만 하던 멜린의 얼굴이 밝아진 것에 은근히 안심하고 있었던 카이저였다.

도마가 있는 노보시비르스크로 가기 전에 멜린은 사라의 아틀리에에 들려 그날 소재의 밑그림을 스케치했다. 비행기 시간을 기다릴 겸 자신을 대신해서 사라가 그릴 화재畫材를 만들기 위해서였다.

못다 한 사랑의 열정은 때론 무섭게 느껴지기까지 했다. 그럴 때면 멜린은 비행기 시간이 가까워질수록 그리움이 전율처럼 마음을 떨게 했다.

"진정해, 이제 무엇도 두려울 것이 없어. 인생은 우리가 그리는 그림처럼 스스로 정성을 쏟아서 그릴 수밖에 없어. 단 한 번뿐인 인생 후회 없이 살아야 해."

사라는 가만히 다가와서 이젤 앞에 앉아 있는 멜린의 떨고 있는 어깨를 감싸 주었다.

겨울이 긴 러시아, 도마가 있는 노보시비르스크의 눈은 언제 보아도 정겹게만 느껴졌다. 멜린이 퇴근하는 도마를 기다리는 자리는 처음 재회했던 그곳이었다. 공항에 늘 준비해 두었다가 몰고 온 차도 처음 타고 왔던 빨간색 메르세데스였다. 온통 눈으로 덮인 세상도 두 사람의 애절한 사랑만큼이나 신비로운 애수를 담은 그대로였다. 영하 20~30도를 오르내리는 매서운 추위에도 멜린의 마음은 뜨겁기만 했다. 금단 앞에서 더 치열해지는 속성 때문이었을까? 이제 멜린는 그 어떤 금기로 인한 파멸이 온다 해도 두렵지 않았다. 도마의 눈빛을 바라보면 모든 근심과 두려움은 그윽한 행복과 안위로 바뀌었다.

멜린은 도마를 기다리는 눈밭에 서서 행복이 다가오는 소리를 들었다. 저만치 도마의 차가 조심스럽게 눈을 밟고 미끄러져 올 때, 뽀드득거리며 바퀴에 눈 밟히는 소리는 그 어떤 아름다운 음률보다 멜린의 가슴을 뛰게 했다. 매서운 날씨를 구실로 그의 가슴에 파고들면 도마의 언 뺨은 오히려 포근하게만 느껴져 눈으로 덮인 세상이 솜처럼 아늑했다. 그런 도마의 뺨에 키스를 하면 빙그레 웃는 그의 미소는 멜린의 가슴에 터질 것 같은 행복감을 주었다.

멜린은 행복해서 눈물이 났다.

"울지 마, 눈물이 얼면 어떡해."

자신도 모르게 울고 있었는지 눈물을 닦아 주는 도마의 손길에서 신비감이 묻어났다. 그가 가깝게 있다는 가장 구체적인 느낌이었다. 그것이 무엇을 더 복받치게 하는지 눈물은 넘쳐 갈피를 잡을 수 없었다.

"무엇이 돼도 좋아, 당신이 내 안에만 있다면…"

"극단적인 생각은 하지 마. 세상에 온전한 것은 없어. 기쁜 것도 인생이고 슬픈 것도 인생이야."

때때로 멜린은 돌아오는 비행기 안에서 문득 비련의 예감이 밀려올 때가 있었다. 그럴 때면 '기쁜 것도 인생이고 슬픈 것도 인생이야.' 하던 도마의 말이 고장 난 녹음기가 반복해서 들려주는 소리처럼 귓가에서 맴돌았다.

어느 날, 그 예감은 현실로 다가왔다.

아무리 치밀한 계획도 허점은 있게 마련이었던가. 카이저의 그물은 결코 느슨하지 않았다. 그러나 이제 육십을 훨씬 넘긴 나이 때문이었는지 예전의 과격한 방법으로 단죄할 때와는 달랐다. 오히려 더욱 치밀하여 더는 돌이킬 수 없는 방법을 생각해 내고 있었다. 기어코 카이저가 무서운 결단의 칼을 빼어 든 날 멜린은 그의 앞에서 울부짖었다. 그리고 나도 내 인생을 한 번만 제대로 살게 해 달라고 애절하게 빌었다. 짐승처럼 울고 종처럼 빌어 겨우 얻어낸 카이저의 배려는 선택의 기회를 주었을 뿐이었다.

도마의 재혼이나 죽음 중 택일을 하라는 극단의 선택이었다. 도마와 재회를 하던 날 직전에 있었던 나타샤와의 혼담과 국가기밀 유출 죄로 사형을 받는 것, 이 둘 중의 하나를 선택하라는 배려였다. 멜린에게는 두 가지 다 죽음이기는 마찬가지였다. 도마의 품에서 다른 여자가 잠드는 것도, 누명을 씌워 도마가 사형을 받는 것도 자신의 죽음이었다.

멜린은 몇 날 며칠을 매달리며 애걸하다가, 카이저의 음모를 알게 되었다. 도마를 일본으로 출장 보내어 국가기밀 유출 죄를 씌우는 계획이었다. 그것이 멜린을 떠보려고 슬쩍 흘린 속셈이라는 것을 알 턱이 없는 멜린은 묘안을 짜내었다. 결국 비장한 마음으로 도마의 죽음을 선택했다.

"나도 그럴 줄 알았어. 역시 멜린다운 현명한 선택이야. 남의 것이 되느니 차라리 죽고 없는 게 마음 홀가분하지."

"차라리 저도 죽여 주세요."

"내 심정도 차라리 너를 죽여 버리면 나을 것 같은 생각이 들기도 했다."

말하는 카이저의 눈빛에서 푸른 전류가 섬뜩한 냉기를 뿜어 멜린의 가슴에 칼날처럼 꽂혔다.

그 며칠 뒤 도마는 신조 석유의 기술 고문 가와바다 박사의 초청장을 받았다. 전문 형식으로 보내온 초청장에는 국제해저자원학술회의를 개최한다는 내용이었다. 주최는 신조 그룹으로 되어 있었다. 도마는 아버지 노신의 충고와 전날의 실수가 떠올라 묵살해 버렸다. 그러나 이미 소장 니꼴라이에게도 도마를 지목해서 정식 요청을 해놓은 터라 피할 수 없는 상황이 되어있었다.

"저 대신 다른 사람을 보내면 안 되겠습니까?"

"특별히 자네를 지목해 놓았는데, 다른 사람을 보내면 예의가 아니지, 뿐만 아니라 상부에서도 자네를 꼭 보내라는 특별한 지시가 있었어. 자네 꽤 유명 인사야."

"상부의 누가…?"

"나야 모르지, 자네가 알 것 아닌가?"

빈정거리는 것처럼 들리는 니꼴라이의 말이 아니었어도 불쾌한 기분을 떨쳐 버릴 수가 없었다. 우울한 기분으로 자신의 연구실로 돌아온 도마는 면회객이 있다는 전갈을 받았다. 뜻밖에도 면회 온 사람은 멜린의 친구 사라였다. 말로만 듣던 사라를 갑자기 대하자 불길한 예감이 몰려왔다. 초면의 인사치레로 하는 미소 외는 사라의 얼굴에서 한 꺼풀 어떤 근심이 덮여 있는 것이 느껴졌다. 예측한 대로 멜린에게 예사롭지 않은 일이 발생했다는 것이다. 무척 망설임 끝에 털어놓은 사라의 설명을 다 듣고 난 도마의 얼굴은 핏기가 서서히 걷히고 있었다. 그리고 올 것이 왔다는 체념이 천천히 마음속에 자리를 잡아갔다. 사라가 전해 주는 멜린의 제안에는 망명이라는 극단적인 방법 외는 다른 선택의 여지가 없었다. 멜린은 사라에게도 도마와 나타샤의 재혼이라는 선택이 있다는 사실을 알려 주지 않았다. 그것이 뒷날에 닥칠 자신의 죄업이 될 줄은 생각지도 못한 채 이런 위험한 방법을 택했던 것이었다.

순간 도마는 아버지 노신의 근심과 노여움이 가득한 눈빛이 먼저 떠올랐다.

"용렬한 놈!"

일본 하네다공항 갈아타는 곳.

도마는 두 장의 티켓을 준비했다. 한 장은 하네다 공항에서 체크아웃하여 일본으로 들어가는 것이고, 또 한 장은 갈아타는 쪽으로 들어가 15분 후에 출발하는 홍콩행 티켓이었다. 출국장 밖에 마중 나와 있을 신조 석유 사람들이 도마가 입국하지 않은 것을 알았을 때는 이미 홍콩행 비행기는 이륙한 후일 것이다.

홍콩 공항 출국장 밖.

이미 두 시간 전에 먼저 와서 기다리고 있어야 할 멜린의 모습이 보이지 않았다. 도마는 불길한 예감이 조수처럼 밀려왔다. 독일 프랑크푸르트행 티켓 두 장을 쥔 도마의 손이 파르르 떨리면서 허망하게 힘줄이 솟았다가 풀려나갔다. 계획대로라면 이미 프랑크푸르트행 비행기를 타고 독일로 들어가야 했다. 독일에서 야간 유레일 기차 침대칸을 타고 편하게 잠만 자고 있으면 만사가 끝이었다. 잠자는 동안에 유럽 여러 나라의 국경을 넘어가는 유레일 기차는 누가 어느 나라에서 내렸는지 알 수 없어 추적을 따돌리기에는 더없이 좋은 것이었다. 도마는 프랑크푸르트행 비행기가 이륙한 후에도 사라가 일러 준 장소에서 두 시간을 더 서성거려 보았으나 멜린의 모습은 끝내 보이지 않았다. 도마는 불길한 예감으로 손끝에서 미세한 전류 같은 쥐가 나고, 서 있는 두 다리의 무릎 관절이 헐거워진 것 같은 느낌이 들었다.

다음 날, 사라가 홍콩에서 온 도마의 전화를 받은 것은 깊은 밤이었다. 카이저에게 감금되어 멜린이 출국하지 못했다는 안타까운 소식을 전해 준 것이 마지막이었다.

그런 도마가 한국의 남한산성에서 시체로 발견된 것은 러시아를 출국한 지 일주일 후였다. 뒤늦게 소식을 전해 들은 노신이 충격으로 쓰러져 한 많은 인생을 마감하고 말았다.

안드레예프의 긴 이야기가 끝났을 때는 저녁 시간이 훨씬 지나서였는지 갑자기 시장기가 돌았다. 영후는 안드레예프를 호텔식당으로 안내했다. 더 듣고 싶은 것도 있었지만, 도마의 비극적인 삶이 영후의 가슴을 흥건히 적셔 놓아 그냥 안드레예프를 보낼 수가 없었다.

"대학의 일은 재미있습니까?"

영후가 겨우 가벼운 화제를 찾아 이렇게 물은 것은 식사 주문을 시켜 놓고 나서였다.

"그냥 그럭저럭…"

"힘들지는 않습니까?"

"자주는 못 보아도 도마가 있을 때는 전화나 이메일로 힘든 일 어려운 일을 이야기로 풀곤 했는데…"

뜻밖에 안드레예프의 눈에 엷은 물기가 묻어 나온다. 분위기를 바꿔 보려 했던 영후는 잠시 낭패감에 빠졌으나, 안드레예프가 곧 멋쩍은 미소를 보이며 빠르게 회복하여 안심을 했다. 도마에 대한 그의 우정이 영후의 가슴에 찌릿한 전류처럼 스쳐 갔다. 때맞춰 시킨 음식이 나와 잠시 대화가 중단되었다.

"그 뒤 멜린은 어떻게 되었습니까?"

영후는 아까부터 궁금하던 멜린의 소식을 조심스럽게 물어보았다. 잠시 회한이 서린 시선으로 침묵하다가, 숨을 한번 몰아쉬고 나서 안드레예프는 결심을 하듯 입을 열었다.

"폐인이 되어 요양원에 있다가 도마가 죽었다는 소식을 듣고 얼마 후 자해를 저질러 죽었지요."

"어떻게…."

"들리는 말로는 알코올 중독이었다고도 하고, 정신이상이 있었다고도 하는데 어느 말이 맞는지 모르지만, 손목 동맥을 끊었어요."

"그렇다면 카이저가 요양원으로…."

"잠자는 카이저의 수염을 라이터로 지지기도 하고, 격렬하게 반항을 하니 카이저로서도 견딜 수 없었겠지요."

그리고 잠시 두 사람은 묵묵히 음식에만 열중하고 있었으나 영후로서는 아까부터 궁금한 것이 또 있었다. 한참 만에 기어코 입을 열었다.

"라라는 얼마나 알고 있습니까?"

"라라…?"

안드레예프가 그렇게 말을 받아 놓고 뜸을 들이는데 영후는 까닭 없는 긴장이 밀려왔다. 이제 일본의 재앙에 굳이 연관 지어 볼 만한 사람은 라라 밖에 없었기 때문이었을까? 그러나 스스로가 생각해 봐도 어처구니없는 상상이었다. 라라가 어떤 능력으로 그 엄청난 일에 연관이 되었겠는가?

"그 불쌍한 아이, 아마 도미의 부친은 그 아이 때문에 더 눈을 감지 못했을 겁니다."

한숨이 섞인 듯한 안드레예프의 목소리에 라라에 대한 연민이 묻어 나왔다.

"라라를 무척 사랑했던 모양이지요?"

"도마보다 더 사랑했지요. 라라도 아버지인 도마보다 할아버지를 더 사랑했으니까요."

"도마가 아버지라는 사실을 라라는 모르고 있었겠군요?"

"모르다니요, 그렇게 영악한 아이가 왜 몰랐겠어요. 아무도 가르쳐 주지 않아도 아는 것이 핏줄 아닙니까?"

"그렇다면…."

"아주 오래전부터 모두 알고 있었지요."

"어머니의 근황도 알고 있었습니까?"

"알았지요. 알았지만 무척 증오하고 있었지요. 평시에도 그랬지만, 가장 소중한 할아버지와 아버지를 한꺼번에 잃게 한 것에 대한 원망이 이만저만이 아니었답니다."

식사를 마치고 커피를 한 잔씩 했다. 영후는 아직도 궁금한 것이 있었다. 직접 목격한 라라의 윤택한 생활이 궁금하여 덧붙여 물어보았으나 안드레예프도 라라의 근황은 잘 모르는지 되물어 왔다.

"그 애가 그렇게 윤택한 생활을 하더란 말이에요?"

"네, 그랬습니다."

"내가 못 본 지 불과 2년 남짓한데…."

안드레예프와 헤어져 호텔로 돌아와 보니 장 기자의 메시지가 와있었다. 그때야 안드레예프와 이야기하는 동안 꺼놓았던 휴대전화 생각이 났다. 시차를 생각할 염두도 없이 서둘러 전화를 해보니 한국은 곤한 새벽 잠을 깨우게 되는 시간이었다.

"야! 휴대전화는 왜 꺼놓고 무슨 지랄로 한밤중에 전화를 해서 남의 잠을 깨우고 있어!"

"미안, 미안. 그래, 무슨 일이야?"

"이게, 남의 새벽잠을 깨워 놓은 주제에 털도 안 뽑고 먹으려고 드네."

"죄송합니다, 존경하는 장 기자님!"

"야! 그거 가지고 되겠어?"

"절대로 안 되지, 안 되고 말고."

"이 엉터리, 기다려! 물 좀 먹고…."

물 마시는 소리와 다시 수화기를 잡는 소리가 들리고 나서 장 기자가 전하는 말은 소란을 떤 만큼의 소득이 없었다.

김 도마노프의 죽음에 대한 수사 기록이 아무 곳에도 찾을 수 없었다는 것이었다. 누군가 의도적으로 기록을 지워 버린 흔적만 확인했을 뿐이라는 것이었다. 겨우 그때 신문기사를 찾아 전송해 놓았으니 메일을 열어 보라는 것뿐이었다. 영후는 잠시 허탈감이 밀려 왔으나 곧 노트북을 열었다.

두 가지 기사 내용이 올라와 있었다. 처음 사건이 발생한 직후에 사회면 구석에 짤막하게 실린 기사와 그 뒤에 관련 기사가 나와 있었다.

〈남한산성 중년 남자 변사체 발견〉

11월 30일 오전 6시경, 경기도 광주 남한산성에서 신원을 알 수 없는 중년 남자의 변사체가 발견되었다. 발견 장소가 평소 인적이 드문 서쪽 산기슭이었던 점으로 미루어 살해 후 유기한 것으로 경찰은 추측하고 있다. 변사체는 반항한 흔적은 없으나 예리한 흉기로 급소가 찔려 절명한 것으로 미루어 타살의 혐의를 두고 탐문 수사를 하고 있다.

<남한산성 변사체 소련교포 해양지질학박사로 밝혀져>

지난달 30일 남한산성에서 발견된 변사체는 러시아교포 해양지질학박사로 밝혀져 당국의 비상한 관심 속에 수사가 진행되고 있다. 김 도마네프(43세)로 밝혀진 피살자는 해양지질학계의 세계적인 권위자로서 지난달 21일 일본에서 개최되는 세미나 참석차 러시아를 출발하였다. 그런 피살자가 어떤 경로로 하여 한국의 남한산성에서 변사체로 발견되었는지, 의문이 증폭된 가운데 경찰은 단순한 원한이나 사고에 의한 살해가 아닌 모종의 사건에 연루된 것으로 짐작하고 수사를 확대하고 있다.

민영후는 하나도 새로울 것이 없는 신문기사로 잠시 난감한 기분에 빠졌다. 잔뜩 의문만 증폭시켜 놓고 후속 기사가 없다는 것이 자신의 경험으로 미루어 보아도 있을 수 없는 일이었기 때문이었다. 사건을 취재한 기자가 이렇게 좋은 기삿거리를 중도에 포기했을 리가 없다는 것을 생각하자 직감을 자극하는 어떤 음모의 냄새가 진하게 느껴졌다. 영후는 또 장 기자에게 전화를 걸었다.

"왜 또? 남의 잠을 다 깨워 놓고…"

"보내준 기사 말이야, 의문투성이야. 우리 프로들은 알 수 있잖아."

"그래서, 그 사건 취재 기자가 누군지 찾아서 그때 상황을 알아보란 말이지?"

"역시 장 기자야."

"이 사람, 거마비 좀 줘 놓고, 아예 부려 먹자는 수작 아니야?"

"왜 또 이래, 존경하는 장 기자님!"

"시끄러워! 설마하니 내가 그 쓰다만 기사 같은 내용을 보내놓고 가만 있었겠어?"

"역시 존경하는 장 기자님! 그럼 벌써 만나 봤어?"

"그래, 그런데 나오는 게 없기는 마찬가지야, 서상원이라고 알지? 사회부와 정치부를 처가집처럼 드나들던 그 만두 있잖아. 그 친구가 담당했는데, 갑자기 상부에서 취재를 중지시켜서 명령대로 따랐을 뿐이라는 거야. 거짓말 같아 보이지는 않았어. 능히 그러고도 남을 위인이잖아. 위에서 시키면 꼼짝 못하고 예예, 하는 자니까."

"다른 신문사 쪽은 어때?"

"같은 수준이야. 약속이나 한 것처럼 한결같아."

"알았네."

"뭐가 나올 게 있어?"

"몰라 지금으로선 더 두고 봐야지. 어쨌든 고마워, 또 연락할게."

어떤 예감, 영후는 기자생활을 할 때부터 때때로 막연한 예감이 수학적인 논리보다 더 적중할 때가 있다는 것을 경험해 왔다. 이번에도 그 어떤 예감이 자꾸 고개를 처들었다. 도마노프의 죽음이 일본의 재앙과 어떤 연관성이 있다는 예감을 떨쳐 버릴 수가 없었다. 영후는 한번 암기했던 것이 기억의 저편에서 가물거리며 떠오르지 않을 때처럼 답답한 심정으로 방안을 서성거렸다. 그때부터 국정원에서는 뭔가를 알고 있었던 것일까? 그래서 자신의 얘기에도 냉랭한 반응을 보였던 것일까? 까닭 없는 조급증이 불현듯 고개를 처들었다. 한국으로 돌아가야 한다. 도마노프의 죽음을 찾아야 한다. 이때 상념을 깨우는 전화벨 소리에 퍼뜩 정신이 들었다. 라라였다.

"죄송합니다. 어딜 좀 다녀오느라고 못 뵈었습니다."

"그래요, 다녀오신 일은 잘됐습니까?"

"특별한 일은 아니고 그냥 머리를 시킬 겸해서…."

"네, 그랬군요."

"다녀가셨다는 말은 들었습니다. 내일 저녁 때 시간이 어떠세요?"

"좋습니다."

뭔가 모르게 라라의 목소리가 처져 있다는 느낌이 들었다. 선입감 때문이었을까? 여독旅毒이 아닌 다른 이유가 있을 것 같은 막연한 예감이 들었다.

고전 러시아풍의 건물로 된 레스토랑은 그 규모나 중후함이 과시 위압적이었다. 실내에는 차이콥스키의 '백조의 호수'가 은은하게 퍼져 한껏 격조 높은 분위기를 연출하고 있었다. 실망하지 않을 것이라며 자신 있게 안내한 라라를 따라 온 러시아 전통 레스토랑이었다. 로마제니아뤼바(냉동생선)를 전문으로 하는 집이었다. 겨울에 강가 얼음 속에 붙어 있는 생선을 잡은 것인데, 자연냉동이 되어 죽은 것 같지만, 실제로는 살아 있는 생선을 포 떠서 백포도주와 먹는 맛이 일품이라는 것이었다. 예약해 놓은 특실로 안내를 받아 들어서니 두 사람이 식사를 하기는 너무 크다 싶을 정도로 큰 방이었다. 4인용 식탁과 가죽 소파, 턴테이블이 갖춰 있었고 정갈한 화장실까지 딸려 있어 마치 고급 호텔 방을 연상할 만했다. 고전 러시아풍의 유화가 걸린 벽을 마주한 창은, 통유리로 되어 바깥의 설경이 한 폭의 살아 있는 풍경화 같은 분위기를 자아내고 있었다.

"자바세 즈다로비에!(당신의 건강을 위하여!)"

백포도주 한 잔씩을 들고 잔을 부딪쳤다. 레스토랑의 분위기 탓인지 맛이 어떠냐고 러시아어로 말하는 라라의 환한 얼굴이 좋았다.

"오첸 쁘꾸스나 스빨시바.(대단히 맛있습니다. 감사합니다.)"

영후의 대꾸에 초롱초롱한 눈빛으로 좋아하는 모습에서 순진한 소녀가 보였다. 근황을 묻고, 쓰고 있는 글은 잘 되어 가느냐는 의례적인 대화가 오갔다. 그리고 몇 순배 잔을 비웠을 때 라라의 얼굴이 진한 향수를 담은 표정으로 바뀌어 있었다.

"이제 할아버지 이야기를 듣고 싶어요."

그렇게 말해 놓고 라라는 금방 눈시울이 붉게 젖어 들고 있었다. 그런 쪽으로 조금만 건드리면 와르르 무너질 것 같아 말을 꺼내기가 망설여지고 있는 사이, 다행히 금방 회복하면서 영후를 바라보았다.

"괜찮아요, 말씀하세요. 할아버지 생각만 하면…."

라라가 어느새 해맑은 미소로 표정을 씻어내고 들을 준비를 하는 것을 보고 영후는 겨우 입을 열었다. 주로 영어를 위주로 했지만, 때때로 필요한 곳은 러시아어를 쓰기도 했다. 이야기하는 사람이 오히려 흥이 나는 경우처럼, 영후는 점점 스스로의 이야기에 도취되어 갔다. 김노신, 긴노시, 김형우, 이반 니꼴라이비치로 바뀌 가며 살아온 이름만큼 그의 기구한 인생의 행적은 거듭해서 이야기해도 절절히 가슴 아리게 했다. 그런 중에도 특별히 흥이 돋는 것은 또 있었다. 라라의 표정이 그것이었다. 이야기의 구비마다 슬픔, 경악, 안도, 분노, 미소 등 변화무상한 라라의 표정은 영후의 가슴에 묘한 감정으로 다가왔다. 라라가 울어도, 웃어도, 노해도 귀여웠다. 특별히 숙영의 위안부 얘기를 할 때는 주체할 수 없는 분노와 슬픔을 감당하기가 어려워 잠시 곤혹스러웠지만 애써 진정하는 모습을 보여 안심을 했다. 이야기를 다 끝난 후에도 뭔가 비워지지 않는 것이 있었다. 까닭 모를 일탈? 이 무슨 어이없는 감정인지, 영후는 자신의 내면에서 지속적으로 일어나고 있는 어떤 징후를 억누르기 위해 마찰과 충동을 반복하게 되었다. 어색한 분위기가 잠시 흐르기도 했다. 이것이 감정의 일탈일까? 자책하는 사이 라라는 잔을 들어 권하며 이야기를 해준 수고에 대한 예의를 표했다.

"감사합니다. 이 정도의 대접으로는 부실하겠습니다."

"천만에요, 오히려 과분합니다. 그런데…."

영후는 가슴 속에 뭔가를 억누르는 기분을 털어낼 기회도 꾀할 겸 진작부터 궁금하던 것을 묻고 싶어졌다.

"말씀해 보세요, 뭐든지."

"괜찮겠습니까? 뭐든지 물어봐도?"

"네, 뭐든지."

라라의 얼굴에 아까의 여러 가지 감정이 말끔히 지워져 있는 것과 흔쾌한 대답에 용기를 내어 입을 열었다. 지금의 윤택한 생활에 대해서 조심스럽게 물었다. 당연한 질문이라는 반응은 마음을 가볍게 해주었지만, 다음에 나타난 라라의 고심하는 표정은 잠시 당황하게 했다.

"정 내키지 않으면…."

"아닙니다. 말씀드릴게요."

의외로 단호하게 영후의 말을 끊으며 자세를 고친 라라는 앞에 놓인 글라스를 잡았다. 단숨에 남은 술을 비운 잔을 놓고 나서 뭔가를 털어내고 싶은 표정이 되었다.

라라는 처음 할아버지와 아버지를 한꺼번에 잃은 슬픔으로 이성을 잃을 정도였다. 가장 소중한 사람들을 한꺼번에 잃게 한 원인이 어머니라는 것을 알았을 때, 그녀에 대한 증오심으로 치를 떨었다. 한 번도 만나 본 적은 없었지만, 어머니라는 존재가 있다는 사실은 진작부터 알고 있었다. 분하고 슬픈 감정을 억누르지 못하여 정신적인 공황상태에 빠져 있을 때 뜻밖의 소식에 또 한 번 가슴이 무너졌다.

그렇게도 증오하던 어머니도 사망했다는 소식이었다. 어쩔 수 없는 핏줄이라는 인륜이나 아니면 증오의 깊숙한 곳에 그리움이 숨어 있었던 때문이었는지 라라는 정신이 으깨지는 고통으로 몸부림쳤다.

어머니, 듣기만 해도 향내가 나는 그 이름을 자신은 어찌하여 이렇게 미워하며 살아야 했는지, 애증이 뒤섞여 몸부림쳤다. 라라는 증오와 그리움이 한 모습으로 있는 자신의 마음속이 때때로 죽고 싶도록 밉기도 했다.

라라는 어머니의 주검 앞에 섰다. 어머니가 울면서 용서를 비는 소리가 들렸다. 신기하게도 그 소리는 어느새 증오를 씻은 듯이 지워냈다. 애증의 눈물이 하염없이 흘렀다. 그런 라라의 등 뒤에서 투박한 울림의 목소리가 흐트러진 의식을 일깨웠다.

"진정하여라, 내가 죄인이다."

낯설기는 했지만, 그가 카이저라는 것을 알기까지는 많은 시간이 걸리지 않았다. 머릿속이 번쩍하면서 섬광이 스쳤고 동공이 한껏 열렸다. 형언할 수 없는 감정의 혼란에 라라는 땅이 꺼지는 어지럼증이 났다. 다음 순간 한껏 부풀어 오른 원한이 아픔과 분노에 섞여 치를 떨었다. 그러나 대꾸할 말을 잃은 채 망연한 눈빛만 보냈을 뿐 발을 떼어 휘적휘적 멀어져 버렸다.

라라는 술을 마셨다. 그늘의 친구들도 만났다. 떠버리가 주는 마약도 했다. 깊은 암흑에서 깨어나기를 거부하고 나락으로 스스로를 밀어 넣었다. 거칠게 글라스를 던지며 격렬하게 난동을 부렸다. 누구에게 소리치는지도 모르게 무섭고 화난 얼굴로 소리를 질렀다.

"다 죽여 버릴 거야! 다 죽여 버릴 거야!"

경찰차의 요란한 기계음이 자장가처럼 들렸다.

"라라야! 라라야!"

할아버지의 음성이 들려 고개를 들었다. 눈이 오고 있었다. 라라는 할아버지가 사준 노란 우의를 입고 누군가를 기다리고 있었다. 길 저쯤에서 할아버지가 하얀 입김을 뿜어내며 다가오고 있었다. 동시에 할아버지를 향해 달려가다가 미끄러진 라라를 할아버지는 보듬어 안았다. 그리고 할아버지가 말했다.

"곧 아빠 엄마가 이리로 올 거야."

라라는 앙탈을 했다.

"언제 올 거야! 언제 온다는 거야!"

라라의 눈물을 할아버지가 손으로 닦아주었다. 서늘한 냉기가 뼛속까지 스며들었다. 순간 섬뜩한 의식이 동공을 열었다. 눈에 들어온 낯선 사물이 의식의 표층을 깨웠다.

"정신이 드느냐?"

카이저였다. 퇴색한 카이저수염이 죽은 송충이의 사체가 되어 라라의 얼굴에 금방 떨어질 듯 가깝게 느껴졌다. 화들짝 놀라서 몸을 일으키자 마치 머리에 둔탁한 쇠뭉치가 타격을 가하는 충격이 왔다. 이 상황은 뭔가? 한참 후 의식이 확연해졌다. 뭔가를 수습해야 한다는 생각만 있을 뿐 무엇을 어떻게 해야 할지 멍하니 허공을 바라보고만 있었다.

"우선 잠시 진정하여라."

지난밤이 떠올랐다. 경찰이 들어 닥쳤고 소동이 일어났다. 라라는 돌아가는 상황대로 몸과 정신을 내맡겼다. 손목에 수갑이 차였던 것과 경찰의 위압적인 눈이 생각났다. 그제야 모든 상황이 짐작되었다. 다시 카이저가 입을 열었다.

"진작 너를 한번 만나고 싶었으나 기회가 없었다. 아니, 너의 그 적의에 찬 시선이 상상되어 망설여지기도 했고, 어쨌든 이 기회에 나도 하고 싶은 말이 있구나."

"듣고 싶지 않아요. 그리고 경찰에서 나를 풀려나게 한 것 같은데, 하나도 고맙지 않아요. 가겠어요."

라라는 발딱 몸을 일으켰다. 그리고 단호한 표정으로 문 쪽으로 몸을 돌렸다.

"어머니가 네게 남긴 게 있다. 가져가거라."

라라는 돌아섰던 몸을 되돌리지는 않았으나, 발걸음을 떼지 못하고 그 자리에 얼어붙고 말았다.

"우선 앉아라! 잠깐이면 된다."

카이저의 당부가 아니라 어머니라는 말의 울림이 다리를 풀리게 하여 라라는 자리에 주저앉았다. 그리고 자신도 모르게 눈물이 두 뺨을 타고 흘러내렸을 때 언뜻 카이저의 눈에서도 물기를 본 듯했다. 그 틈에 카이저가 누런 봉투 하나를 내밀었다.

"이것은 어머니가 너에게 남긴 유산이다. 적잖은 재산이다. 유용하게 쓰도록 해라."

카이저의 입으로 '어머니'라고 하는 말이 생경스럽게 들렸으나, 한참 후 그 의미가 구체적으로 느껴지면서 찌릿한 경련이 온몸으로 타올랐다. 그리고 카이저는 다음 말을 이어 나갔다.

"용서해 달라는 말을 할 염치는 없다."

그렇게 시작된 카이저의 이야기는 차츰 라라의 마음을 밀고 들어왔다.

카이저는 어릴 때부터 지독한 유전병을 앓고 있었다. 아버지도 할아버지도 이 병으로 자살을 했고, 카이저 역시도 두 번의 자살 소동을 벌였다. 만성 우울증이었다. 모든 세상이 회색의 음울을 띠고, 빛이 어둠을 밝힐 수 없는 참담한 병마의 인생은 차라리 죽음보다 못한 것이었다. 당장 칼로 찔러서 죽이는 것보다 서서히 목을 조여 오는 그 공포감과 전율은 피를 말려 죽이는 병이었다. 그때 만난 멜린은 봄볕에 새싹처럼 카이저의 마음에 생명의 움을 트게 했다. 아니 차라리 멜린 그 자체가 카이저의 생명이었다. 카이저의 우울증이 씻은 듯 사라져 버린 것이었다. 그런 카이저에게 멜린을 뺏어 가는 것은 바로 카이저의 목숨을 앗아 가는 것이었다. 그러나 카이저가 목숨을 걸고 지키고자 할수록 멜린은 필사적으로 달아나려고만 했다. 반면에 멜린 또한 도마에 대한 집착이 자신의 목숨을 바칠 만큼 강렬하여 카이저의 이성은 무서운 날이 서 있었다. 윤리와 도덕은 정념情念에 힘을 잃은 지 오래였고, 동원할 수 있는 모든 권력과 금력도 멜린을 지키기 위한 도구로 전락하고 말았다.

도마와 멜린의 뒤에는 언제나 카이저의 눈이 있었다. 도마가 연구실에서 일에만 몰두한다는 보고는 카이저의 위안이었고, 멜린이 일상을 향유하며 잘 지낸다는 보고는 카이저의 행복이었다. 그랬던 두 사람이 재회를 하고, 또다시 그들의 세계를 만들어 간다는 보고를 받았을 때 그것은 곧 카이저의 죽음을 의미했다. 머릿속으로 짜낼 수 있는 모든 것을 궁리했다. 피를 말리는 고뇌가 여러 날 계속되었다. 그래서 생각해낸 두 가지 방법이 그것이었다. 도마가 나타샤와 재혼하여 멜린과 멀어지는 것과 누명을 씌워 죽이는 것이었다. 다른 여자와 도마가 재혼하게 하는 것도 멜린의 성정을 미루어 보면 온전하게 안심할 수 없었다. 그런데 도마의 죽음을 택하는 멜린의 극단적인 결정은 뭔가 미덥지 않은 구석이 있었다. 멜린의 계획은 협박에 못 이긴 사라의 자백으로 밝혀지고 말았다. 그것은 카이저의 손에 피를 묻히지 않고 해결할 수 있는 호기였다.

카이저는 연구소 소장에게서 들은 하이드레이트의 중요성을 잘 알고 있었다. 한국의 독도 근해에 매장되어 있는 하이드레이트가 곧 닥쳐올 미래의 자원인 동시에, 일본의 지축을 흔들어 놓을 수 있는 위험성 때문에 현재의 기술로는 시추하기가 어려운 것이었다. 당연히 일본으로서는 극도로 예민한 문제일 수밖에 없었다. 독도가 자기네 땅이라고 우기지 않을 수 없는 또 하나의 중요한 이유였다. 카이저는 일본 측에 거짓 정보를 흘렸다. 하이드레이트에 대한 초과학적 기술의 일인자 김 도마네프 박사에게 한국에서 공동연구 제안을 할 움직임을 보이고 있다는 정보였다. 일본에 자극을 주어 도마네프를 서둘러 초청하도록 유도한 것이다. 도마네프가 한국계라는 이유 하나만으로도 일본은 긴장하지 않을 수 없었을 것이다.

그렇게 하여 계획내로 도마를 멜린에게서 분리하는 데는 성공했으나 정작 지키고자 한 멜린이 실성하고 말았다. 멜린은 술과 마약, 기물 파

195

손과 난동 등으로 카이저에게 거칠게 반항하며 몸과 마음이 점점 황폐해져 갔다. 어쩔 수 없이 요양원으로 보냈지만 끝내 자해를 저지르고 말았다. 카이저는 일순간 모든 것이 허망했다. 멜린에 대한 병적인 집착이 자신의 선천성 우울증이 빚어낸 결과라는 면죄부는 자가당착의 깊은 회의에 빠졌다. 자신이 멜린의 일생을 옥죄어 왔던 후회가 심경의 변화를 가져온 순간이었다. 그것은 또 다른 마음의 통증으로 다가왔다. 그때 카이저는 라라를 생각해 냈다. 라라를 찾아 속죄하는 것이 마지막으로 할 수 있는 일이라고 여겨졌다.

라라는 오래된 고뇌를 씻은 표정 위에 후련함이 섞인 얼굴로 이야기를 마쳤다. 영후가 위안의 뜻을 담은 잔잔한 표정으로 잔을 들어 보이자, 라라는 애써 미소로 어두운 얼굴을 지우고 잔을 들었다.

"쓸데없이 힘들게 하여 죄송합니다."

"아닙니다. 오히려 마음이 후련해졌습니다."

라라가 그렇게 이야기를 끝냈을 때는 창밖에는 눈이 내리고 있었다. 마치 커다란 동영상 설경 같은 풍경이 두 사람의 마음속에 은은한 감흥으로 스며들었다.

취기가 있는 라라의 홍조 띤 얼굴이 예뻤다. 치열이 고른 하얀 미소가 그 홍조 띤 얼굴에 한 송이 꽃봉오리가 터지듯 피어올랐다. 영후의 마음속에 가두어 놓았던, 아까부터 설명이 잘되지 않는 어떤 감정이 천천히 부풀어 올랐다. 두 사람은 눈 내리는 창밖 풍경에 시선을 돌렸다. 영후의 빈 잔에 와인을 부어 주고 나서 창가로 다가간 라라는 등 너머로 뜬금없는 말을 했다.

"처음 당신을 만났을 때부터 저의 마음속에 이상한 동요가 느껴졌습니다."

"…."

"의혹을 가득 담은 당신의 눈은 뭔가를 탐색하는 눈이었는데, 어째서 제게는 깊은 탐구의 눈처럼 느껴졌는지."

"제 눈 어디가…?"

"꼬집어 말할 수는 없으나, 당신의 그 눈은 할아버지를 생각나게 했어요."

"할아버지의 눈…?"

"한 번쯤 거부감이 들만도 한 그 뭔가를 탐색하는 당신의 눈이 오히려 친근감이 느껴졌던 것은 왜일까요? 평생 뭔가를 탐구하던 할아버지의 눈을 오랫동안 봐왔기 때문일까요?"

그럴싸해서인지 라라가 할아버지라는 단어를 말할 때는 늘 애조 띤 음성에 물기마저 느껴졌다. 미처 이렇다 할 대꾸도 못 하고 있는 영후의 가슴 속으로 비감이 촉촉이 젖어 들었다. 신기하게도 그 비감은 두 사람 사이에 보이지 않게 그어져 있던 어떤 선을 흐물흐물 지워 가고 있었다. 여전히 창밖에 내리고 있는 눈을 보고 있던 라라의 뒷모습에서, 애조가 살린 음성이 다시 들려왔다.

"할아버지가 있을 때는 몰랐던 감정, 이게 외로움이라는 것을 알게 된 것은 당신을 만난 뒤부터였어요."

어느새 영후는 라라의 등 뒤에 다가와 있었다. 음률을 타듯 천천히 몸을 돌린 라라가 젖은 눈으로 바라보았다. 누가 먼저랄 것도 없이 두 사람의 가슴이 포개졌다. 창밖에 내리는 눈과 흐르고 있는 음악이 두 사람의 가슴에 향기처럼 스며들었다.

　다음 날 아침 영후는 눈을 뜨자마자, 어제 라라와 예측 못 한 포옹의 감정이 아직도 가슴에 넘실거려 마음이 들떴다. 창문에서 돌아선 라라의 눈에 그렁그렁 맺혀 있던 눈물을 보는 순간 얼떨결에 한 그 포옹이 단순한 보호 본능적인 행동만이 아닌, 어떤 의미로 새겨지기를 기대하는 마음 때문이었을까. 우연한 감정의 스침이 아닌 구체적인 애정의 표현을 확인해 보고 싶은 심정이었다. 혼자만의 무모한 일탈일까? 영후는 스스로 채찍을 들었지만, 의지는 이미 감성에 눌리고 있었다. 영후는 라라에게 전화를 걸었다. 갑자기 한국으로 갈 일이 생겼다는 말을 전하기 위해서였다. 실상은 어제의 감정에 대한 일말의 반응도 기대하면서….
　"갑자기 무슨 일이 생겼나요?"
　"다녀와서 얘기하지요."
　기대했던 어제의 감정이 조금도 묻어나지 않는 평범한 억양에 영후는 씁쓸한 느낌이 들었다. 어제는 즐거웠다든가, 특별히 다정한 목소리까지는 몰라도, 언제 오느냐는 말 한마디도 묻지 않는 것이 그 기억을 지워버린 사람 같은 느낌이 들었다.

학도병과 위안부

한국행 비행기는 밤 비행기였다. 영후는 미리 준비한 노신의 노트를 꺼내 들었다. 아침에 전화로 느낀 씁쓸함을 지워 버리기 위해서이기도 했다. 머리 위에 있는 독서 등을 노트에 맞추고 펼친 곳에는 순서를 잘 못 찾은 것인지 뜻밖에도 난해한 용어들이 쏟아져 나왔다. 주로 氣에 대한 노신의 생각을 정리한 것으로 보이는 문장은 단박에 머리를 아프게 했다. 물리나 화학, 철학적 사유思惟라면 소싯적부터 취향이 멀었던 그로서는 감당할 만한 내용이 아니었다. 눈을 감고 있는 옆 사람의 수면을 방해해가며, 부스럭거리며 머리 위에 있는 콘솔박스를 열어 먼저 내용의 연속된 부분을 찾을 생각을 하니 잠시 난감한 생각이 들었다. 잠이 든 옆 사람에 방해가 될 수 있기 때문이었다. 그러다가 이래저래 기왕에 하는 생각으로 펼친 부분을 훑어 나갔다. 물리나 철학적 사유에 대한 노신의 정신적 행적을 조금이라도 엿볼 수 있다면, 하는 기대를 더하여 다소라도 이해가 될 만한 부분을 찾아보았다.

몇 장을 훑어 나가다가 한군데 눈길을 잡는 곳이 있었다. 노신의 사유 思惟로 보이는 다음의 설명이 영후의 머리를 아프게 했다. 양자역학에서는 관찰의 결과는 관찰자의 의식과 상호 작용을 한다고 밝혔고, 고로 모든 입지의 특성은 관찰하는 방법과 밀접한 관계를 가지고 있어 우리가 세상을 보는 마음에 의해 결정된다는 것이었다. 덧붙여서 말하면, 관찰

된 모형은 마음의 반영이라고 했다. 그리고 스스로에게 의문을 던지기도 했다. 물리와 수학의 기초로 한 과학과 언어로 전달될 수 없는 명상을 통한 직관直觀은 어떻게 수렴할 수 있겠는가? 영후는 본격적으로 머리가 지끈거리고 아파졌다. 그러나 한 구절, 오늘의 과학이 미래의 물리학으로 발전한다 해도 명상을 통한 직관을 대체할 수는 없다는 말이 가슴에와 닿았다. 그러면서도 인류의 지적 보고인 현대과학을 소홀히 하지 않고 적극적으로 받아들여 논리적 사유와 서술 방법을 수용하고 기에 대한 의식을 체계화해야 한다는 뜻을 피력하고 있었다. 기학은 동양사상의 전통을 계승하면서 서양사상의 한계를 극복할 돌파구를 찾을 가능성을 말하고 있었다. 철학자들의 연구나 과학자들의 성과(힉스, 양자역학, 카오스 이론 등)들이 자연스레 기학과 가까워져 있다는 것도 주목하고 있었다. 마지막으로 영후가 읽은 구절은 이와 기는 둘이면서 둘이 아니고 하나면서 하나가 아니라는 모호한 말이었다.

머릿속에 든 모든 지성을 짜낼 수 있는 데까지 짜내어 읽은 것이 이 정도였다. 더는 이해할 수 없는 것에는 뭔가가 있을 것 같은 신비감이 남는 대로 노트를 덮을 수밖에 없었다.

마침 옆자리의 사람이 화장실을 간다고 깨서, 필요한 부분의 노트를 찾아 들었다.

다시 일본이었다.

국민 총동원령이 발표되고 잇달아 학도병 동원령이 내렸다. 처음에는 지원병 학도에만 국한하였으나 나중에는 강제 징병제로 바뀌면서 조선인도 포함되었다. 발등에 불이 떨어진 조선인 유학생들은 연일 모여 대책을 논의하고 있었지만, 대책다운 대책이 나올 수도 없는 상황이라 걱정만 부풀리고 있었다. 매달려 본다는 것이 고작 아라이였고, 그럴 때마다 진의를 알 수 없는 그의 전쟁 반대 성토는 공허하게만 들릴 뿐이었다.

노신에게 동원령이 떨어진 것은 강제 징병제 발표가 있고 일주일도 되지 않아서였다. 징병 일은 3일 뒤였다. 그렇지 않아도 그 발표가 있은 뒤로 매일 피를 말리는 불안에 떨고 있던 숙영은 식음을 놓아버렸다. 친구들과 아라이가 찾아와서 위로를 하는 것과 아직도 연일 라디오에서 들려주는 연승 소식은 불안을 가중시켰을 뿐 한 줌의 위안도 되지 못했다. 예지가 남다른 노신은 앞날에 대한 불길한 예감으로 깊은 우려를 하고 있었다. 그렇다고 닥친 현실에 대한 걱정만 하고 있을 수는 없었다. 우선 숙영은 학업을 중단하고 조선으로 귀국하여 어린 국한을 키우는 일에만 전념하는 것과 절에 임시로 모셔놓은 장인의 위패를 조선으로 모시는 일이었다. 그리고 집과 가재를 모두 처분하여 일본에서의 생활을 깨끗이 정리하는 일이었다. 이러한 노신의 계획에는 일본의 패망이 눈앞에 닥쳤다는 암묵적인 예감이 전제하고 있었다.

"나는 아무것도 포기하지 않아요. 다른 것은 몰라도 당신의 그 뭔가를 포기한 듯한 생각에는 동의할 수 없어요. 나는 당신을 기다릴 것이며, 살아서 돌아온다는 믿음을 버리지 않을 것이에요."

"그래, 당신이 옳아요. 지금의 절망에는 조선이 해방된다는 앞날의 희망이 담겨있다는 생각을 버리지 말아요."

어떠한 말도 위안이 되기는커녕 미중유의 불안만 커질 뿐이었다. 지금의 상황에서는 묵묵히 출발 시간을 기다리는 의연한 태도 이상 더 보여 줄 것이 없었다. 숙영이 애써 가두어 놓고 있던 슬픔은 마지막 날 밤에 봇물처럼 터졌다. 두 사람의 육체 깊숙이까지 파고드는 애무와 정념은 위무가 아니었고, 헤아릴 수 없는 마음의 굴절에 꺾인 분노와 설움이었다. 세상이 변하고, 운명이 뒤바뀌고, 아버지가 이국땅에서 돌아가시는 처절한 설움까지도 노신의 이 품에서 위로받았는데, 숙영은 가슴이 으깨지는 아픔을 참을 수 없었다.

"꼭 돌아와야 해요."

노신은 울음에 섞여 나오는 숙영의 목소리가 자꾸만 공허한 메아리처럼 들렸다. 째깍째깍 내일을 향해 쉴 사이 없이 다가오는 시계 소리의 울림만이 유령처럼 어두운 방 안의 공기를 짓누르고 있었다.

노신이 중대장 오하라 대위의 부름을 받은 것은 저녁을 막 끝내고 보급품 정돈을 시작하고 있을 때였다. 중대장 오하라는 육사 출신답게 공명심이 대단한 인물이었다.

"긴노시 이등병 중대장님의 부름 받고 왔습니다."

노신이 중대장실을 들어섰을 때는 이미 여러 명의 사병이 중대장 앞에 군은 자세로 서 있었다. 내일 있을 중대대항 사격대회 선수로 뽑힌 자들이었다. 각 중대에서 열 명의 선수를 내보내기로 되어있었다. 노신의 소대에서는 유일하게 그 혼자만 출전자격에 들었다. 중대장은 사격 선수들의 성적표를 책상 위에 펼쳐 놓고 있었다. 25발의 실탄으로 쏜 점수를 10점 만점으로 채점하는 방식을 소대별로 다섯 차례 실시한 최종 성적표였다. 열 명의 선수 중에 세 사람이 신병이었으며 노신은 유일한 조선인이었다. 평균 9.25의 점수를 받은 노신은 최고 점수 9.3을 받은 이시이 상병 다음으로 높은 점수였다. 중대장이 내일의 시합에 대한 각오를 다지고 격려를 하는 자리였다. 한 사람씩 신상카드와 사격 성적표를 번갈아 보던 중대장은 유일한 조선인 고득점자인 노신에게 눈길을 주었다.

"긴노시 이병!"

"네, 이병 긴노시!"

"전에 사회에서 사격을 한 경험이 있었나?"

"없었습니다!"

"그래, 잘했군! 결혼을 했고, 대학 지질학과에 재학 중 입대했군. 본명은 김노신, 창씨 개명은 긴노시."

중대장은 노신의 신상카드를 보고 있었다. 입대 시에 조선인은 창씨 개명한 이름을 적으라는 말에 즉석에서 생각나는 대로 긴노시라고 써놓은 것이었다. 평시에 김노신이라는 본명을 발음하지 못하는 일인들이 부르던 대로 쓴 것이었다. 중대장이 직접 따라주는 축하주를 한 잔씩 받아 마시고 내일 시합에 대한 격려를 받을 때까지는 좋았다.

일석점호가 막 시작되고 있는 소대 내무반에 돌아온 노신에게 뜻밖의 사건이 기다리고 있었다. 주번사관이 점검하는 것은 보급품 정돈, 복장 상태, 병기 손질, 군화 손질, 식기 상태, 군인 수칙 암기 등이었다. 노신은 병기 손질 불량으로 지적을 받았다. 중대장의 호출 때문에 병기 손질할 시간을 놓친 것이었다. 주번사관의 기합까지는 일상에 밥 먹듯이 있는 일이라 지적받은 만큼 시정하면 된다. 그러나 사단은 늘 그다음에 일어났다. 일석점호가 끝나고 각자 지적받은 사항을 시정하고 있을 때였다.

"긴노시!"

이시구로 상병이 노신을 불렀다. 소대 내무반에서 가장 성질 마르기로 소문난 선임 상병이었다. 자신보다 늦은 군번도 진급을 했는데 자신이 못한 것은 순전히 학벌 때문이라는 열등감을 가지고 있는 자였다. 그러한 자신의 불만을 하급자 괴롭히는 일로 푸는 악취미를 가진 자이기도 했다. 특히 학력이 있는 하급자가 걸려들면 좋은 먹잇감을 보는 승냥이처럼 눈이 빛나곤 했다. 그런 이시구로에게 한두 번 걸려들지 않은 하급자가 없을 정도였다. 노신은 이번이 두 번째였다. 전입한 첫날 그의 군화 손질을 잘못했다는 트집으로 호되게 당한 경험이 있었다.

"네, 긴노시 이병 부름받고 왔습니다."

"그래, 너 내일 사격대회에 나가지?"

"네, 그렇습니다."

"그런데 왜 병기 손질이 그 모양이야?"

여기까지는 그물을 드리우는 어부처럼 조용조용한 말이었다. 걸려들기를 기다리고 있는 이시구로의 눈빛이 기대감으로 빤짝이고 있었다. 노신은 위기를 넘기기가 쉽지 않은 상황이라는 것을 직감했다. 어떻게 대답해야 할지 잠시 망설이다가 입을 열었다.

"시정하겠습니다."

고지식하게 중대장실로 불려갔기 때문에 시간이 없었다는 말을 하면 꼬투리를 잡혀 보기 좋게 그의 그물에 걸려들기에 십상이다.

"뭘 시정해?"

아직 작은 목소리였다.

"병기 손질 상태를 철저히 하겠습니다."

"어떻게?"

"지적받지 않도록 하겠습니다."

"아까는 왜 지적받았나?"

"철저히 하지 못했습니다."

"왜 철저히 못했나?"

꼬투리가 나올 때까지 물고 늘어지는 이시구로의 이 같은 문책에는 당할 수 없다는 것을 노신은 안다. 그렇다고 중대장 핑계를 대면 너무 큰 꼬투리를 주게 된다는 것도 안다. 결국 노신은 대답을 못했다.

"…"

"왜 대답을 못해! 내 말이 말 같지 않아?"

드디어 이시구로의 목소리에 생기가 돌았다. 그래 잘됐다. 그 꼬투리를 물고 늘어져라, 지금으로선 내가 너에게 줄 수 있는 꼬투리는 그것밖에 없을 성 싶다. 노신은 묵묵히 침묵을 지켰다. 그러나 그것이 예상치 못한 방향으로 튀었다.

"…"

"그래, 너는 배운 놈이라, 무식한 나 같은 놈에게는 대꾸할 가치가 없다는 말이지?"

아차! 이건 너무 큰 꼬투리에 걸려들었다 하고 느꼈을 때는 이미 늦은 뒤였다. 수습한다고 서둘러댄 것이 더 큰 화근을 불렀다. 이시구로의 열등감에 불을 지른 결과가 되고 만 것이었다.

"그렇게 생각하지 않았습니다. 또한 군대에서는 유, 무식 보다 선임이 중요하다고 생각합니다."

"말 잘했다. 유, 무식보다 선임이 중요해?"

대어를 낚았다는 듯이 빤짝이는 이시구로의 눈이 갑자기 시퍼렇게 빛을 발하고 있었다. 독을 모으고 있는 얼굴에는 핏기마저 사라지고 있었다.

"그러니까 무식해도 선임이니까 유식한 네가 봐주겠다는 거지? 이 조센징 새끼가 누굴 우습게 보고…"

이시구로의 열등감이 폭발하면 아무도 말리지 못한다. 계급으로는 병장들이 줄줄이 있었으나 모두 입대 군번으로 따지면 그의 하급자였고, 무엇보다 그 난폭한 성질을 누구 하나 상대하기를 꺼리기 때문이었다. 노신의 따귀에 불이 떨어졌다. 정강이에 이시구로의 군홧발이 작열했다. 그리고 몸 어디를 가리지 않고 주먹이 날아왔다. 이때 구로다 병장의 한마디가 이시구로의 자존심을 다시 한 번 건드려 놓았다.

"어이, 이시구로! 그만해. 내일 시합 나갈 놈이잖아!"

이시구로는 구로다에게 특별한 라이벌 의식이 있었다. 대학에서 스모를 해서 중대 내에서 가장 몸집이 컸던 구로다는 군번으로 선임자인 이시구로를 대접해 주지 않았다. 계급을 앞세운 구로다의 그 같은 방자함이 늘 못마땅하던 이시구로는 그의 만류가 자극제가 되어 오히려 일이 커지고 말았다. 그 순간 이시구로의 눈빛이 번뜩이기 시작했다. 무엇을 생각하고 있는 것일까? 한참 만에 이시구로는 노신에게 두 들통의 물을 길어 오라고 명령했다.

막사 밖은 영하 20도를 오르내리는 강추위로 우물은 돌처럼 얼어 있었다. 얼음을 깨기 위해 큼직한 돌을 찾아 어둠을 헤매고 다녀야 했다. 어쩌다 찾은 돌도 땅에 얼어붙어 있어서 쉽게 떨어지지 않았다. 작은 돌로 큰 돌을 치고 큰 돌 밑을 작은 돌로 밀어 넣는 작업이 한참 동안 계속되었다. 냉기가 손가락의 뼈마디까지 스며들어 손이 얼음처럼 굳어버릴 지경이었다. 그렇게 준비한 몇 개의 돌을 우물에 던져 넣었다. 그러나 허사였다. 얼마나 두껍게 얼었는지 얼음은 끄떡도 하지 않았다. 그러나 방법은 그뿐이었다. 다시 좀 더 큰 돌을 찾아서 우물에 던지는 작업이 계속됐다. 간신히 두 들통의 물을 이시구로의 앞에 내려놓았을 때는 모든 내무반원들은 취침 상태로 누워 있었다. 이시구로는 미리 준비하고 있던 철봉을 내밀었다. 두 들통의 물을 어깨에 지라는 것이었다.

"앉았다, 일어서기, 백 회! 실시!"

수시로 구로다가 하체 근력을 키운다는 핑계로 내무반 안에서 은근히 체력을 과시하던 동작이었다. 한쪽 들통의 물이 약 15kg 정도로 양쪽 30kg의 무게를 지탱해야 하는 운동이었다. 스모로 다져진 구로다처럼 괴력을 가진 사나이가 겨우 50회를 하고 널브러지는 것을 기억하는 내무반원들은 쥐 죽은 듯이 긴장하고 있었다. 제법 하체 근력이 있다고 스스로 자부하던 신죠 일병이 시험 삼아 해본 것도 30회를 넘기지 못했다. 이시구로는 구로다를 비웃어 줄 심사였다. 그러기 위해서는 50회까지는 하도록 긴노시를 몰아세워야 한다. 만에 하나 50회를 해내면 구로다의 코를 납작하게 눌러 주는 것이고, 그렇지 못한다 해도 오만한 조센징 한 놈을 짓이겨 주는 것이다. 저쪽 구로다가 있는 침상에서 부스럭거리는 소리가 났다. 누워 있던 구로다가 상체를 일으킨 것이었다. 뒤따라서 몇몇 내무반원들이 하나둘 상체를 일으켜 세웠다.

"하나, 둘, 셋. 넷."

이시구로의 명령을 받은 희노 이등병이 세기 시작했다. 모든 내무반원들의 눈이 노신에게 쏟아졌다. 노신은 20회를 버티고 사력을 다해 30회를 넘겼을 때 까닭없는 승부욕이 일었다. 그때 유남일의 눈과 마주쳤다. 문인 지망생인 그는 유일한 조선인 학도병 출신이었다. 언제나 선비 같은 핼쑥한 얼굴을 하고 조그만 일에도 항상 노신에게 매달리는 유약한 사내처럼 보였다. 그러나 문인 지망생답게 겉과는 달리 마냥 유약한 사내만은 아니었다. 논리력이나 용의주도함이 그냥 녹록한 사내만은 아니었다. 그의 눈빛이 그만 내려놓고 쓰러져 버리라고 말하고 있었다. 그럴 수도 있었다. 이시구로도 백 회를 다 채울 것이라는 기대는 애초에 없었을 것이다. 그러나 노신은 무서운 각오를 다지고 있었다. 노신은 이제부터 눈을 감았다. 일찍이 아버지 김두진으로부터 배운바 있는, 몸속 어디든 기가 끊이지 않는 행기법行氣法 자세를 시작했다. 삼관三關의 문을 열고 기가 흐르는 통로를 원활하게 했다. 척추의 꼬리뼈에 붙은 미려혈과 견갑골 그리고 해골의 기저부에 있는 이 삼관은 외부의 기를 받아들이고 내부의 기 소모를 극단적으로 제한할 것이다. 다시 희노의 세는 소리가 시작됐다.

"서른하나, 서른둘, 서른셋 (…) 쉰."

이시구로의 얼굴이 득의에 찼지만, 구로다의 얼굴은 놀라움으로 말을 잃은 표정을 하고 있었다. 그러나 노신은 알고 있었다. 이시구로의 얼굴이 곧 흙빛으로 변하고 말 것을….

"쉰하나, 쉰둘, 쉰셋 (…) 일흔."

오히려 수를 세는 희노의 목소리가 겁에 질려 어눌하게 들리기 시작했다. 이미 이시구로의 얼굴은 잿빛으로 변하고 있었다. 이 때문에 내일 시합을 망쳐 놓으면 중대장으로부터 어떤 일을 당할지 모른다는 후회가 뒤늦게 밀려왔다. 그렇다고 지금 멈추게 하는 것은 체면이 허락하지 않았다.

"여든둘, 여든셋…."

노신은 희노의 세는 소리가 차츰 멀어져 갔다. 떠나올 때보았던 아내 숙영의 얼굴이 떠올랐다.

기미가요가 우렁차게 울리고 있던 어느 소학교 운동장. '애국 청년학도

입영 환영회' 큼직하게 매달린 현수막 아래 모인 수많은 사람들의 불안한 표정에 묻혀 있던 숙영의 애처로운 모습이 어른거렸다. 엄마 손에 잡혀 뜻 모르고 흔들리던 고사리 같은 아이의 손과 웅성거리는 낯선 사람들 속에서 불안에 두리번거리던 숙영의 눈이 떠올랐다.

이때였다. 또 한 사람의 목소리가 들렸다. 여태까지 침상에서 아연히 지켜보고 있던 구로다가 희노를 따라 세기 시작한 것이었다. 그것이 계기가 되어 하나둘 따라 세기 시작하다가 아흔을 넘겼을 때부터는 어느새 일어났는지 모든 내무반원들이 한목소리로 세고 있었다. 그들은 이 충격적인 광경에 매료되어 당위를 떠나 본능적으로 흥분하고 있었다.

"아흔하나, 아흔둘, 아흔셋…"

노신은 여기서 잠시 동작을 멈추고 있었다. 아버지의 가르침을 떠올리고 있었다. 내려갈 때는 호랑이처럼 느슨하게 올라갈 때는 상승하는 기를 따라 사슴처럼 가볍게, 산을 오르내리며 일러 준 아버지의 목소리가 들렸다. 잠시 쉬고 있는 사이, 반원들은 숨소리마저 죽이고 다음 동작을 지켜보고 있었다. 다시 시작되었다.

"아흔넷, 아흔다섯, 아흔여섯…"

다 함께 세고 있는 내무반원들의 목소리는 점점 신명과 흥분이 넘쳐나고 있었다. 단 한 사람 이시구로 만은 흙빛으로 변한 얼굴로 이 초유의 사태 앞에 오금이 오그라들고 있었다. 애초부터 백 회를 채울 것이라는 예상은 하지도 않았고 단지 건방진 구로다 놈을 멀쑥하게 해 주려는 생각뿐이었는데 일이 너무 커진 것이었다.

"아흔 일고옵, 아흔 여더얿, 아흔 아호옵, 배애액!"

"와, 해냈다!"

"와, 대단하다!"

함성이 터져 나왔다. 누가 지고 있는 물통을 벗겨 내고 노신을 번쩍 들어 올렸다. 구로다였다. 육중한 몸으로 노신을 번쩍 들어 올린 구로다는 환호하는 소대원들 앞을 한 바퀴 돌아서 침상에 눕혔다. 이시구로는 잔뜩 질린 얼굴로 그들을 지켜보고만 있었다.

중대본부에는 장교와 하사관이 다 모여서 사격대회 자축연을 열고 있었다. 11개 중대에서 단연 일등을 한 것이 중대장 오하라로서는 마냥 흐뭇하기만 했다. 공명심이 대단하여 무엇이든지 지기 싫어하는 오하라는 작은 일에도 승부근성을 발휘하는 사나이였다. 오늘의 일등공신인 선수들에게 흐뭇한 표정으로 일일이 잔을 돌리고 난 오하라는 옆에 있는 고노 군조에게 말을 걸었다. 열 명의 선수 중에 현재 빠져 있는 노신에 대한 것이었다.

"만만한 놈이 아니야, 그 기합을 백 회나 해냈다는 건 우정 항변에 가까운 행동이야. 단단히 지켜봐야 할 놈이야."

"명심하겠습니다."

"요령부득한 그 이시구로 상병 놈도 주의를 주고…."

"네, 알겠습니다."

"그리고 그 스모 선수라는 놈도 주의를 시켜, 긴노시 놈을 함부로 기살려 놓지 않도록 말이야."

오늘 노신은 부축을 받으며 사선까지 올라가서 사격을 했다. 대회는 모두 15발을 쏘아서 10점 만점으로 채점하기로 되어있었다. 노신의 사격점수는 9.2였다. 최고는 아니었으나 9점대를 넘긴 선수 중에 네 번째의 순위였다. 지난밤에 그렇게 심한 기합을 받고도 그만한 성적을 올린 노신의 초인적인 정신력이 오하라로서는 달갑지만은 않았다. 녀석이 언제라도 불씨가 될 수 있는 조센징이라는 점 때문이었다. 지난밤에 있었던 일을 처음 보고받은 아침에는 낭패감이 들었다. 그러나 노신이 해낼 수 있다는 의지를 밝혀 왔기에 시켜본 것인데 예상외로 무난히 해낸 것이다. 엎드려 쏴 자세는 그렇다고 해도 서서 쏴 자세와 앉아 쏴 자세가 영 미덥지 않았다. 부축을 받고 쩔룩거리며 사선에 올라선 녀석이 일단 사격자세에 들어갔을 때는 거짓말처럼 변했던 것이었다. 저놈의 어디에서 저런 정신력이 나온 것일까? 사선을 내려오자마자 중심을 잃고 이마를 벽에 부딪쳐 부상까지 입었다. 즉시 의무실에 실려 가기는 했으나 그런 몸 상태로 녀석이 해낼 수 있었다는 것은 아무래도 칭찬만으로 덮을 일이 아닐 것 같았다. 조센징이 영웅이 되는 것은 위험한 일이라는 것을 오하라는 잘 알고 있었다.

어쨌든 일 등한 사격선수들에게 대대장 명의 특진이 주어져 노신도 몇 개월 빠른 일병 진급을 했다. 또한 노신은 의무실에서 4일간의 입원 허가를 받았다. 이마의 찰과상을 기화로 기합받은 두 다리 근육을 쉬면서 치료하라는 중대장의 배려였다.

짧기는 했으나 모처럼 무료한 시간이 흘렀다. 그러나 노신은 때늦은 후회가 밀려왔다. 이시구로의 기합을 적당히 받아넘기고 말았어야 했다는 생각이 든 것이었다. 부당한 괴롭힘을 일삼는 그에게 무언의 경종을 울려주겠다고 고집했던 것인데 그 일 때문에 앞으로 어떤 주목을 받을지도 모른다는 염려가 밀려왔다. 이러한 노신의 염려는 적중하고 말았다.

중대장 오하라는 일주일 만에 본국으로부터 온 노신에 대한 사상기록

서류를 받았다. 조선인 학도병 특별관리대상자 기록부였다. 노신의 장인 신수근의 독립운동기록을 유심히 바라보던 오하라는 그러면 그렇지 하는 회심의 미소가 입가에 감겼다. 당장 오하라는 고노 군조와 가게야마 오장을 불러 은밀한 주의를 시켰다. 노신으로 인하여 불미스러운 일이 발생하면 자신의 근무기록에 오점을 남길 수 있다는 점을 유의하고 있었다.

"특별관리가 필요한 놈이다."

많은 말이 필요하지 않았다. 오하라의 의중을 누구보다 잘 알고 있는 고노였고, 가게야마는 고노의 명령이라면 물불을 가리지 않는 사나이였다.

노신은 입대한 지 10개월이 지나도록 숙영의 연락이 없어 애태우고 있었다. 계획한 대로라면 고향으로 가 있어야 하는데 수차례 편지를 띄워 보았으나 감감무소식이었다. 기다리다 못해 아직도 일본에 남아 있을 것으로 예상되는 유학 친구들에게 편지를 보내 보았으나 답장이 없기는 마찬가지였다. 그리움과 불안한 마음이 매일 커져만 가고 있던 어느 날, 유남일이 노신에게 다가와 은밀하게 속삭이며 꼬깃꼬깃 구겨진 신문지 한 장을 내밀었다. 최전방인 이곳 소만 국경에서는 볼 수 없는 신문이었다. 우연히 본토에서 오는 꾸러미의 포장지로 쓰인 조각을 간혹 쓰레기통에서 주위 볼 수 있는 정도였다. 유남일은 중대본부 사역을 나갔다가 몰래 주어 왔다는 것이다.

노신은 유남일과 서둘러 헤어져서 곧바로 공병대 뒤쪽의 한적한 구석으로 향했다. 이 시간에 공병대 차량을 세워 둔 곳은 외부의 눈을 피하기 가장 적합한 장소였다. 신문은 상단이 찢겨 나가 날짜를 알 수 없었지만, 노신은 읽을 수 있는 모든 기사를 샅샅이 훑어 나갔다.

기사는 단편적인 내용이었지만, 유추해 볼 수 있는 것은 많았다. 미군이 오키나와 상륙을 목전에 두고 있었다. 또한 소련이 일소 중립조약을 연장하지 않겠다는 통보를 한 것이 보도되고 있었다. 무솔리니는 실각했고, 이탈리아는 연합군에 항복했으며, 독일이 독소전에 패망했다는 기사가 나와 있었다. 사방에서 일본을 향해 목을 조여 오는 형국이 느껴졌다. 일본의 패망이 가까워졌다는 예감이 밀려왔다.

그러고 생각하니 요사이 있었던 부대 분위기도 예사롭지 않았다. 까닭 없이 국경이 가까워진 느낌이 들었다.

야간 보초를 설 때 멀리서 들려오던 요란한 소리가 심상치 않다. 탱크나 중거리 포의 견인차 소리와 트럭 소리로 여겨지는 소음이 점점 가까워지고 있다는 느낌이 들었다.

그다음 날은 중대장이 부리나케 대대본부를 들락거렸고 소대는 내무사열이 강화되었다. 보초는 밤새 일직사관의 점검 때문에 긴장을 놓을 수가 없었다. 또한 고참병 두 명과 멧돼지 사냥을 하던 장교 한 명이 원인 모를 저격을 당한 사건이 발생하기도 했다. 평시에는 없었던 일이다. 이 모든 정황으로 미루어 봐도 적이 가까이 와있다는 예감을 떨쳐 버릴 수가 없었다. 병기수령은 일주일 간격으로 정기적으로 수령을 해왔다. 3일 전에 이미 수령을 했는데 갑자기 또 병기수령 명령이 떨어진 것도 불길한 예감을 지울 수 없었다.

가게야마 오장은 무얼 잘못 먹었는지 아침부터 화장실을 바쁘게 들락거렸다. 그 때문에 언데로 가는 병기 수령 차량의 출발이 늦어졌다. 평시에는 대대에서 중대별로 수령하던 것을 그날은 연대에서 일괄적으로 대대별로 지급한다는 것이었다. 수령량이 많을 때는 가끔 있었던 일이었다. 중대 병기계인 가게야마는 조수인 아카보시 일병과 운전수 그리고 사역병으로 노신과 회노 이병을 차출하여 뒤늦게 출발했다. 연대본부까지의 거리는 불과 50㎞ 정도밖에 되지 않았지만, 가게야마의 설사 때문에 순번이 늦어져 제일 뒷줄로 밀리고 말았다. 봄기운의 엷은 햇살이 퍼져 있었으나 황량한 벌판에는 아직도 차갑게만 느껴지는 바람이 불고 있었다. 가게야마 일행이 병기 수령을 마쳤을 때는 석양이 물들기 시작한 하늘에는 봄 날씨답지 않은 음산한 기운이 감돌고 있었다. 가게야마는 병기 수령을 마치고 나서도 몇 차례 더 화장실을 들락거리고 나서야 겨우 본부 중대를 향하여 출발하였다. 서둘러 달리기를 십여 분가량 되었다고 느껴졌을 때 멀리서 한 무리의 기마가 뿌연 먼지를 일으키며 다가오고 있었다. 순간 가게야마가 운전수에게 전속력으로 달리라고 소리를 질렀으나 얼마 멀어지기도 전에 지름길로 내달려 온 기마 무리에게 걸려들고 말았다.

"조선 독립군 새끼들이다."

가게야마의 목소리가 끝나기도 전에 총소리가 무차별 쏟아졌다. 동시에 차 뒤쪽 화물 간에서 '피시식' 하는 화약 타는 소리와 메케한 냄새가 느껴졌다. 화약도 잔뜩 실린 차량이 폭발할 수도 있는 위험한 순간이었다.

"차 세워! 뛰어내려!"

가게야마의 다급한 목소리가 총소리에 섞여 발악처럼 들려왔다.

"뛰어! 뛰어!"

차량이 폭발할지도 모를 일촉즉발의 상황에서 가게야마는 차에서 멀어지라고 소리를 질러댔다. 스무 명 남짓 되어 보이는 기마 무리는 달아

나는 가게야마 일행에게 무차별 난사를 퍼부었다. 가게야마 일행은 응사다운 응사 한 번 못해 보고 달아나기에 급급했다. 시커멓게 연기를 피워 올리고 있는 차량에는 물불을 가리지 않고 접근한 그들이 병기를 탈취하고 있었다. 순식간에 모든 상황은 끝나 버렸다. 필요한 것을 챙긴 그들이 수류탄 하나를 차량에 던져 폭파시켜 버리고 달아난 것은 한순간이었다. 속수무책으로 당하고만 가게야마 일행은 순식간에 벌어진 상황 앞에서 허탈한 얼굴로 불타는 차만 하릴없이 바라보았다. 뒤늦게 보고를 받은 중대장 오하라가 현장으로 달려왔을 때는 타 버린 트럭만 썰렁한 벌판에서 남은 연기를 피워 올리고 있었다. 어처구니없는 표정으로 할 말을 잃고 있던 오하라는 가게야마 일행에게 분노에 찬 눈길로 내뱉었다.

"병신 같은 자식들, 모두 영창 감이야!"

엄중한 문책이 따랐다. 중대장은 대대장 하시다니 중좌 앞에서 시말서를 쓰는 곤혹을 치러야 했다. 그러나 그것으로 끝나지 않았다. 대대의 장교가 모두 집합한 가운데 그날의 가게야마 일행을 입석시켜 놓고 사건에 대한 분석회의가 시작됐다. 가게야마 일행에게 여기저기에서 질문이 쏟아졌다. 그리고 결론을 도출해 내는 데는 긴 시간이 걸리지 않았다.

기마 무리는 처음부터 실탄이 아닌 연막탄을 차에 쏘아서 가게야마 일행을 속였다. 차량의 폭발 위험을 느낀 가게야마 일행이 차를 버리고 허겁지겁 달아나자 그들은 여유 있게 병장기를 탈취했다. 여기까지 상황 분석은 정확했다. 그러나 그다음에 제기된 의혹들이 문제였다. 독립군들이 이쪽 시정에 대한 구체적인 정보를 입수하고 행동했다는 결론이었다. 그 첫 번째 이유로 그들의 습격은 치밀한 계획에 따라 이루어진 점이었다. 모든 차량이 지나가고 난 뒤 마지막 차를 기다리고 있었던 것은 전술적으로 이해할 수 있으나, 부대와 가까운 이 지역에서 사건이 터졌다는 것이 의심스러웠다. 대대와 연대 사이는 수시로 차량이 들락거려 독립군들이 함부로 설치지 못하는 지역이었다. 그런 위험을 무릅쓰고 이 지역에서 감행한 것은 정확한 정보가 있지 않고는 불가능하다는 점이었다. 두 번째는 모든 차량에는 보급품의 내용을 알 수 없도록 위장망을 씌워 놓았는데 저들은 그것이 병기임을 정확하게 알고 공격을 했다는 점이었다. 그 이유로 연막탄으로 폭파 위협을 가하는 기만전술을 썼다는 점이었다. 먼저 가게야마 오장의 경솔한 판단에 대한 여러 장교들의 질책이 쏟아졌다.

"귀관은 일발의 응사도 하지 못한 이유에 대해서 어떤 설명을 할 수 있나?"

"병력 수가 턱없이 열세한 저희로서는 원체 월등한 적의 화력을 대항할 엄두를 못 냈습니다."

"그것이 군인으로서 변명이 된다고 생각하는가?"

"죄송합니다."

"그때 만약 귀관들이 대응했다면 어떤 상황을 예상할 수 있었겠는가?"

"그들의 탈취 행위를 좀 늦출 수는 있었겠지만, 교전 끝에 결국은…."

가게야마는 더듬거리며 말을 잇지 못했다.

"귀관은?"

가게야마의 조수 아카보시 일병에게 물었다.

"도, 동감입니다."

"귀관은 저격수 아닌가? 왜 응사하지 못했나? 그리고 저들이 귀관들을 사살할 수 있었을 텐데, 그렇게 하지 못한 것은 어떻게 설명할 수 있겠나?"

노신에게 질문한 사람은 중대장 오하라였다.

"먼저 군인으로서 결사적으로 대항해야 했습니다. 그러나 실상 독립군인지 마적 떼인지 구분이 안 되는 적들의 화력도 화력이었지만, 너무나도 신속하게 상황이 끝나는 바람에 전열을 가다듬을 여유가 없었습니다. 그리고 저희를 사살할 수 있는 사정거리는 우리가 차를 버리고 달아날 때였는데, 그들이 말 위에서 난사했기 때문에 조준 사격이 되지 않아서였다는 점 외에는 더 설명드릴 수가 없습니다. 뒤쫓아 와서 사살하기는 시간을 끌 수 있다는 것 때문에 포기하지 않았나 생각합니다."

"가게야마 오장! 자네는 저들이 조선 독립군이라는 단정을 한 근거가 무엇인가?"

대대장의 질문이었다.

"느낌이 그랬습니다."

"그들을 처음 발견했을 때 사정거리는 얼마나 되었나?"

이번에는 긴노시에게 물었다.

"약 150m가 넘는 거리였습니다."

"그렇다면 차에서 응사할 수 있는 거리였는데, 왜 사살하지 못했나?"

"몇 발의 응사는 했으나 흙먼지가 심하게 일어 효과적인 대응이 되지 못했습니다. 또한 저들이 쏜 총으로 트럭에 적재한 화약에 인한 폭발 위험 때문에 서둘러 탈출을 할 수밖에 없었습니다."

"좋아! 오늘 회의는 이것으로 마친다. 귀관들은 별도의 지시가 있을 때까지 대기하라!"

그리고 이틀 뒤 두 명의 보안 요원이 노신의 내무반으로 들어섰다.

"긴노시 일병이 누구냐?"

"접니다."

"따라와, 조사할 것이 있다."

노신은 직감적으로 병기 탈취 사건이 뭔가 꼬여가고 있다는 느낌이 들었다. 쉽지 않은 일에 빠져들고 있다는 어떤 불길한 예감이 밀려왔다.

보안과의 지하 취조실은 그 음습한 냉기만으로도 심장이 멎을 것 같은 위압감이 느껴졌다. 노신은 보안과 오장이 눈짓으로 가리키는 철제 의자에 앉았다. 사람의 체중으로 윤이 난 철제의자의 싸늘한 냉기가 죽은 자의 체온처럼 노신의 엉덩이로 타고 올라왔다.

서늘한 눈빛으로 노신의 얼굴을 쳐다보면서 오장은 서랍을 열어 누런 봉지 하나를 꺼내 들었다. 그 속에서 작은 쌈지 하나와 신문지 한 장을 내보였다. 신문은 일전에 유남일로부터 받은 것이었다. 보급품 속에 숨겨둔 것을 어느새 뒤져 온 모양이었다. 그러나 내미는 쌈지 하나는 못 보던 것이었다.

"여기 왜 왔는지 알지?"

"잘은 모르겠습니다만, 일전에 병장기 탈취 사건 때문이 아닌가 생각합니다."

"그래, 말이 통하는군. 그러니 우리 서로 시간 끌지 말자. 이렇게 물증도 있는데 부인하지는 않겠지?"

"뭔가 오해를 하시는 것 같습니다."

"오해? 그럼 이게 뭔지 모른단 말인가?"

더 좋은 증거가 없다는 듯 쌈지를 흔들어 보이고 나서 오장은 자신감이 넘치는 음험한 미소를 보였다. 흰 바탕에 태극을 수놓은 쌈지였다.

"담배 쌈지입니다."

"맞아, 너희 조센징들이 엽초를 담아서 지니고 다니는 쌈지. 그런데 이게 뭘 의미하는지 자네의 설명이 듣고 싶은데 해 주겠나?"

"무슨 말씀인지…."

"모르겠다 그 말인가?"

"네."

"배운 사람이 왜 이러나. 고집부려서 될 일이 아니라는 걸 잘 알면서…."

"모르는 것을 모른다고 했을 뿐입니다."

"조선 독립군들이 증표로 삼는 이 쌈지의 의미를 모른단 말인가?"

오장이 미간에 신경 줄을 만들자 단박에 성마른 표정이 도드라지게 나타났다. 그리고는 애써 감정을 누르고 있다는 듯이 담배 한 대를 물고 나서 노신에게도 내밀었다.

"저는 담배를 피우지 않습니다."

"그래, 담배도 피우지 않는 사람이 왜 이런 걸 가지고 있었어?"

"제 것이 아닙니다. 본 일도 없고요."

"뭐야, 네 것이 아니라고?"

역시 오장은 금방 성마른 표정을 드러내었다. 피우던 담배를 신경질적으로 비벼 끄고 눈을 부라렸다.

"아닙니다."

"네 소지품 속에서 찾아낸 것이 네 것이 아니란 말이야?"

"무어라고 말씀하셔도, 제 것이 아닌 것은 아닙니다."

오장은 좋아, 그렇다면 또 있다는 듯 신문지를 들어 보였다.

"이것도 내 것이 아니냐?"

"그건 제가 가지고 있던 것입니다."

"어디서 났나?"

"쓰레기통에서 주었습니다."

"쓰레기통에서 주워? 부대 쓰레기통에 이런 것이 있다는 말은 들어 본 적이 없는데?"

"간혹 본국에서 보내온 꾸러미의 포장지로 사용된 것이 쓰레기통에 버려져 있던 것입니다."

"그래, 좋아. 그럴 수도 있겠지. 문제는 그 기사 내용이 사병들로서는 오해의 소지가 있다는 것도 인정해. 그래서 독립군들이 회유하려고 네게 보여준 것이고. 너는 여기에 난 기사를 읽으면서 곰곰이 생각했겠지, 일본이 전쟁에서 질지도 모른다. 그렇다면 저들을 도와야 한다. 아닌가? 그렇지 않다면 왜 그 신문을 신줏단지처럼 감춰 두고 있었겠어. 뿐만 아니라 너는 독립군 신수근의 사위라는 점이 저들의 훌륭한 포섭 대상이 되었을 것이고."

"터무니없는 모함입니다."

"모함?"

금방 오장의 눈이 뱀의 눈빛을 닮아 가고 있다고 생각한 순간 묵직한 통증이 얼굴에 작열했다. 연이어 발길질과 몽둥이가 간단없이 노신의 몸 구석구석을 파고들었다. 감각기능이 심각한 타격을 받았는지 통증이 무뎌지고 정신이 아득해졌다. 혼미한 의식으로 숙영이 보였다. 온몸에 천을 둘둘 말듯이 하는 숙영의 옷을 누가 마치 사과 껍질을 벗기듯 하고 있었다. 앙탈하는 숙영의 주위로 여러 사람의 얼굴이 혼란스럽게 나타났다 사라지기를 반복하고 있었다. 신 대감과 아버지가 보이고 어머니도 보였다. 아라이가 소리 내어 웃고 있는 곁에 유학생 친구들이 하나같이 군복을 입은 모습으로 기미가요를 부르고 있었다. 아라이는 일장기를 흔들며 천황폐하 만세를 불렀다. 따르는 사람이 없자 아라이는 총으로 한 사람씩 쏘아 죽였다. 총에 맞은 사람이 한 사람씩 다시 일어났다. 숙영이 안갯속으로 미친 듯이 달아나고 있었다. 아라이가 총을 쏘며 쫓아가고 있었다.

유남일이 입대 6개월 차 신병 이께다와 함께 중국인 융의 색주 집에 도착했을 때는 초저녁인데 불이 꺼져 있었다. 얼마 전부터 융이 가게를 닫고 이곳을 뜬다는 소문이 사실이라는 느낌이 들었다. 색주가로서는 초저녁인 이 시간에 불을 꺼 놓은 것은 뜰 때가 임박했다는 것이기도 했다. 융의 색주가는 인가에서 떨어진 한적한 곳에 있었다. 그 때문에 문을 두드리자 어둠을 깨울 만큼 울림이 요란했다. 한참 만에 안에서 손전등 불을 비추고 연이어 램프가 켜지는 것을 보면서 잠깐 기다리고 있자, 비대한 몸집에 고양이 눈을 한 융이 얼굴을 내밀었다.

"장사 안 해요? 초저녁부터 불을 꺼놓게?"

"그래, 안 해. 오늘 쉬는 날이야."

"어이쿠, 색주가도 쉬는 날이 있어요?"

"이거 왜 이래, 색주가는 사람 사는 집 아니야?"

"허, 그렇지요. 술이나 좀 담아 주시오."

"고작 술 한 병 사 오라고 졸병을 밤중에 여기까지 보냈어?"

"그러니 우리도 죽을 맛이오."

"이리 줘."

"가득 채워 주시오."

유남일이 이께다가 들고 있는 병으로 시선을 보내자 융은 낚아채듯이 앗아서 주방 쪽으로 들어갔다. 유남일은 힐끔 이께다를 보고 나서 은근한 눈웃음을 보냈다.

"자네, 오늘 눈 한 번 감아 주겠어?"

"네? 무슨…?"

"저쪽에서… 한 번 놀고 가고 싶은데…."

유남일은 계집들이 있는 방 쪽으로 힐끔 시선을 보내며 의미 있는 미소를 지었다. 그제야 알았다는 듯이 이께다는 은근한 미소로 대답했다.

"염려 마세요. 그까짓 것."

"대신 자네도 같이해야 해."

"아니, 저까지야 뭐…."

"무슨 소리야, 혼자는 못해. 의리가 있지."

"저는 그저…."

"걱정하지 마, 돈은 내가 낼 테니까. 다음에 자네도 한 번 쏘면 되잖아, 이게 상부상조 아니야?"

"허어, 그야 여부가 있습니까?"

미안해하면서도 이께다의 얼굴은 벌써 얼굴 근육이 기대로 넘실거렸다. 잠시 뒤, 술을 담아 온 융에게 은근한 말로 유남일이 의향을 비치자 '쉬는 날인데…' 하면서도 거절하지 못한다. 이께다를 계집의 방으로 밀어 넣고 나서 유남일은 자기가 지정한 계집의 방을 지나서 곧바로 융이 있는 내실 문을 두드리고 들어갔다.

"왜, 이리로 와? 색시 방은 저쪽이잖아?"

의아한 눈으로 바라보는 융에게 유남일은 얼굴을 들어 고뇌에 찬 표정을 보였다.

"왜? 무슨 일이야?"

"사람 하나 살려 주세요."

"밑도 끝도 없이 무슨 말이야?"

"긴노시가 죽게 되었습니다."

"나도 그 이야기는 들었어, 그렇지만 내가 무슨 힘으로 긴노시를 살려?"

"저는 알고 있습니다. 지금 긴노시를 살릴 사람은 융 당신뿐이라는 걸."

"그 무슨 뚱딴지같은 소리야. 내가 어떻게 긴노시를 살려?"

"이러지 마세요. 저도 알 만큼 알고 하는 소리예요."

가게야마를 따라 융의 색주가 근처로 도로 공사 사역을 나왔을 때였다. 그때 유남일은 작업을 하다가 융의 가게에서 용변을 본 일이 있었다. 변비기가 약간 있었던 유남일은 용변이 길어지고 있었는데, 어디선가 소곤거리는 소리가 들려왔다. 원체 허술하게 지어진 융의 가게는 귀를 기울이면 옆 간에서 하는 말이 어렵잖게 들려왔다. 유남일은 그 소리의 진원지를 쫓아 귀를 쫑긋 세웠다. 한 사람은 융이었고, 또 한 사람은 뜻밖에도 가게야마였다. 소곤거리는 말이라 대화의 내용은 분명치 않았으나 모종의 은밀한 거래가 이루어지고 있다는 느낌을 떨쳐버릴 수가 없었다. 저쪽에서, 방법을 찾아야, 발각되면, 실수, 나는 죽어, 등 들리는 것은 그런 단편적인 정도였지만, 왠지 그런 말들 속에 어떤 음모가 진하게 배어 있음이 느껴졌다. 막상 노신이 구속되고 나니 유남일은 그날의 일이 어떤 예감으로 다가온 것이었다. 뿐만 아니라 그날 가게야마가 설사를 핑계로 화장실을 수차례 들락거렸다는 것에도 사건과 연관 지어 의혹이 일었다. 병기의 인수 시간을 의도적으로 늦추어 시간을 벌기 위한 수단이었는지 모른다는 생각이 들었다. 유남일은 융에게 매달려 봐야 한다는 생각으로 골똘하고 있는데, 마침 중대 오장들이 노름을 하다가 술 심부름을 시킨 것이었다. 유남일이 융에게 매달려 보려는 것은 그 외도 이유가 있었다. 융은 노신에게 한 번 신세를 진 일이 있었다. 융의 어린아이가 심한 경기를 앓아 죽게 생겼을 때 노신이 침으로 살려 놓은 일이 있었다. 더구나 융은 곧 이 자리를 뜬다는 소문이 있었다. 그도 그럴 것이 요즈음 점점 전운이 감돌고 있는 이 지역에서 더 버티고 있다가는 낭패를 볼 수도 있기 때문이었다. 마치 침몰하기 직전의 배에는 쥐가 먼저 내린다는 말처럼 그는 떠날 준비를 하고 있었다.

"이 사람, 생사람 잡을 사람이네. 도대체 뭔 소리를 하는 것이야!"

융은 눈까지 부릅뜨며 펄쩍 뛰는 표정으로 유남일을 노려보았다. 유남일은 그의 아들 일을 연상시키며 매달려 보았다.

"지난날 그에게 신세를 진 일도 있잖습니까? 뿐만 아니라 융 당신은 곧 이 자리를 뜬다는 소문도 있던데, 누가 했는지 모르게 사람 하나 살려 놓고 가면 좋지 않겠습니까?"

"허어! 이 사람 정말 큰일 낼 사람일세. 도대체 내가 뭘 안다고 이러는가?"

유남일은 융이 원체 완강하여 행여 헛짚은 것은 아닐까 하는 난감한 생각이 잠시 들기도 했다. 그러나 기왕 내친 김이라는 생각으로, 정 그렇다면 하는 비장한 표정을 지어 보이며 가시 있는 목소리로 떠보았다.

"정 도와 주지 못하겠다면, 할 수 없지요. 제 나름대로 방법을 찾아야겠네요. 그렇게 되면 융 당신부터 여기를 뜨기 전에 보안과에 한 번 가야 할 거요."

"뭐야! 지금 나한테 협박하는 거야?"

버럭 화를 냈지만 융의 눈빛이 잠깐 흔들리는 걸 유남일은 놓치지 않았다.

"협박이라니요. 나도 보고 들은 게 있어서 하는 말인데."

"뭐? 보고 들어?"

"그래요. 융, 이 집 화장실에 앉아 있으면 들리는 게 많아요."

"뭐, 화장실?"

"그래요, 화장실. 한 번 시험해 보세요. 어떤가? 얼마 전에 도로 사역 나왔을 때만 해도 옆방에서 두 사람이 속닥거리는 말이 화장실에서 전부 들리던데요."

짧은 순간 융의 표정에 엷은 동요가 스쳐 갔다. 먹혀 들어가고 있다는 확신이 들었다. 내친김에 한 번 더 밀어붙여 봤다.

"방법, 실수. 저쪽 뭐 이런 유였지요. 구체적인 건 보안과에 가서…."

"이봐! 자네 함부로 설치면 안 돼!"

융은 난감한 표정으로 한참을 생각하다가 약간의 과장을 섞어 위협을 실은 말로 이렇게 입을 열었다. 말은 그렇게 하고 있었으나 우정 어린 충고라는 투의 목소리는 기세가 꺾여 있었다. 유남일은 순발력 있게 핑곗거리를 던져 주었다.

"자식까지 살려 준 사람을 안 도와주면 융도 두고두고 괴로울 거 아니오."

"그래, 나도 왜 모르겠어, 사람의 은혜를⋯. 하지만 일이 워낙⋯."

"걱정하지 마세요. 보안과에서 재조사할 때 융 당신은 여기에 없을 테니까요. 이미 뜰 준비가 끝났다는 걸 알고 있습니다."

이렇게 유남일이 융의 속내를 알은 채 하자 찔끔하는 표정이 엷게 스치고 지나간 뒤 이윽고 어떤 결기와도 같은 눈빛이 나타났다.

다음 날 아침이었다. 융이 부대로 들어와 평소 친분이 있던 장교나 하사관들에게 돌아가며 작별 인사를 하고 있었다. 유남일은 융이 가게야마와 악수를 하며 은밀히 주고받는 인사를 먼발치에서 지켜보고 있었다. 융의 귓속말에 가게야마의 표정이 짧은 순간 생뚱하게 나타났다가 사라졌다.

"미안하네, 급히 떠나야 할 사정이 생겼어. 고향에 노모가 돌아가셨다는 게야. 그 반쪽은 그들이 직접 전하겠다는 전갈이⋯."

유남일은 이런 그들의 대화를 예상하며 남몰래 회심의 미소를 짓고 있었다.

융이 가고 난 뒤 유남일은 투서 한 장을 썼다. 보안과장 앞으로 보내는 그 봉투 속에는 일본국가가 발행한 채권 반쪽이 동봉되어 있었다. 융이 가게야마에게 전해야 하는 것을 유남일에게 준 것이었다. 저들이 성공불로 지불하기로 한 채권 반쪽이었다.

가게야마는 오늘따라 상현달이 유난히 밝은 게 자꾸 마음에 걸렸다. 달빛이 은밀한 마음을 비추는 것 같아 긴장감이 고조되었다. 그런 마음으로 얼마를 기다렸을까 비틀거리는 그림자를 드리우며 다가오는 사내의 물체가 시선에 들어왔다. 가게야마는 가슴이 뛰기 시작했다. 비틀거리는 몸짓은 신호였기 때문이었다. 잠깐 주위를 다시 한 번 살피고 난 가게야마는 느린 걸음으로 물체 앞으로 다가갔다.

"밤바람이라서 차군요?"

암호를 흘려 보았다.

"밤바람이 다 그렇지요."

정확하게 응수를 해왔다. 더 이상 꺼릴 것이 없었다. 사내가 봉투 하나를 내밀었다. 그 봉투 속에서 반쪽자리 종이를 꺼낸 가게야마가 자기가 가지고 있던 종이 반쪽과 맞추어 보았다. 완벽한 일본 국채였다. 이때 가게야마가 흡족한 미소를 다 지우기도 전에 갑자기 사방에서 불빛이 쏟아졌다. 화들짝 놀란 가게야마가 몸을 움직일 여유는 없었다. 마주 섰던 사내의 억센 손아귀에 팔이 꺾이고 몸은 땅바닥에 내동댕이쳐졌기 때문이었다.

노신이 보안과에서 풀려나 초주검이 된 몸을 채 추스르기도 전에 전선이 무너지고 있었다. 한밤중에 들려온 적의 공격 신호는 무수히 쏟아지는 포 소리로부터 시작되었다. 대단한 화력의 선제공격이었다. 소련군의 화력을 감당하기는 역부족인 상황에서도 노신의 부대는 열흘간을 버틴 뒤에 후퇴를 하고 말았다. 전부터 전선을 사이에 두고 가끔 전투가 있었으나 이번은 국지전이라고 보기엔 소련군들의 화력이 예사롭지 않았다. 그것이 전면전을 대비한 적들의 예행 연습적 선제공격이었다는 것은 훨씬 후에 알게 되었다. 병력의 2할 이상을 잃은 노신의 부대는, 재편성으로 화력을 보충했다. 새로 편성된 부대는 병력이나 화력 면에서도 소련군을 대항하기에 부족함이 없어, 일진일퇴를 거듭하면서 한 달 동안 버티다가 전선이 잠시 소강상태에 빠지고 있었다. 이 기회에 사단사령부는 방어선을 훨씬 후방으로 후퇴한다는 소문이 나돌고 있어 병사들의 사기가 저하되어 있었다. 세계 최강을 자랑하던 관동군의 체면이 구겨진 지는 이미 오래전이었다.

다행히 부상은 없었으나 노신은 연이은 긴박한 상황으로 인하여 심신이 온전한 곳이 없었다. 더구나 소강상태에 빠지기 직전의 치열한 전투에서 생명의 은인인 유남일이 유탄에 맞아 전사해 버렸다. 마음을 의지하던 유일한 동료를 한순간에 잃은 슬픔과 충격 때문에 생에 대한 새삼스러운 회의가 일기도 했다. 살아남은 다른 병사들도 저하된 사기로 인하여 부대 안에는 음울한 분위기가 흐르고 있었다. 전사자들의 화장과 부상자들의 후송 그리고 부대 재정비 작업에 동원되는 쉴 사이 없는 일과가 한 달이 넘게 계속되던 어느 날이었다.

한 대의 트럭이 먼지를 날리며 부대 정문을 들어서고 있었다. 부대 한쪽의 빈 막사 앞에 세운 트럭에서 뜻밖에도 분 바른 여자들 한 무리가 내렸다. 이 광경을 먼발치에서 보고 있던 병사들의 눈에서 때 아닌 생기가 번득이기 시작한 것은 잠시 뒤였다. 빈 막사에 줄을 서서 들어가는 여자들의 의무가 무엇인지는 어렵잖게 짐작할 수 있었기 때문이었다. 조금 전까지만 해도 죽음의 그림자를 드리우고 있던 병사들의 얼굴에 어느새 천박한 미소가 흐르고 있었다. 극도로 저하된 사기에 새로운 기세를 불어넣는 이 묘약이 노신의 가슴에 섬뜩한 전율로 다가왔다. 줄을 서서 막사로 막 들어가는 낯익은 한 여인을 발견했을 때였다. 우연히 마주친 여인의 초점 없는 눈빛을 보는 순간 눈앞이 캄캄해지면서 온몸에 피

가 멎어 버렸다. 노신은 갑자기 혼미해지는 자신의 의식을 깨우기 위하
여 몇 번이고 도리질해 보았지만 일시에 뜨거운 열기가 빠르게 머리 위
로 몰려왔다.

"그럴 리가 없다! 그럴 리가 없다!"

넋 나간 사람처럼 구시렁거리며, 발걸음은 어느새 여인들의 막사 쪽으
로 다가가고 있었다.

"인마, 저리 가! 자식, 성급하기는…."

한 오장의 거친 제지에 밀려 넘어진 노신은 혼미한 정신을 가눌 수 없
어 흔들거렸다.

"아니다! 아니야!"

넘어진 자리에서 정신을 수습해 보려고 안간힘을 다해 보았지만, 노신
은 끝내 혼절하고 말았다. 반항하는 것으로 알았던지 오장이 총 개머리
판으로 머리를 찍었기 때문이었다. 얼마나 지났을까, 노신이 침상에서
깨어났을 때는 세상은 어둠이 드리운 장막 속으로 깊이 묻히고 있었다.
내무반에 불침번이 서고 있는 것으로 봐서 취침시간이었으나 반대편 침
상의 사병들은 보이지 않았다. 그들과 분 바른 여인들이 하고 있을 짓거
리들이 어렵잖게 연상되었다. 노신은 몸을 일으켰다. 그리고 흐느적흐느
적 입구 쪽으로 다가가자 불침번을 서고 있던 사병이 용무를 물었다.

"어디 가?"

"화장실!"

"몸은 괜찮아?"

불침번은 짤막하게 대답하고 걸어 나가는 노신의 눈빛이 영 못 미더운
듯이 바라보았다. 내무반을 나선 노신은 분 바른 여자들이 있는 쪽으로

성큼성큼 걸어갔다. 여자들의 막사 앞에는 웅성거리는 병사들이 구더기처럼 꾸물거리고 있었다. 십여 개의 줄에 서서 순번을 기다리는 중이었다.

"이 자식, 자꾸 왜 이래?"

낮에 본 오장이 줄도 서지 않고 다가서는 노신에게 버럭 소리를 지르며 기가 막힌다는 듯이 바라보았다. 순번을 기다리고 있던 병사들 사이에서 야유와 불평이 쏟아져 소란해졌다. 한순간 오장 앞으로 바짝 다가간 노신은 그의 옆구리에 차고 있는 군도를 재빠르게 뽑아 들었다. 일시에 소란이 경악으로 바꿨다. 새파랗게 질린 오장이 뒷걸음을 치며 손을 내저었다.

"왜, 왜 이래!"

"확인할 여자가 있다. 여자들의 얼굴만 보여다오."

"수… 순번을….'

오장은 더 말을 이을 수 없었다. 살기가 가득한 노신의 눈빛이 섬뜩하게 느껴진 순간, 휘두른 칼이 오장의 앞가슴을 그었기 때문이었다. 살은 파고들지 않았지만, 군복 상의 앞가슴이 비스듬히 베어져 버린 것이었다.

"확인만 하면 된다고 했잖아!"

"아… 알았어. 이것 좀 놓고 얘기해."

"잔소리 말고 시킨 대로나 해!"

빈 내무반을 임시로 급조한 공간에 겨우 매트리스를 하나씩 놓고, 그 사이를 천으로 된 칸막이로 만든 작은 방들이 유령의 집들처럼 늘어서 있었다. 방의 입구에는 군용 담요로 가린 휘장 하나를 걸쳐 출입구로 해놓은 것이 전부였다.

"열어!"

노신은 거칠게 소리쳤다.

"지 지금… 하는 도, 도중인데…."

"잔소리 마라!"

노신은 오장의 턱밑에 칼을 바싹 들이대었다.

"아, 알았어."

혼백이 빠지고 없는 여자들의 초점 없는 눈빛과 육욕에 매달려 잠시라
도 죽음의 공포를 잊으려는 병졸들의 몰골이 갑자기 걷어 젖힌 휘장 안
에서 목격되었다. 그렇게 뒤져 나가기를 십여 곳, 한 휘장 안에서 넋 잃
은 시선으로 옆얼굴을 보이는 한 여자를 찾았다. 이미 소란의 의미를 알
고 있었는지 차마 돌아볼 엄두를 못 내는 그 여자를 보는 순간, 노신은
마지막까지 설마 하던 한 가닥의 기대가 와르르 무너져 내렸다.

"아아! 당신이…."

노신의 눈에서 시퍼런 불꽃이 번뜩이었다. 노신은 괴성을 지르며 닥치
는 대로 칼을 휘둘렀다. 엷은 칸막이와 늘어진 휘장 문이 너덜거리도록
미친 듯이 칼을 휘둘렀다.

"아으 아아으! 으흐흐흑."

귀기가 감도는 여자의 얼굴에서 동물적인 괴성이 터져 나왔다. 그러한
여자의 눈에는 핏물이 흘러내리고 있었다. 노신은 손을 뻗어 여자의 목
을 감싸 안았다.

"여보! 숙영이! 도대체 왜? 왜?"

"아아으! 으흐흐흐흑."

"악몽이야! 이건 현실이 아니야!"

"으으흐흐흑."

"우리는 지금 악몽을 꾸고 있어!"

이때 너덜거리는 휘장이 거칠게 젖혀졌다. 어느새 기세를 회복한 오장이 분노한 얼굴로 소리를 질렀다.

"나와!"

멈칫거릴 사이도 없이 병사 몇 명이 노신의 몸을 거칠게 끌어내었다.

"놔! 놓으라고! 다 죽여 버리겠어!"

발악하는 노신을 끌어내는 무리 앞에 우람한 몸집의 한 사나이가 비장한 눈빛으로 막아섰다. 스모 선수 구로다 병장이었다.

"시루 오장님, 놓아 주십시오."

"뭐야? 네 놈은…."

"우연히 엿듣게 되었는데, 저 여인은 긴노시 일병의 아냅니다. 세상 어느 사내가 제 아내의 저 모습을 보고 참을 수 있겠습니까?"

"뭐야? 긴노시의 아내?"

"네, 그렇습니다. 저도 피가 거꾸로 솟구칩니다."

"어떻게 이럴 수가…."

병기고 옆에 작은 공간을 급조한 방이 마련되었다. 보고를 받은 오하라 중대장의 알량한 배려로 노신 부부의 기구한 합방이 이루어진 것이었다.

먼지 더께가 두껍게 낀 창으로 달빛을 받아들이고 있는 방이었다. 한쪽 벽으로 놓인 침대 하나가 그 달빛에 배를 드러내고 있었다. 그 옆으로 아까 이께다 이병이 조심스러운 얼굴로 가져다 놓은 물 주전자와 잔 두 개가 빈 보급품 상자 위에 놓여 있는 것이 전부였다. 그리고 방안을 가득 채운 것은 무거운 침묵이었다. 무엇을 물어보고 무엇을 들어야 할지, 노신은 머릿속이 까맣게 먹물로 채운 듯 아무 생각이 떠오르지 않았다. 숙영은 기억도 흐릿한 아주 옛날 남자를 새삼스레 만난 것처럼 마음이 겉돌았다. 노신은 죄인처럼 웅크리고 있는 저 불쌍한 여자를 위하여 뭔가를 말해야 한다고 생각할수록 점점 목이 잠겨 들고 말았다. 이때 노크 소리가 들리고 뜻밖에 구로다 병장의 목소리가 들렸다.

"긴노시, 이것 받아!"

노신이 문을 열자 구로다가 고량주 한 병을 내밀었다. 달빛을 등진 구로다의 얼굴이 실루엣으로 보였으나 난감한 표정을 하는 것이 조심스럽게 하는 말에서 느껴졌다.

"군인의 아내를 위안부로 보낸 것은 중대한 행정착오라네. 부인께서는 즉각 귀국하실 수 있도록 조치를 취한다 하니… 뭐라 할 말이 없네…. 얼마나 분하겠나. 이 사실은 절대 비밀로 해야 한다는 중대장의 언명이 있었어. 다른 사병들에게 오해의 소지가 되면 사기 문제도 있고…."

석상처럼 말없이 서 있는 노신을 보기가 거북한지 구로다는 몸을 돌려 뚜벅뚜벅 걸어가 버렸다. 멍하니 구로다의 우람한 뒷모습을 바라보던 노신은 울컥 설움이 치솟았다. 물 잔에 술을 가득 따라 마시고 나자 비로소 그 설움이 비실비실 뒷걸음질을 치고 분노가 독한 고량주의 술기운과 함께 빠르게 마음을 점령해 왔다.

"대체… 무슨 일이 있었소?"

더듬거리며 묻는 노신의 질문이 울컥 설움을 돋워 놓은 듯 숙영은 망연히 허공을 바라보던 시선을 거두고 고개를 떨어뜨렸다. 얼마 동안 그렇게 석고처럼 굳어 있던 숙영이 천천히 독백하듯 입을 열었다.

"아라이, 그놈은 우리 운명의 악마였어요."

"아라이가?"

다음 말을 잇지 못하는 아내에게 다급하게 되묻자 숙영은 생살을 찢는 아픔을 견디는 듯 심하게 일그러진 얼굴이 되었다.

"그놈은 우리를 철저히 속였어요. 그놈은 반전주의자로 위장한 군부의 끄나풀이었어요. 처음에는 우연히 나를 보고 야심을 품었다가 아버지의 내력을 알게 되었어요. 그래서 유학생회를 기웃거려, 정학영 씨를 고발했고, 아버지를 죽음에 이르게 했지요. 내가 그놈의 눈에 띈 것은 그날 밤이 처음이 아니었어요. 그놈은 오래전부터 우리의 동향을 살피고 있었어요. 그날 밤 쫓기는 모양을 한 것도 나에게 접근하는 방법이었어요. 처음 이유 없이 나를 가둔 것도 그놈의 계략이었고요. 당신이 입대를 하자, 그놈의 본색이 드러나기 시작했지요. 나에게 약을 먹여 놓고…"

삭일 수 없는 울분이 섞인 숙영의 목소리에는 피가 맺히고 있었다. 아까부터 혈관에서 피를 뽑아내듯이 창백한 얼굴로 분노를 억누르고 있던 노신은 다물고 있던 입술에서 피가 배어 나왔다.

"원수에게 능욕을 당하고… 살의를 품었지만, 영악한 그놈에게 당하지 못하고 말았어요. 결국 강제로…"

"으으흐아! 아라이! 아라이! 이놈을…"

노신은 몸속에 있는 모든 독기를 짜내듯이 두 주먹을 쥐고 부르르 떨었다. 얼마나 오랫동안 몸부림을 쳤던지 통한과 오열이 밤을 깨워 여명이 창을 잿빛으로 물들이고 있을 때, 불현듯 굉음이 들려 왔다. 적진에서 날아온 포탄 소리와 적기에서 쏟아지는 폭음이었다. 연이어 비상을 알리는 사이렌 소리와 함께 화급히 뛰어다니는 군화 소리가 어지럽게 들렸지만, 노신은 무심한 눈길로 창밖을 바라보기만 했다. 이미 노신의 세상은 다 변해 버렸다. 소중한 것도, 지켜야 할 것도, 기대할 것도 모두 사라져 버렸다. 그 무엇도 무서울 것이 없는 세상이 되었다. 전투기에서 쏟아내는 포탄 소리가 계속해서 창을 흔들었으나 노신은 망연한 눈빛 그대로인 채 선 자리에 붙박여 있었다. 이때 의식을 깨우는 다급한 소리가 들려왔다.

"긴노시 일병님, 위험합니다! 병기고에서 어서 나오세요!"

이께다였다. 그제야 노신은 이곳이 병기고라는 것을 깨달았다. 노신은 숙영을 바라보았다. 초연하게 운명을 기다리고 있는 듯 쓸쓸한 눈길로 마주 보는 숙영의 얼굴에 형용할 수 없는 비감이 두껍게 덮여 있었다. 노신은 숙영을 안았다. 이미 죽은 사람처럼 서늘한 느낌이 전해오는 숙영의 가슴이 노신의 심장 깊숙이 비수를 꽂았다.

두 사람이 밖으로 나와 보니 기습공격을 받은 부대 안은 극심한 혼란에 빠져 있었다. 지상의 폭격과 공중의 적기에서 투하하는 폭탄으로 저항할 전열도 없이 일방적으로 당하고만 있었다. 병사들은 이리 뛰고, 저리 뛰며 위급한 상황에 허둥거리고 있었고 포격에 맞은 막사나 차량들은 불꽃을 내뿜고 있었다. 중거리 포가 보급품 창고를 명중하여 하늘이 불길과 연기로 뒤덮이고 있었다. 그 보급품 창고 가까이에 세워져 있던 몇 대의 트럭 중 하나에 위안부 여인들이 타고 떠나려다가 떨어진 포탄에 기겁을 하고 엎드려 있는 모습이 눈에 들어왔다. 노신은 그 트럭이 서 있는 쪽으로 숙영을 데리고 갔다. 숙영은 여기저기에서 들려오는 포탄 소리에도 움츠리는 기색도 없이 넋 잃은 사람처럼 흐느적흐느적 걸어갔다. 트럭을 향해 돌아서 가는 숙영의 처연한 뒷모습에서 노신은 다시 한 번 가슴이 으깨지는 아픔이 전해왔다. 차에 오르기 전에 처연한 눈길로 노신을 마지막으로 한 번 돌아보았다. 그리고 뭐라고 형연할 수 없는 표정으로 중얼거렸다.

"그래도 살아야 해요. 우리 아이 국한이를 생각하세요."

숙영이 탄 차가 출발하여 정문을 빠져나가는 것을 보고 돌아서던 노신에게 엄청난 폭음과 함께 산더미 같은 흙무더기가 덮쳐 왔다.

사상자들을 찾아 나선 소대원들에게 발견되어 의식이 깨어났을 때는 잠시 폭격이 멈춘 뒤였다. 다행히 부상을 입지는 않았으나 입안에서 귀에서 코에서 화약 냄새가 물씬 풍기는 흙을 토악질해 내었다. 부대는 적의 기습공격에 이은 보병공격에 대비하여 전열을 갖추느라고 숨 가쁘게 돌아가고 있었다. 부대는 평시에 앞산의 8부 능선에 파 놓았던 개인 호로 나아갔다. 모든 중대가 부대를 뒤로하고 전투 대형으로 파 놓은 개인 호였다. 노신의 소대가 각자의 개인 호 속에 몸을 엄폐시켰을 때는 적진 멀리에서 탱크 소리가 아련히 들려오고 있었다. 적의 기습공격으로 대부분의 중화기와 많은 병력을 잃은 아군의 사기는 극도로 저하되어 있었다.

무전기로 상황보고를 하는 소대장의 고함이 노신의 개인 호 뒤에서 들렸다. 적진에 중거리 포를 퍼부어 주어야 할 사단본부의 지원사격은 없다는 것이다. 오히려 사단본부가 후퇴할 때까지 노신의 부대가 방어선이 되어야 하는 상황이었다. 소대장은 거칠게 무전기를 내동댕이치면서 분을 참지 못하고 씩씩거렸다. 죽음이 다가오고 있었다. 노신은 이상할 정도로 두렵지가 않았다. 먼젓번 전투에서 처음으로 산사람을 향하여 소총을 겨냥했을 때의 그 긴장감은 고사하고, 지금은 표적이 되는 것이라면 무엇이든지 쏘아 죽이고 싶은 잔혹한 마음뿐이었다. 애초부터 이 전쟁에 참가할 이유나 명분이 없었던 노신으로서는 목숨을 보전하는 것에만 마음을 썼지만, 이제는 그것마저도 부질없이 느껴졌다. 적은 중거리 포 한 번 쏘지 못하는 이쪽의 사정을 훤히 꿰고 있는 듯했다. 적은 서두르지 않았다. 그것은 그들의 자신감이었다. 그럴수록 아군은 초조했고 비참했다. 적의 탱크를 육탄으로 제지할 특공대가 소대별로 일개 조씩 조직되었다. 사격대회 이후로 저격수로 인정받은 노신이 특공대에 지명받는 것은 자연스러운 일이었으나, 소대장의 생각은 달랐다. 육탄공격수가 적의 탱크에 접근하기 위하여 탱크를 뒤따르는 적의 보병을 정확하게 궤멸하는 것은 저격수의 임무였다. 그러나 소대장은 노신을 지명하지 않았다. 숙영을 만난 후로 노신의 눈빛에 서린 섬뜩한 광기가 안심할 수 없었던 소대장으로서는 적절한 판단이었다. 그 광기는 아군과 적군의 구분이 모호한 모습으로 비쳤다. 비록 적을 향해 총을 겨누고는 있어도 다 삭이지 못한 노신의 눈빛에 어린 분노가 미덥지 못했기 때문이었다.

그렇지 않아도 노신은 지금 대치하고 있는 적보다 아내의 영육을 으깨 놓은 일본군에게 뜨거운 분노가 끓고 있었다. 당장 지금 자신의 개인호 좌우에 있는 두 명의 일본군 병사가 의식되었다. 노신의 왼쪽은 노나카 일병의 호였고 오른쪽은 이시구로 상병의 호였다. 이시구로는 물통기합사건 이후로 노신을 보는 눈빛이 변해 있었다. 그렇다고 그 열등감에서 비롯된 악의적인 행동이 변한 것은 아니었으나 적어도 생트집을 잡아 괴롭히는 일은 없었다. 노나카 일병은 노신보다는 7개월이나 빠른 선임이었지만 동작이 우둔하여 악명 높은 이시구로나 다른 고참병들에게 수시로 괴롭힘을 당하는 사내였다. 부대 재편성 때 타 부대에서 전속되어 온 노나카는 심한 근시 안경을 쓴 학도병 출신이었다. 기묘한 감정의 혼란으로 총구를 갑자기 좌우에 있는 이시구로나 노나카에게 들이밀 수도 있다는 상상을 하자 갑자기 현기증이 났다.

소리로만 감지되던 소련군의 실체가 보이기 시작했다. 아직은 흐릿하기는 해도 탱크를 앞세운 보병이 꾸역꾸역 일본군 진지를 향하여 올라오고 있는 모양이 멀리에서 식별되었다. 소련군 탱크는 그 위력이 독일전에서 이미 검정된바 있는 최신의 병기였다. 그 위력을 꺾어 놓기 위하여 육탄 특공대가 출발을 서둘렀다. 일개 소대에 5명씩을 한 조로한 특공대는 자랑하던 황군의 기개나 관동군의 용맹은커녕 살아서 돌아갈 가망이 희박하다는 생각으로 두려움에 떨고 있었다. 작전본부에서 내린 특공대 작전의 계획은 듣기에는 그럴듯해 보였으나 효과는 예측할 수 없었다. 아군 진지가 적 탱크의 유효 사거리에 미치기 전의 지점에 미리 기름을 부어 놓고 매복했다가 화공작전을 펼친다는 것이었다. 적의 탱크가 기름을 부어 놓은 지점에 도착했을 때 불을 지른다. 주위에 있는 건초와 잡목들이 타면서 마침 적진을 향하여 불고 있는 북풍을 타고 적의 보병을 혼란에 빠트릴 수 있게 된다. 그때 특공대가 수류탄을 들고 적 탱크에 뛰어올라 폭파한다는 작전이었다. 예측할 수 없는 성과에도 기대가 있어서인지 약간의 기세를 회복한 아군 진지는 불안한 대로 새로운 각오로 전의를 다졌다. 소금물로 간을 한 주먹밥이 돌려지는 것을 보자, 비로소 노신은 지난밤부터 아무것도 먹지 않아 속이 비어 있다는 것을 깨달았다. 살아서 마지막이 될지도 모를 늦은 아침 식사였다. 그 사이에 소련군은 특공대가 매복하고 있을 만한 근처까지 진격해 온 것이 시야에 들어왔다. 불길이 피어오르기를 기다리고 있는 병사들의 눈빛에는 긴장과 초조가 어려 있었다. 그때였다. 동편 2중대 전방쯤으로 짐작되는 지점에서 시커먼 연기와 함께 기세도 좋게 불길이 타올랐다. 아직 환호하기는 일렀지만, 일본군 병사들은 약간의 흥분과 기대에 찬 눈길로 상황을 주시하고 있었다. 불길은 긴 횡대를 이루며 마치 불의 성벽처럼 빠르게 타올랐다. 연이어 아군의 소총 소리와 경기관총 소리가 여기저기에서 들리기 시작했다. 몇몇 탱크 위에 특공대가 올라타고 있는 모습이 어렴풋이 보이기도 했다. 처음에는 그렇게 작전이 먹히는 듯이 보였다. 그러나 시간이 갈수록 불길이 약한 쪽으로 뚫고 나온 적군이 몰려오면서, 특공대가 밀리고 있는 모습이 멀리에서도 관측되었다. 저항하면서 후퇴하는 일부를 제외하고 대부분의 특공대가 적의 무력에 당하고 말았다. 수십 대의 탱크 중에 단 두 대의 탱크에 효과적인 공격이 있었을 뿐이었다. 나머지는 웬일인지 수류탄이 터지지도 않았고 일부는 탱크에 접근도 하기 전에 당하고 말았다. 아까운 병력만 희생시킨 꼴이 되고 말았다. 자극을 받은 적은 여세를 몰아 무서운 기세로 밀고 들어왔다. 아직 유효 사거리가 되지 않아 발포 명령이 있기도 전에 아군의 진지에서는 총소리가 들리기 시작했다. 총을 쏘면 불안한 마음이 다소라도 진정되는 효과가 있었기 때문이었다.

"아직 쏘지 마라! 쏘지 마라!"

분대장의 고함에 잠깐 멈추었던 소총 소리가 다시 들리기 시작한 것은 3소대의 진지 전방으로 적이 유효 사거리까지 다가왔을 때였다.

"온다! 온다! 준비하라!"

소대장의 발포 명령이 떨어지기도 전에 중거리 포와 경기관총 소리가 적을 향해 무차별로 쏟아졌다. 듣던 대로 적 탱크에서 쏘아대는 포의 위력은 대단했다. 아군 진지에 떨어진 포탄은 사람이 들어갈 수 있을 만한 구덩이를 만들어 놓았다. 그 흙을 허공에 흩뿌려 아군의 머리 위로 소나기처럼 쏟아졌다. 아군 진지 여기저기에서 벌써 아우성이 들리기 시작했다. 노신은 얼굴에 덮인 흙을 손으로 닦아내며 좌측 호에 있는 노나카 쪽을 잠시 쳐다 보았다. 목에서 어깨 쪽으로 잘려 나간 시신 하나가 철모를 쓴 채 노나카를 바라보듯이 그의 호 앞에 떨어져 있었다. 노나카는 잔뜩 겁에 질린 얼굴로 그 기분 나쁜 토막 시신을 소총으로 걷어낸다고 팔을 뻗고 있었다. 잠시 후, 노신의 호 속으로도 한쪽 팔이 없는 시신 하나가 하늘에서 떨어져 들어왔다. 노신은 시신을 뒤집어 한쪽으로 밀쳐놓다가 그것이 방금 본 노나카라는 것을 알고 나자 비로소 죽음이 가까이 와 있다는 실감이 들기 시작했다. 노신은 호 안에 쭈그리고 앉았다. 초개 같은 목숨에 매달리는 인간의 아우성이 허망하게 들려왔다. 그러나 그날의 숙영이 '그래도 살아야 해요. 우리 아이 국한이를 생각하세요.' 하던 말이 떠올랐다.

"실탄이 없다! 실탄! 실탄!"

이시구로가 있는 우측 호에서 들려왔다.

"이리 와서 가져가라! 내가 엄호사격을 해줄게!"

우측 전방에 있는 사까이 오장이 소리쳤다. 이시구로가 접근하기 좋도록 사까이가 엄호사격을 맹렬하게 퍼부었다.

"자, 지금이야!"

사까이의 신호에 따라 이시구로가 굴진 자세를 취하며 뛰어나갔다. 실탄을 받아서 돌아오던 이시구로가 자기의 호 근처에서 쓰러졌다. 적의 유탄에 당한 것이었다.

"긴노시! 긴노시! 긴노시!"

이시구로가 부르는 소리 끝에 울음이 묻어났다. 본능적인 동작과 그 무엇인지도 모를 어떤 저항감으로 노신은 이시구로를 향하여 몸을 일으켰다. 이시구로를 부축하여 그의 호에 밀어 넣고 몸을 돌리는데 노신의 호에서 거대한 흙무더기가 솟구치면서 노신을 덮쳐 왔다. 다행히 노신은 이시구로의 호로 뒹굴어 들어와 있었다. 만약 이시구로를 구하기 위해 뛰쳐나오지 않았다면 영락없이 당하고 말았을 것이라는 생각을 하자 등줄기에 식은땀이 흘렀다. 이시구로는 왼쪽 발 대퇴부에 관통상을 입고 있었는데 신기하게도 왼쪽 귀가 머리 뒤로 와 있었다. 철모가 벗겨진 머리를 유심히 살펴보니 왼쪽 머리에서부터 눈과 귀 사이의 뺨이 턱밑에까지 찢어지면서 귀가 머리 뒤쪽으로 당겨져 있었다. 그런 괴물 같은 형상을 하고도 발악을 하며 총을 쏘아대고 있는 이시구로가 갑자기 측은한 생각이 들었다. 이때 하늘에서 노란 연막탄이 솟아올랐다. 후퇴하라는 신호였다. 노신은 미처 못 보고 있는 듯한 이시구로에게 연막탄을 가리켰으나 아무 반응이 없었다. 사격하던 자세 그대로 굳어 있었다. 노신이 호에서 나와 아군이 후퇴하는 쪽으로 달려나갔을 때 다급하게 소리치는 목소리에 눈을 돌렸다. 이께다 이병이 호 안에서 노신을 부르고 있었다.

"긴노시 일병님! 여기요!"

"빨리 나와! 후퇴야!"

"다리가! 내 다리가…."

노신이 이께다의 호 속으로 뛰어들어가자마자 뒤쪽에서 폭발한 포탄이 흙무더기를 쏟아내어 두 사람의 머리 위로 내려 앉았다.

"나리를 얼마나 다쳤니?"

노신이 물었다.

"아니 심장이…."

"심장?"

"아니, 배가 아파."

"무슨 소리야 지금?"

"온다! 온다! 아으으…."

사방에서 터지는 적의 포탄 소리와 소총 소리에 온전하게 이께다의 몸 상태를 보지 못했던 노신이 문득 이상한 생각이 든 것은 그때였다. 동공이 크게 열려 있는 이께다의 눈은 흰 동자가 정상 이상으로 확장되어 있었다. 극도의 공포감으로 정신이 분열된 현상이었다.

"이께다, 이께다! 정신 차려! 지금 나와 같이 뛰어나가는 거야! 알았지?"

"안 돼! 안 돼! 못 가!"

"그럼 나 혼자 간다."

"가지 마! 가지 마!"

노신의 허리를 붙잡고 놓지 않는 이께다를 뿌리칠 방법이 없었다. 적 병의 총소리는 점점 가깝게 들려왔고 후퇴하는 아군은 멀어지고 있었다. 비상한 결단이 필요했다. 노신은 소총의 개머리판으로 이께다의 후두 급소를 내려쳐 혼절시켰다. 혼절한 이께다를 업은 노신은 아군이 후퇴하는 뒤를 따라 사력을 다해 뛰기 시작했다. 몇 번을 넘어지고 뒹굴고 숨이 턱에 닿도록 허덕거리며 간신히 9부 능선쯤에 다다르자 평시에 구축해 두었던 대대 지휘부진지가 눈에 들어왔다. 적의 탱크가 오기도 힘든 가파른 지형에 구축해 놓은 진지는 최후의 방어선이었다. 그러나 겨우 중대 병력을 수용할 수 있을 정도의 협소한 장소였다. 노신은 잠시 쉬기 위해 바위 뒤에 몸을 엄폐하고 이께다를 내려놓았다. 그러나 언제부터인지도 모르게 이께다의 머리는 피로 범벅이 되어 있었다. 뒷목을 뚫고 들어온 총알이 비스듬히 얼굴을 관통한 상태로 절명해 있었다. 이미 절명한 시체를 업고 다녔다고 생각하니 섬뜩한 한기가 가슴 속으로 몰려왔다. 그 한기는 위험이 턱밑에 닥쳤다는 신호가 되어 온몸의 세포가 일제히 화급한 반응을 하고 있었다. 숨을 돌릴 사이도 없이 다시 일어난 노신은 아군 진지를 향하여 뛰고 또 뛰었다.

진지에는 극도로 긴장한 병사들이 다가오는 죽음의 공포에 떨고 있었다. 다행히 적의 공격이 잠시 소강상태에 들어갔다. 위급한 상황에서도 겨우 전열을 갖춘 아군은 겨우 3개 중대뿐이었다. 이름만 중대일 뿐 병력은 턱없이 부족하였다. 고작 70~80명의 인원으로 급조한 3개 중대였다. 그나마 반 이상이 부상병이었다. 중대장급 장교가 세 명 남아 있었기 때문에 선임 중대장인 오하라의 지휘에 따른 것이었다. 아까부터 무전기에 대고 소리소리 지르고 있는 오하라의 전황 보고가 더욱 병사들의 공포감을 부채질하고 있었다. 이때 한 대의 적 정찰기가 진지 위를 선회하다가 사라졌다. 아군의 상태를 살피고 간 것이었다. 오하라가 곧 다시 시작될 공격을 대비하라는 명령을 내렸다.

오하라의 명령이 떨어지고 얼마 되지 않아서 적 탱크의 포탄이 날아오기 시작했다. 적은 마무리를 위한 최후의 공격을 시작하는 것이었다. 어느새 우회하여 포위한 적 보병이 사방에서 가파른 경사를 타고 일본군 진지를 향해 꾸역꾸역 몰려오고 있었다.

"모든 퇴각로는 막혔다!"

무선통신기로 지휘본부에 보고하는 오하라의 다급한 목소리가 발악처럼 들렸다. 하늘에 두 번째 퇴각신호탄이 노란 꼬리를 달고 치솟았다가 허망하게 떨어지는 것을 보면서 오하라는 그렇게 소리치고 있었다.

"옥쇄다!"

누군가의 입에서 터져 나온 이 말이 중대원들에게 찬물을 끼얹었다. 실탄도 바닥이 난 일본군은 빈총으로 전방을 겨누고는 있지만 이미 얼굴에는 죽음의 그림자가 짙게 드리워져 있었다.

적기에서 투하된 폭음과 사방에서 옥죄어 오는 포탄과 소총 소리에 완전히 전의를 상실한 일본군들은, 평소의 그 의기양양한 위용이 사라진 지 오래였다.

옥쇄! 너희 그 자랑스러운 대일본 제국을 위해서든 천왕을 위해서든 그건 너희 몫이다. 나에게는 할 일이 따로 있다. 아라이 놈에게 복수를 하지 못하고 이대로는 죽을 수 없다. 허망하게 죽어가는 일본군들의 주검을 보면서 노신은 숙영의 말이 되살아났다. '그래도 살아야 해요.'

소련군들이 지르는 승리의 함성과 확인 사살을 하는 소총 소리가 간헐적으로 들리는 것을 끝으로 노신은 가물가물 정신을 잃었다.

그리고 얼마만일까, 밤하늘의 별들이 노신의 눈에 먼저 들어왔을 때는 이미 사위는 어둠만큼 정적도 짙게 깔려 있었다. 몸을 일으켜 보려고 힘을 가해 보았지만, 웬일인지 의식과는 달리 꿈적도 하지 않았다. 순간 이미 죽음에서 찾은 의식이 아닐까 하는 의혹이 뇌리를 스쳤다. 한참을 그 이상한 의식의 실체를 파악하려고 뇌의 분별력을 다하여 사위를 살폈다. 이윽고 희미하게 육체의 통증이 느껴지고 그것이 점차 무게를 더하는 것으로 봐서 죽음의 세계는 아니라는 확신이 들었다.

그러고도 한참 후 흙더미와 시체 더미가 겹겹이 자신의 몸을 누르고 있는 것을 의식한 것은 멀리서 포탄 소리가 들리고 나서였다. 잠시 동안 온몸의 기를 모아 짜낼 수 있는 모든 힘을 다하자 겨우 팔 하나가 빠져나왔다. 그 팔로 흙더미와 시체 더미를 헤치고 끌어내려 겨우 몸이 자유로워졌을 때는 몸속에 남은 힘이 모두 소진되고 나서였다.

몸 어딘가에서 느껴지는 심한 통증을 찾아서 다시 한 번 의식을 깨웠다. 이마였다. 이마에서 흘러내린 피가 굳어진 채로 얼굴을 덮고 있었다. 눈을 비비고 사위를 살펴도 온전하게 보이는 것은 하나도 없고 겨우 달빛에 반사된 사물의 실루엣만이 시야에 들어왔다.

갑자기 세찬 바람이 어둠을 휩쓸고 지나가자 와락 까닭 없는 외로움과 공포가 엄습해 왔다.

"어이, 누가 없나? 누구 산사람 없나? 누가 없나?"

노신은 공포감을 밀어내기라도 하려는 듯 몇 번이고 거듭해서 그렇게 소리를 질렀지만 허허벌판의 바람 소리만 들려왔다. 휘청휘청 방향도 없이 어둠을 헤쳐 나갔다. 단지 아직도 멀리서 어둠을 찢어내고 있는 포탄 소리와 섬광이 번쩍거리는 곳에서 멀어지는 방향으로.

다음 장부터는 이미 전날에 블라지미르 노인에게 들어서 알고 있는 내용이었다. 한 가지 그도 모르고 있던 의혹이 풀리는 것이 있었다. 영후는 노트를 접으면서 자신도 모르게 숨을 몰아쉬었다. 바로 이것이었구나! 노신이 잠자는 일본군들을 무참하게 난사한 것은 그 순간에 위안부가 되어 버린 신숙영을 떠올렸을 것이라는 짐작은 어렵지 않았다. 그래서 기어코 일본으로 가서 아라이에게 복수를 하려고 소련에 남아서 때를 기다리자는 블라지미르의 설득을 쉽게 결심하지 못한 것이었다. 노신의 드라마 같은 삶의 질곡이 가슴에 스며들어 그것이 호흡기능에 열기를 몰아왔다. 어느새 비행기가 한국공항을 선회하며 착륙을 준비하고 있었다.

천황의 사죄

공항 대합실로 나오니 대형 TV 앞에 많은 인파가 몰려 있었다. 무슨 일인가 하고 TV를 바라보는 순간 영후는 가슴에서 쿵 하는 소리가 들릴 만큼 몸속에 서늘한 전류가 흘러 들어왔다. 이번에는 지바에 진도 8.2의 대형 지진이 발생하여 시가지가 한마디로 잿더미로 변한 모습이 뉴스에 반복해서 나오고 있었다. 뿐만 아니라 그래도 천황이 사과하지 않는 다면 다음에는 오다카의 원전에 지진을 보내겠다는 경고까지 미리 하고 있었다. 조 기자가 말한 인터넷의 괴소문과 야마다가 한 말이 오롯이 떠올랐다. 영후는 전율을 느꼈다. 시계를 보니 퇴근 시간이다. 장 기자에게 전화를 거니 마침 연결이 쉽게 되었다.

두 사람은 단골 카페에서 마주 앉았다.
"도대체 뭘까? 이거 예사로운 일이 아니네…"
일본 지진에 대한 영후의 우려 섞인 말에 장 기자라고 시원한 답이 있을 리 없다.
"그러게 말이야 각국의 지질학자는 물론 심지어 한다 하는 국가의 수뇌부들이 전전긍긍이래. 마치 우주 전쟁이라도 발발한 듯이 초비상 사태라네."
"왜 그날 조 기자가 인터넷 괴소문 어쩌고 할 때만 해도 우린 서로 웃고 말았잖아?"

"그랬지. 그런데 그게 팩트라니…. 기가 막힌 일 아니야. 덕분에 조만간 일본 천왕이 2차 대전 피해 당사국들에게 사과와 보상을 하겠다는 담화가 있을 것이라는 말이 돌고 있어."

"왜? 먼저 2차 지진 때 당사국들 외상회의를 한다고 했잖아?"

"너도 순진하기는, 아! 왜놈들이 그렇게 호락호락한 놈들이 아니잖아! 그 외상회의가 지지부진하니까 이런 일이 또 터진 게 아니겠어? 남의 나라 우안을 보고 입찬소리 하기는 그렇지만 진작 이 정도로 뜨거운 맛을 봐야 정신 차릴 놈들 아니야?

"그럼 이것이 정말 초유의 테러란 말인가?"

영후가 심각한 표정으로 골똘하자.

"테러라고 규정하기는 그 성질이 좀 달라, 이번에는 지바에 지진을 보낸다고 3일 전부터 경고를 했어. 이번에는 모든 주민이 대피를 해서 인명 피해는 거의 없는 것으로 봐도 일반적인 테러와는 성격이 달라. 지금 일본 국내는 난리판이야, 양심세력들은 2차 대전 역사 왜곡하지 말고 사과하라고 데모하고 한편에서는 국외로 도피한다고 공항이니 외항선 할 것 없이 표가 매진 사태라는 게야."

"…."

영후가 뭔가를 생각하는 표정이 되어 잠깐 말이 없자 장 기자가 앞에 놓인 맥주잔을 단숨에 비우고 의혹이 담긴 눈으로 다시 입을 열었다.

"너 수상해! 나한테까지 말 못할 사정이 뭐야? 맹세코 오프더레코드 (off the record)할 테니까 말해 봐."

"단단히 약속을 해서 그래…. 곧 밝혀질 거야. 나도 아직은 다 몰라."

"허허, 이 사람 날로 먹으려고 하네. 최소한 내 공적만큼은 알려 줘야 하잖아!"

"미안해, 나로서도 어쩔 수 없는 일이야."

"정 그러면 할 수 없지."

장 기자가 그간에 조사해 놓은 도마노프의 행적을 다 말해 주고 나서 이렇게 불만을 토로했다. 억양은 농이 섞여 있었지만 은근한 압력과 회유가 반반으로 담긴 표정이었다. 처음 도마의 행적을 알아 달라고 부탁할 때부터 이유를 함구해 버렸기 때문이었다. 금단은 오히려 욕구를 치열하게 하는 역기능이 있듯이, 장 기자가 영후의 함구 앞에 더 궁금해지는 것은 어쩌면 당연한 일이었다. 사회부 기자생활만 꼬박 7년을 한 장 기자다. 눈치로도 뭔가가 있구나, 하고 알만한 것을 함구로 일관하기가 영후로서는 곤혹스러웠다. 사건을 탐색하는 기자 생리를 모를 턱없는 영후로선 그럴 수밖에 없는 사정이 궁금해하는 장 기자보다 더 답답했다. 아직도 일본의 재앙이 인위적이라는 확신은 없으나, 만에 하나 그것이 사실로 드러나는 그 어느 경우가 된다 해도 섣불리 털어놓을 수 없는 일의 성질 때문이었다. 해프닝으로 끝날 경우는 망신이고, 사실로 드러날 경우의 국가적 기밀상의 문제를 고려해도 그랬다. 그렇다고 오프더레코드 단서를 달아 입을 열기에도 불안하기는 마찬가지였다.

"어제까지 자네 입장과 같았던 내가 아닌가? 말 못할 사정이 있다고 하면 좀 그렇게 이해하고 넘어가 줄 수 없겠나?"

"허, 이 사람 점점 궁금하게 하네."

"자자, 그러지 말고 진이나 비워!"

"그런데 말이야, 한 가지 더 이상한 게 있어."

"뭐가?"

"도마노프의 사망신고서에 보호자 난에 김단이라는 사람이 있었는데, 그 사람 주소와 같아."

"무슨 소리야?"

"호텔 종업원한테서 알아낸 그 메모지의 주소와 김단의 주소가 같단 말이야."

"게다가 도마노프가 죽고 연이어 김단까지 사망했어."

"뭐? 김단이 사망했어?"

"왜? 아는 사람이야? 왜 그렇게 놀라?"

영후가 아연해 하는 표정을 보고 들다만 술잔을 내려놓으며 의혹이 가득한 시선으로 머리를 들고 쳐다본다.

"김단이 언제 죽은 것으로 되어 있어?"

"도마노프가 죽고 한 1개월 후로 되어 있었지, 아마."

"정확한 날짜와 사망 원인을 좀 알아 봐."

"아, 그야 남 형사한테 지금 전화하면 되잖아!"

휴대전화를 꺼낸 장 기자가 남 형사와 통화를 한참 하더니 메모를 한다.

"뺑소니차에 당한 사고사로 범인은 아직 찾지 못했고, 사고 날짜는 지난해 11월 23일 01시, 현장 검증 때 고의적인 타살 흔적으로 판명…. 됐어?"

메모를 받은 영후는 한참 동안 멍한 표정을 풀지 못하고 있었다.

"뭐야?"

'이건 도대체 뭘까? 라라가 나에게 숨긴 이유가 뭘까?'

"이 사람, 점점 왜 이래! 어이, 어이! 정신 차려 봐."

장 기자가 멍해 있는 영후의 눈앞까지 손부채질을 하며 의혹이 담긴 표정을 풀지 못한 채 말한다.

"대체 뭐야?"

"자네는 이것을 테러가 아니라고 생각해?"

번쩍 정신을 차린 영후가 이렇게 되묻는다.

"테러? 그렇다면 3일 전에 지진을 보낼 지역 주민들에게 피신하라는 경고는 어떻게 해석해야 하나? 뭔데 그래?"

"그래, 곧 알려 줄게, 미안해, 나 먼저 가 볼게."

갑자기 자리를 박차고 일어난 영후는 장 기자를 남겨둔 채 뛰어나왔다. 장 기자에게 받은 주소대로 내비게이션에 주소를 찍어 놓고 잔뜩 의혹이 서린 표정으로 차를 몰았다. 지진이 나기 전에 김단 마저 이미 죽었다니? 그러면 러시아의 콤나 광장 컴퓨터 게임 경기장에서 본 김단은 누구란 말인가? 라라는 어째서 김단에 대한 이야기를 하지 않았을까? 영후는 갑자기 머릿속이 혼란스러워졌다.

경기도 광주에 있는 어느 고옥을 찾아든 것은 어둠이 시작한 시간이었다. 낯선 사람이 방문하기에는 좀 늦은 시간이었으나, 까닭 없이 조급한 마음이 고삐를 놓아 주지 않아 실례를 무릅쓸 수밖에 없었다. 마을에서 수소문할 때 들은 소리는 노부인이 살고 있다고 했다. 처음 이 말을 들었을 때부터 도마노프가 그 노부인을 만난 것이 아닐까 하는 생각이 들었다. 그렇다면 그 노부인은 신숙영이 아닐까 하는 추측을 해보았다. 도마노프가 한국에서 만날 수 있는 노부인이 신숙영 외는 연상되는 사람이 없어서였을까? 그렇다면 신숙영이 살아 있는 것일까? 이런 생각을 하자 더욱 가슴이 뛰기 시작했다.

현대식 주택가에 고색창연한 전통 가옥 한 체가 옛 영화나 권위를 고집하듯 버티고 있었다. 옛 왕조 시절의 꽤 한다 하는 벼슬아치의 집을 연상할 만한 규모였다. 아직도 이런 전통 가옥이 있다는 것이 신비스럽게 느껴졌다. 잠시 까닭 없이 두근거리는 마음으로 영후는 그 육중한 대문 한 귀퉁이에 달린 벨을 찾아서 눌렀다. 잠시 후에 종종걸음으로 다가오는 발소리가 들리고 사십 대 초반의 여인이 묵직한 대문 소리와 함께 얼굴을 내밀었다. 용건을 묻는 여인에게 이제는 이미 익숙해진 대로 둘러대어 말해 놓고 주인을 만나고 싶다는 뜻을 밝혔다. 그러나 이틀 일정으로 절에 가고 계시지 않는다는 것이다. 잠시 난감한 얼굴이 된 영후는 대문을 닫는 여인의 생경한 표정을 뒤로하고 할 수 없이 발길을 돌렸다. 이틀을 기다린다는 것이 너무 길게 느껴진 것은 지금 머릿속에 가득한 의혹 때문이었다.

다음 날 아침, 영후가 세계를 놀라게 하는 뉴스를 들은 것은 잠옷 차림인 채였다. 일본 천황이 이차대전 피해 당사국들의 모든 요구를 조건 없이 수락한다는 뜻을 담은 담화였다. 예측이 있어서였을까? 의외로 담담한 느낌이 뭔가 개운치 않은 채 밀려왔다.

지진이 발생하기 전에 이미 죽었다는 사람을 콤나 광장에서 본 것은 도대체 뭘까? 이 생각이 영후의 머리를 떠나지 않았기 때문이었다. 귀신에게 홀렸다는 말은 이럴 때 하는 말인가?

다소 맥이 빠진 기분으로 기왕에 하는 생각으로 영후가 그 대단한 고옥을 다시 찾아든 것은 대문간에서 본 여인이 알려 준 그날이었다. 벨을 누르자 일전에 그 여인이 다시 나왔다. 잠시 기다려 달라는 말을 남기고 안으로 들어간 여인은 꽤 시간이 지나도록 나타나지 않았다. 한참 후 여인이 다시 나타난 것은 족히 오륙 분을 기다린 후였다.

"죄송합니다. 지금 불공 기도 중이시라 여쭙지 못했습니다. 너무 기다리시게 하는 것 같아서, 우선 들어와서 기다리시다가….″

그렇게 안내되어 간 곳은 정갈하게 보존된 사랑채였다. 벽지나 창호지, 방바닥의 온돌 장판에 이르기까지 어느 한 곳 허술한 틈 없이 잘 보존된 모양이었다. 또 한참을 기다려 다시 여인이 나타난 것은 방석 위에 앉아 있던 다리가 저릴 때쯤이었다.

안채로 보이는 방으로 안내되어 들어가니 노부인이 단정한 자세로 앉아서 영후를 바라보았다. 신숙영이라는 예감을 지을 수 없어서였을까? 모질고 참담한 세월을 해탈解脫해 버린 듯한 초연한 눈빛임에도 그윽이 바라보는 안광이 형형하여 단박에 까닭 없이 주눅이 들었다. 칠할은 백색인 머리를 단정하게 쪽진 것이나 회색 승복을 연상케 하는 한복 차림의 자태마저 그 안광의 기운을 도드라지게 하여 쉽게 틈을 보일 것 같지 않아 보였다. 게다가 젊은 시절의 예사롭지 않던 미모가 연상되는, 반듯한 이목구비와 무엇보다 만만치 않은 지성이 풍기는 눈가의 은은한 음영이나 미간의 골 깊은 주름이 그랬다.

"그래, 젊은이가 날 보자는 용건이 무엇이오?"

"지금 저희가 8·15 특집을…."

"됐네.″

그렇게 말을 자른 노부인의 안광에서 묘한 실소가 묻어나는 것을 느낀 순간, 영후는 얼굴이 화끈거렸다. 이미 자신의 속내를 훤히 드러다

보고 있는 것이 역력하게 그 표정에서 나타났기 때문이었다. 여태까지 둘러대던 핑계가 그녀의 노회한 혜안에 덜미를 잡힌 기분이었다. 노부인은 조용히 시선을 닫고 한 번 숨을 몰아쉬었다. 그리고는 잠시 후, 예의 그 그윽한 안광을 열어 다시 영후를 바라보았다.

"내가 젊은이에게 해줄 수 있는 말은 아무것도 없네. 다만 괜한 일에 휘말려 신상이 위험해 질 수 있으니 쓸데없는 호기심은 버리라는 충고밖에 해줄 것이 없어."

순간 영후는 뜨끔한 느낌으로 황망히 자세를 고쳐 앉았다. 연유를 가늠할 수 없는 서글픈 눈길을 잠시 보였을 뿐 어서 가 달라는 표정만 노골적으로 드러내었다.

"충고 감사합니다. 그런데… 혹시 신자 숙자 영자를 쓰시는…."

또 말을 잇지 못하고 말았다. 이번에는 쏘는 듯한 그 형형한 안광 때문이었다. 영후가 이름을 대자 한껏 열리는 동공은 놀라움이 아니라 노여움이 가득했다.

"민영후 씨! 금방 충고를 잊은 게요?"

"아… 죄송합니다. 그런데 제 이름은 어떻게…?"

대문간에서도 여인에게 이름을 밝힌 일이 없는데 노부인이 자신의 이름을 알고 있다는 것이 섬뜩한 느낌마저 들었다.

"젊은이가 내 이름을 아는데 내가 젊은이의 이름을 안다고 해서 뭐 그리 대수겠소?"

이미 돌아앉아 벽 쪽에 있는 돌부처를 바라보는 자세에서 들려왔다. 그만 돌아가 달라는 뜻으로는 더 이상 완곡할 수 없는 태도였다. 말없이 일어날 수밖에 없었다. 도마노프나 단의 이름을 꺼내기도 전에 박대를 당한 것이지만, 일단 오늘은 이쯤에서 물러나는 것이 좋을 것 같았다. 숙영의 완강한 태도를 더 자극할 필요가 없을 것 같았기 때문이었다. 다만 우회적이긴 했으나, 신숙영의 생존을 확인한 것이 소득이라면 소득이었다. 그러나 어떻게 해서 자신의 이름을 알고 있는지, 그리고 신상이 위험해질 수 있다는 말은 무슨 의민지 머릿속이 혼란스러웠다.

신숙영의 방을 나왔을 때 아까 안내해 주던 여인이 기다리고 있었다.

"잠깐 이리로 오시지요."

"예…?"

영문도 모른 채 여인이 이끄는 대로 두리번거리며 따라가니 안채에서 떨어진 빈방이었다. 까닭을 물었으나 조용히 미소만 남긴 채, 잠시만 기다려 달라는 말만 남기고 사라졌다. 망연한 기분으로 방 안을 살피던 영후는 무심코 빛바랜 사진들이 걸린 벽면에 눈길이 이끌렸다. 가족사진이 올망졸망 붙은 곳에서 먼저 숙영이 어릴 적 김단인 듯한 너덧 살 정도의 아이를 안고 찍은 것을 발견했다. 그리고 콤나 광장에서 본 김단을 애써 연상해 보았다. 연설할 때는 멀리서 보았고, 라라와 마주했을 때도 얼핏 스친 것뿐이라 식별이 쉽지 않았다. 그다음 옆에는 학사모를 쓴 사진이나 무슨 학위를 받을 때 찍은 것으로 보이는 사진이 틀림없이 김단이었다.

그때였다. 방문 열리는 소리도 못 들었는데, 등 뒤로 인기척이 느껴졌다.

"오래된 사진 속에는 많은 이야기가 들어있지요?"

"아니! 라라? 라라가 어떻게…?"

라라는 놀라운 표정으로 바라보는 민영후의 시선을 받을 생각도 않고 담담하게 그 빛바랜 사진들 앞으로 다가섰다. 그리고 사진 속 인물들과 눈을 맞추었다.

"의관이 예사롭지 않은 이 분이 조금 전에 만나신 할머니의 부친이 되시는 신자 수자 근자를 쓰신, 제게는 외증조부가 되시는 어른입니다. 그리고 옆의 분이 외증조모, 여기는 김자 두자 진자를 쓰신 증조부, 김자 노자 신자 할아버지, 김자 국자 환자 아저씨, 그리고 할머니가 안고 있는 이 어린이가 단 오빠…."

이국 얼굴의 라라가 고풍이 서린 사진을 한국 예의대로 설명하는 것을 듣다 보니 잠시 신기한 생각이 들었다. 오래전 노신의 무릎에 안겨서 배운 것이 연상되었다.

"그런데 어떻게 여기를…. 한국으로 올 일이 있으면 같이 올 수도 있었는데, 각자 다른 비행기로 한날 온 이유라도?"

"어려운 일이 좀…. "

윤이 반들반들 나는 온돌 방바닥을 초점 없이 바라보는 라라의 얼굴에서 까닭 모를 불안한 표정이 묻어났다. 뭔가 결심이 서지 않는지 한참을 침묵하고 있던 라라가 무겁게 입을 연 것은 영후가 재촉하는 몸짓으로 한 발 그녀의 곁으로 다가서자 고개를 들면서였다.

"사건이 생겼어요."

"무슨 사건?"

"단 오빠가 사라졌어요."

"오빠가 사라지다니? 자초지종을 말해 봐요."

콤나 광장에서 단을 보기 전에 이미 죽은 것을 확인하고 온 영후다. 그런데 이 또 무슨 말인가? 저렇게 천연덕스럽게 거짓말을 하는 것이 라라의 또 다른 모습을 보는 듯했다. 도대체 무엇을 감추고 있는지 의혹이 한껏 부풀어졌다. 이제는 도마의 죽음과 단의 문제가 겹쳐 영후의 머리를 더욱 혼란스럽게 했다. 우선 라라의 말을 묵묵히 들어 보기로 했다.

"그날 러시아에서 당신의 전화를 받은 후, 바로 할머니에게서 오빠 소식을 들었어요."

"그렇다면 경찰에 신고는?"

"그게…"

이렇게 말끝을 흐리는 라라에게서 또 다른 의혹이 밀려왔다.

"왜 무슨 말 못할 문제라도…?"

"좀 더 기다려 보자는 할머니의 뜻도 있고…"

이미 죽은 김단이 지금 사라졌다고 거짓말을 하는 라라의 속내는 무엇일까? 도마노프와 죽은 김단 사이에 어떤 연관성이 느껴지는 것을 지울 수 없었다.

"이미 단 오빠를 통해서 할아버지의 노트 내용을 알고 있었을 텐데, 내게 읽어 달라고 내준 것은 어떤 이유였어요?"

영후는 속을 감추고 가벼운 것부터 물어보았다.

"단 오빠가 저에게 알려준 것은 줄거리 정도였습니다. 할아버지가 돌아가시고 시간이 지날수록 더욱 세세한 내용을 알고 싶어졌어요. 정작 생전에는 할아버지를 다 모르고 있었다는 후회가 들었지요. 그때 마침 당신의 제안을 받고 처음에는 좀 망설였지요. 잘한 결정이라는 것을 느낀 것은 당신이 들려주는 할아버지의 얘기는 왠지 그리움을 삭이는…"

말끝을 흐리는 라라의 표정에서 애수哀愁가 묻어났다. 노신에 대한 깊고 진한 라라의 회한이 영후의 가슴에 잔잔한 파장을 일으켰다.

"내게 그 기록을 보여 준 일을 오빠가 알고 있었나요?"

"네."

"그래, 뭐라고 하던가요?"

"괜한 짓을 했다고 힐책했습니다."

"왜?"

"아마도, 집안일을 타인에게 보이는 게 싫었겠죠."

갑자기 정리되지 않는 일로 영후는 머릿속이 심히 혼란스러워졌다.

"돌아가시기 전날 아버지께서 할머니를 만났을 텐데, 무슨 말씀을 나누셨는지…?"

"서로의 안부를 전한 것 외는 별말씀이 없었답니다."

아예 넘겨짚어 물어본 말인데, 라라가 의외로 담담하게 수긍하자 영후는 역시 하듯 고개를 끄덕였다.

"전에 할아버지와 할머니가 만난 일은 없었고?"

"그것이… 할머니가 한사코 만나기를 거부하셔서…."

"왜?"

"글쎄요, 할머니로서는 또 다른 마음의 짐이 있었겠지요."

"그렇다면, 할아버지를 만나시도록 설득하기 위해서 한국으로 오셨을 수도 있었겠는데?"

"아마도…."

짐짓 물어본 것이었으나, 뇌리에 새로운 의혹이 파고들었다. 예사로이 생각되지 않는 어떤 예감이 가슴 속으로 뛰어들었던 것이었다. 안드레예프에게서 들은 대로라면, 숙영을 만났을 때의 도마노프는 멜린으로 인하여 자신의 신상마저도 예측할 수 없는 위험에 처했던 상황이었다. 그런 그가 노신과 숙영의 만남을 권유하는 한가한 마음이 아닌, 필시 중대한 용건이 있었을 것이라는 의혹이 들었기 때문이었다. 그러나 웬일인지 라라는 그런 대화를 피하고 싶어 하는 눈치였다. 무엇보다도 라라의 얼굴에 덮여 있는 불안한 표정이 일상의 라라가 아니었다. 불길한 일이 닥쳐올 것 같은 까닭 모를 불안감이 밀려왔다. 그것이 무엇일까?

그러나 더 물어볼 수가 없었다. 슬픔에 종속된 감정의 한 갈래가 사랑인지 비감한 표정을 하는 라라에게서 뜻밖에도 진한 연정이 느껴졌기 때문이었다.

어느새 두 사람은 낙엽이 밟히는 오솔길로 나란히 걷고 있었다. 영후는 한참을 망설이다가 결국 조용히 입을 열었다.

"라라! 내 가슴에… 점점 라라가 스며들어."

"…고백인가요?"

라라의 대답은 한참만이었다.

"아마 이러한 감정이 사랑이라면 틀리지 않을 거야."

영후가 걸음을 멈추고 라라를 바라보았다. 라라도 걸음은 멈추었으나 옆얼굴만 보였다. 얼굴에 까닭 모를 고뇌가 비쳤다. 잠시 후 비스듬히 영후의 어깨 어름에 그 옆얼굴을 힘없이 기대왔다. 영후가 그 얼굴을 두 손으로 감싸고 마주 보았을 때, 라라의 눈에 가득한 물기를 보았다. 어느새 라라가 두 팔로 목을 감아왔다고 느낀 순간, 뜨거운 입김이 영후의 가슴 깊이 몰려왔다. 한참만이었다. 영후가 포옹을 풀려고 하자 라라가 더 조여드는데 뺨에 물기가 느껴졌다. 영후가 그대로 조용히 입을 열었다.

"라라, 나는 당신에 대해 알고 싶은 게 너무 많아."

"너 많이 일면… 나는 당신을 죽여야 해요."

"사람은 언젠가는 죽어. 사랑하는 사람 손에 죽는 것은 안락사야. 얼마나 행복한 죽음이겠어. 그러나 마지막 의혹은 풀어줘야지?"

"의혹? 당신의 그 탐색?"

말의 울림이 그럴싸해선지 날이 서 있다.

"뺑소니차에 의해 이미 살해되었고, 사망신고까지 되어 있는 단이 어떻게 살아 있었던 게야?"

라라가 놀라는 표정으로 포옹을 풀고 앞으로 시선을 보냈다.

오솔길에 족히 7~8명은 되어 보이는 건장한 사나이들이 두 사람 앞을 막아섰다. 그중에서 한 사나이가 위협적인 표정으로 손을 내밀었다. 전날 러시아에서 본 그 어설픈 영어의 사나이였다.

"내놔!"

"뭘?"

라라가 차분한 음성으로 대꾸한다.

"도마노프의 파일?"

이때 영후가 라라를 자신의 등 뒤로 감추며 긴장한 목소리로 소리쳤다.

"또 네놈들이군."

이번에는 등 뒤에 있던 라라가 영후를 밀어내고 앞으로 나섰다.

"이것 말이냐?"

어느새 목걸이를 풀고 그들에게 내민 것은 영후가 처음 본 것이었다. 순간 조그마한 메달 모양을 한 그 물건에서 푸른빛이 나사 모양으로 사나이들을 향해 쏟아져 내렸다. 순식간에 사나이들 모두가 힘없이 쓰러져 버렸다.

영후는 이 초유의 사태에 한동안 아연한 시선으로 라라를 바라보았다. 라라가 이끌어 그의 차에 탈 때까지 그 놀라운 사태에 대한 망연한 시선은 계속되었다.

"어떻게 된 것이야?"

"죽이지는 않았지만 다시는 괴롭히지 못할 거예요."

"도대체… 그것이 뭐야?"

현장을 벗어나기 위해 방향도 없이 달리면서 묻는 영후에게 아무런 설명도 없이 라라는 짧게 말한다.

"산성 호텔로 가세요!"

호텔 방에 있는 미니바에서 양주를 꺼낸 라라가 아직도 긴장과 미망에서 깨어나지 못하고 있는 영후에게 잔을 내민다. 천천히 잔을 비운 라라가 영후 앞으로 다가왔다. 영후의 목을 감고 가만히 속삭인다.

"그냥 죽이기는 아까운 사람이라서 여기로 왔어요."

어느새 마주 선 영후의 넥타이를 풀고 있었다. 영후는 라라가 하는 대로 모든 것을 맡기면서 잠시 평시의 그녀가 아닌 것 같은 착각에 빠진다. 검은 구름이 비바람과 성난 파도를 몰아왔다. 세상의 모든 것이 오직 정염에만 밀려나 한바탕의 애욕이 비바람과 파도를 잠재웠을 때 비로소 현실이 뚜렷이 가늠되었다. 다시 소파에 앉아 잔을 들은 라라는 눈물이 고여 있었다. 그리고 입을 열었다. 마주 앉은 영후에게 잔을 권하면서.

"이제 그 탐색의 눈을 밝혀 줄 때가 됐나 봐요."

"그래, 죽어도 알고는 죽어야지."

영후는 미소를 보이며 말했다. 그 미소에 차분한 목소리로 답하는 라라는 어느새 전날의 그녀로 돌아와 있었다.

"이야기가 길어질 테니까, 밤을 새울 각오를 해야 할 것입니다. 휴대전화도 꺼야 해요."

한참 뒤 딱히 뭐라고 설명할 수 없는 뜻밖의 표정이 라라의 얼굴에 스쳤다. 절망과 자괴 그런 것이 뒤섞인 표정으로 영후를 바라보다가 잠시 후 결의를 다진 눈빛으로 변했다.

"탐구는 할아버지의 눈빛이고, 탐색은 당신의 눈빛인데 저는 어째서 확연히 다른 두 눈빛을 아직도 혼동하고 있을까요? 이제는 정말 당신의 그 궁금증을 풀어드려야 할 때가 된 것 같군요. 그래서 그 탐색의 눈빛이 걷히고 난 뒤에도 저의 혼동이 지속될 것인지 알고 싶기도 하고요."

이야기의 시작을 생각하느라고 잠시 침묵은 있었으나, 라라는 기왕 다진 결의대로 조용히 입을 열었다.

"독도에는 한국의 운명을 좌우할 만한 엄청난 비밀이 있었어요."

"엄청난 비밀?"

영후는 가슴속에 무엇이 벌떡 일어나는 것을 느꼈다.

김단의 사랑

김단은 초등학교 5학년 나이에 영재 고등학교 2학년에 다니고 있는 천재였다. 어느 날 하교 시에 집 마당 구석에 서 있는 낯선 소녀를 발견했다. 소녀는 무엇엔가 잔뜩 겁먹은 눈과 핏기 없는 핼쑥한 얼굴로 금방이라도 울음을 터트릴 것 같은 모습을 하고 있었다. 그렇기는 해도 예쁘장한 얼굴은 귀염성이 있었다. 유난히 맑은 큰 눈과 오뚝한 콧날은 선명했고, 꼭 다물고 있는 분홍빛 입술은 갓 터지기 시작한 꽃봉오리처럼 예뻤다.

손지예는 초등학교 4학년 어린 나이에 어머니를 여의었다. 불치병을 앓던 어머니가 죽자 그 설움이 채 가시기도 전에 아버지의 사업마저 도산하게 되었다. 사채로 넘어간 집에서 쫓겨난 이들 부녀가 어떤 인연에 이끌려 숙영의 집 아래채에 세 들어 살게 된 것이 단을 만나게 된 계기였다.

"누구…?"

"…"

소녀는 아래채가 있는 쪽으로 얼굴을 돌려 가리켰을 뿐 그 겁먹은 눈만 말똥거리고 있었다. 며칠 전부터 아래채에 어느 부녀 두 사람이 이사를 온다는 말을 할머니에게서 들었던 터라 짐작은 하고 있었으나 짐짓 물어본 것이었다. 단은 곧 소녀에게 보냈던 시선을 거두고 걸음을 옮겼으나 까닭 없는 서먹함이 가슴에 묘한 파문을 일으킴을 느꼈다. 타고난 성격과 양친도 없이 할머니 손에 외롭게 자란 환경으로 내성적인 성격으로 굳어진 단이었다. 두 사람의 첫 만남은 이렇게 시작되었다.

　재기를 위한 노력 때문이었던지 지예의 아버지는 수시로 집을 비웠다. 지예는 그것이 습관이 된 듯 늘 혼자서 먹고 자고 학교에 다니기를 말없이 반복하고 있었다. 그것이 안쓰러워 불러서 밥을 먹이고 다독거려 주는 할머니의 손길에 익숙해질 때쯤 두 사람 사이의 서먹했던 분위기는 조금씩 지워지고 있었다. 손을 잡고 나란히 등교할 만큼 친숙한 사이가 되었고 넓은 집안을 휘젓고 다니며 즐거워했다. 단의 외증조부가 되는 할머니의 아버지 신수근 대감은 옛날 꽤 높은 벼슬을 하였고, 재물도 상당하여 이 넓은 집을 물려받았다고 들었다. 구옥이긴 했으나 아직도 위풍이 느껴지는 커다란 본체의 검정 기와는 세월의 때로 덧칠된 그 은은한 빛이 유난했다. 넓은 앞뒤 마당에 버티고 선 고목과 섬돌, 그 사이로 단아한 연못에 철 따라 피고 지는 꽃들이 있는 아름다운 정원과 함께 잘 아우러져 있었다. 이 모든 것이 두 사람의 놀이터였고 쉼터였다. 그때마다 어느 틈에 한 마리 까치가 날아와 함께 어울려 놀았다. 지예를 만나기 전에 단에게는 특별한 친구가 있었다. 수시로 단을 찾아오는 까치 한 마리였다. 그 까치는 손바닥에 올려놓은 모이를 먹고 한참씩 단의 머리며 어깨 위에서 놀다가 가곤 하는 유일한 친구였다.

　폭설이 내린 어느 해였다. 어떤 연유인지 나무 아래 떨어져 울고 있는 날지 못하는 어린 까치 한 마리를 발견하게 되었다. 따뜻한 이불 속에 넣어 보호해 주고 벌레를 잡아 먹이를 주었다. 마음대로 날만큼 자라나서도 까치는 결코 단의 주위를 떠나지 않았다. 등하굣길에 마중을 나와 깍깍거리는 소리는 즐거운 음악처럼 좋았다. 까치를 유일한 친구로 알던 단에게 지예의 존재는 새로운 세계로의 눈뜸이었다. 생각을 말하면 의견을 주고 감정을 표현하면 반응을 하는 대상이 또래로서는 처음이었다. 단은 평범한 또래와는 동떨어진 삶을 살고 있었기 때문이었다.

단은 이름난 영재였다. 체육 실기 한 과목을 제외하곤 올백이라는 별명이 붙을 만큼 보기 드문 천재였다. 단은 수시로 월반을 하였고 초등학교를 졸업할 나이에 이미 고등학교 과정을 배우고 있었다. 그것이 오히려 단을 외롭게 만드는 원인이 되어 친구가 없었다. 지능은 빠르게 성장하고 몸은 또래에 있는 이상한 불균형이 세상과 멀어져 가는 멍이 되어 고독이 상처처럼 자라고 있었다. 그것은 점점 혼자만의 세계로 울타리를 치는 연유가 되었다. 그러한 시기에 만난 지예는 처음으로 단의 삶에 커다란 변화를 가져왔다. 타인을 통해 자아를 발견하는 새로운 눈뜸이었다. 사춘기에 접어들면서 새롭게 열리기 시작한 눈이 어느새 스스로에게 향해 있는 것을 깨달았을 때는 모든 것에 대한 의혹이 봇물처럼 터져 나왔다. 양친이나 할머니에 대한 질문으로 시작하여 자신에 대한 까닭 없는 번민에 빠져들 때는 숙영을 당혹하게 만들었다. 원자병을 앓다가 죽은 아버지와 젖먹이를 두고 집을 나가버린 어머니의 이야기에도 민감하게 반응하는 단에게 숙영은 자신의 이야기를 차마 털어놓을 수가 없었다. 수시로 까닭 없는 고독이 이성을 찾듯 단은 지예를 잠시도 떨어져 있지 못했다. 그즈음에 이미 성숙한 지예는 단아한 몸매에 둥근 이마나 맑고 그윽한 눈과 환하게 웃을 때 느껴지는 흡인력으로 천재의 가슴에 그리움을 심어 주기에 충분했다. 단의 사랑은 세상을 향한 새로운 눈뜸이었다. 그 어떤 고뇌도 덮을 수 있는 위안이었으며 샘처럼 솟는 그 무엇이었다. 그것은 치열한 사랑이 되었고 격렬한 애착이 되었다. 지예는 그러한 단의 사랑에 빈틈없이 가득해지는 가슴을 느꼈고 그 어떤 무엇의 틈입도 없는 순수한 열정이 되었다.

지예는 교회를 다녔다. 어릴 때부터 양친의 손에 매달려 다녔던 교회였다. 어머니가 죽은 뒤로 잠시 시들하기도 했으나, 사랑의 감정이 싹트기 시작하던 때부터 찾아온 야릇한 감성의 변화가 다시 이끌어 놓은 길이었다. 천재의 감수성은 이 새로운 세계에 대한 호기심으로 기꺼이 지예를 따라나섰다. 처음에는 지예의 손을 잡고 나란히 걷는 일요일의 싱그러운 외출이 좋아서였다. 막연하나마 신의 은총이 내릴 것 같은 기대도 좋았다. 그러한 단이 차츰 종교에 심취하자 천재의 본성은 새로운 세계에 대한 끝없는 몰입으로 이어졌다. 예사롭게 보아왔던 할머니의 방에 있는 불상도 새롭게 그 대상이 되어 수시로 숙영에게 까다로운 논의를 청하기도 했고 밤을 새워 생각에 빠져들기도 했다. 그러한 밤이면 성서에 매달려 무엇인가 찾으려는 탐구의 눈으로 충혈되었다. 어느새 성서 2독을 마쳤을 때도 풀리지 않는 의혹을 견디지 못하여 숙영의 방을 들락거리며 불전을 해독하느라고 골몰하였다. 목사님을 만나 격론을 벌이고 숙영을 부축하여 만난 스님과 문답을 해도 의혹은 쌓이기만 했고 무엇하나 환하게 밝혀 주는 것이 없었다. 모든 것은 신의 존재가 느껴지지 않는 단의 가슴에서부터였다. 과학이나 수학적 학문의 구체적인 사실들로 귀납하여 이해하는 논리로 굳어진 단이었다. 추상적인 개념 같은 그 어떤 학문적 접근으로는 해결할 수 없는 세계였다. 간혹 철학적 사유나 직감을 통하여 그 많은 경전의 은유를 어렴풋이 한두 구절 이해한다고 해도 바로 다음 구절에서는 오롯이 의혹만 남고 말았다. 천재의 머리로도 이럴진대 사람들은 그 수많은 은유의 말씀에 얼마나 많이 휘둘리고 있을까? 아니면 평생을 신에게 몸 바친 저들은 내가 모르는 뭔가를 느끼고 있다는 말인가? 그도 아니면, 다 이해할 수는 없으나 막연한 경건과 또는 두려움으로 오래전부터 습관적 최면에 이끌리듯 하는 것일까? 아니면 자신이 느끼지 못하는 직감의 또 다른 그 무엇일까?

"부처가 무엇입니까?"

"자네도 부처요, 나도 부처다. 산도 부처요, 물도 부처요, 저 하찮은 짐승도, 조약돌 하나까지 만물에 부처 아닌 것이 없는데 부처를 찾아서 무얼 그리도 고심하는가."

이 같은 고승의 선문답으로는 논리로 굳어진 천재의 머리에 혼란만 가중시켰다.

"신화로부터 시작된 이스라엘 민족의 역사서를 읽은 정도뿐 그 이상의 무엇도 느낌이 들지 않습니다."

이것은 성경 읽기를 권하는 목사에게 한 말이었다.

그럴 즈음에 지예는 일본으로 갔다. 한국의 어느 전자회사 동경지사장으로 취직한 아버지를 따라서였다. 처음에는 아버지의 제안에 망설이기도 했지만, 곧 결심을 하고 말았다. 너무 오랫동안 단의 곁에 있었다는 생각 때문이었다. 가까이 있는 시간이 너무 길어지면 탈이 날 수도 있다고 생각했다. 한 번쯤 떨어져 진정한 그리움도 알고 싶은 소녀적인 감상, 이 단순한 생각이 앞날에 닥칠 엄청난 비극을 예측하지 못한 것이었다. 단을 설득하는 데 며칠이 걸렸다. 16세 어린 나이에 대학을 졸업하고 대학원을 1년 만에 마쳤다. 체중 미달로 병역의무마저 면제를 받은 단은 24세가 되던 그즈음에 대학에 조교수로 일하고 있었다. 지예와 지낸 10여 년 동안 단 한 번도 떨어져 있어 본 일이 없었던 단이었다. 그러한 단에게 지예의 제안은 가슴을 철렁하게 하는 낭패감으로 다가왔다.

"외로운 아버지를 위해서라는 효녀 심청으로 하는 말이 아니야, 지난 십 년 동안 언제든지 손만 뻗으면 잡히는 곳에 항상 오빠는 있었어, 나도 한 번 멀리 떨어져서 오빠를 그리워하며 혼자만의 시간도 가져 보고 싶어."

이미 결심을 굳힌 지예였다. 결국 지예가 원하면 안 해준 것이 없는 단이었다. 천재도 앞날에 닥칠 두 사람의 운명에 대해서는 예측하지 못했던 것이었던지.

지예가 없는 일상의 허허로운 시간은 형언할 수 없는 참담함이었다. 어떤 아침에는 세숫물에 멍하니 손을 담가만 놓았다가 그냥 일어서기도 하고, 길을 가다가도 요철이 식별되지 않아 헛디더 넘어지기가 일쑤였다. 밤이 되면 찾아오는 그리움의 환상은 견딜 수 없는 고통을 안겨 주었다. 매일 보내오는 지예의 영상 편지는 그나마 위안이었으나 갈증은 깊어만 갔다. 한 시간 남짓 나르면 가는 일본이 영혼의 세계만큼 아득했다.

유일한 위안은 일주일을 못 참고 가는 일본 나리타공항에서 환하게 웃으며 안겨 오는 지예를 보는 순간이었다. 아까까지 가슴을 짓누르고 있던 통증이 요술처럼 사라지고 뿌듯하게 채워 오는 행복감이 있었다.

"악마! 잔인한 악마!"

지예를 으스러지게 끌어앉고 속삭이는 단의 목소리는 심장이 파열하는 소리처럼 울려왔다.

"바보!"

그렇게 대꾸하는 지예의 눈에도 물기가 어리기 일쑤였다. 그때까지만 해도 두 사람에게는 황홀한 미래만 있었지 어떤 불행도 상상할 수 없었다.

단은 초인적인 인내력으로 일 년의 시간과 싸웠다. 잠시 잊고 있던 신에게도 의지하여 매달려 보았다. 그러나 전날의 의혹만 새로이 부풀어 올랐을 뿐 진지한 통찰을 하고자 할수록 신은 멀어져만 갔다.

그런 단에게 새로운 세계가 다가왔다. 단보다는 8살이나 많은 철학을 전공한 안철환이라는 대학의 시간 강사를 만나고부터였다. 대학 내에서 마주치면 인사나 주고받는 정도의 사이였던 안철환이 뜻밖에 단의 영역으로 뛰어들어온 것은 우연한 일로 시작되었다. 평시에 그를 떠올릴 수 있는 것은 박봉의 시간 강사 처지임에도 언제나 초연한 표정과 겉모양은 궁색해 보여도 기 꺾여 있지 않은 유유한 태도 정도가 전부였다. 그런 안철환을 사사로이 만나게 되었던 것은 여느 때와 달리 두어 시간 일찍 퇴근하게 되었던 날이었다. 단이 자신의 차를 몰고 가는 도중에 대학 근처의 버스 정류장에서 우연히 그를 발견하게 되었다. 눈이라도 내릴 듯한 음산한 날씨에 마로니에 잎이 어지럽게 뒹구는 횅뎅그렁한 정류장에는 그가 혼자 버스를 기다리고 있는 모습이었다. 순간 그가 외롭게 느껴진 것은 자신의 심사 탓이었을까? 단은 이미 지나쳐 온 길을 되돌려서 그가 서 있는 정류장 앞에 차를 세웠다.

"안 교수님! 타세요."

"어, 김 교수!"

잠시 어리둥절한 표정으로 머뭇거리던 그가 단의 호의를 간파하고 헤벌쭉 웃으며 차에 올랐다.

"마침 잘됐네, 저기 전철역까지만 태워 주시게. 오늘따라 버스가 늦네."

추운 날씨에 언 싸늘한 얼굴을 문지르며 몸을 움츠리는 모습이었지만,

환하게 짓는 미소는 밝았다. 문득 단은 까닭 없는 연민이 가슴 속으로 파고들었다. 그것은 요즈음 그 흔해 빠진 차 한 대도 마련할 수 없는 시간 강사라는 박한 보수에 매달리고 있는 그의 궁색함 때문이 아니었다. 씩 웃는 그의 표정이 궁기를 지우려는 모습으로 비치면서 느닷없이 단의 가슴 속으로 헤집고 들어오는 싸한 감정 때문이었다. 곁에 지예가 없다는 이유 하나로 세상을 다 잃은 듯이 앓고 있는 자신과 비교하니 정작 측은한 쪽은 그가 아니라 자신인지도 모른다는 생각이 들었다.

"댁이 어디시죠? 오늘 일찍 마쳐서 시간도 있으니 댁까지 모셔다드릴게요."

"에이, 우리 집은 멀어. 후진 산동네라 길도 험하고."

"상관없습니다. 시간 많으니까요."

"에이, 그래도 그렇지. 날씨도 음산한 게 눈이라도 쏟아질 것 같은데, 김 교수 같은 귀공자를 고생시킬 수 있나."

"무슨 말씀을요."

결국 그의 고집을 꺾지 못하여 그날은 전철역까지만 태워 주었지만, 그것이 계기가 되어 그 뒤로 이런저런 기회로 틈틈이 어울리게 되었다.

가까이에서 본 안찰환의 삶은 겉으로는 지극히 평범한 모습이었지만 단으로서는 새로운 세상에 대한 눈뜸의 계기가 되었다. 단은 그와 어울리면서 술과 여자를 배웠다. 처음 마셔 본 술 때문인지 단은 형편없이 풀어졌으나 그는 흔히 술꾼이라는 말만으로 다 표현할 수 없는, 오히려 마실수록 잘 정제된 모습을 보였다. 그를 만날수록 생에 의연한 그 무엇이 막연히 인격적인 대접을 해 주어야 할 것 같은 흠모의 모습으로 비치기도 했다.

그는 다방면에 해박한 지식을 가지고 있는 수재였다. 전공을 벗어난 어떤 부분이라도 그의 혜안은 깊이가 있었고, 사유는 논리 정연했다. 그와 어울리는 시간이 신을 알고자 머리를 싸매는 것보다 보람이 있었다. 한시적이지만 지예와 떨어진 금단현상은 생각보다 훨씬 고통이 깊었고 구체적이었다. 그것 때문에 오히려 단이 부추겨 안철환을 끌고 술과 여자를 가까이하게 된 것도 사실이었다.

고통을 덜어 볼 요량으로 덤빈 용기였다. 술을 마시고 생전 처음 느껴 본 취기에서 일상 마시는 자들의 향의向意를 배우게 되었다. 고뇌는 무뎌지고 어둡고 칙칙한 대로 유쾌가 있었다. 그것은 지예에 대한 그리움으로 앓는 가슴을 진정시키는 묘약과도 같았다. 지예 외의 여자는 상상도 하지 못하던 단은 이 새로운 세계의 열락이 주는 짜릿함에 마음이 풀어지기 시작했다. 그러나 때때로 취기가 물러난 아침에 그 황폐감은 새로운 번민이 쌓였다.

어느덧 영과 육의 균열은 소리 없이 진행되고 있었다.

이러한 단의 모습을 묵묵히 치켜보다가 한숨짓는 숙영의 얼굴에는 어느새 깊은 음영이 드리워져 주름은 유난히 골이 깊어 보였다.

"내가 너무 오래 살았어. 나무 관세음보살."

지난 세월의 그 많은 회한이 숙영의 가슴에 회오리처럼 솟구쳐 올랐다.

숙영이 천신만고 끝에 아들 국한을 찾았을 때는 해방된 지 반년이 지난 뒤였다. 우여곡절 끝에 유학 시절 도우미 홍성자 여인은 그때까지 국한을 잘 보호하고 있었다. 외가의 친척이라 큰 도움이 되었다. 그러나 아이의 몸에서 심상찮은 징후가 발견된 것은 숙영이 한국으로 넘어와서 일

년이 지난 뒤였다. 원자병의 증세가 나타난 것이었다. 아버지 신수근이 남긴 적지 않은 유산이 국한의 치료비로 들어갔다. 한때 차도를 보여 결혼까지 했으나 결국에는 유복자를 남겨두고 세상을 뜨고 말았다. 단이 겨우 걸음마를 시작할 무렵 단의 생모는 마을에서 떠도는 염문설에 쫓기듯 집을 나가고 말았다. 그 뒤로 혼자 단을 키우면서 지낸 세월은 부처를 향한 철저한 의지가 없었던들 견딜 수 없는 나날이었다. 못 견디게 그리운 노신도, 지워지지 않는 지난날의 기억도 모두 부처를 향한 마음으로 덮어버렸다. 오직 단을 잘 키우겠다는 일념으로만 세월을 보냈다. 단은 자라면서 유난히 발육 상태가 좋지 않았다. 단의 신체상의 결함이 국한으로부터 내려온 원자병이 원인이라는 진단을 받았을 때 숙영은 또 한 번 모진 세월에 대한 통한이 가슴을 찢어지게 했다. 몸과는 달리 남다르게 빠른 지능의 발달로 인한 단의 외로운 성장에도 안타까운 마음은 견딜 수 없는 고통이었다. 그런 단이 한 번 이성에 눈을 뜨게 되자 몸을 상해가며 몰입하는 치열한 모습은 숙영의 가슴을 무너지게 했다.

숙영은 눈물이 흘렀다.

"내가 너무 오래 살았어."

독도의 비밀

도마노프가 나타난 것은 그럴 즈음이었다. 멜린이 카이저에게 구금되었다는 소식을 듣고, 홍콩에서 미망迷妄의 하룻밤을 보낸 도마가 한국행을 결심한 것은 닥쳐올 운명을 예측하지 못한 탓이었을까?

한국 인천공항, 홍콩발 루프트한자 비행기에서 내린 동양계 중년 신사는 도마노프였다. 택시 정류장에는 기다리는 사람들로 붐비고 있었다. 한줄기 초겨울 바람이 그의 얼굴을 훑고 지나갔다. 배어 있는 절망감의 표정이 그 바람에 더욱 진하게 드러났다. 순간 서둘러 지나가는 건장한 신사와 잠깐 몸이 부딪쳤다.

"죄송합니다."

짤막하게 하는 말의 발음이 왠지 어눌하다.

"코리아 호텔로 가 주세요."

공항 택시를 탄 도마가 기사에게 말했다. 차는 잘 빠진 고속도로를 잠시 달렸다고 생각했는데, 어느덧 복잡한 러시아워의 순환 도로를 지나고 있었다. 가끔씩 뒤창 문을 돌아보던 도마가 다시 기사에게 말을 걸었다.

"기사생활한 지 얼마나 됐습니까?"

"그럭저럭 15년은 족히 됐습니다."

사십 대 중반 정도의 기사는 백미러로 도마의 얼굴을 힐끔 보고는 다소 푸념이 묻어나는 말투로 대꾸했다.

"그러면 운전에는 베테랑이 다 됐겠군요."

"베테랑까지는 몰라도 남만큼은 하죠. 한국 같은 교통 상황에서 살아나려면 별수 없잖아요."

"부탁드릴 게 있습니다."

"무슨…?"

"저 뒤에 까만 승용차를 한 번 보세요."

"예? 아! 예, 까만 도요타 말이죠?"

백미러로 뒤를 보고 난 기사가 대답했다.

"예, 맞아요. 저 차가 지금 나를 미행하고 있는데 떼 버릴 수 있겠어요?"

"아! 예, 알겠습니다."

"성공하면 요금을 두 배로 지불하지요."

"아! 예, 문제없습니다."

대답하는 기사의 목소리에 자신감이 넘쳐 났다. 한동안 위험하다 싶을 만큼 차선을 바꿔가며 따라붙는 뒤차의 행동을 확인하던 기사가 갑자기 속도를 올려 앞차 두 대를 순식간에 추월했다. 그러자 큰 사거리의 신호등이 나타나고 적색 신호에 걸리고 말았다. 도마가 탄 차는 앞뒤로 두 대의 차 가운데 있고, 그 뒤에 도요타가 대기하고 있었다. 큰 사거리여서인지 제법 긴 시간이 지나고 녹색 신호가 들어왔다. 앞차 두 대가 출발하고 다가가던 도마의 차가 갑자기 정지선에서 멈추고 말았다. 뒤차에서 빵빵거리는 경적 소리가 시끄럽게 들려도 기사는 여유를 부리고 있었다.

"왜 그래요? 빨리 가지 않고…?"

"걱정하지 마세요."

영문을 몰라 묻는 도마에게 기사는 미소까지 보이며 웬일인지 늑장을 부리고 있었다. 잠시 후 녹색 신호가 황색 신호로 바뀌자 차는 서서히 앞으로 나아가 갑자기 속도를 올렸다. 백미러를 주시하던 기사가 의기양양한 미소를 띠며 여유롭게 달리기 시작했다. 비로소 기사의 의도를 알아낸 도마가 돌아보니 검정 도요타는 적신호에 걸려 멈춰 있었다. 어렵잖게 도요타를 따돌린 도마의 차가 호텔 앞에 대었을 때는 겨울 땅거미가 발끝에 밟혔다. 두 배의 요금을 받은 기사가 흡족한 미소를 남기고 떠난 뒤 도마는 호텔 커피숍에서 커피 한 잔을 마시며 잠시 생각에 잠겼다. 공항에서부터 고의로 몸을 부딪친 그들이 왠지 의심스러웠다. 아까 그 도요타 차가 필시 신조 석유의 사람들일 것이라는 짐작이 된다. 한국은 좁은 땅이다. 그들의 능력이라면 한국으로 들어오는 모든 국제선의 승객 명단을 입수하기는 어렵지 않으리라는 짐작도 쉽게 할 수 있었다. 도마가 커피를 마시며 잠시 시간을 보낸 뒤 체크인도 하지 않은 채 호텔 정문을 나섰다. 혹시 저들이 택시의 차 번호를 찾아 자신을 추적할 여지를 없애기 위해서였다. 그리고 또 다른 택시를 잡아탔다. 기사에게 숙영의 주소가 적힌 메모를 보이고 비로소 눈을 감고 긴장을 풀었다.

"어머니! 자주 찾아뵙지 못해서 죄송합니다."

도마는 큰절로 숙영에게 예를 올렸다. 어머니라는 소리에 숙영은 목이 메여왔다.

세 번째 만남이었지만, 매번 숙영은 울렁거림을 진정하지 못했다. 그의 아들 김 도마노프, 비록 남의 몸을 빌려 난 아들이지만 그의 아들은 숙영의 아들이었다. 도마노프의 눈빛에서도, 미소에서도, 목소리나 몸짓에서도 숙영은 노신을 보고 있었다. 노신을 만날 것을 여러 번 간청해 오던 도마노프의 제안을 거절했던 것은 그를 생각하면 떠오르는 지난날의 아픈 기억 때문이었다. 한때 가슴을 해머로 때리는 듯한 통증 때문에 찾은 병원에서 의사는 심한 우울 증세라는 진단을 내렸다. 의사의 종용에 따라 과거를 잊고 부처를 향한 일념의 끈을 놓지 않고 견뎌 왔다.

그날 도마노프는 반가운 표정으로 미소 짓고 있었으나, 숙영은 그의 얼굴에서 까닭 모를 그늘이 느껴졌다.

"왠가? 표정이 어두우니?"

"좀 피로해서 그렇습니다. 괜찮습니다."

그렇게 미소로 그늘을 지우고는 있었으나 숙영의 혜안은 뭔가를 직감하고 있었다.

"이것을 단에게 넘겨 주려고 왔습니다."

도마가 내민 것은 뜻밖에도 숙영이 젊은 시절에 보았던 노신 집안의 유품인 목걸이였다. 메달만 한 크기의 원형으로 된 목걸이는 볼수록 신비감이 들었다. 푸른빛이 감도는 은빛을 띠었고, 윗면은 원의 가운데로 향해 솟아올라 마치 비행접시의 상상도를 축소해 놓은 모양이었다. 불룩하게 솟아 있는 꼭지 중앙에는 또 하나의 조그만 원으로 되어 있었다. 자세히 살펴보면 신비스러운 것은 더 있었다. 불룩한 원의 꼭짓점에서 가장자리까지 12개의 곡선이 둘러 있었고, 그 선을 교차하며 유선형으로 된 줄이 역시 꼭짓점에서 가장자리까지 24개의 선이 나 있었다. 또한 가장자리 한곳에서 나와 있는 가느다란 목걸이의 줄은 필요에 따라 길이가 조절되게 되어 있었다. 이러한 모양이 주는 신비감보다 더 기묘한 것이 있었다. 그것은 이 물건을 구성하고 있는 재질과 수시로 변하며 몸체에서 발하고 있는 빛의 색이었다. 또한 아무리 세심한 눈길로 관찰하여도 알 수 없는 그 재질은 지구상의 광물질이나 합성물질도 아니었으며 그렇다고 동식물의 몸에서 얻은 유기물도 아니었다. 이렇게 신비감이 느껴지는 그 유품은 귀양살이하던 노신의 고조부가 남긴 것을 대를 물려 내려온 것이었다. 귀양지에서 만난 어느 고승이 전해 준 것인데 전설 같은 내력이 있었다.

"천상에서 온 사람에게서 취한 것입니다."

내일이면 다비식을 할 고승답지 않게 농처럼 미소를 흘리며 건네주었다는 이것은 대대로 내려온 지관이라는 노신 집안의 가업을 이어가는 계기가 되기도 했다.

처음 영문을 몰라 하는 고조부에게 전한 고승의 이야기는 오랫동안 집안의 구전이 되어 있었다.

어느 날 객사한 시체 한 구를 거두어 준 일이 있었던 고승은 우연히 이 물건을 손에 넣게 되었다.

행각승行脚僧으로 주유천하를 하며 돌아다니던 어느 날 캄캄한 그믐밤이었다. 그때 고승은 길을 잃고 산속에서 헤매게 되었다. 숲길이긴 해도 여러 번 다니던 길이라 그믐밤을 마다치 않고 내친걸음이었는데 그날따라 귀신에 홀린 듯 길을 잃어버리고 말았다. 그때 마침 숲 속에서 유난히 반짝이는 빛을 발견하게 되었다. 가까이 다가가 보니 뜻밖에도 그 빛을 발하는 물건은 시신의 목에 걸린 목걸이였다. 형상만 사람이었을 뿐 부패한 시신을 간신히 거두어 줄 수 있었던 것은 그나마 그 목걸이가 발하고 있는 빛 때문이었다. 시신의 유품인 목걸이를 같이 묻어 주지 않고 가져온 것은 자신의 갈 길을 밝히기 위해서였지만, 왠지 모를 신비감에 이끌려 호기심이 동했기 때문이기도 했다. 다음 날 고승은 지난밤의 일을 곰곰이 되새겨 보다가 이상한 생각이 떠올랐다. 아무리 부패한 시신이었지만, 머리카락이 없었던 점과 유난히 머리가 크고 몸체는 형편없이 작은 것이 도저히 이 세상 사람으로 믿기지 않아서였다. 불현듯 몸을 일으킨 고승은 어젯밤의 장소로 향했다. 어렵사리 전날 밤의 기억을 되살려 찾은 그곳에서 고승은 놀랄만한 현상을 발견하게 되었다. 넓이를 가늠할 수 없는 산중의 터가 불에 타 있었고, 가운데는 큰 집채만 한 구덩이가 새까맣게 그을려 패어 있었다. 그 때문에 있었던 산길이 지워져 버려 지난밤에 길을 잃고 헤매게 된 것이었다. 그 뒤로 목걸이를 볼 때마다 그날의 풀리지 않는 의문은 평생을 고승의 머리에 떠나지 않았다. 이렇게 전해진 목걸이는 노신가의 보물처럼 되었다. 방향은 말할 것도 없고 찾고 있는 집터나 묏자리의 용도가 적합할 때는 메달의 색깔이 녹색으로 변했다. 그런 자리를 여러 가지 방법으로 분석해 본 결과 소위 명당의 조건을 두루 갖춘 터에는 어김없이 그 녹색으로 반응했다. 이것이 노신가가 대대로 지관의 가업을 잇게 되는 계기가 되었다.

"이건 집안의 오래된 유품인데, 어째서 단에게 주려는 것인가?"

숙영은 의아한 표정으로 물었다.

"그래서 단에게 주려는 것입니다. 이제는 단이 지녀야 할 때라는 생각입니다."

"무슨 소린가? 아직 자네 나이 한창인데 굳이 단에게 전하겠다니…?"

숙영은 아까부터 마음에 걸리던 도마의 어두운 표정과 목걸이를 번갈아 보면서 말을 이었다.

"이 목걸이의 가치는 다 모른다 해도, 집안의 장손에게 대를 물리는 상징적 의미가 있었네. 윗대代가 고령이 되었을 때나 물려주는 오랜 관습이었지. 대대로 가난한 집안이라 무엇 하나 재산이라고 변변히 물려줄 것이 없었으나 이것만은 그래도 이 집안의 유일한 유산이었어. 또한 전쟁터 사지로 가던 그 어른도 아이에게 주지 않고 지니고 가던 그런 물건을 왜 자네가 서둘러 단에게 전하겠다는 겐가? 부당한 일이네."

"그래서입니다. 그런 집안의 소중한 유산을 객지에 머무는 저보다 단이 지녀야 한다는 생각 때문입니다."

도마는 결심을 단단히 굳히고 있었다. 굳이 목걸이 때문이 아니라 도마의 어두운 표정이 까닭 없이 숙영의 마음을 불안하게 했다.

"자네 혹시 무슨 일이 있는 건 아닌가?"

"무슨 일이라뇨. 객지에 있는 저보다는… 단이 나을 것 같아서… 그냥 그뿐입니다."

저 당황하는 눈빛은 뭔가? 그리고 그렇게도 침착하던 도마의 몸가짐이 눈에 띠일 만큼 흔들리고 있는 것은 또 어떤 의미인가? 짐작하면서도 숙영은 시선을 돌려 아까부터 묵묵히 곁에서 지켜보고 있는 단을 바라보았다. 너의 생각은 어떠냐는 물음이 담긴 시선이었다.

"그래요, 아저씨! 제 생각도 할머니하고 같아요. 저로서는 처음 보는 물건이지만 집안의 대를 이어 내려온 물건 같은데, 천천히 주셔도 될 것을 굳이 이렇게 서두르시는 것은 온당하지 못한 것 같습니다."

"언제일지 몰라도 결국은 네가 지닐 물건을 미리 준다고 해서 그렇게 온당 부당 따질 일은 아니라고 봐. 그보다 이번에는 일정이 빠듯하여 내일 비행기로 돌아가야 하는데, 네 차로 어디 좀 데려다줄 수 있겠니?"

도마는 뜻을 굽히지 않고 기어이 목걸이를 단의 손에 쥐어 주고는 몸을 일으켰다.

"그야 어렵지 않지만…."

"됐어, 그럼 다음에 또 얘기하자!"

"아니, 그런데 왜 일어나나?"

숙영이 의아한 눈으로 일어나는 도마를 보며 말했다.

"네, 이번에는 못 들릴 뻔한 걸 겨우 시간을 내서요. 대신 다음에는 꼭 아버님을 모시고 오겠습니다. 어머니께서도 이제 마음을 편하게 가지세요."

그들이 탄 차는 산성 호텔 앞에서 멈췄다.

"아니, 아저씨! 집 두고 왜 굳이 호텔을 고집하세요?"

차 안에서부터 성화를 부리던 단이 한 말이었다.

"너하고만 긴히 할 말이 있다고 하지 않았느냐?"

"도대체 무슨 말씀이시기에…."

호텔 방에 도착하자마자 도마는 주머니에서 작은 물건 하나를 꺼내어 단에게 내밀었다. USB였다.

"이것을 잘 간직해 두어라."

"아니, 이건 또 뭡니까? 아저씨… 정말 무슨 일이 있군요?"

"그래, 문제가 조금 있어."

도마는 잠시 쉬었다가 말을 이었다.

"그 안에는 먼 선조로부터 시작하여 나에게까지 전수된 기氣에 대한 연구 자료를 지금 러시아에 계신 할아버지께서 정리한 것이 들어 있다. 또 한 가지는 내가 한국의 동해 독도 근해 해저에 있는 석유광의 정확한 위치를 표시해 놓은 것들이다. 오랜 세월 기氣 연구를 위해 쏟아 온 선조들의 형이상학적 고찰이 많은 도움이 되었다. 해저 지하자원에 대한 나의 연구를 일본 쪽에서 오래전부터 냄새를 맡고 이것을 가로채려고 음모를 꾸미고 있다."

"음모라뇨?"

"그래, 음모! 내 개인적인 사정을 약점 잡아서 음모를 꾸미고 있다. 북한에만 해도 엄청난 양의 지하자원이 있다. 대표적인 것 중에 북한의 석유 매장량만 이야기하자면, 북한은 이란보다 많은 1,470억 배럴 세계 3위의 매장량이 있다. 대부분이 서해 쪽의 서한만, 안주, 남포, 평양 분지, 동해 쪽으로는 동한만, 경선만, 길주 분지로 분포되어 그것이 중국과 연결되어 있다. 북한 심해에 한다 하는 국가들이 시도한 시추가 모두 실패했다. 원인은 정확한 지점을 찾지 못하여 포기한 것이다. 2004년에는 현대그룹 정주영 회장이 채굴 제안을 했는데 여러 가지 정치적 상황 때문에 무산되고만 일도 있다."

도마는 탁자 위에 놓인 유리잔의 물로 마른입을 적시고 다시 입을 열었다.

"나는 선조들의 연구를 근거로 한 기의 운행으로 정확한 유전 지역을 찾아 이 파일 속에 암호로 표시해 놓았다."

"기의 운행이라시면… 힐아버지의 노트에 있는…?"

"그래, 너도 보았구나. 다 설명할 수는 없지만 간단하게 말해서 청정

해역에 있는 기는 그 밀도가 높고 석유나 가스가 있는 해역은 조밀하지 못하다. 그것은 현재의 물리학적 과학으로는 판별하기 어렵다. 육지의 유전지역도 마찬가지다. 산림이 울창한 지역에 기가 많아 삼림욕을 하는 이치와 같다. 석유가 있는 지역은 그 반대로 기의 밀도가 낮다."

"그런데 내가 큰 실수를 했다. 이 파일 이야기를 신조 그룹 사람에게 말해 버린 것이다."

"어쩌다가요?"

"그들의 계획에 말려들었다. 아마 그들은 끈질기게 나를 찾아 이것을 뺏으려 할 것이다."

독도 근해에 있는 하이드레이트는 일본열도의 지진대와 연결되어 있어 잘못 건드리면 열도의 지진으로 이어지는 민감한 곳이 있다. 일본이 줄기차게 독도는 자기네 땅이라고 우기는 근본적인 이유는 이 때문이기도 하다."

도마의 연구 자료가 한국으로 넘어가 석유 한 방울 나지 않는 한국이 성급하게 독도 근해의 하이드레이트층을 건드릴까 봐 일본이 초조해 하는 것이었다.

"하이드레이트는 동해상과 일본열도, 캐나다 북쪽 비포트해, 러시아 베링해 그리고 중국 이 모든 것이 하나의 밴드를 형성하고 있는데, 분포층 탐사에서 그 연결고리를 찾지 못하고 있다. 하이드레이트의 밴드 규모로 봐서 미국의 지질조사국에서는 그 본맥本脈 밑에는, 약 6억 톤의 석유와 가스가 매장되어 있다고 추산했다. 한국이 30년을 사용할 수 있는 양이다. 그러나 내가 추산한 것은 15억 톤 이상이 있다고 생각한다. 북한의 유전이 중국과 연결되어 있고 독도의 원맥과 연결되어 있는 것을 그들은 간과했기 때문이기도 하다."

그리고 잠시 뭔가를 결심하는 듯 잠깐의 침묵이 있고 난 후.

"그 본맥은 약 천 미터 가량 지점에 매장되어 있다. 지금의 한국 기술로는 가능한 지점이지. 너무 깊이 있기 때문에 경제성이 어떨지 문젠데, 만약에…."

"…."

"독도의 진원지로부터 일본열도나 그 저변에 무서운 지진이 거듭되면 그 천 미터 지점에 있는 유전지역이 수면 가까이 융기하여 한국에 엄청난 부를 안겨 줄 것이다."

"어떻게… 해서 그런 일이 가능합니까?"

"지진이 발생하는 지역에 압력이 빠지면서 천 미터 지점의 유전이 융기하는 것이다. 미국이 HAARP로 반대편에 있는 베네수엘라의 지각에 압력을 빼 캘리포니아 샌 안드레아 단층의 붕괴를 막은 것과 유사한 것으로만 이해하면 된다. HAARP는 아주 초보단계의 인공지진이지만…. 그것을 음모론으로 흐지부지되고 말았다. 그러나 그렇게 만 보기에는 여러 가지 정황이 의혹투성이다. 대체로 인공지진은 내진 설계를 목적으로 지하구조를 조사하기 위하여 인공적으로 발생하도록 하는 지진이다. 주로 땅속에 화약을 폭파하는 방법과 지각에 액체가 유입될 때와 댐에 의한 저수의 결과로 발생하는 지진이다, 그러나 하프가 사실이라면 그 의도가 전혀 다른 지진이다."

단은 도마의 눈빛에서 한동안 시선을 거두지 못하고 머릿속이 까닭 없이 멍해지는 것을 느꼈다.

힘겹게 말을 마친 도마는 무거운 짐을 내려놓은 사람처럼 길게 가슴속의 열기를 토하듯 숨을 몰아쉬고 난 뒤였다. 한동안 묵묵히 술만 마시다가 차마 입이 떨어지지 않는지 이윽고 어떤 결의를 다지는 듯한 표정이 나타났다.

라라의 어머니 멜린의 이야기를 시작했다. 그렇게 시작한 이야기를 마쳤을 때는 두어 시간을 넘겨 끝이 났다.

"아저씨, 그렇다면 러시아로 돌아가신다는 것은 더 위험한 일이 아닙니까?"

"그래, 위험해. 그러나 남자는 위험해도 가야 할 길이 있다."

도마는 홍콩에서 하룻밤을 보내면서 러시아로 돌아가야 한다는 각오를 다졌다. 멜린의 불행을 외면하고 자신의 길을 찾아가기에는 너무 깊숙이 사랑의 마음에 젖어 버렸다. 세미나를 핑계로 올가미를 준비하고 있는 일인들에게 이용당하기보단 그 길이 뜨뜻하다고 생각했다. 카이저를 설득하기가 쉽지 않은 일이라 해도 멜린을 구하기 위한 마지막 노력을 기울여 볼 생각이었다. 그 길이 결코 죽음의 길이 된다고 해도 아무 노력도 없이 멜린을 버려둘 수는 없었다.

"아저씨, 가지 마세요. 차라리 한국에 망명하시고 때를 기다리세요."

"그래, 그 말도 맞다. 나의 연구 성과가 한국을 위해서 쓰이기를 바라는 마음도 있고, 일인들도 나의 이러한 의중을 가장 두려워하고 있다. 그러나 지금은 나의 신상 문제보다 먼저 멜린을 구해 와야 한다. 지금 그것이 내가 할 수 있는 유일한 길이다. 불쌍한 라라에게 더 부끄러운 아비가 될 수는 없다."

무엇으로도 흔들릴 것 같지 않은 도마의 눈빛에서 단은 작은 세계를 보고 있었다. 그것은 겉으로 볼 수 없는 깊숙한 곳에 숨겨진 남자의 세계였다.

"아저씨, 우선 좀 쉬시고 힘을 내세요. 너무 지쳐 보입니다. 그리고 내일 다시 생각해 보세요."

긴 이야기와 멜린에 대한 아픔 위에 한잔 두잔 마신 술이 이미 취해 있는 도마의 노독이 안타까워 단은 도마를 쉬게 하고 싶었다.

"그러자꾸나! 그리고 그 파일에 암호를 푸는 방법은 내일 얘기하자. 밤 비행기니까 시간은 넉넉하다. 술도 취하고 정말 피곤하구나."

"그러세요, 아저씨! 내일 아침에 일찍 모시러 올게요."

단이 도마의 피살을 알게 된 것은 국제공항으로 태워 주기 위해 호텔로 간 다음 날 아침이었다. 호텔에서 100여 미터 떨어진 후미진 야산에 놓인 시체의 주위에는 파헤쳐 놓은 낙엽들이 어지럽게 흩어져 있었다. 아마도 서둘러 은폐를 시도한 것으로 보이는 낙엽이었다. 경찰이 단에게 시체를 확인시키기 위하여 덮어 놓았던 천을 들치자, 이미 차갑게 굳은 도마의 시신이 나타났다. 정확하게 심장을 찔린 것으로 보아 전문가의 솜씨라는 수사관의 설명이었다. 조용하게 눈을 감은 도마의 얼굴을 보는 순간 단은 끓어오르는 오열을 참을 수 없어 괴성을 터트리고 말았다.

"으! 아! 아저씨! 이!"

웅성거리는 사람들의 소리나 현장을 지휘하는 수사관들의 말소리도 들리지 않고, 단의 귀에는 도마의 안타까운 말이 환청처럼 파고들었다.

'남자는 위험해도 가야 할 길이 있다.'

단은 경찰이 원하는 진술이나 신문 기자들의 질문에도 일체 함구로 일관해 버렸다. 그것은 닥쳐올 일들에 대한 신중을 기하자는 숙영의 의사 때문이었다. 노신과 라라 그리고 멜린 세 사람이 소련 땅에서 이로 인한 어떠한 신상 문제가 발생할지, 그곳 사정을 모르는 입장으로서는 예측할 수 없는 일이었기 때문이었다.

사건 발생 삼일 뒤 경찰은 중간 수사 내용을 알려왔다. 남다른 관찰력을 가진 호텔 종업원과 아침잠이 없는 한 늙은 농부의 진술을 위주로 밝혀진 내용은 단의 예측을 크게 빗나가지 않았다. 룸서비스가 주문한 물을 가지고 도마의 방으로 들어갔을 때 두 명의 방문객을 목격하게 되었다. 도마와 영어로 말했다는 두 명의 동양인들은 공항에서부터 뒤쫓아 온 신조 석유 사람들일 것이라는 추측이 되었다. 형사 한 사람이 내보이는 도마의 코트 깃에 부착된 최첨단 추적 신호기가 발견된 것이 모든 것을 말해 주고 있었다. 그들이 공항에서 몸을 스치며 슬쩍 부착해 놓았을 상황을 연상하기는 어렵지 않았다.

그리고 동이 틀 무렵에 사건 현장과 가까운 산책길에서 쫓고 쫓기는 세 사람의 중년 남자를 목격했다는 농부의 증언을 미루어 보면 짐작되는 것은 많았다. 신조 석유에 동참해 달라고 밤을 새워 설득했을 것이다. 술잔 하나에만 술 냄새가 났다는 것으로 보아 도마는 혼자서만 취해 고민했던 것으로 보인다. 그러다가 곯아떨어진 척하고 있다가 새벽 무렵에 탈출을 시도했다가 그들에게 발각된 것으로 짐작되었다. 그들로선 설득할 수 없으면 차라리 죽여야 할 이유가 있었다. 독도 근해의 하이드레이트에 대한 중요한 정보를 가진 도마가 석유에 목마른 한국 정부에 협조하여, 무리한 채굴을 시도할 경우에 일본이 감당해야 할 위험이 너무 크기 때문이었다.

이것은 비극의 끝이 아니라 시작이었다. 뒤늦게 도마의 죽음을 알게 된 노신이 심장마비로 절명했다는 라라의 전화를 받은 것은 그로부터 일주일 뒤였다. 단은 처음 말뜻을 알아들을 수 없을 정도로 아득했다.

"무슨 소리야, 다시 말해 봐."

"할아버지가… 할아버지가… 심장마비로…."

오열에 뒤섞여 끊어졌다, 이어지기를 반복하는 라라의 말뜻을 겨우 알아들은 단이 경악을 진정하지 못하고 있는 사이 '뚜뚜뚜' 하는 기계음만 남기고 전화가 끊어져 버렸다. 그리고 그 말의 뜻이 구체적인 아픔으로 가슴을 찔러 왔을 때는, 숙영의 주름진 얼굴에 얹히는 진한 슬픔이 떠올랐다.

그러나 오래전부터 마음의 준비를 하고 있었던지 뜻밖에도 숙영은 애써 태연함을 과장한 담담한 표정으로 부처만 향하고 있었다. 다만 회한에 서린 듯 주름진 눈꺼풀 사이로 배어 나온 물기가 단의 가슴을 무너지게 했다.

단은 러시아로 갔다. 무엇보다 불쌍한 라라를 혼자 내버려 둘 수가 없었다. 장례가 끝나고 나서도 좀처럼 비통한 마음을 삭이지 못하는 라라 때문에 단은 열흘간 대학에 결강을 하면서 소련에 머물렀다. 좀처럼 슬픔에 헤어나지 못하는 라라의 비통한 모습이 단의 가슴 깊숙이 통증을 몰아와 형언할 수 없는 분노의 열기가 마음을 덮쳐 왔다.

라라의 애처로운 눈빛을 뒤로하고 안타까운 심정으로 단이 한국에 돌아온 뒤였다. 라라의 그 가엾은 눈빛이 흐릿해지기도 전에 연이어 또 뜻밖의 소식이 전해 왔다.

멜린의 자살 소식이었다.

도마의 죽음을 뒤늦게 알고 치사량의 수면제를 복용했다는 것이다. 멜린의 죽음으로 라라가 받았을 연이은 충격에 대한 아픔에 또 한 번 단은 슬픔에 빠졌다.

또다시 러시아행이었다.

단이 러시아에 다시 왔을 때는 이미 장례식이 끝난 뒤였다. 도마가 죽고 입은 검은 상복을 벗기도 전에 연이어 노신과 멜린의 죽음으로 그 옷을 벗을 새도 없는 대로였다. 초점 없는 눈의 라라를 보는 순간, 그 가엾은 모습이 단의 심장을 날카로운 송곳으로 찌르는 아픔이 전류처럼 전해 왔다. 그 아픔은 슬픔이 아닌 분노였다. 위로는 오히려 슬픔을 부추기는 자극제가 되었을 뿐 아무것도 할 수 없는 무력감이 가슴을 처절하게 했다.

이 모든 비극이 왜놈들로 연유한 것이라는 가슴 깊숙한 곳에서의 발악이 단의 가슴에 불을 질렀다. 그때 단은 도마가 준 파일을 떠올렸다. 암호를 알려 주지 못하고 돌아가신 것이 상기되기는 했으나, 일단 파일을 열고 보니 예상한 대로 난감하기 그지없다. 수많은 점이 무질서하게 찍혀 있는 화면이 뜬다.

단지 독도를 그린 것으로 보이는 섬 모양 하나가 분명할 뿐이다. 그날 도마의 말을 떠올리며 아무리 되새겨 보아도 기의 운행이 조밀하고 그렇지 못한 곳은 유전지역이라는 것 외는 들은 것이 없다. 그 조밀하지 못한 곳을 이 많은 점 속에서 어떻게 찾을 수 있을까? 쳐다보고 생각하고 몇 시간을 궁리해 보았다. 점의 수를 세어보니 175개, 혹시 그 숫자에 의미가 있을까? 또 점의 모양을 돋보기로, 현미경으로 세세히 살펴보았다. 그도 저도 짐작되는 것이 없다. 어쩔 수 없이 컴퓨터를 닫고 일어나 버렸다.

라라는 언제부터인지 식탁에서 혼자 와인을 마시고 있었다. 단이 다가가서 마주 앉자 무표정한 얼굴로 잔을 건넨다. 그 잔을 묵묵히 받아 비우고 난 뒤 입을 열었다.

"라라, 내가 해줄 수 있는 말이 없구나. 이제 한국으로 가서 우리와 함께 사는 게 어때?"

한참 동안 아무 반응을 보이지 않던 라라가 무심한 말로 단의 제안을 대신한다.

"나… 카이저를 만났어."

"언제?"

"장례식 다음 날."

"그래서…?"

"얼굴도 한번 보지 못한 어머니가 내게 엄청난 유산을 남겼어."

"…"

"오빠의 제안은 고맙지만…."

"말해 봐!"

"지금은 불쌍한 할아버지 생각 외는 무엇을 어떻게 해야 할지 아무 생각도 할 수 없어."

"한국에는 할아버지보다 더 불쌍한 할머니도 계시고 나도 있잖아."

"생각해 볼게."

불행은 한꺼번에 닥친다는 말이 맞았다.

연이은 사건으로 지예를 만나지 못한 지 한 달이 가까웠다. 사고 소식을 알려 주자 크게 놀랐으나, 전화를 끊고 생각하니 그 목소리에서 까닭 모를 또 다른 울림이 느껴졌다. 게다가 석연치 않은 이유를 대며 한 달쯤 뒤에 만나자고 한다. 구체적인 이유를 묻는 말에도 딱 부러진 대답 없이 한사코 만나서 이야기하자는 말뿐이었다. 가슴 속에 뭔가를 가득 채워 놓고 있는 듯한 억양에서 말의 무게가 무겁게 느껴졌다.

한 달은 길고 지루한 정도를 넘어 애가 타고 속이 끓었다. 그 석연치 않은 연유로 인한 불길한 느낌은 그 한 달 내내 지속해서 가슴에 통증을 담고 있어야 했다.

그렇게 보낸 한 달 뒤에 만난 지예의 모습은 꼬집어 말할 수 없는 어떤 변화가 느껴졌다. 언제나 지예가 몰고 나온 차에 타면 곧장 집으로 가서 지예 아버지에게 인사부터 하고 무엇을 하더라도 했는데 우선 그것부터 달랐다. 묻지도 않고 작은 카페로 들어가 음료수를 시켰다. 연유를 묻는 단에게 태연함을 가장한 듯한 미소도 여느 때의 그것이 아니었고, 의례적인 안부 말 속에도 한 자락 보이지 않는 것이 느껴졌다. 은은한 행복감과 포근한 감정이 흐르던 시선도 역시 예전의 그것이 아니었다. 서먹하고 불편하고 그 많던 말들이 한마디도 떠오르지도 않았다. 단은 가슴에 부풀어 오르는 까닭 모를 불안을 떨쳐버릴 양 간신히 입을 열었다.

"무슨 일이 있어…?"

흔히 뭔가 궁리할 때 입술을 모으는 습관대로 지예는 한참을 생각에 빠져 있었다. 느긋하게 기다려 주지 못하고 그걸 돕기라도 하듯 툭 뱉은 말이 자극되었는지 효과는 엉뚱하게 나타났다.

"무슨 말이든 해 봐."

"어떻게 해야…."

그렇게 말해 놓고 다음 말을 잇지 못하더니, 갑자기 눈시울이 불그스

름해지는데 문득 연민보다 불길한 느낌이 몰려왔다. 최근에 불행한 일을 한꺼번에 너무 많이 당한 뒤라 그런지 잔뜩 긴장되었다.

"정히 그렇게 꺼내기 어려운 말이면 하지 않아도 좋아."

짐짓 여유를 보여 너그럽게 분위기를 바꾸어 보려고 시도한 말이었으나, 마음속은 의혹이 타고 있었다. 그리고도 한참 시간이 흘렀지만, 이번에는 마음과는 다르게 묵묵히 기다려 보기로 했다. 역시 그것이 성과를 거둔 듯 한참 만에 지예 쪽에서 먼저 불편한 침묵을 견디지 못하고 조용히 입을 열었다.

"아빠가…."

"왜? 어디 편찮으셔?"

"구속되셨어."

"아니, 왜?"

화들짝 놀라기는 했지만, 그것이 어째서 그토록 꺼내기 어려운 말인지 그 까닭이 더 궁금해졌다.

"산업 스파이라는 누명을 썼어."

"누명? 어떻게 하시다가?"

그리고 지예는 또 입을 다물어 버렸다.

"왜? 또 말이 없어?"

"…."

이번의 침묵에는 까닭 없는 긴장감이 감돌았다. 그러다가 한참 만에 또 뭔가를 털어놓기 전에 머뭇거림이 느껴졌다. 그리고 작은 소리로 뭐라고 한 말에 의미가 잘 전달되지 않는 대로 단은 정신이 번쩍 들었다. 분명하지 않은 목소리의 어눌한 어조와 처음 보는 경직된 표정에다 얼핏 결혼 어쩌고 하는 말이 들렸기 때문이었다.

"뭐라고 했어? 다시 말해 봐."

"…나 결혼할 거야."

갑자기 이 또 무슨 엉뚱한 말인가? 기껏 용기를 내 빠르게 한 말인데도, 말이 떨리고 눈가에 눈물이 비치는 지예의 속내가 의심스러워 그 말이 담고 있는 진정한 의미를 놓쳐 버렸다. 그러고 보니 지금까지 한 번도 지예에게 결혼에 대한 말을 하지 않은 것이 '왜 그랬을까?' 하는 새삼스러운 의문으로 떠올랐다. 그리고 지예의 말이 결혼하자는 말로 들렸던 것은 자신 외의 남자를 도무지 생각하지 않았기 때문이었다.

"난 좀 근사한 청혼 이벤트를 하려고 했는데, 뭐 지금이라도…."

"상대는 일본 사람이야."

단의 말이 끝나기도 전에 빠르게 잘라서 말하는 것은 어렵게 내친김에 한꺼번에 쏟아내어 버리고 말자는 것으로 보였다. 아버지의 구속과 그리고 결혼과 일본 사람이라는 말뜻이 머릿속에서 뒤섞여 한동안 혼란스러웠다. 그리고 차츰 정신이 맑아지면서 그 말뜻이 더 구체적으로 느껴졌을 때는 뜻밖에도 희미하게 입가에 허탈한 미소를 만들고 말았다. 아버지의 구속을 걱정하다가 갑자기 결혼 얘기를 꺼낸 두서없는 말이 왠지 미심쩍은 부분으로 남아서였다.

"일본에서는 농담을 그렇게 진지하게 하는 게야? 아니면 투정이 났어?"

가슴에 여전히 뜨거운 것이 가득히 부풀어 오는 것을 간신히 억누르고 한 말이지만 단의 표정은 말과는 달리 굳어져 있었다.

"날짜는 다음 주 말로 정했어."

"점점…? 도대체 왜 이래?"

"흐흑…."

결국 지예가 울음을 터트리고 나서야 사태의 심각성이 명료해지면서 아찔한 현기증이 일어났다. 그리고 다음 주라는 말뜻이 비수가 되어 날카롭게 가슴을 베어 오는 섬뜩한 아픔이 느껴진 것은 한참 뒤였다. 문득 죽음이 이런 아픔 끝에 오는 것은 아닐까 하는 생각이 들었다. 단은 이성을 잃지 않으려고 몸속에서 짜낼 수 있는 모든 기력과 정신력을 모아 가까스로 조용히 입을 열었다.

"자초지종을 말해 봐. 우리 사이에 못할 말이 뭐 있어. 지예의 문제는 곧 내 문제 아니겠어?"

이렇게 달래는 투의 차분한 단의 목소리에 용기를 얻었는지 천천히 회복하면서 흐느낌도 잦아들기 시작했다. 그 회복을 부축할 요량으로 단은 앞에 놓인 컵을 들어 권했다. 파르르 떨리는 손으로 겨우 잔을 든 지예는 한 모금 물을 마셔 목을 씻어낸 다음 이제는 더 망설일 것도 없다는 듯 입을 열기 시작했다.

"아빠가…."

지예의 아버지 손남규는 K전자라는 컴퓨터부품 중소기업을 하는 친구 회사의 동경 지사장으로 근무 중이었다. 어느 날 낯선 사람으로부터 면담을 요청하는 전화를 받았다. 노무또 겐지로, 자칭 IT 분야의 박사라는 자신의 소개와 함께 내민 명함은 일본 컴퓨터업계에서는 꽤 알려진 M사 연구실 소속으로 되어있었다. 손남규가 동경에서 하는 일이 한국과 일본을 대상으로 하는 수출입을 하고 있었기 때문에 이런 만남은 일상 있었던 일이었다. 그러나 그날 그 일본인 연구원은 특별한 제안을 해왔다. IT 분야의 첨단 기술 하나를 흥정해 온 것이었다. 개인 노무또 겐지로로 된 특허서류에도 하자는 없었고 M사 연구실에 조회해 봤으나 의심할 만한 것도 없었다. 손남규의 보고를 받은 서울 본사 사장은 망설일 것도 없이 매입 결정을 내렸다. 일은 그침 없이 진행되어 내일이면 잔금과 기술을 교환하는 날이었다. 그날 손남규의 사무실에 느닷없이 경시청 요원들이 들이닥쳐 체포 영장을 내밀었다. 산업스파이라는 죄목이었다. 알고 보니 M사는 신조 전자와 IT 관련 기술연구계약을 맺고 있었고, 노무또가 기술을 빼돌려 개인 이름으로 특허를 낸 사건이었다. 그는 신조 전자 측으로부터 고발을 당하여 재판에 계류 중인 상태에서 기술을 팔아넘기려고 한 것이었다. 뒤늦게 사실을 알고 노무또에게 연락을 해보았으나 그는 이미 종적을 감춘 뒤였다.

사건을 검토한 교포 변호사는 의혹만 늘어놓았을 뿐 해결의 실마리를 찾지 못하였다.

"뭔가 이상한 냄새가 나는 사건입니다. 무엇보다도 그만한 기술을 그렇게 헐값으로 흥정했다는 것입니다. 업계의 말로는 반값 이하의 값이랍니다. 그리고 의심스러운 것은 또 있어요. 노무또라는 사람은 본래 신조 전자 연구원으로 M사에 파견 근무를 한 사람인데, 조사해 본 결과 신조 회장의 직속이랍니다. 어릴 때부터 신조 그룹에서 키운 인재인데, 사람의 일은 알 수 없지만 받은 대우나 인품을 미루어 짐작해도 그가 배신할 만한 이유가 없다는 것입니다. 그렇다고 의도된 계략 쪽으로 추측을 해보아도 의혹이 풀리지 않아요. 신조 전자에서 노무또를 고소한 것도 알고 보니 형식적인 절차에 지나지 않았어요. 그룹 회계상 문제로 노무

또 개인 명의 즉 일종에 명의신탁을 해 놓은 것을 합법화하는 과정의 절차였답니다. 그만큼 신임하는 사람이라는 뜻이지요. 그러면 신조 전자 같은 큰 회사가 K사 같은 작은 회사의 동경 지사를 탐내거나 귀찮아 할 만한 이유라도 있을까요?"

오히려 지예에게 반문하며 교포 변호사는 잔뜩 미간에 주름을 잡았다. 며칠을 두고 고민해 봐도 의혹이 풀리지 않기는 지예도 마찬가지였다.

그런 어느 날 신조 그룹 쪽의 사람이 지예를 찾아왔다. 기획실장 비서라고 자신을 밝힌 청년은 처음 담담하게 법적인 문제에 대한 입장을 설명했다. 그러나 나중에는 뭔가 거북한 것이 있는 듯 지예의 눈치를 살피며 말끝을 흐리고 있었다.

"기술이 유출되기 전에 밝혀져 다행입니다. 그렇지 않았다면 더 큰일이 날 뻔했습니다. 사실 손 지사장님은 선의의 피해자일 수도 있습니다. 그래서 기획실장님은 선의로 해석할 수 있는 방도를…"

업무적인 얘기는 다 끝났고 앞에 놓인 커피 잔도 비어 있었다. 그러나 그는 정작 해야 할 말을 다 못한 사람처럼 자리를 뭉그적거리고 있었다. 지푸라기라도 잡는 심정으로 작은 호의에도 매달리고 있던 지예로서는 그의 의중이 궁금하지 않을 수 없었다.

"차 한 잔 더 드릴까요?"

하고 권해 보았다.

"그럴까요?"

마치 기다리고 있었다는 듯이 반기는 그의 얼굴에는 어떤 안도의 표정이 보였다. 시간을 빌었다는 듯이 다소 차분해진 그가 새로 내온 커피 한 모금을 마시고 나서 은근한 목소리로 입을 열었다.

"혹시 저희 기획실장님을 기억하시겠습니까?"

순간 지예의 가슴에 작은 울림이 왔다. 어느 날 아버지와 외식을 하는 자리에 후쿠다라는 젊은이가 있었다. 아버지를 따라간 어느 파티에서 지혜를 처음 보았다며, 깍듯한 예의로 지예에게 예사롭지 않은 호감을 보였다. 신조가의 손자라는 그는 일본인의 전형 그대로 과장이 느껴질 만큼 친절과 예의로 다가왔다. 번들거리는 이마와 한껏 멋을 부린 차림과 위세도 거부감이 느껴졌다. 그런 날이 있은 뒤, 손남규는 그가 청혼을 했다는 말을 했다. 지예가 거절할 것을 알고 있었으므로 손남규는 더 이상 설득하려는 노력은 하지 않았다. 사실은 그동안 여러 번 아버지에게 청을 넣었고, 오래전에 정해 놓은 사람이 있다는 것을 말해 주었으나, 그는 쉽게 미련을 버리지 않았다. 그 뒤에도 한 번 그의 끈덕진 요청으로 식사 자리를 마련했던 일이 있었다. 회사에 중요한 거래처라는 아버지의 요청을 거절할 수 없어서였다.

지예는 갑자기 뇌리에 어떤 의혹이 번쩍 떠올랐다.

"예, 기억합니다만…."

"사실은 실장님이 지예 씨에게 청혼을…."

"그 일이라면 오래전에 답을 드린 것으로 알고 있습니다만 새삼스럽게 …."

차츰 의혹의 눈길이 되어 바라보는 지예에게 내친걸음이라는 각오가 어린 표정으로 그는 말을 이었다.

"지예 씨께서 실장님의 청혼을 받아주시면 손 지사장님의 문제는 잘 해결될 것으로…."

그는 갑자기 입을 다물고 말았다. 지예의 눈에서 파란 불꽃이 뿜어 나오는 노기 띤 얼굴을 보는 순간 더 말을 이어 갈 용기가 없어진 것이었다.

"결국 이런 방법까지 써서 목적을 이루고야 마는 것이 일본식이군요! 함정을 파놓고 기다린 것이 아니라 아예 그물을 던졌군요. 똑똑히 전하세요! 이런 방법으로는 절대로 굴복하지 않을 것이라고!"

"아닙니다. 오해하지 마시고 들어 주세요."

"더 들을 것 없습니다. 돌아가 주세요!"

지예는 슬피 울었다. 자신으로 인하여 아버지가 곤경에 빠졌다는 사실을 알게 되자 마음 구석구석에 진한 통증이 살을 베듯 아려 왔다. 모든 궁리를 다해 봐도 묘안은 없었다. 후쿠다에게 매달리지 않으려면 법정 투쟁을 계속하는 것 외는 아무 방법이 없었다. 이미 정평이 나 있는 일본 법정의 한국인에 대한 배타적 성향을 염려하던 변호사의 우려를 떠올리자, 절망감은 더 마음을 찔러 왔다. 더구나 그들은 막강한 재력을 가진 자들. 그렇다고 후쿠다의 뜻에 따르자니 당장 온몸에 송충이가 스멀스멀 기어 들어왔다. 뿐만 아니라 단의 사랑으로 꽉 채워진 마음은 쉽게 비워낼 수 있는 물그릇이 아니었다. 매시간 몸에서 피가 말라 가는 고통이 지속되었다.

그즈음 서울 K전자의 사장이 세 번째로 동경에 왔다는 연락을 받은 것은 사건이 법정으로 이관되기 사흘 전이었다. 변호사 사무실에서 만난 남 사장은 초조한 눈빛이 역력했다. 그는 이 문제로 인하여 회사가 망할 수도 있다는 심각한 우려를 하고 있었다.

"지예 양, 내가 어떻게 위로해야 좋을지 모르겠어, 내 어리석은 판단 때문에 일이 이 지경이 됐어."

말하는 남 사장의 얼굴에는 진정이 묻어났고 회한과 연민이 느껴졌다. 전부터 느껴왔지만, 그는 점잖은 인품이 몸에 밴 신사였다. 아버지의 친구라는 것이 자랑스러웠던 사람이었다. 아버지가 늘 '참 점잖은 친구야.' 하는 말을 듣기도 했다.

"지예 양도 알 만큼 알겠지만, 이 일은 회사의 종업원 삼백 명과 딸린 식구를 감안하면 대략 천 명이나 되는 사람의 목숨이 걸린 문제야. 당장은 아버지를 살려내야 하고, 회사도 살려야 하는데 지예 양이 마음먹기에 따라 그 많은 목숨을 건질 수가 있다고 하니…"

사안의 중대함을 설명하는 남 사장의 표정은 곤혹스러운 빛이 여실히 드러나고 있었으나 지예의 감정을 배려하느라고 말을 잇지 못했다. 예측은 하고 있었으나 그마저 다른 방도를 찾지 못하고 오직 자신에게만 매달리고 있다고 생각하니 지예는 커다란 바위에 짓눌리는 느낌이었다.

"비록 미수에 그친 사건이지만, 신조 측에서 증거를 확보하고 현행범으로 고발해 놓은 상태라 변명할 여지가 없습니다. 이대로 사건이 법원으로 넘어가면 실형을 받는 것은 명백합니다. 산업스파이에 대한 좋지 않은 인식을 하는 국제간의 인터폴 시스템을 가동하여 한국으로 이첩하면, 서울 본사는 심각한 타격을 받게 될 겁니다. 분하고 억울하시겠지만 지예 양이 생각을 바꾸어 보는 것이 어떨까요?"

지예를 설득하는 일 밖에 다른 방도가 없다는, 난감한 얼굴을 하는 변호사의 설명에서도 더 기대할 것은 없었다.

"지예 양이 후쿠다 그자에게 한 번 매달려 보는 것은 어떨까요?"

남 사장은 딱히 누구에게라고 할 것도 없이 지예와 변호사를 번갈아 보면서 애가 타는 표정으로 말했다. 지예로서도 그런 생각을 해 보지 않은 것은 아니었다. 그러나 그의 요구를 들어주지 않고 설득할 자신이 없었다. 갑자기 눈앞이 캄캄해 왔다. 머릿속이 까맣게 어두워지면서 몸이 중심을 잃고 휘청거렸다.

"지예 양! 지예 양!"

부르는 소리가 아득히 들리고 몸은 나락으로 떨어지는 듯 허공이었다.

의식을 찾고 보니 병원이었다. 남 사장이 가득히 곤혹을 담은 얼굴로 바라보고 있었다. 지예는 그의 눈을 피하려고 할수록 눈물이 났다. 어느새 남 사장의 눈시울도 붉게 물들고 있었다. 무릎을 꿇을 수밖에 없는 현실이 분하고 억울하여 이성이 마비된 것 같았다.

지예의 이야기를 다 듣고 난 단의 얼굴은 온몸에서 피가 빠져나가는 듯 하얗게 질리고 있었다. 넋 빠진 얼굴로 망연히 허공을 바라보는 눈은 와르르 무너지는 세상을 보고 있었다. 굳게 다문 입은 영혼이 도륙당하고 피를 흘리는 참담함에 열리지 못하고 있었다.

지예는 단의 그 살기 띤 침묵 속에 시뻘겋게 타는 분노를 보자 뼛속 깊이 부르르 떨리는 전율을 느꼈다.

단은 무엇이 어떻게 되었는지 의식의 마취 상태에서 무섭게 타오르는 불기운을 느꼈다.

"오빠, 내게서 가져갈 수 있는 것은 다 가져가. 싹싹 긁어서 한 톨도 남기지 말고 전부 앗아 가."

목이 메 처절하게 울부짖는 지예의 비통한 목소리가 아스라이 먼 의식 속에서 들려왔다.

하얀 달 속에 선명한 실루엣으로 담긴 한 쌍의 남녀는 나신이었다. 그들의 행위는 피를 토할 듯이 격렬했다. 그것은 단순한 사랑의 행위가 아닌 겹겹으로 쌓인 분노를 쏟아내는 치열한 몸부림이었다. 그들은 이 한 번의 행위로 아무것도 남기지 말아야 하는 절박한 순간이었다. 퍼내기만 하는 남자에게 끝없이 앗기면서도 여자는 처참하게 젖은 얼굴로 웃고 있었다.

이윽고 모든 기력을 소진한 남자는 여자의 몸에서 떨어져 나왔다. 그리고 남자는 흐느적거리며 멀어져 갔다. 남겨진 여자는 긴 머리채를 떨어트린 채 끓어오르는 설움을 토해 내고 있었다.

"오빠…. 오빠!"

집으로 돌아온 단은 무슨 일이 일어났는지 의식도 없는 채 명현瞑眩 상태가 되었다. 넋이 빠져 동공이 풀어지고 심장 자리에 날카로운 쇠꼬챙이가 찔러대는 통증이 지속적으로 전해 왔다. 깜짝깜짝 놀라다가 산짐승 같은 신음이 흘러나왔고, 흐느적흐느적 떠다니는 넋을 보는 듯 초점 없는 시선이 허공을 더듬었다.

"지예는 잘 있더냐?"

뭔가 예사롭지 않은 느낌으로 조심스럽게 묻는 숙영의 말에 왈칵 눈물이 쏟아져 나왔다. 그것이 답이라는 듯 숙영은 혀를 차며 돌아섰다. 방문을 닫고 나가는 숙영의 허리가 한층 휘어져 보였다. 영문을 알 수 없는 아이들의 사랑놀음쯤으로 알던 숙영이 그 일주일 뒤에 지예의 결혼 소식을 듣고 나서야 사태를 알게 되었다.

지예의 아버지였다.

딸아이의 결혼 소식보다는 단을 걱정하는 지예의 마음을 전하는 그의 목소리에도 탄식이 묻어 나왔다.

단은 대학에 사직서를 냈다. 정신의 방임과 마음의 이완이 지속되면서 의식 계통에 불균형이 심각하게 나타났다. 직장은 고사하고 일상에서도 균형이 깨져 주위 사람들의 마음을 안타깝게 했다. 매일 술에 절어 잠을 자는 것까지는 그렇다 해도 도대체 시간에 대한 개념이나 기본적인 일상도 잊어버렸으며 종일 멍한 눈으로 넋을 잃고 있었다.

"이 사람아! 당분간은 학술회의 출장 정도로 해 놓을 것이니 빨리 마음을 추슬러 돌아와."

사직서를 받아 든 주임교수는 단의 인재 됨을 아까워 한 말이었지만 사람 하나 버려 놓았다는 안타까운 눈빛이었다.

단이 본관 건물을 나서자 기다리고 있었던지 안철환이 피우던 담배를 비벼 끄고 다가왔다.

"김 교수, 끝내 사직서를 내고 말았어?"

"…."

"세월이라는 좋은 약이 있는데, 굳이 사직서까지…."

안은 말끝을 맺지 못했다. 단의 허탈한 눈빛 속에 담긴 시선을 보자 뭔가를 위안하고자 했던 마음과는 달리 섬뜩한 느낌까지 들었다.

"괜한 걱정하지 마시고, 술이나 한잔 합시다."

확실히 달라져 있었다. 평시에 단은 이렇게 무례하지도 않았으며 지향 없이 허공에 떠 있는 눈빛도 아니었다. 그렇다고 내버려 두자니 꼭 무슨 일이라도 낼 것 같은 조바심 때문에 단이 이끄는 대로 따라갈 수밖에 없었다.

단은 지나치게 폭주를 했다. 그 무서운 폭주를 만류하기도 하고 자제하기를 거듭 당부했으나 소용이 없었다.

안은 젊은 단에게 술을 가르쳐 준 자신의 경솔함이 뒤늦게 후회스러워 죄책감마저 들었다. 그나마 싸우다시피 하여 간신히 택시를 태워 집에까지 데려다주고 나오면서도, 안은 착잡한 심정과 안타까운 마음으로 가슴이 저려 왔다.

식물 인간

안 교수가 단의 입원 소식을 들은 것은 바로 그 다음 날 퇴근 무렵이었다. 한걸음에 달려간 병원에서 만난 숙영은 붉게 부어오른 눈으로 회한이 묻어나 있었다. 정오가 되도록 일어나지 않는 단을 깨우려고 몇 번씩 그의 방을 들락거리던 숙영이 심한 악취를 맡고 흔들어 보았을 때였다. 요변尿便과 술에 저린 이불을 걷어내려고 억지로 흔들어 깨웠으나 반응이 없었다. 덜컥 겁이 나서 눈꺼풀을 까보니 동공이 풀린 상태로 시선이 없었다.

"극도의 공황恐慌 상태에서 오는 자폐에 이취泥醉를 더하여 생긴 깊은 몽리夢裏 현상입니다. 흔히 심각한 정신적 외상장애라고도 합니다. 의학적 용어로는 트라우마라고 하는데 최근에 큰 충격을 받은 일이 있었습니까? 가끔 그런 충격을 받은 후에 나타나는 현상입니다."

"그렇다면, 식물인간 상태라는 건가요?"

"안타깝지만, 그렇습니다."

"깨어날 수는 있을까요?"

"무의식 속에서도 생명의 본능을 깨우는 본인의 의지가 중요한데… 잘못하면 장기화될 수도 있습니다."

의사가 안 교수와 하는 말을 듣고 난 숙영은 땅이 꺼지는 한숨을 쉬었다. 안 교수는 전날 술자리로 인한 죄책감으로 고개를 들 수가 없었다.

뒤늦게 도착한 라라는 이 연이은 불행한 사태에 할 말을 잊고 말았다. 먼 나라지만 핏줄이 있다는 사실을 처음 알았을 때 단의 기쁨은 그 무엇에 비길 바 없었다고 했다. 비록 할머니가 곁에 있다 해도 남들과 다른 가족 구성이 늘 천재의 마음속은 허전했을 것이다. 라라 자신의 지난날들을 비추어 보면 어렵지 않은 추측이었다. 처음 라라를 만났을 때 '내게도 이런 예쁜 동생이 있었다니!' 하며 마냥 기뻐하던 모습은 지금도 지워지지 않는다. 그런 단에게 아버지가 또 일인들로 하여금 죽고, 연이어 할아버지와 멜린까지 불행하게 떠나고, 끝내는 그토록 사랑하던 지예까지 일인에게 잃고 나니 그 아픔이 오직했겠나. 라라는 유일한 단의 친구 까치를 떠올려 보자 소리 없는 눈물이 유난히 하얀 뺨을 타고 흘러내렸다.

몇 달이 지나도록 단은 깨어나지 않았다. 숙영은 불안과 공포가 밀어닥치는 마음을 추슬러 기도에 매달려 보는 것 외는 할 수 있는 일이 없었다. 부처 앞에 앉자, '삶이 곧 번뇌며 번뇌가 곧 삶'이라던 어느 고승의 말이 가슴을 파고들었다. 아직도 삶이 끝나지 않아서 번뇌는 끝이 없는 것인가? 염불하는 숙영의 눈에서 소리 없는 눈물이 하염없이 흘러내렸다.

단아! 단아! 아득하게 먼 곳에서 부르는 소리가 들려왔다. 캄캄한 어둠 속에 적막을 깨우는 소리. 그 어디쯤에서 꺼져 가는 생명의 불을 지피려는 애타는 부름이 단의 의식을 흔들었다. 그 어둠 속에 혼돈이 일기 시작한 것은 그러고도 오랜 시간이 흐르고 난 뒤였다. 한 곳에서 바늘구멍만 한 빛이 어둠을 밀어내기 시작한 것이었다. 한동안 명멸을 거듭하던 빛이 투명한 목소리로 남은 어둠을 걷어내고 밝아 왔다. 할아버지와 아저씨가 서 있었다. '아, 할아버지! 도마 아저씨!'

"그래, 일어나거라. 그 목걸이는 본래 네 것이었니라. 네 전생을 깨워라! 네 전생을 깨워라!"

"오빠! 오빠! 오빠가, 의식이…."

고함치는 라라의 목소리가 흐릿한 의식과 함께 들렸다. 연이어, 화급한 발자국과 모여드는 사람들의 두런거리는 소란이 생경한 대로 의식은 차츰 밝아 왔다.

'아아! 결국 나는 돌아왔구나!'

얼굴에 흥건히 흘러내린 눈물인지 땀인지를 닦아주는 라라의 손길이 미처 가누지 못한 흥분에 떨리고 있는 것을 보는 순간 단은 잠시 미묘한 인식의 혼란에 빠져들었다.

꿈이라 기는 현실처럼 생생하여 지워지지 않았다. 만약 그것이 꿈이 아니라면 전생과 현실 어느 것이 참眞 나일까? 단은 살피는 눈길로 자신을 바라보고 있는 라라에게로 시선을 보냈다. 마치 참 나를 분별하려는 자의식을 깨우는 눈길처럼.

"대체 내가 얼마나 자고 있었어?"

"6개월이나 됐어요."

아직도 단의 표정을 살피는 눈길을 거두지 못한 채 조심스럽게 대꾸했다.

"6개월…?"

다음 순간 또렷해지는 의식과 함께 강력한 무엇이 밀려오는 느낌이 들었다. 그것은 지독한 아픔과 뜨거운 애욕으로 몸 구석구석을 파고들었다.

아아! 지예!

그것은 되살아난 격정이었다. 마음 구석에 숨죽여 있던 애욕이 달궈놓은 쇳물처럼 뜨겁게 이글거렸다.

"단아! 단아! 이놈아! 오오, 살았구나!"

뒤늦게 노구老軀를 재촉하여 도착한 숙영은 가득히 고인 눈물을 주체하지 못하고 쏟아내었다. 늙고 쇠약한 육신이었지만 단의 회복이 주는 의미는 그 어떤 희열에 비길 바 없었다. 노신과 도마가 죽고 마음의 의지를 잃어 향할 곳을 몰라 하던 때에 단마저 의식을 놓아 버렸기 때문이었다.

의사의 소견은 크게 염려할 정도는 아니라 하나 숙영의 세심한 눈길에는 다 걷어낼 수 없는 불안한 그 무엇이 느껴졌다. 얼핏 보기에는 망연과 평온이 느껴지는 눈이었으나 숙영의 가슴 속에는 '쿵' 하고 다가오는 불길한 무엇이 있었다.

자신을 바라보는 단의 눈길 속에는 아직도 꺼지지 않은 세찬 불길이 보였기 때문이었다. 그것은 지예를 향한 전날의 외곬으로 달궈진 격정도 절망과 비통도 그대로인 것을 본 까닭이었다.

라라는 여기서 이야기를 멈추었다. 어느새 어두워진 바깥에는 언제부터인지 때 이른 폭우가 쏟아지면서 천둥과 번개를 동반하고 있었다. 힘겨운 이야기를 길게 한 피로감에다 비가 몰아온 음울한 분위기에 싸여한동안 침묵하고 있던 라라는 어느새 영후의 가슴으로 기대왔다. 할아버지와 아버지 어머니를 한꺼번에 잃고 유일한 피붙이로 마음을 의지하던 단마저 이상 증세를 보이는, 불행한 상황으로 몸과 마음이 지칠 대로 지친 라라였다. 이런 그녀에게 너무 힘든 이야기를 은연중에 강요한 듯하여 마음이 무거웠다.

"힘들게 긴 이야기를 하게 해서 미안해."

목을 적신다고 이야기 중에 마신 와인 때문인지 아까부터 눈언저리가 붉어져 있던 라라의 뺨에서 끈적끈적한 물기가 느껴져 몸을 떼어 보려는데 목을 감고 있던 팔이 더욱 조여 왔다.

"당신이 듣고 싶어 하는 이야기는 아직 시작도 하지 않았어요."

하고 라라의 잠긴 목소리가 속삭이듯 들려왔다.

"괜찮아, 힘들면 나중에 해. 지금은 우선 좀 쉬어야 해."

마음에 없는 말이긴 했다. 이어질 이야기에서 일본의 재앙에 대한 중요한 단서가 있을 것이라는 예측을 미리부터 하고 있었기 때문이었다. 영후는 라라의 등을 어루만지고 젖은 뺨을 감싸고 가만히 입술을 포개는 등 일련의 동작으로 정성껏 위로했다. 그래서인지 어느새 생기를 회복한 라라가 뜻밖의 제안을 했다.

"우리 어디로 나가요? 가능하면 강을 볼 수 있는 강변이면 좋겠어요. 다음 이야기는 그런 곳이 어울릴 것 같아요."

"비도 오고 하는데 무리할 것 없어."

"아니에요. 애초부터 가슴에 담긴 벅찬 이야기를 마땅히 쏟아낼 데가 없는 것이 더욱 힘들었어요."

어느새 빗줄기도 가늘어져 있었다. 한강 변의 한적한 카페는 라라의 기분을 전환시키기에 적당했다. 이음이 없는 통유리가 실내의 조명을 어두운 강으로 반사하여 고즈넉한 분위기를 연출하고 있었다. 종업원이 가져온 메뉴 북을 보는 라라의 얼굴은 아까의 지치고 음울한 표정은 사라지고 음식을 고르는 데 집중하는 빠른 회복이 다행스럽게 느껴졌다.

"지금까지는 제가 아는 것이나 들은 것을 이야기했지만, 지금부터는 추측한 것들도 있다는 것을 미리 알려드립니다."

종업원이 내온 음료수를 한 모금 마신 뒤, 라라의 이야기는 이렇게 다시 시작되었다.

"그날 이후로 단 오빠는 두문불출하고 무엇을 하는지 몇 달 동안 집안에서만 지냈습니다. 그때는 저도 모스크바로 돌아와 어머니가 남긴 유산과 일신상의 문제로 분주하게 지내고 있을 때였지요."

"한국으로 올 생각 같은 것 때문에?"

"그것이 아니라, 새집으로 이사를 하고, 이것저것 정리도 하느라 바쁘게 지냈을 때요."

"그럼 한국으로 올 생각은 접은 건가?"

"글쎄요, 아직도 어쩌면 좋을지 생각 중이에요. 아무튼 어느 날 소식도 없이 단 오빠가 러시아에 불쑥 나타났어요."

잔잔한 미소와 과묵한 표정, 몸에 밴 예의와 사려 깊은 태도 모두 예전의 모습을 되찾은 듯하였다. 군이 달라진 것이 있다면 눈빛이었다. 평시에도 어떤 일을 할 때는 무서운 집중력으로 몰입하던 것을 보아온 터라 처음에는 예사로운 변화쯤으로 생각했다. 그러나 시간이 지나면서, 라라의 마음 한구석에 까닭 없는 불안이 느껴지기 시작했다. 가끔 먼 곳을 바라보는 눈빛은 그냥 망연히 향한 것이 아니었고, 자주 뭔가에 골똘한 듯한 눈빛에는 서늘한 냉기가 느껴졌다.

짐짓 다가가서 말을 걸어 보면, 황급히 바꾸는 표정에도 미처 다 지워지지 않은 냉기가 느껴져 꼬집어 말할 수 없는 불안이 일었다.

뭘까? 의혹이 일었지만, 일주일이 지나도록 대화다운 대화 한번 없이,

혼자서 시내 구경이나 다니다가 밤늦게야 술에 취해서 돌아오곤 하는 단에게 진지한 말을 붙일 기회도 쉽지 않았다.

그러던 어느 날, 그날따라 일찍 돌아온 단이 뜻밖에도 먼저 말을 걸어왔다.

"라라, 일전에 내가 말한 한국으로 영주하는 문제는 아직도 생각 중이야?"

"아직도 한국은 낯설고… 선뜻 결정이 안 되어서…"

"그래? 정 그러면 내가 일을 하나 마련해 줄게."

"뭐 좋은 생각이 있어?"

"컴퓨터게임 말이야, 며칠 러시아 시장을 좀 돌아보았는데, 프로그램이 조잡하더군. 내가 만들어 주는 프로그램을 그 시장에 한번 공급해봐. 아직 세계 어디에도 없는 최첨단 프로그램이야."

뒷날의 일이지만 단이 보내준 프로그램은 시장에 선풍적인 인기를 얻어 라라는 하루아침에 컴퓨터게임 프로그래머 서플라이로 일인자가 되었다. 그래서 나중 일이지만 콤나 광장에서 '세계컴퓨터게임대회'도 개최하고 한동안 분주한 생활을 했다.

그보다는 그것을 빌미로 대화다운 대화를 한번 하고 싶은 계기를 만들어 보고 싶었다.

"오빠, 마침 좋은 와인이 있는데, 한잔할까?"

"그럴까?"

라라가 따른 와인 잔을 들고 미소를 짓는 단의 얼굴에서 희미하게나마 밝은 빛이 스친 것에 용기를 내어 물었다.

"오빠야말로 이제는 새로운 일을 시작해야 할 때잖아."

"해야지…."

들고 있던 와인 한 모금을 마시고 그렇게 대꾸하는 단의 얼굴에 전에 없던 어떤 결기가 피어올랐다.

"무슨 계획이라도 있어?"

"라라, 유비쿼터스란 말 들어 보았어?"

"응, 생활 속의 모든 도구가 컴퓨터와 연결되어 서로 소통하는 거 말이지? 지금은 사물 인터넷 시대가 곧 열린다는 것도 어느 정도 알고 있어."

"그래, 제대로 알고 있군. 그럼 이걸 한 번 봐."

단은 자신의 앞가슴 어름에서 목걸이를 꺼내 보였다. 메달만 한 크기의 그 목걸이는 아주 어릴 때부터 간혹 노신이 꺼내 보던 것이라 새삼스러울 것도 없었다. 그러나 그것이 전부가 아니었다.

"저 TV를 봐!"

"TV…?"

단이 목걸이를 꺼냈다. 반달 모양을 한 목걸이를 하단 부와 중단 부를 이리저리 돌리고 나서 TV를 겨냥하고 상단 부를 눌렀다.

그러자 파란빛의 고리 모양이 TV에 감기면서 '스르륵 스르륵' 하는 기계음이 들렸다.

"시스템을 읽고 있는 거야."

단이 그렇게 설명할 때까지만 해도 신비감은 있었지만, 딱히 와 닿는 느낌은 없었다. 그러나 정작 놀라운 것은 그다음이었다. TV의 기계음 소리가 그치자 단은 하단 부 둘레에 나 있는 12개의 구멍 중 하나를 허공에 겨냥하면서 명령했다. 그러자 이번에는 허공에 하얀 화면이 뜨고 연이어 TV 프로가 나왔다. 또 상단 부를 이리저리 옮겼다. 이번에는 채널을 바꿔 가며 화면이 나타나는 것이 그대로 TV 화면만 허공에 옮겨 놓은 모양이었다. 화면의 크기와 위치나 높낮이, 거리 등을 자유자재로 조종하는데, 눈이 휘둥그레질 정도로 놀라운 것은 많았지만 우선 그 이상한 명령어에 대한 것부터 물었다.

"지금 하는 말이 전생의 기억을 되찾았다던 그 언어야?"

단은 묵묵히 고개를 끄덕였다.

"그렇다면 그게 꿈이 아니고…"

또 단은 고개만 끄덕였다.

"세상에… 그렇다면 물리학자였다는 그 기억도…"

"그래, 내가 전생에 익힌 내용이 상당 부분 아저씨가 주신 USB에 담겨 있었어. 지금의 현대 문명으로서는 상당히 진보된 것이었어. 그러나 내가 전생에서 익힌 것에 비하면 아주 초보적인 수준이야. 지금 지구의 과학이 수십 세기나 지난 후에나 가능할지 몰라."

"도대체 그 전생이 어디야?"

"어디라고 하면 알겠느냐? 내 전생은 지구가 아닌데. 다만 네가 조금이라도 이해할 수 있는 것은 이렇지. 이 우주에는 태양계 외에도 생명체가 사는 별이 무수히 많아. 모든 항성계에서 생명체가 존재할 수 있는 행성이 많이 있지. 그곳을 골디락스 존(Goldilocks Zone)이라고 하는데, 그 어느 별에서 왔어."

"그러면 지구도 이 골디락스 존에 있는 별인가?"

"물론이지."

갑자기 귀기가 서린 듯이 보이는 단의 얼굴에서 오싹한 냉기마저 뿜어져 나오는 것 같았다.

"우선 한 가지부터 시작해서 여러 가지 기능을 선보일 생각이야."

딱히 꼬집어 그 표정을 뭐라고 설명할 수는 없어도, 비장과 야심이 어둡게만 느껴져 라라는 까닭 없는 불안이 가슴에 번져왔다. 최첨단 기술로 자기 일을 갖겠다는 순수한 의도 외에, 음험한 무엇이 느껴지는 것은 단의 눈빛 때문이었다. 심한 근시 안경 속에서 퍼렇게 번쩍이고 있는 눈은 차가운 지성에서 뿜어 나오는 독성 같은 것이었다. 라라는 잔뜩 질린 목소리로 겨우 입을 열었다.

"어떻게?"

"간단해. TV, 컴퓨터, 휴대전화 세 가지 기능에 운송 수단을 하나 더 첨가해서 메달이나 손목시계를 만들 생각이야. 실용화하면 기존의 전자 산업은 문을 닫아야 할 거야."

"오빠의 능력으로 그런 것이 가능해?"

"나는 그 방면의 전문가였어. 되살아난 전생 기억이 지워지지 않는 한 어렵지 않아."

"그 메달에 또 어떤 기능이 있어?"

"많지, 유비쿼터스의 센트럴 기능 외에도 많은 기능이 있어. 그 모든 것을 다 설명하긴 어렵지만, 우선 한 가지만 더 보여 주면 이런 것이 있어. 이 글라스를 잘 봐!"

단이 다시 명령을 내리자, 메달의 한쪽 언저리에서 빨간불이 커지면서 이번에는 나사 모양의 파란 광선이 줄을 이어 흘러나와 눈 깜짝할 사이에 탁자 위에 있는 유리잔을 박살 내고 말았다. 이번에는 놀란 입을 다물지 못하고 아연히 바라보고 있는 라라에게로 광선이 쏟아졌다. 혼비백산한 라라가 몸을 피할 새도 없었다. 그러나 라라의 몸에 닿은 그 광선은 그냥 안온한 느낌뿐 아무 변화도 일어나지 않았다.

"아니, 도대체… 어떻게 이럴 수가…."

"사물 인터넷 시대 다음에는 이 같은 의식 인터넷 시대가 열릴 거야. 모든 것을 마음으로 통제하는 시대. 이 의식 인터넷시대는 기氣의 이해를 하지 않고는 불가능하지."

"기! 할아버지의 노트에 무수히 쓰여 있다는…?"

"그래, 다 설명하기는 어렵지만, 예를 들어 볼게. 너는 아까부터 왜놈들에게 분노한 내 표정에 불안감을 느끼고 있었지? 내 분노가 너에게는 불안감으로 전이된 것이야. 만약 내가 웃는 표정을 하고 있으면 너는 평온한 마음이 되었을 것이지. 내 감정에 따라 변한 기가 너에게 흘러 일어난 현상이야. 그것은 기의 아주 보편적인 기능인데, 조금 전에 본 것은 나사 모양의 광선 가운데로 일시에 무수한 기가 모여 만들어내는 현상이야. 그것은 기의 성질을 이용한 것이야. 처음에 살의를 담아 쏜 유리잔은 박살이 났고, 다음에 사랑을 담아 쏜 너에게는 평온한 느낌뿐이었지."

"그렇다면 가업을 완성했다는 말이야?"

"아니, 기에 대한 것은 완성이란 있을 수 없어. 그것은 이 우주를 다 이해하기 전에는 불가능한 것이야. 다만 기를 응용한 여러 가지 기능 중의 하나일 뿐. 우주에는 다크 에너지(DARK ENERGY)라는 것이 74%, 암흑 물질이 23%, 그중 인간이 발견한 에너지는 겨우 3% 정도야. 중력에너지를 비롯하여 전자기력, 강력, 약력 에너지 정도지. 다크 에너지는 엄청난 파워가 있어, 전생에서도 일반인들은 법적으로 휴대를 제한해. 이 다크 에너지 또는 암흑 에너지라고 현재의 과학자들이 알 수 없는 에너지라고 하여 그렇게 명명하고 있다. 전생에서 이름은 달라."

"다크 에너지는 어떤 작용을 하는 에너지야?"

"라라가 호기심이 대단하구나."

"신기해서."

"역시 핏줄은 속일 수가 없구나."

"할아버지가 항상 뭔가를 탐구하던 모습에 영향을 받아서 이럴까요?"

"그렇기도 하겠지. 자, 그럼 들어 봐!"

"…."

"중력은 당기는 힘이 엄청나서 빛도 빨려 들어가는 블랙홀이 있다는 것은 너도 이미 알 거야. 그런데 다크 에너지는 밀어내는 힘이 중력보다 훨씬 더 큰 에너지야. 만약 중력만 있다면 우주는 점점 작아지겠지? 그런데 다크 에너지가 더 큰 힘으로 밀어내어 지금도 우주는 가속 팽창을 하는 것이지."

"그럼 여러 방면으로 활용하겠군."

"그렇지. 예를 들면 도마 아저씨가 준 파일의 암호만 풀 수 있으면, 원하는 곳으로 지진을 일으키는 것도 문제없어. 지진은 지하에 축적된 탄성 에너지의 급격한 방출에 의해 지구가 진동하는 현상인데, 다크 에너지는 어떠한 폭발물보다 강력한 파워가 있어."

"그러면 인공지진을 일으킬 수 있단 말이야?"

"그렇지. 지구의 과학자들이 용도나 연구 목적으로 하는 인공지진은 세 가지 종류가 있어. 지하에 폭발물을 터뜨리거나, 지각에 액체를 유입하는 방법과 댐에 의한 저수로 발생하지."

"그러면 그 암흑 에너지로…"

"그래, 이 조그마한 나반이 암흑 에너지 유도 기능이 있어. 이것으로 지하에 정확한 지점을 타격하면 돼. 그다음은 공명을 일으킬 수 있는 동기감응을 이용하면 원하는 곳으로 보낼 수 있어. 그 파일 속에 정리해 놓은 조상들의 연구 방향은 바로 보고 있었지만, 여기까지도 상당한 세월이 필요했을 거야. 도마 아저씨가 연구해 놓은 해양지질, 특히 독도 앞바다의 해저 자원에 대한 것들은 아주 중요한 자료였지."

"어떤 자료였는데?"

"전에 한 번 이야기한 적이 있는 해저 하이드레이트 분포에 대한 정보였어. 그것을 도마 아저씨는 기의 성질을 이용해서 유전 지역을 정확하게 찾아 암호로 파일에 담아 놓았다고 하셨어. 특히 엄청난 유전의 본맥을 표시해 놓았다고 하셨지. 불행히도 아직 그 암호를 풀 수가 없어."

"오빠가 직접 도마 아버지처럼 찾을 수는 없어"

"나는 해양지질에 대한 것은 몰라."

"그러면 아무 곳이나 시험을 해 보면 어때?"

"큰일 날 소리, 잘못하다간 엄청난 재앙이 아무 곳으로 들어 닥칠 수도 있어. 불행히도 암호를 알려주신다고 한 전날, 왜놈들에게 당했어."

"그러면 어째서 러시아에서는 모르고 있어?"

"러시아에서는 형이상학적인 과학은 무시하는 국가야. 유물론적 이론 형이하학적인 것만 받아드리는 공산 국가에서는 조상들의 성과는 인정받지 못했다. 심지어 한때 스탈린 시대에는 침술은 상해죄라 하고 한방의학은 사기죄로 다스릴 정도였지."

계속되는 난의 실명은 신비감보다 의혹이 먼저 라라의 가슴을 파고들었다. 어느새 비장감이 묻어나는 눈을 하고 있던 단은 창밖으로 몸을 돌려 등을 보이고 있었다. 잠시 후, 그 등 뒤로 울려 나오는 목소리는 베어 내는 듯한 냉기가 느껴졌다.

"아저씨의 암호만 풀면 독도 근해에서 일본열도에 지진도 보낼 수 있어."

그때 소리가 들릴 만큼 '쿵' 하고 라라의 가슴을 치는 까닭 모를 전율은 뒷날에 닥칠 예측이 담긴 것이었을까?

그리고 언제부터 몸속의 피를 모으고 있었는지 벌게진 얼굴로 말을 이었다.

"너도 들은 소리가 있으니 알 거야, 일본이 우리나라에 끼친 해악을…. 지금의 한국지도가 이 모양으로 쪼그라진 것은 청일 간도협약 때문이다. 아무 주권도 없는 일본이 철도부설권과 광산권을 얻기 위해 우리 국경을 양보한 이 협약은 원천 무효야. 이 때문에 그곳에 살던 우리 민족은 중국, 소련의 소수 민족으로 전락하여 온갖 설움과 고통을 감내해야 했어. 이 내용을 상세히 알려면 그때의 역사적 배경을 세세히 들여다 봐. 또한 임진왜란과 가깝게는 36년의 일제 강점기와 2차 대전이야. 독도 억지 주장, 위안부 강제 징용, 강제 징병 문제 등 저들은 진정한 반성도 없이 유감이라는 한마디로 그 엄청난 역사의 죗값을 너무나도 간단하게 대신하고 있어. 그나마 아직도 많은 죄를 부인이나 억지 주장으로 뻗대고 있는 저들에게는, 내가 할 수 있는 모든 방법을 다해 기어코 응징하고 말 거야."

일본에 대한 적의가 부당해서가 아니었고 지예를 잃은 절절한 심정을 이해하지 못해서도 아니었다. 정도 이상으로 격해 있는 것 같은 단의 태도가 라라는 왠지 걷잡을 수 없는 불안감으로 다가왔다. 적의의 정도가 지나쳐 자신을 자학하는 모습으로까지 비쳤기 때문이었다.

"당장 우리 가족들을 생각해 봐. 독립운동을 하던 증조부와 외증조부께서는 놈들의 고문과 총탄에 절명하셨어. 강제 징병으로 아내와 자식을 잃고 평생을 불행하게 살다 돌아가신 할아버지, 왜놈 손에 돌아가신 네 아버지, 위안부로 끌려가 모든 삶의 희망을 잃어버린 할머니와 원자병으로 돌아가신 아버지… 그리고 이제는 지예마저 저들의 올가미에 걸려들고 말았어."

지나치게 적의에 찬 단의 표정이 떠오를 때마다 라라는 섬뜩한 공포감을 진정할 수 없었다. 그렇게 꼬인 감정의 골이 꼭 무슨 일이라도 저지르고 말 것 같은 막연한 공포감이었다. 또 한편으로는 호기심도 일었다. 전생에 대한 것과 그 메달에 대한 것 등 과연 그 시대의 과학은 어느 정도였는지 알고 싶었다. 그래서 기왕에 하는 심정으로 매달려 보았다.

"오빠, 그 메달의 기능을 좀 더 보여 줘."

"정히 그러면 몇 가지만 보여 주지. 그리고 이 메달의 이름은 나반이야. 으음, 혹시 누구한테 보낼 물건 같은 것 없어?"

라라는 잠시 생각하다가 물었다.

"크기나 무게는 상관없이?"

"용도에 따라 업그레이드를 하면 되지만, 전에 한국에 배달 문화가 참 잘되어 있다고 했지? 우선 그런 정도의 물건으로 해!"

"그럼 친구 생일 선물을 우체국으로 부치려고 준비해 놓은 것이 있는데, 잠깐만…"

하고는 방으로 들어가더니 라면 상자만 한 것을 들고 나왔다.

"뭐가 들어 있어?"

"인형. 고아원에 있을 때 친군데 인형을 좋아해."

"무게는 별로 무겁지 않네. 기차로 가면 몇 시간이나 걸려?"

"대략 8시간."

박스를 받아든 단은 좀 전같이 허공에 화면을 띄워서 지도를 열었다. 그리고 그 위에 겹쳐서 좌표가 뜬다. 그리고 박스에 써놓은 주소를 보아가며 좌표를 찾아서 메달을 돌려 입력시켰다. 그러자 목걸이 줄이 어느새 머리카락만 해지면서 흔적 없이 나반 속으로 들어가고 작은 고리가 나반에서 내려왔다. 그것을 상자의 끈에 매달고 창문을 열어 명령했다. 그러자 상자는 순식간에 하늘로 날아 사라져 버렸다. 놀라운 눈으로 지켜보는 라라에게 무심한 표정으로 와인 잔을 들어 부딪쳤다. 그리고 이런저런 이야기로 5분 정도가 지났을 때 라라의 휴대전화에 벨이 울렸다. 한참 전화로 통화하고 난 라라가 의혹이 가득한 눈으로 묻는다.

"벌써 받았다는데, 도대체…?"

"놀랄 것 없어. 그 정도는 보통이야."

"그럼 사람이 이동하는 것도 가능하겠네?"

"물론이지. 약간의 고공 훈련만 하면 자동차 에너지로 할 수 있으니까. 우주에 무진장 많은 다크 에너지로."

"그러면 공중에서 충돌할 위험도 있을 텐데?"

"그건 자동으로 비켜 가는 감지 장치가 되어 있지."

라라는 그 전생 이야기에 점점 호기심이 발동하여 단의 앞으로 바싹 다가앉았다.

"어떻게 해서 그 작은 것이 그만한 파워를 가지고 있어?"

"작다고 파워가 약하다는 것은 현대의 동력 개념이야. 지구의 초기 시대의 컴퓨터는 캐비닛만 한 크기의 기기가 큰 방 안에 가득했지. 그러나 기능은 지금의 계산기보다 못한 수준이었어. 그런데 지금의 스마트폰을 생각해 봐, 얼마나 발전했어?"

"또 어떤 것이 있어?"

"뭐가 제일 궁금해?"

"모든 것이 다 궁금해."

"다 이야기하려면 한도 없지…"

단이 말을 하려는데 아까 그 창문에서 노크 소리가 들린다.

"창문 열어 줘. 돌아온 모양이야."

라라가 일어나 창문을 열자 나반이 들어와 단의 목에 매달린다.

참으로 놀라운 광경을 목격한 라라가 호기심이 가득한 눈으로 단에게 또 묻는다.

"교육, 병원, 은행, 결혼제도 등 모두 궁금해."

"교육은 창의력과 윤리, 도덕, 사회봉사, 선행 등 인성을 위주로 하고, 암기는 학년에 맞는 헬멧을 씌워서 30분 정도 자고 나면 다 해결돼. 그 헬멧에서 나온 암기코드가 뇌와 연결되어 필요한 지식을 주입하지. 지구에서처럼 암기만 하는 교육은 폐기된지 오래됐어. 병원은 의사가 닥터칩을 몸에 주입하여 그 칩이 온몸을 돌아다니면서 이상이 발견되면 스스로 치료하고, 수술이 필요할 때는 대부분 로봇으로 하지. 은행은 예전에 없어졌어. 돈이 없어졌고, 필요한 물건은 자신의 나반에 있는 컴퓨터 기능으로 계산해. 또 뭐라고 했지?"

"결혼제도!"

"아, 그것이 가장 흥미롭겠구나! 결혼 상대를 찾을 때는 나반 컴퓨터에 자신의 모든 것을 입력해. 그러면 가장 적합한 상대가 여러 명 뜨는데 그중에서 선택하면 돼."

"만약 자신에 대한 것을 거짓으로 입력하면 어떻게 돼?"

"그럴 경우는 없지, 만약 거짓을 입력하면 컴퓨터가 반응을 하지 않는 센스로 신호를 보내 상대가 뜨지 않아."

"또 뭐가 있지?"

라라가 더 무엇을 생각하는 얼굴로 한참을 골똘하다가 말했다.

"아까 그 명령어를 영어로 번역할 수는 없어?"

"왜? 직접 해 보고 싶어? 가능하지만 그럴 필요가 없어. 아까 내가 명령어를 썼던 것은 너에게 보이려고 한 거야. 아무 말 없이 의식으로 조종할 수 있는 의식 인터넷 시대가 열린다고 했잖아."

한참 동안 단이 나반을 만지작거려 라라에게 건네며 말했다.

"위험한 거니까 조심해야 돼, 간단한 조작법은 다음에 가르쳐 주마. 이제 그만하자꾸나, 나 취했어."

단이 취한 눈으로 바라보자 라라는 아쉬움이 남는 대로 몸을 일으킬 수밖에 없었다. 다음 날 식사를 마치고 라라는 또다시 묻기 시작했다.

"전시에는 이것으로 서로 지진을 보내고 하겠네?"

"라라가 호기심이 대단하구나. 동기감응설에 대한 것은 할아버지 노트에서 이미 보았지? 그것과 비슷한 것이지만, 좀 달라. 공명共鳴과 시너지 효과를 이용하여 지진의 강약을 조절하기도 해. 이 이론을 다 이해하려면 힉스, 양자역학, 카오스 이론을 완벽하게 이해하지 않고는 설명할 수 없어. 조작은 할 수 있지만, 이론을 이해하려면 지금의 과학 이론으로서는 불가능하지. 마치 자동차 운전은 할 수 있지만, 그 원리를 다 알고 하는 사람은 전문가밖에 없듯이."

"그렇다면…?"

"그래, 일례로 양자역학은 수세기 동안 수많은 석학이 그 불규칙성을 연구하느라고 일생을 바쳤어. 그러나 아무도 결론을 내리지 못했지. 결국 아인슈타인이 '신은 절대로 주사위 놀이를 하지 않는다.'라는 결론만 내리고 말았지. 지금 인간이 사는 3차원의 수학 개념으로는 절대로 풀수 없다는 것을 그들은 모르고 있었어. 내 전생의 4차원적 수리 개념을 이해하지 않고는 결코 이해할 수 없다는 것을…."

"그렇다면…?"

"그래, 이 대자연에 있는 원소는 모두 일정한 규칙이 있어. 그 규칙은 3차원의 것도 있고, 4차원, 5차원 또 그 이상의 것도 그 세계의 지성만이 이해가 가능한 것이야."

여기서 얘기를 멈추고 잠시 골똘한 얼굴로 뭔가를 망설이고 있던 라라는 와인 잔을 들고 몸을 일으켜 창밖으로 시선을 돌렸다. 술기운 때문이었을까? 위악과 증오가 가득한 표정이 어떤 비장감으로 느껴졌다.

"나는 지금 솔직히 후회하고 있어요."

"후회? 무엇을?"

"내 마음속을 밀고 들어오는 당신에게 단호하지 못했던 것을…."

"라라… 그 무슨…?"

"지금부터 해야 할 이야기가 나를 곤혹스럽게 합니다."

"라라, 사랑은 무지개색처럼 아름답게만 보이는 것이 아니야. 그 속의 갖가지 색처럼 후회와 증오, 질타 그리고 애욕이 더불어 있다고 생각해. 그러나 결국 그것은 필연적이야."

영후의 말을 되새기듯 한참을 묵묵히 술만 마시는 라라가 과음하는 것이 아닐까 걱정을 하고 있는데, 불쑥 묻는다. 더 감출 수 없다는 표정을 더하여 등 뒤에서 들리는 말이었다.

"유체 이탈을 믿나요?"

"여러 번 그런 실례는 들어 보았지."

"당신은 이미 그 실례를 목격하지 않았어요?"

"…."

"오빠가 뺑소니차에 당해 이미 죽은 것을 알고, 죽은 사람을 콤나 광장 세계컴퓨터게임 대회에서 어떻게 보게 되었는지 이해할 수가 없다는 그 탐색의 눈을 아까부터 나는 보고 있었어요!"

밖은 어두웠지만, 어느새 비는 그쳐 있었다. 비 온 후의 그 고즈넉한 분위기가 영후의 입을 열었다.

"솔직히… 어떻게 해서…."

"뺑소니차로 죽은 오빠가 되살아났느냐? 그것이겠지요?"

다시 몸을 돌려 자리에 앉은 라라가 빈 와인 잔에 스스로 잔을 부어 마시고 나서 다시 시작된 이야기에 영후는 긴장을 한다.

어느 날 단이 러시아로 전화를 했다.

"라라, 찾았어!"

"뭘?"

"암호 말이야!"

"어떻게?"

"전화로 설명할 수 없어."

라라가 한국으로 왔을 때는 이미 단은 싸늘한 시신이 되어 있었다. 뺑소니차에 당했다는 것이다. 벌써 빈소가 마련되어 있었다.

유체 이탈

하늘이 무너지는 소리가 들리고 벼락이 쳤다. 어째서 내게는 이런 불행이 연달아 일어나는가? 빈소 앞에서 할머니의 처절한 표정이 가슴을 찢어 내는 통증이 되었다. 바로 며칠 전까지 전화로 대화를 했던 단의 죽음이 믿어지지 않았다. 조금만 더 일찍 오지 못한 아쉬움이 가슴을 찔러 왔다.

빈소를 떠나지 않겠다는 할머니를 기어코 방으로 모셔 놓고 혼자 밤을 새웠다. 깜박 졸았다고 생각했는데, 누군가가 깨우는 소리가 들린다.

"일어나! 일어나! 라라! 나야, 나!"

그 소리에 정신을 차렸으나 아무도 없다.

"꿈이었나?"

다시 영정을 한번 보았다. 그런데 이번에는 더 명료하게 들린다.

"라라, 나야! 나라니까!"

분명히 단의 목소리다. 오싹한 느낌이 엄습하면서 마음속에서 그 무엇이 벌떡 일어난다. 주위를 두리번거렸다.

"라라, 놀라지 마! 나야 아직 죽지 않았어, 빨리 관을 열어 줘!"

"오빠…?"

"그래, 나야! 어서 내 관을 열어 줘!"

공포심과 두려움에 온몸이 떨린다.

"여보세요! 여보세요! 누구 없어요?"

"아니야, 아무도 부르지 마! 혼자서 해!"

순간 두려움 속에 갇혀 있던 용기가 차오른다. 병풍을 걷어내고 연장을 찾아 두리번거렸으나 연장이 보이지 않는다. 밖으로 뛰어나와 연장을 찾으려고 이리저리 헤맸으나 보이는 것이 없다. 떨려 오는 마음을 진정하려고 '침착하자, 침착하자.' 다짐을 했을 때 갑자기 떠오르는 것이 있다. '아! 나반!' 하는 생각을 하자 다시 안으로 들어갔다. 어제 할머니가 나반을 라라에게 맡겨 놓은 것이 생각났다. 나무 관의 못에 나반을 겨냥했다.

"그게 아니야! 제일 하단 부의 나반을 반 바퀴 돌려!"

"이렇게?"

"그래, 그렇게 해 봐! 그리고 위에서 내려온 파란색 줄에 구멍을 맞춰. 됐어! 쏴!"

떨려오는 손을 진정하느라 왼쪽 손으로 오른손 손목을 잡고 관을 돌아가면서 나반의 상단 부를 눌렀다. 전에 단이 하던 것을 본 대로, 파란 나사 빛이 쏟아져 나왔다. 드디어 관이 열리자 보이지 않는 어떤 기체가 단의 몸으로 빨려 들어갔다. 그제야 단은 몸을 꿈틀거리기 시작했다. 라라는 잔뜩 긴장한 채 단의 몸을 싸고 있는 천을 풀기 시작했다. 비로소 단의 신음이 들린다.

"오빠! 어떻게 된 거야?"

단은 몸 여기저기에 상처투성이다. 몸을 제대로 가누지 못하고 기다시피 관을 나왔다.

"관에 뭐든지 집어넣어!"

라라가 관 속에 무게를 채우기 위해 이리저리 서둘렀다. 뒷마당에 있는 돼지우리가 떠올랐다. 돼지 한 마리가 희생되었다. 허겁지겁 뒤처리를 한 후 관 뚜껑을 닫고 천을 덮어 놓았다. 우선 단을 제대로 누울 수 있는 자리를 마련하고 나서 라라는 할머니 방으로 건너갔다. 그때까지 부처를 향하고 있는 숙영의 기도는 소리 없는 처절한 절규였다. 라라는 너무 놀라지 않도록 차근차근 설명부터 했다. 기쁨에 앞서 기겁을 하고 놀라기는 했으나 겨우 몰아쉬던 숨이 잦아들고 나서 단의 방으로 건너갔다.

"어이구! 단아! 부처님이 돌보셨구나."

단을 본 숙영의 첫마디였다.

"갑자기 차에 치였을 때 나도 모르게 유체 이탈을 했어, 빨리 돌아오려고 했으나 유채도 타격을 받았는지 위치가 어딘지 한참을 헤맬 수밖에 없었어."

아직도 믿어지지 않는다는 표정을 하는 두 사람에게 당부를 한다.

"누구에게도 알리지 마! 이유는 나중에 설명할게. 우선 좀 쉬어야겠다."

병상에서의 지낸 육체의 고통 보다 영의 상처는 생각보다 깊고 진했다.

유채 상태로 본 지예가 머릿속에서 떠나지 않았다. 넋이 나간 사람처럼 망년한 표정에 단은 영이 찢어질 듯 아파서 더 무엇을 해볼 수도 없었다.

"언제까지 이렇게 살 거야, 이제 마음을 돌릴 때도 됐잖아!"

석상 같은 얼굴로 있는 지예에게 후쿠다가 소리를 질렀다.

지예는 아무 반응을 보이지 않았다. 그저 망연히 초점 없는 시선은 창밖을 향했고, 뒤에서 안고자 하는 후쿠다에게도 목석 같은 얼굴로 내맡기고 있었다.

우리 집안의 원수 아라이도 보았다. 그의 앞에 서 있는 건장한 사내들에게 질타를 하고 있었다.

"이 바보 자식들아, 그 USB를 뺏어 오라고 했지, 누가 죽이라고 했어! 이제 그것을 어떻게 찾을 거야?"

"도대체 말을 듣지 않아서…."

"꼴도 보기 싫어! 꺼져!"

그날 밤 아라이가 자는 방으로 갔다.

-아라이! 아라이!-

그는 갑자기 겁에 질려 두리번거렸다. 귀신같은 목소리가 갑자기 음험하게 들렸기 때문이었다. 아무리 사방을 두리번거려 봐도 보이는 것이 있을 턱이 없다.

-나를 잊었느냐? 긴노시를-

-넌 죽은 놈이야!-

두려움을 털어내기라도 하듯 그는 소리를 질렀다.

-이제부터 나의 잔인한 복수가 시작된다.-

'뭐, 뭐냐? 아! 꿈이었구나.'

잠에서 깬 아라이가 혼자서 중얼거렸다.

전일 트라우마 상태를 돌봐 준 의사가 또 한 번 기적을 본다는 눈으로 왕진 가방을 챙겼다. 비밀을 철저히 지켜야 한다는 사정을 대강 밝히고 당부를 거듭했다. 일주일쯤 왕진해 준 의사의 덕택으로 어느 정도 수월하게 얘기를 하게 된 단에게 라라가 물었다.

"오빠, 일전에 풀었다는 암호는 무엇이었어?"

"아! 그래 아직 그 얘기를 하지 않았구나."

온몸에 붕대를 감은 채 단은 겨우 입을 열었다

"아직 기억해?"

"응, 그래. 수많은 궁리 끝에 아무래도 175개로 된 점의 숫자에 뭔가가 있을 것 같은 예감이 자꾸 떠나지 않았어."

"그래서?"

"처음에는 175와 관계되는 모든 수학적, 화학적, 물리적 계수의 의미를 찾아보았으나 나오는 게 없었어. 그런 어느 날 꿈에 도마 아저씨가 보였어. 그리고 말없이 사라졌는데, 불현듯 떠오르는 생각이 있었지. 사람이 죽으면 별이 된다는 동화가 생각났어. 꿈을 깨고 나서 이거다 싶은 강한 예감이 들었어. 별을 무질서하게 175개점으로 해 놓은 것이 아닐까 하는 생각이 떠올랐어. 그 속에서 각각의 숫자를 하나씩 의미를 새겨 보았지. 1은 중요한 별, 7은 북두칠성, 5는 카시오페이아 별자리 이런 추측을 해 보았어.

"그렇게 생각한 이유는 뭐야?"

"북두칠성은 7개, 카시오페이아는 5개이기 때문이야. 그러면 1은 무엇일까? 아무리 궁리를 해 보아도 자연수에서 가장 첫 번째 수, 그것이 북극성 원맥이 있는 자리라는 생각을 떨쳐 버릴 수가 없어."

"그러나 북극성은 실제로는 3개로 된 별이잖아?"

"그렇지만 북극성은 항성이고 그 옆에 보이는 작은 별은 행성으로 북극성의 주위를 돌고 있을 뿐이야. 다만 너무 멀리 있어서 행성을 몇 개나

거느리고 있는지 모를 뿐이다. 내가 무엇보다 북극성을 중시한 것은 태양보다 질량이 훨씬 크기 때문이었어."

"자, 아저씨의 파일을 줘 봐!"

"어디에 있어?"

"저기 옷장 밑에 보면 실이 있어. 그걸 당겨 봐!"

"아! 실에 매달아 놓았네."

단이 시키는 대로 나반으로 허공에 화면을 띄우자 도마의 파일이 뜬다.

"나를 조금 부축해 줘."

"으응. 이렇게?"

라라가 단의 몸을 부축하여 겨우 상체를 조금 일으켰다. 통증으로 인한 신음이 이어졌으나, 또 얘기를 시작했다.

"자! 여기서 북두칠성을 찾아 봐! 그리고 북극성도."

"아! 이것이 국자 모양의 북두칠성, 이것은 북극성 작은곰자리."

그렇게 라라는 쉽게 찾았다.

"그래서 북극성과 북두칠성의 의미를 새겨 보았지. 전부 좋은 의미밖에 없잖아? 길 잃은 사람의 길잡이도 하고 사람들이 흔히 찾아보는 별자리야. 그중에 하나가 틀림없이 하이드레이트의 원맥, 즉 엄청난 유전이 있다면 라라는 어느 것으로 생각해?"

"아까부터 나도 그 생각을 하고 있었는데, 그러면 북극성?"

"그래, 나도 왠지 그런 예감이 들어."

"그런데 뭔가 미흡한 게 있었어."

"뭐가?"

"아저씨가 말한 조심해야 할 위험한 점, 그것이 일본의 지진대와 연결

된 별은 뭘까? 하는 생각에 빠졌어."

"그래서?"

"카시오페이아 별자리를 생각했지. 카시오페이아는 에티오피아의 왕비인데, 허영심이 많아 자신이 요정보다 예쁘다고 떠벌리는 바람에 포세이돈이 노해, 괴물 고래를 에티오피아로 보내 나라를 황폐하게 만들었어. 결국 왕비는 자신의 공주 안드로메다를 제물로 바쳐야 했지. 카시오페이아가 죽은 후 포세이돈은 그녀의 허영심을 벌하기 위해 의자에 앉아 거꾸로 매달려 있는 모습으로 만들었어. 그래서 하루의 반은 거꾸로 매달려 있지. 저기 북극성을 축으로 북두칠성과 서로 반대의 자리에 있는 W 모양의 별이야. 이 그리스 신화가 생각나면서 틀림없다는 확신이 들었어."

"정말 그럴까?"

"진앙의 좌표와 지진 발생지에 같은 구조의 기를 나반에게 명령하여 설치해. 그리고 나반은 다크 에너지를 진앙지에서 진원지까지 쏴."

"진원지랑 진앙지? 어떻게 달라?"

"에너지가 처음 방출된 마그마 층이 있는 곳이 진원지이고, 진앙지는 연직(지면에서 수직인 방향)으로 지표면과 만나는 점을 말해."

그때 라라의 얼굴에서 비장이 어린 골똘한 표정을 단은 읽지 못했다. 또 시작하는 통증으로 누워야 했기 때문이었다.

단은 4개월의 시간이 지나서야 겨우 어느 정도 회복되었다. 그것도 수시로 누워서 지내야 할 만큼 오랜 시간이 필요했다. 그럴 때마다 모든 가족의 분노가 라라의 마음에 가득히 차올라 무엇이든 하지 않고는 견딜 수 없었다.

"콤나 광장 그때가 유체 이탈 후에 본 오빠의 모습이었지요."

라라의 얘기는 그렇게 끝이 났다고 느낀 순간 갑자기 눈자위가 붉게 물든 눈으로 바라보았다.

"이제 나는 당신을 죽여야 해요."

그렇게 말하는 라라는 위악과 자괴가 서린 눈이었다. 어느새 눈물이 가득한 얼굴로 아까 그 일인들을 쏜 나반을 꺼내 들었다.

"모든 것은 내가 한 짓…. 당신은 너무 많은 것을 알아 버렸어요."

"무슨 말이야? 라라가 무슨 짓을 했다는 거야?"

"일본의 지진! 그건 처음부터 나의 계획이었어."

라라가 하는 말의 뜻이 무엇인지 어리둥절하고 있던 영후는 순간 머릿속에 뇌성雷聲이 들렸다.

"아니야! 그럴 리가 없어! 라라가 한 짓이라니?"

영후가 경악을 담은 눈으로 믿을 수 없다는 발악을 질렀다.

"사실이야! 전부 나의 복수심으로 시작된 일이야."

"쐐!"

영후가 비장한 얼굴로 일어섰다. 그 파란빛이 몸에 닿았다고 느낀 순간, 영후의 눈에서도 까닭 모를 눈물이 쏟아졌다. 이것이 감정의 전이라는 것일까 생각하는데, 갑자기 달려온 라라가 영후를 끌어안았다.

"사랑하는 내 마음을 끊을 수가 없어서 죽일 수도 없군요."

그때였다.

두 명의 사나이들이 갑자기 나타났다.

"라라 씨죠? 대한민국 국정원입니다. 같이 좀 가주실까요?"

이 무슨 황당한 상황인가? 영후는 그들이 지껄이는 그 뒤의 말이 무엇으로 얻어맞은 듯이 멍해지면서 한마디도 들리지 않는다. 다만 라라가 영후의 품에서 떨어져 가는 모습이 아연할 뿐이었다.

"잠깐! 무슨 이유입니까?"

영후가 서둘러 앞을 막자 그들은 짤막하게 대꾸한다.

"연행입니다."

어느새 라라는 카페의 이층계단 위에서 나반으로 사나이들을 향해 겨냥하고 있었다.

"안 돼! 라라, 진정해!"

영후가 양팔을 벌려 가로막으며 간절한 목소리로 말한다.

"내 질문에 대답부터 하세요."

예상 외로 냉정한 얼굴로 말하는 라라의 표정에서 이미 어떤 각오가 드러나 보였다.

"말해 보시오."

"단 오빠를 어떻게 했지요?"

"우리가 잘 보호하고 있습니다."

"진정입니까?"

"진정이다 뿐이겠소? 김단 씨는 나라의 국보 같은 사람이요. 뿐만 아니라 신조 그룹의 아라이는 쇼크사로 절명했소. 손지에 양도 김단 씨와 함께 보호하고 있소."

"좋아요. 그렇다면…."

순식간이었다. 라라가 자기 심장에 나반을 겨냥하고 힘없이 쓰러져 버린 것은….

"안 돼…! 라라!"

황급히 계단을 뛰어오른 영후가 라라를 안았을 때, 라라는 비통한 눈으로 바라보는 영후를 보며 조용히 눈을 감고 말았다.

"어느 정도 짐작은 하고 있었으나 그런 일이 있었을 줄이야! 도대체 상상이 안 되네."

그간의 일을 모두 듣고 난 장 기자가 영후에게 하는 말이었다. 영후는 양주를 연거푸 마신다. 긴 얘기를 하고 난 후련함은 별로 안타까운 심정이 가슴을 후벼 파는 듯 처절한 모습으로 비쳤다. 그런 영후를 보던 장 기자가 위로 담은 말을 한다.

"내 생각은 이래. 초과학적인 범죄는 어느 나라에도 단죄할 법 조항이 없어, 뿐만 아니라 공산국가인 러시아에 만약에 라라를 넘겼다 해도 그것은 나중에 우리 정부의 짐으로 돌아와. 라라가 자백을 할 수밖에 없는 상황이 되면 김단을 거론할 수밖에 없는데, 나중에 러시아가 일본과의 갈등문제가 생기면 이것을 히든카드로 쓰지 않는다는 보장이 없어.

또한 김단은 우리 정부로서는 국부를 쥐고 있는 보배야. 어느 바보가 그런 보배를 감금하겠어? 마땅히 보호 내지는 상당한 대우를 해 줄 것이야."

영후는 묵묵히 술만 마시며 듣고만 있다가 머리를 한껏 뒤로 제치고 멍한 시선으로 한참 후에 입을 열었다.

"라라가 한 짓이라는 게 도저히 믿어지지가 않아."

"걱정하지 마! 이 일은 우리 모두의 극비 중의 극비야. 오히려 모르긴 해도 독도 문제, 위안부 문제, 강제 노역자 문제 등등 반세기 넘게 국가에서 못한 일을 한 방에 해결했는데…. 자결했다니 너무 안타까운 일이야."

"죄 없는 사람이 너무 많이 죽었어."

"아! 이 사람아, 2차 대전 때 왜놈들이 죽인 수천만 명은 죄가 있어서 죽었어? 또한 라라는 미리 대피하라고 3일 전에 경고도 했잖아. 뿐만 아니라 신조 그룹의 재산만 겨냥하여 철강, 전자, 자동차, 은행 등 모두 아라이를 단죄한 것 아닌가! 그 과정에서 죄 없는 사상자를 최소화하려는 배려도 있었잖아! 또한 지난 역사에 우리가 당한 대가에 비하면 조족지혈이야."

"…"

"참, 그런데 왜놈들은 어째서 김단의 전화 추적을 못했을까?"

"나반 안에 휴대전화 기능이 있다고 했잖아. 그건 현대의 시스템으로는 추적이 불가능하도록 되어 있대."

민영후가 강원도의 목장에서 그간의 일을 책으로 정리하면서 목장 일에 매달려 있던 2개월 후였다. 순국당이 국회의원 선거에서 78석을 얻어 새로운 신당이 돌풍을 일으켰다고 정가에 비상한 관심을 모으고 있었다. 무엇보다 전국적으로 균등하게 나타난 득표율 때문에 최초로 지역당이 아닌 전국 당으로서 무엇보다 새 인물만으로 제2 야당이 되었다는 것이었다. 그 의미를 분석한다고 정치 평론가들이 입을 모아 '진정한 새 정치 바람이 불 것인가!'라는 뉴스가 연일 계속되고 있었다.

백 교수가 이곳저곳에서 기자회견하는 모습을 TV로 보다가 밖으로 나왔다.

목장의 초목들을 쓸고 지나간 바람은 흔적이 없다. 영후의 마음속에 라라의 흔적은 언제쯤 지워질까? 영후는 산마루에 걸린 구름 한 무리를 바라본다. 허허로운 마음속에 한 덩어리 아직도 식지 않은 무엇이 있다. 어느새 구름은 새가 되어 날아가고 홀연히 나타난 라라가 비수를 꽂는다.

　끝.

본문에서는 언급하지 못한 제7광구의 얘기를 이 기회에 하고 싶다. 이미 많은 사람이 알고 있기도 하지만 거의 정치인들이 잊어버리고 있는 듯한 그 7광구의 중요성을 기회에 간단하게나마 상기시키고 싶다.

우리 영토, 꿈의 제7광구는 세계 최대의 매장량을 자랑하는 사우디아라비아의 10배나 되는 원유나 천연가스가 매장되어 있는 것으로 추정하고 있다. 제주도 남쪽 바다와 일본 오키나와 직전까지 이어진 대륙붕은 박정희 전 대통령이 1970년 1월, 영유권을 선포하여 우리 영토로 편입된 곳이다. 원유 매장량만 미국 전체의 4,5배, 약 천억 배럴에 달하는 것으로 추정하고 있다.

이를 뒤늦게 알게 된 일본이 우리나라와 일본 간의 서남해 해저 지역은 공동 대륙붕이므로 등거리 원칙에 의해 중간선으로 나누어야 한다는 주장을 하고 나섰다. 처음에는 일본 측의 주장을 묵살했으나, 그 시절에 극심한 경제난에 시달리던 우리는 일본이 경제원조 중단이라는 카드를 꺼내 들자 안타깝게도 손을 들고 말았다.

결국 제7광구의 이름은 한일 공동개발구역(JDZ)으로 바꾸고 반드시 양국이 같이 해야 한다는 굴욕을 감내할 수밖에 없었다.

하지만 협정 발효 이후 지금까지 시추는 하지 않고 있다. 일본 정부가 경제성이 없다는 핑계로 일방적으로 탐사를 중단했기 때문이다.

우리나라가 2003년 6월, 제7광구 중심에 위치한 이어도에 종합해양기지를 완공하여 실효적 지배를 하고 있지만, 일본이 영유권 주장을 하면 상황이 크게 달라진다. 우리가 7광구에 대한 영유권 주장을 할 때만 해도 그 기준이 대륙붕이 시작된 나라에 귀속된다는 자연 연장설이 주류였다.

하지만 1986년 리비아-몰타 대륙붕 분쟁 사건을 계기로 국제 분위기가 반전되었다. 그 협정에서 지형이 아닌 거리를 기준으로 바다 영역의 영유권을 나누었기 때문이다. 일본은 이를 실례로 한일 협정이 만료되는 2028년까지 탐사를 미루어 독자적 영유권을 확보하려는 노림수를 깔고 있다.

이렇게 엄청난 국부에는 손을 놓고 정쟁에만 매달려 있는 정치인들은 또 한 번 과거의 수많은 국난을 자초할 것인가?

지금 역사교과서 문제로 국회는 연일 큰일이라도 하는 듯 시끄럽다. 물론 역사 문제는 가볍지 않다.

그러나 현실의 역사는 어떠한가? 실효적 지배를 하고 있다고만 했지, 실제로 아무 권리 행사도 못하고 있는 독도와 제7광구 문제를 국력의 총화를 담아 더 늦기 전에 해결해야 한다. 역사, 외교, 문화, 교육, 과학 이 모든 힘을 모아 또 한 번 잘못된 역사를 만들지 말아야 한다.

우리 국민 모두가 부자가 될 수 있는 국부를 이렇게 방치한 채 언제까

지 코앞에 놓인 개인의 영달에 매달려 국력 소모를 일삼고 있겠는가? 마
치 조선시대 말기를 보는 듯 심히 우려스럽다.

토니 문